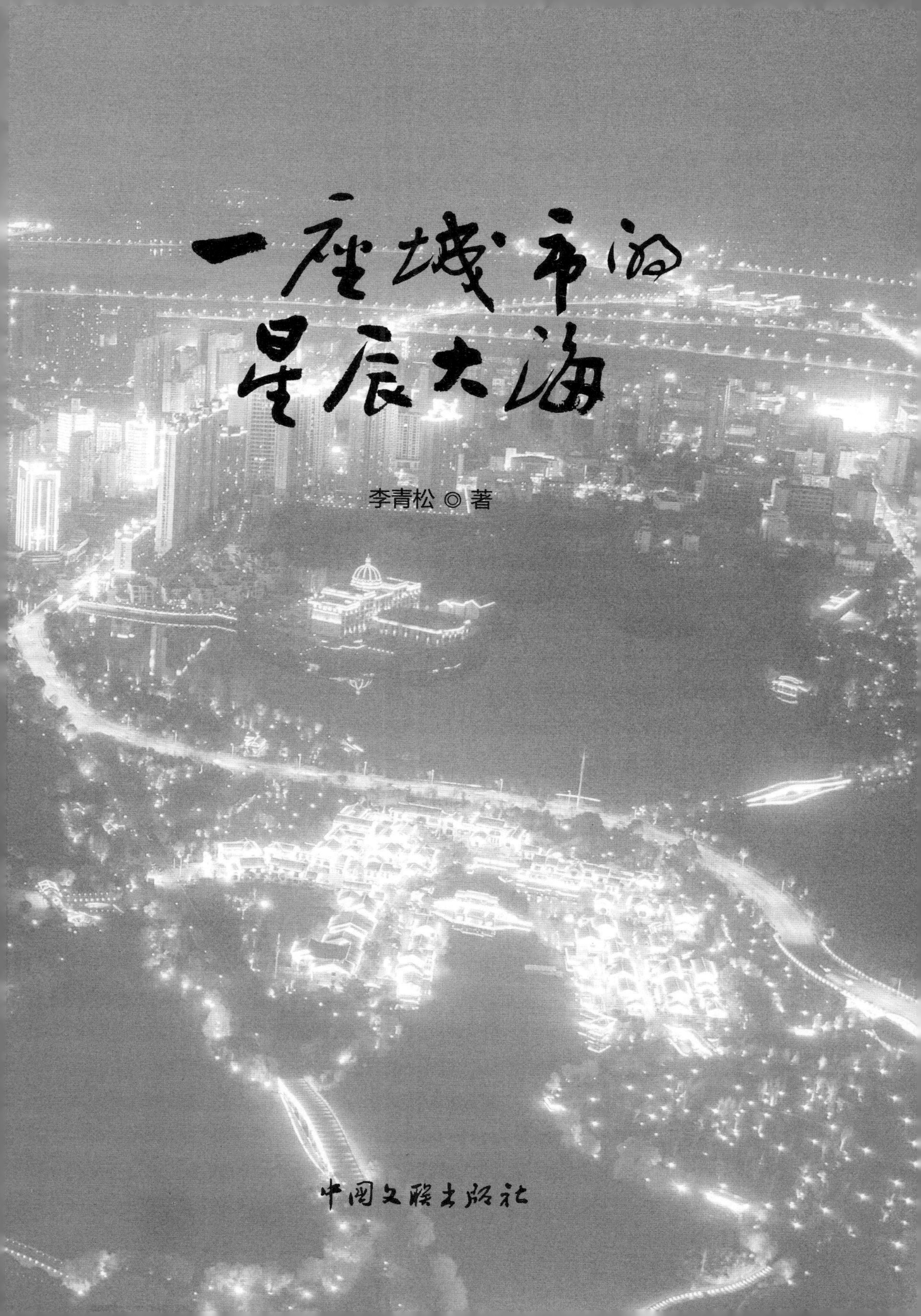

一座城市的星辰大海

李青松 ◎ 著

中国文联出版社

图书在版编目（CIP）数据

一座城市的星辰大海 / 李青松著 . －－北京：中国
文联出版社，2022.10

ISBN 978－7－5190－4977－5

Ⅰ.①一… Ⅱ.①李… Ⅲ.①散文集—中国—当代
Ⅳ.①I267

中国版本图书馆 CIP 数据核字（2022）第 177603 号

著　　者　李青松
责任编辑　胡　笋
责任校对　郭嘉欣
装帧设计　中联华文

出版发行　中国文联出版社
地　　址　北京市朝阳区农展馆南里 10 号　　　　邮编　100125
电　　话　010－85923025（发行部）　　　　85923091（总编室）
经　　销　全国新华书店等
印　　刷　三河市华东印刷有限公司

开　　本　710 毫米×1000 毫米　　1/16
印　　张　19
字　　数　320 千字
版　　次　2023 年 1 月第 1 版第 1 次印刷
定　　价　78.00 元

谨以此书

献给我生活的土地和城市

序言：星辰大海和诗与远方

何存中

我和李青松的渊源首先缘于大别山南麓的巴河。我们都是巴河之子，先后从巴河源头、下游走向长江，来到当年苏东坡高唱"大江东去"、建立"平生功业"的古城黄州。

1992年，我从巴河边的竹瓦文化站调到浠水县文化馆任文学辅导干部不久，应青松的邀约，带着我刚出版的巴河系列小说集《巨骨》，在长江边的一座小镇团风与他相识。那时他不到三十岁，血气方刚，风华正茂，是黄冈县团风中学的一名高中语文老师，书教得不错，业余时间写些诗歌和散文，自称是我的小说的忠实读者。之后，青松与青年诗人耕夫合写的长篇报告文学《八千里路云和月》，通过我的推荐，由长江文艺出版社出版。地缘和文缘，使我和他结下深厚的友谊。

1993年，青松从团风中学调到黄冈地区广播电视局从事宣传工作，并一步一步走上领导岗位，我也于1999年调入黄冈市文联从事专业创作。出于对新闻、文学的热爱和执着，在繁忙的工作之余，青松仍笔耕不辍，时有大小文章见诸报刊，先后出版了报告文学集《灿烂星辰》、散文集《爬上屋顶看风景》，在工作、写作和创作上取得不俗的业绩。我由衷地为他高兴。

2015年，由于机构改革，先于青松调到黄冈市文化局工作，在黄冈市艺术研究所所长任上退休返聘的我，与他在黄冈市文化新闻出版广电局、黄冈市文化和旅游局共事至今，我写我的小说，他做他的公务员，楼上楼下，天天见面。我的很多小说，他都是第一读者；他在工作上的一些想法，也乐意与我分享，我们成了一对好兄弟、老兄弟。

黄冈是一座文化底蕴极其深厚的城市，是一个有星辰大海和诗与远方的地方。丰富多彩的地方文化，"江山如画"的自然风光，使向来吃苦敬业、不计名利、颇有才情，且身在黄冈文化中心的青松，汇入黄冈文化的星辰大海，不时激起朵朵浪花。

　　每个人都有自己的星辰大海。青松永远热爱生活，永远期待星辰大海。在迎接党的二十大胜利召开之际，青松将这些年公开发表的宣传黄冈文化旅游的散文随笔和文艺通讯结集出版，分为《剧院和城市》《东坡和梨园》《光荣和梦想》《诗和远方》四个篇章，各个篇章总体上按时间先后排序，书名为《一座城市的星辰大海》，讲述让高雅艺术走进黄冈百姓生活，努力释放东坡文化时代红利，把黄梅戏请回"娘家"，打造国家公共文化服务体系示范区"中部样本"，山水大别、诗画家园的黄冈故事，功莫大焉，善莫大焉，可喜可贺！

　　"生活不止眼前的苟且，还有诗和远方的田野。"如果说文化和旅游是黄冈的星辰大海和诗与远方，那么《一座城市的星辰大海》，无疑是青松的星辰大海和诗与远方。

　　《一座城市的星辰大海》即将付梓，青松嘱我作序。我佩服他的执着、他的坚韧，他不达目的誓不罢休的理想和追求。他为黄冈文化旅游所作的贡献，应当铭记。因此写下上面的话，是为序。

2022 年 6 月 1 日于黄州

　　（注：本文作者为中国作家协会会员、第八届茅盾文学奖入围作者、著名作家）

目 录
CONTENTS

剧院和城市

▼

▼

让梦想开花

2008 年 12 月 7 日，一个令湖北黄冈人难忘和振奋的日子。

黄冈市民纷纷涌向位于市中心的奥康商业步行街，在寒风中满怀喜悦地排着两条长龙似的队伍，翘首期待香港金马影帝谢君豪、内地影视明星韦力率领电影《黎明行动》剧组主创人员踏上猩红地毯铺设的星光大道。

——因为《黎明行动》是黄冈自主投资拍摄的第一部胶片电影；

——因为《黎明行动》在这一天举行首映式；

——更因为《黎明行动》被中宣部确定为向新中国成立六十周年献礼的重点主旋律故事片……

中央和湖北省有关领导、黄冈市领导出席首映式。《人民日报》、新华社和中央电视台等国内各大新闻媒体以及凤凰卫视等海外媒体聚焦黄冈，向海内外报道首映式盛况。

这从未有过的热闹与喜庆，这从未上演的壮观与凝聚，表明了全社会和黄冈父老乡亲对电影《黎明行动》的关注与肯定。

电影的出品单位是黄冈市广播电视局。出品人是黄冈市广播电视局局长、党组书记范从政。

电影的成功不仅是黄冈广电史、文化史上的一件盛事，也是黄冈历史上的一件大事。

而这份喜悦与荣耀，不仅仅属于出品人，也不仅仅属于黄冈广电人、文化人，更属于七百多万黄冈人民。

有幸观看首场放映，我同许多观众一样，被影片感人的情节、深刻的主题、真实的场景和演员精湛的演技深深地打动着。

特别值得一提的是，拍摄雪景是在四月末的长春。

人间四月天，在江南已是春暖花开、草长莺飞。北方的春天虽然来得迟些，但四月绝非下雪的季节。

当《黎明行动》的导演为无法拍到真实的雪景发愁时，天道酬勤，天公作美，四月的长春居然一连下了三天的大雪。

剧组人员在这三天里抢着拍戏，几乎没有合过眼，终于成就了这部与《集结号》有一拼、被权威影评家誉为中国版的《拯救大兵瑞恩》的大片。

自然界中有一种果树，雌雄异花，花隐于囊状花托内，外观只见果而不见花，人们以为它无花，故名无花果。其实，无花果是将自己的美丽与矜持隐藏起来，奉献给人们实实在在的东西，这种品质叫质朴。

自然界也有一种昆虫，不满足于安逸的生活现状，怀着自由飞翔的美好梦想，忍受着等待的寂寞与涅槃的痛苦，最终蜕变成美丽的蝴蝶，这种精神叫执着。

电影《黎明行动》的诞生，使我不由得联想到那一只只在花丛中翩翩飞舞的蝴蝶。其共同之处在于，知难而上，勇于挑战，最大限度地去实现生命的价值。也使我由此联想到那谦虚质朴而遭人误解甚至鄙夷的无花果。

是的，黄冈市广电局作为电影出品方，乍听让人觉得好像是有些角色错位。黄冈虽然有着极深的文化底蕴，可拍电影还是头一遭。再说拍一部电影可是一项极为复杂的系统工程，不仅需要专业的班底，在市场经济条件下，更需要雄厚的经济实力。就这些而言，黄冈市广电局似乎不具备其中任何一项。

正在不少人等着看笑话或者已淡忘时，《黎明行动》剧组横空出世，转战南北，一气呵成。于是，更多的人同我一样期待着它的上映。

看到一枚果实，人们赞美它香甜可口。看到一只蝴蝶，人们迷恋它的美丽。成功的结局是精彩的，但孕育成功的过程往往是漫长而艰辛的。

作为电影出品人的范从政，不仅要顶着精神上巨大的压力，还要四下里张罗拍摄资金，他的辛劳是没法从影片中反映出来的，他的身影也不曾在荧幕上出现，他的功绩却永远载入黄冈的史册。

当人们问他为什么要拍这部电影时，他回答说："这或许是缘于一个梦想，我所有的努力就是一步步将梦想变为现实，把不可能变成可能。"

是的，只要有梦想，谁都了不起，梦想在望，一切皆有可能。

《黎明行动》正在全国上映，正在实现它应有的社会效益和票房价值。它的成功告诉我们：超越梦想，不是梦想！

据悉，黄冈文化人正在朝着建设一座全国一流的黄梅戏大剧院的目标而努力，我由衷地为之欢呼雀跃、欢欣鼓舞。

这是黄冈的又一个梦想。

愿所有的人生都有梦想，愿所有的梦想都开花！

（原载《声屏瞭望》2009 年 2 月）

遗爱湖畔的文化地标

——写在黄梅戏大剧院开业首演之际

深冬时节，湖北黄冈遗爱湖畔，一股艺术暖流在涌动。

黄冈市推进"双强双兴"，促进文化产业科学发展、跨越发展的重大成果——历时5年建设、群众翘首以盼的黄梅戏大剧院正式运营，为古城黄州新添一座文化地标性建筑。

2015年12月25日晚，黄冈市委宣传部、市文化新闻出版广电局在黄梅戏大剧院举办惠民试演，湖北省黄梅戏剧院上演大型原创精品黄梅戏《活字毕昇》，1000多名学生、戏迷、企业家、公务员等市民代表，成为首批幸运观众。

12月28日晚，华灯初上，莫斯科国立音乐厅交响乐团艺术家携20余首中外经典名曲，首次"空降"黄冈，在黄梅戏大剧院献上顶级的2016新年音乐会，给黄冈市民带来唯美的视听享受。

两场高水准盛大演出，观众反响热烈。

黄冈保利大剧院管理有限公司董事长王文平介绍，黄梅戏大剧院是北京保利剧院管理有限公司经营管理的国内39家大型剧院之一，2016新年音乐会拉开了大剧院首演季精彩大幕。此后如歌剧《茶花女》、芭蕾舞《天鹅湖》、邓丽君金曲回顾演唱会等高雅艺术节目将陆续上演，钢琴大师傅聪、女子十二乐坊等也将在新春演出季带来新作。市民在家门口就能欣赏到高雅艺术表演。

高昂龙头：多方筹资建设重大民生工程

黄梅戏大剧院位于黄冈市区遗爱湖风景区，黄州大道南段，水韵荷香景区西侧，与纽宾凯瓦尔登酒店毗邻，占地 120 亩，建筑面积 2.8 万平方米，总投资 3.1 亿元。

剧院为钢网架、大空间剧场，是国内最为先进、最为现代的剧场之一。主体工程分大剧场、小剧场和商务区，配套建设有湖北省黄梅戏剧院办公、排练场所和书城，可容纳 1000 余名观众。舞台、音响、灯光等设施设备均达到国家一类剧院水平，能满足戏剧、歌舞、交响音乐会及综艺晚会等各类演出和大型会议，是广大市民进行文化消费和文化享受的理想场所。

剧院建筑设计科学，造型新颖，其外形设计为梅花状，与中国戏剧最高奖"梅花奖"及黄梅戏之"梅"字相呼应。从空中俯瞰剧院，犹如一朵梅花盛开在遗爱湖畔。

2009 年，黄冈市委、市政府决定兴建市区五大社会发展项目：市老年大学、市博物馆新馆、市黄梅戏大剧院、市体育中心、市中职学校。黄梅戏大剧院位列其中。

此后，市委、市政府把五大项目建设作为高昂市区龙头的标志性工程，市政府成立了以市长为组长，市发改委、市规划局、市国土局、市财政局、市园林局、市住建委、市法制办、市城投公司等 20 个相关单位为成员的项目建设领导小组，实行一个重点项目一名市级领导挂点、项目业主单位"一把手"负责的工作机制，扎实推进项目建设。

2010 年 2 月 27 日，黄梅戏大剧院破土动工。工程建设期间，黄冈市委书记刘雪荣定期到工地指导督办，研究解决建设中的困难；市长陈安丽多次现场调研，协调解决具体问题。

为破解资金难题，黄冈市政府通过争取上级项目扶持资金、银行融资、土地经营、盘活存量、社会捐资、招商引资、资源入股等多种途径，筹集建设资金，大胆尝试建设-移交（BT）投资模式。

2013 年 12 月，大剧院主体工程完工。由于功能齐全、设计复杂，质量要求高、施工难度大，历时两年才完成内部装修和舞台设备安装。

开业在即，2015 年 12 月 1 日，刘雪荣来到黄梅戏大剧院，实地检查首演前各项准备工作，详细了解亟待解决的问题，并自费购买演出票，希望全社会都支持黄梅戏大剧院运营管理工作，确保黄冈保利大剧院管理有限公司商业演出正常开展，提升黄冈人民的文化艺术欣赏水平。

黄冈市文广局局长王建学表示，建设黄梅戏大剧院，不仅是黄冈市综合实力不断增强的具体体现，也是实施"兴文"战略、促进黄冈经济社会全面发展的重大举措，更是完善城市功能、不断满足人民群众日益增长的文化需要的必然要求。黄梅戏大剧院建成并投入使用，必将大力促进黄冈市文化艺术发展和对外文化交流合作，为黄冈市全面建成小康社会发挥文化引领和支撑作用。

湖北省黄梅戏剧院院长、著名黄梅戏表演艺术家张辉认为，黄冈是戏曲大市，具有深厚的戏曲文化底蕴、丰富的戏曲人文资源和广泛的戏曲群众基础，京、汉、楚、黄梅戏"四戏同源"。黄梅戏大剧院的开业运营，对于振兴以黄梅戏为代表的黄冈地方戏，实现"把黄梅戏请回娘家"的战略目标，具有里程碑式的重要意义。

牵手保利：建立文化场馆现代管理运营机制

受城市规模和经济发展水平制约，不少市民担心，大剧院建成后，要么闲置率高，造成资源浪费；要么门槛太高，成为少数人的俱乐部。黄冈市委、市政府高度重视大剧院运营管理，先后派出考察组赴全国各地考察，经与北京保利剧院管理有限公司反复协商后终于牵手。

北京保利剧院管理有限公司以剧院建设、剧院管理和演出资源著称，建立了全国规模最大的剧院院线和票务网络销售体系，同国内外各演出团体和经纪公司特别是文化部、国家广电总局、北京国际音乐节组委会等建立了良好的合作关系。"保利"已成为业内公认的优秀品牌。

黄冈市文化局原党组书记、市委副秘书长夏剑平曾多次主持与保利公司谈判。在他看来，保利公司是理想的合作伙伴。

——利用保利公司的管理优势，能较好地发挥黄梅戏大剧院的功能与作用，通过优势互补、资源共享，实现黄梅戏大剧院"专业水平高、管理标准高、服务品位高、经营效益好、社会形象好"的运营目标。

——利用保利公司的资源优势，可以解决在运营上缺资源、管理上缺人才等短板，最大限度地物尽其用，降低运行成本，为黄冈培养文化经营管理方面的人才。

——利用保利公司的联盟优势，可以使黄冈黄梅戏大剧院纳入全国演出网络，更多地引进国际国内一流的演出团体来黄演出，提升黄冈文艺演出档次，培育和繁荣黄冈文艺演出市场，提高黄冈广大市民欣赏水平，并把黄冈本地优秀文艺作品通过保利院线推向全国和国际市场，达到"有机会请进来，有条件走出去"的目的。

党的十八届三中全会《中共中央关于全面深化改革若干重大问题的决定》指出，推进文化体制机制创新，建立健全现代文化市场体系，推动文化企业跨地区、跨行业、跨所有制兼并重组，提高文化产业规模化、集约化、专业化水平。黄梅戏大剧院建立所有权国有，运营权企业化、院线化，使用权社会化，公益院团拥有优先使用权的现代场馆管理运营机制，是黄冈深化文化体制改革的生动实践。

文化惠民：让更多市民走进黄冈黄梅戏大剧院

黄梅戏大剧院是广大市民欣赏高雅艺术的殿堂。高端演出带来的高成本、高票价、高门槛，常常让普通市民望而却步。为解决好这一问题，黄冈市政府提出了"政府补贴、企业运营、业主监管、省院使用"的经营管理模式。政府每年给予保利公司一定的资金支持，用于运行和演出补贴，市文广局与保利公司联合制定了文化惠民政策，每场自营引进演出均设置30元、50元、80元的惠民票价，市民音乐会系列演出、打开艺术之门系列演出等艺术普及教育类演出最高票价不超过100元，公益类演出实行10元超低票价，或免费赠票。

此外，大剧院将定期对市民开放，市民可有组织地参观大剧院内外环境设施，举行展览、艺术体验等免费文化活动，并将邀请艺术界知名专家学者，面向市民开展各类免费文化讲座、培训及其他文化活动。

黄冈保利大剧院管理有限公司董事长王文平承诺，黄梅戏大剧院将坚持"高贵不贵、文化惠民"的理念，每年自营引进演出不少于46场，公益演出不少于20场，让尽可能多的黄冈市民有能力走进剧院，观赏到国内国际高水平演出。

随着黄梅戏大剧院首演大幕开启，黄冈市民欣赏国际级高雅艺术的机会将会越来越多！

（原载《光明网》2015年12月31日，《黄冈日报》2015年12月31日）

让高雅艺术走进黄冈百姓生活

——写在黄梅戏大剧院开业运营1周年

鄂东古城黄州，黄州大道与湖心路交汇处，6年前还是一片鱼池。如今，这里的地标性建筑——黄梅戏大剧院，已迎来开业运营1周年。

黄梅戏大剧院是国内最为先进、最为现代的剧场之一，可容纳1000余名观众，其舞台、音响、灯光等设施设备均达到国家一类剧院水平，能满足戏剧、歌舞、交响音乐会及综艺晚会等各类演出。大剧院气势恢宏、外观壮美，设计也别具匠心：从空中俯瞰，宛如一朵硕大的梅花盛开在遗爱湖畔，凸显黄冈作为黄梅戏"娘家"和京、汉、楚、黄梅戏"四戏同源"的历史地位与独特神韵。

2015年11月28日，黄梅戏大剧院正式开票，市民花几十元钱就能看到交响乐、芭蕾舞这样的高雅演出。黄梅戏大剧院开门迎客，让黄冈市民的文化小康由梦想变为现实。

85场演出，点亮城市文化之光

黄梅戏大剧院开业运营，使剧院成为黄冈城市文化中心。

2015年12月25日，黄冈市委宣传部、市文广局在黄梅戏大剧院举行首场惠民试演，湖北省黄梅戏剧院上演大型原创黄梅戏《活字毕昇》。

3天之后，黄梅戏大剧院拉开首演大幕，莫斯科国立音乐厅交响乐团艺术家携柴可夫斯基《天鹅湖》组曲、苏佩《轻骑兵序曲》、约翰·施特劳斯《蓝色多瑙河》、中国曲目《北京喜讯到边寨》等20余首中外经典名曲空降黄冈，在大剧院献上顶级的2016新年音乐会，黄冈市民"一步跨进北京城"，在家门口就能欣赏到国际水准的高端演出。

接下来的首演季，给黄冈人民带来诸多惊喜。

2016年元旦，邓丽君金曲经典演唱会在黄梅戏大剧院激情上演，来自上海影乐轻音乐团的歌手"小邓丽君"盛燕，淋漓尽致地演绎"邓氏唱腔"，《甜蜜蜜》《小城故事》《何日君再来》等一首首邓丽君金曲嗨翻全场。

1月10日，西洋歌剧首次亮相黄冈，澳大利亚经典歌剧院管弦乐团上演经典歌剧《茶花女》，向市民诉说其凄美爱情。

1月12日，英国小伙肖恩来黄冈开唱，他用中文演唱了《小苹果》《菊花台》《最炫民族风》等中国流行歌曲以及他本人创作的外文歌曲，令全场观众如痴如醉。

1月20日，唯美《天鹅湖》舞到家门口，俄罗斯芭蕾舞剧院首次登陆黄冈，经典芭蕾《天鹅湖》惊艳上演……

6月1日至8月底，黄梅戏大剧院隆重推出"打开艺术之门"暑期儿童剧系列演出季。亲子音乐剧《流浪狗之歌》《国粹在你身边》市民音乐会、世界著名近台魔术大师展演等20多台充满趣味性和互动性的演出，让更多的青少年和艺术爱好者走进高雅艺术殿堂。

金秋·岁末演出季，大剧院引进《黄品源与金立海乐团"品味源音"演唱会》《德国汉堡节日交响乐团音乐会》《白俄罗斯国家交响乐团首次中国巡演》等重磅项目，向黄冈市民献上年度艺术厚礼。

一年来，黄梅戏大剧院共演出85场，观众达6万人次，表演院团超过60家，有多家国际一流并首次登陆黄冈的外国顶级院团。

委托保利公司管理运营，大剧院加入国际朋友圈

投资巨大的黄梅戏大剧院，如何避免闲置率高造成资源浪费和门槛高而成为少数人的俱乐部？

黄冈市委、市政府创新政府购买公共文化服务机制，提出"政府补贴、企业运营、业主监管、省院使用"的经营管理模式，委托北京保利剧院管理有限公司经营管理，使黄梅戏大剧院加入国际朋友圈。

北京保利剧院管理有限公司是一家集平台、内容、营销、教育四位一体的国际型、综合型演艺集团，同国内外各演出团体建立了良好的合作关系，公司经营管理的剧院现有52家，2015年营业收入位列中国演艺机构前十强。

黄梅戏大剧院是保利公司经营管理的国内第 39 家、湖北地级市首家、湖北省第二家大型剧院。为了降低大剧院门槛，政府给予保利公司一定的补贴，保利公司凭借资源、平台、管理等方面的优势，坚持"高贵不贵，文化惠民"的理念，每场自营引进演出均设置 30、50、80 元的惠民票价，每年安排不少于 20 场公益演出，让更多的黄冈市民有能力、有机会走进剧院。

坚持"低门槛、低票价"，并不意味着降低演出本身的品质与内涵。保利院线今年引进了世界十大交响乐团、百老汇原版音乐剧以及国内顶尖艺术演出等优秀剧目 44 场，将最好的作品呈现给黄冈观众。

黄冈保利大剧院管理有限公司董事长王文平介绍，黄梅戏大剧院开业 1 周年，演出平均上座率接近 70%，实现了把观众请进来、让观众留下来的目标，这在三、四线城市成绩不俗。

黄梅戏大剧院在为黄冈观众带来优秀的国际国内演出的同时，致力于繁荣本土艺术，将众多优秀黄梅戏作品搬上舞台，推出大剧院版的《李时珍》《活字毕昇》《传灯》等地方优秀原创剧目，促进多元化文化融合发展。在"打开艺术之门"系列儿童剧演出季，策划举办"我与大师同台——小琴童选拔比赛"，在学生中开展艺术教育，赢得良好的社会口碑。

为了让观众看懂交响乐、话剧、舞剧这些高雅艺术，引导观众文明观赏，大剧院举办了多次剧场知识公益讲座，并在我市各大媒体开展艺术知识普及、文明观赏宣传，保证了每场演出的效果。

1 月 24 日，青年歌唱家、声乐教育家刘畅率学生来黄冈献艺，黄冈军分区 500 名官兵及军属观看了这场演出，刘畅特意准备了一首《妻子》献给最可爱的人以及他们的家人。演唱会正进入高潮，一个意外的插曲见证了黄冈观众的文明素养：在故障停电的 10 分钟里，1000 多名观众打开手机屏幕，汇聚成照亮舞台的文明之光，刘畅和他的弟子们一丝不苟地倾情演唱，留下温馨美好的一幕。

享受艺术、享受服务，让更多观众走进剧场

如何让高雅艺术走进黄冈百姓生活，让市民在欣赏、感悟高雅艺术的过程中，不断提升艺术修养和文明素养？作为提供演出场所的剧院，做好全方位服务是赢得观众、实现可持续发展的关键。

保利院线进驻黄冈新市场，根据市场调查精准定位，量身打造适合黄冈观众的演出季，让市民在一年中的每一个月、每一周都有演出看，有喜欢的演出看，并结合演出剧目因地制宜做好宣传推广，通过不断调整自身的管理与服务来培育观众。

6月2日，大剧院与共青团黄冈市委、黄冈市爱家贝双语幼儿园联合举办"手牵手、共筑梦"儿童剧《小羊肖恩》公益演出，1000名留守儿童、困难家庭儿童、社区共建学校的儿童走进大剧院。像这样一些公益演出，不断把潜在观众变成实际观众，把实际观众变成忠实观众。

专业的剧院管理公司带动观众快速成长，到黄梅戏大剧院看戏，成为许多市民文化消费的新选择和新时尚。

为了提高上座率，实现黄冈市委、市政府提出的"满场"要求，大剧院除了开通网上购票和现场购票外，还设立7家代理售票点方便市民，在各银行网点、培训机构、儿童游乐园、大型商场发布演出信息、发放会员招募资料、发展储值会员，并与黄冈市总工会、黄商集团等部门和单位签订特约商户合作，联合推出会员优惠活动，将会员服务从演出票务延伸至其他文化艺术领域。许多老年观众不会使用寄存柜，大剧院员工帮助老人存取水杯，让观众在享受艺术的同时，也享受到最优质的服务。

黄梅戏大剧院开业运营1周年，向黄冈市委、市政府和黄冈人民交出了一份不错的答卷。黄冈保利大剧院管理有限公司总经理王志方表示，2017年将从加深原创剧目力度、加大精品演出系列数量、加强地方特色文化推广三个方面入手，丰富演出内容，提升演出层面，加强高雅艺术的推广，提升黄冈城市文化水平。

让高雅艺术走进更多黄冈百姓生活，我们共同期待！

（原载《黄冈日报》2016年12月3日，《新华网》2016年12月5日）

共同擦亮黄梅戏大剧院靓丽名片

激情五月，奔跑黄冈。

2018 年 5 月 5 日晚 7 时 30 分，由湖北黄冈市文化新闻出版广电局、市体育局、湖北省黄梅戏剧院承办的《奔跑吧，黄冈》大型迎宾文艺晚会，在黄梅戏大剧院隆重上演。湖北省黄梅戏剧院表演的戏曲联唱《女驸马》《打猪草》《夫妻观灯》《梁祝》《东坡》等经典黄梅戏选段，为市民和前来参加 2018 黄冈国际半程马拉松赛的中外嘉宾，献上了一台精美的富有黄冈地域特色的文化盛宴。

黄梅戏大剧院是黄冈市标准最高、体量最大的公共文化设施，是黄冈市区社会事业重点项目标志性工程，也是国内最为先进、现代的国家一类剧院之一，开业运营两年多来，各类演出达 300 场，观众达 20 万人次，表演院团超过 150 家，业已成为黄冈展现文化魅力的靓丽名片。

领导重视：推动文化改革发展

公共文化设施是公共文化服务的物质载体，是社会发展和文明进步的实物标志。历时 5 年、投资 3 亿多元建成、内设大小 2 个剧场、近 2000 个座位的黄梅戏大剧院，如何避免闲置率高造成资源浪费和门槛高而成为少数人的俱乐部？

黄冈市委书记刘雪荣亲自提议成立市区社会事业重点项目建设运营管理领导小组，加强对黄梅戏大剧院等市区重点项目的服务，推动黄梅戏大剧院肩负提升黄冈文化品位，增强人民群众文化自信、文化自觉的光荣使命。

黄冈市委、市政府创新政府购买公共文化服务机制，提出"政府补贴、企业运营、业主监管、省院使用"的经营模式，委托国内优质剧院运营企业北京保利剧院管理有限公司运营管理，为用好、管好黄梅戏大剧院提供了坚强保证。市委、市政府领导还率先垂范，带头到大剧院购票入场观看演出，引领广大市民积极走进剧院，在家门口享受高雅艺术。

经过一段时间的运行，针对剧院总体利用率有待提升、可持续发展的长效机制有待建立等问题，黄冈市委常委、市委秘书长、宣传部部长陈继平及时召开加强黄梅戏大剧院运营管理工作专题会议，推动提高黄冈黄梅戏大剧院服务效能。

黄冈市委宣传部、市总工会、市文化新闻出版广电局联合出台《关于保障和丰富职工群众文化生活的通知》，要求充分发挥黄梅戏大剧院等文化阵地的作用，用足用活基层工会可为职工群众每人每年安排不超过 200 元会费，有组织地引导职工群众走进剧院观看文艺演出，提高职工群众的艺术素养和精神境界。

通过一系列高位推动，黄梅戏大剧院运营管理日臻完善，观众上座率不断提升。

部门支持：落实文化惠民政策

提高黄梅戏大剧院上座率，是深入贯彻习近平新时代中国特色社会主义思想、满足人民日益增长的美好生活需要的必然要求，是政府购买公共文化服务实现社会效益的现实需要。

黄冈市各部门和有关单位不断提升政治站位，认真落实中央和湖北省委、黄冈市委各项文化惠民政策，共同擦亮黄梅戏大剧院这一公共文化服务品牌，极大地提升了黄冈人民的获得感和幸福感。

市文广局作为业主单位，组建工作专班，指派一名党组成员和两名科级干部专职负责黄梅戏大剧院外围协调工作，并成立艺术委员会，负责对节目的内容、档次进行审核认定，履行大剧院管理服务各项职责。

市财政局按合同如期拨付财政资金，强化财政资金监管，协助市文广部门健全完善大剧院考核评价办法，发挥财政资金的使用效益。

市纪委、市直机关工委组织基层党员观看《在路上》《铁面金光悌·审和珅》《大别山母亲》《槐花谣》等警示题材、红色题材的剧目，接受党纪教育和传统教育。

市民政局组织军人进剧院、贫困户和残疾人进剧院、"大师进社区""草根进殿堂"和普通市民积极参与"市民参观日",让更多的人欣赏到高雅艺术。

市总工会、团市委、市妇联、市教育局组织"大师进机关、进企业、进校园",同时组织基层职工、基层一线青年、基层妇女积极参与"市民参观日",扩大艺术教育覆盖面。

市城管执法局积极做好剧院广场的保洁、硬化工作,为市民观看演出创造良好环境。

黄冈日报社、黄冈广播电视台开设专栏,加大对黄梅戏大剧院及其演出节目的宣传推介,组织开展作家评剧,营造了浓厚的社会舆论氛围……

各部门和各有关单位大力支持、密切配合,积极落实文化惠民政策,充分发挥黄梅戏大剧院在繁荣发展黄冈文化事业中的支撑和平台作用,维护和实现了广大市民的文化权益。

运营创新:扩大文化市场消费

如何让更多市民享受高雅艺术,在欣赏、感悟高雅艺术的过程中,不断提升艺术修养和文明素养?作为大剧院运营方,黄冈保利大剧院管理有限公司做好全方位服务,赢得了观众、拓展了市场。

保利公司根据市场精准定位,量身打造适合黄冈观众的演出季,使大剧院一开始就加入了国际朋友圈。

2017年,大剧院引进了钢琴家赵胤胤、田佳鑫、安德烈·皮萨列夫,二胡演奏家宋飞,马头琴艺术家齐·宝力高,吉他手肖恩·夏伊布,单簧管演奏家王歧,高音歌唱家莫华伦等世界著名和国内顶端艺术家,以及俄罗斯国家古典芭蕾舞团和圣彼得堡国家冰上芭蕾舞剧团以及德国海顿交响乐团等世界著名团队,还引进了国内外经典话剧、魔术、儿童音乐剧、暑期芝麻开门系列演出等项目,受到广大市民的广泛认可。

2018年前4个月,贺岁剧《一碗哈是我的》、小琴童同场演奏《丁雪儿古筝独奏音乐会》、舞台剧《等待戈多》、星夜相声会馆《今夜星光灿烂》《中央歌剧院合唱团音乐会》《中央芭蕾舞团中外芭蕾舞展演》、现代话剧《原野》等各种艺术门类的精彩演出,一次次点亮城市文化之光。

保利公司在为黄冈观众带来顶级的国内国际演出的同时，致力于繁荣本土艺术，将优秀黄梅戏作品搬上舞台，先后推出大剧院版的《李时珍》《活字毕昇》《东坡》《传灯》等地方优秀原创剧目，促进多元文化融合发展。

2018年2月23日至3月1日，大剧院开展地方戏曲优秀剧目惠民展演，集中将英山县黄梅戏剧团《春江月》、罗田县黄梅戏剧团《费姐》、团风县黄梅戏剧团《慈母泪》、浠水县楚剧团《绣花女》《寻儿记》、武穴市文曲戏研究院《嬉蛙》《草鞋老太爷》等7台大戏引进大剧院，广大市民直呼过足了戏瘾。

在社会公益活动中，黄冈保利大剧院管理有限公司邀请国内外知名艺术家进社区、进校园开展各种艺术讲座，传播高雅艺术审美，推广艺术普及，让高雅艺术真正走进百姓生活。同时举办"市民参观日""艺术讲堂""百姓大舞台"等活动，让广大市民对黄梅戏大剧院有更深入的了解，拉近了剧院与观众的距离，打通了公共文化服务"最后一公里"，不断把潜在观众变成实际观众，把实际观众变成忠实观众，构筑起高雅艺术与黄冈人民群众交流互动的桥梁和纽带。

（原载《中国文化观察网》2018年5月17日，《黄冈日报》2018年5月26日）

高贵不贵的黄冈模式

——写在黄梅戏大剧院开业运营 3 周年

2018 年 12 月 16 日晚，家住湖北省黄冈市黄州大道的程晓明夫妇今年第 12 次走进遗爱湖畔的黄梅戏大剧院，观看俄罗斯芭蕾舞剧院经典剧目《天鹅湖》。

"这是我第 2 次在家门口欣赏这部传世之作。今晚演出的是多媒体版本，与传统的舞台置景相比，布景更为逼真。"

走出黄梅戏大剧院，程晓明仍掩饰不住满脸的兴奋："音乐之美与形体之美的极致融合，现代高科技手段的充分运用，更加令人震撼。"

低票价、高品位的艺术享受

时针回拨到 2015 年 11 月 28 日，坐落在古城黄州美丽的遗爱湖景区的文化地标——黄梅戏大剧院对外开票。一个月后，来自莫斯科国立音乐厅交响乐团的艺术家们，以一场盛大的 2016 新年音乐会，完成黄梅戏大剧院精彩首秀。

如今，黄梅戏大剧院开业运营 3 周年，各类演出达 297 场。其中，欧美地区国家、皇家、首都演出团体，国内中央、国家级演出团体，在国际艺术比赛中获得奖项的国内外演出团体等 A 类演出 45 场，北京、上海及省级艺术院团等 B 类演出 57 场，实验话剧及小型艺术表演等 C 类演出 54 场，合作演出 31 场，租场演出 62 场，公益演出 14 场，政府用场 34 场，表演院团达 152 家，平均上座率近 70%，观众突破 20 万人次。

黄梅戏大剧院是黄冈市标准最高、体量最大的公共文化设施，是北京保利剧院管理有限公司旗下的国内第 39 家大型剧院，由黄冈保利大剧院管理有限公司经营管理。

上座率反映高雅艺术演出市场经营管理业绩，票价则反映演出是否被广大市民所接受。

在市民普遍关注的票价问题上，黄冈保利大剧院管理有限公司始终遵循"高贵不贵、文化惠民"的经营理念，坚持在呈现舞台艺术精品的同时，根据黄冈文化演出市场行情、市民收入、文化消费能力及消费取向，以合理的票价设计满足不同层次的观众需求，引导观众进行文化消费。

2017年以来，黄冈市加快文化强市建设，全力创建第四批国家公共文化服务体系示范区，以黄梅戏大剧院为龙头，着力打造文化惠民新高地。到黄梅戏大剧院看戏，成为许多黄冈市民文化消费的新选择。

"每场演出，我们均打出百元以下惠民票价，且数量不低于整场座位的20%。"黄冈保利大剧院管理有限公司总经理王志方介绍，大剧院每年推出"打开艺术之门"暑期艺术节，统一20、40、60、80、100元全程低票价；贯穿全年的"市民音乐会"，统一30、50、80、100元低票价；2018年平均票价96元，低于上级主管部门平均票价不超过200元的预定目标。

大剧院刚开始上座率并不高。黄冈保利大剧院管理有限公司不断引进黄冈市民喜闻乐见的精品剧目，制定对市民有吸引力的销售推广政策，降低消费门槛，注重对固定消费群体的培养，黄冈市各有关部门认真落实中央和省委、市委各项文化惠民政策，共同擦亮黄梅戏大剧院这一靓丽名片，让市民能够花不多的钱，轻松进剧院享受艺术体验，实现低票价、高品位的艺术享受。

"越来越多的黄冈市民愿意走进大剧院，零距离体验高雅艺术的魅力。"程晓明颇有认同感。

全方位、常态化的公益活动

2018年5月6日7时30分，10000名马拉松参赛选手从黄冈市遗爱清风广场开跑，黄冈进入"半马"时间。

头天晚上7时30分，由黄冈市文化新闻出版广电局、市体育局、湖北省黄梅戏剧院联合举办的《奔跑吧，黄冈》大型迎宾文艺晚会，在黄梅戏大剧院隆重上演，戏曲联唱《女驸马》《打猪草》《夫妻观灯》《梁祝》《东坡》等经典黄梅戏选段，为广大市民和前来参加黄冈国际半程马拉松赛的中外嘉宾点燃激情。

黄梅戏大剧院开业以来，黄冈保利大剧院管理有限公司坚持通过惠民演出、请特殊市民进剧院看演出、举办"市民开放日"、给残疾人等特定人群免费赠票，送艺术讲座进社区、进机关、进学校等方式，开展全方位、常态化的公益活动，照顾到社会各阶层人群，使黄梅戏大剧院这一公共文化场所真正服务于最广大的市民。

2016年6月2日，黄冈1000名留守儿童、困难家庭儿童、社区共建学校的儿童走进黄梅戏大剧院，共圆童话梦想，免费观看由北京手拉手儿童艺术剧团演出的英国原版动漫舞台剧《小羊肖恩》，幽默的表演、活泼的音乐、可爱的小羊肖恩等人物，给观演的小朋友带来无尽的欢乐。

2017年4月21日，国家级非物质文化遗产传承人、被欧洲音乐评论家称为"中国的帕格尼尼"的现代马头琴艺术宗师齐·宝力高到黄冈艺术学校开办大师班，分享他的艺术生涯和人生感悟，演奏经典马头琴曲《万马奔腾》，黄冈艺术学校师生也进行了二胡表演。

2017年5月29日，100多名"草根"戏迷登上黄梅戏大剧院舞台，为两千多名市民献上两场黄梅戏群众艺术盛宴。

2017年11月13日，1000名音乐发烧友免费领取入场券，在黄梅戏大剧院观看卫星高清转播的极具震撼力的顶级音乐盛宴——《柏林爱乐乐团武汉音乐会》，引爆乐迷的热情。

2018年4月15日，"黄梅戏大剧院市民开放日"暨《讴歌新时代　文化传佳音》惠民文艺汇演隆重开场，湖北省级非物质文化遗产黄州牌子锣代表性传承人王资腊带着"十八般武艺"——小鼓、梆鼓、大锣、小锣、钹等表演乐器，与16名非遗爱好者走上国际化、标准化的黄梅戏大剧院舞台……

3年来，黄冈保利大剧院管理有限公司共举办"黄梅戏大剧院市民开放日"3场、艺术讲座11场、艺术培训12场、艺术体验14场，构筑起高雅艺术与人民群众交流互动的桥梁，让市民亲身感受艺术的魅力，推动高雅艺术真正走进百姓生活，实现"让更多人走进剧院"的愿望。

重本土、推原创的责任担当

黄冈是中国戏曲的重要发源地，是黄梅戏的故乡，有着京剧、汉剧、楚剧、黄梅戏"四戏同源"的深厚文化底蕴。

黄冈保利剧院管理有限公司立足黄冈、面向全国、放眼世界，在为黄冈观众带来高端的国内国际演出的同时，致力于地方特色文化推广，赢得良好的社会口碑。

——将优秀黄梅戏作品搬上舞台。黄梅戏大剧院开业至今，先后推出大剧院版的《李时珍》《活字毕昇》《东坡》《余三胜轶事》《传灯》《大别山母亲》《槐花谣》等优秀原创剧目，促进黄冈地方文化繁荣发展。

——举办廉政剧目专场。2017年5月9日、10日，英山县黄梅戏剧团全力打造的大型反腐历史题材黄梅戏《铁面金光悌·审和珅》在黄梅戏大剧院上演，湖北省委第一巡视组组长张金良，黄冈市委书记、市人大常委会主任刘雪荣，市委副书记、市长刘美频等领导观看演出，跌宕起伏的剧情、大气唯美的布景灯光、荡气回肠的华丽唱腔、酣畅淋漓的表演，感染了现场每一位党员干部。

——开展地方戏曲优秀剧目惠民展演。集中将英山县黄梅戏剧团《春江月》、罗田县黄梅戏剧团《费姐》、团风县黄梅戏剧团《慈母泪》、浠水县楚剧团《绣花女》《寻儿记》、武穴市文曲戏研究院《嬉蛙》《草鞋老太爷》等原创大戏引进黄梅戏大剧院，丰富春节期间群众精神文化生活。

——推动黄冈原创黄梅戏进入保利院线巡演。2018年8月16日至25日，湖北省黄梅戏剧院精心打造的大型黄梅戏《东坡》，在全国四大知名剧院湖北潜江曹禺大剧院、湖南株洲神农大剧院、河南艺术中心大剧院、河北衡水大剧院上演，生动再现苏轼在黄州期间，境遇与才情的契合，促使其创作达到艺术巅峰的过程……

黄梅戏大剧院经过3年的运营，成为老区湖北黄冈文化传播的主阵地和文化惠民的新亮点。黄冈保利剧院管理有限公司，向黄冈人民交出一份合格的答卷。

（原载《中国文化旅游网》2018年12月19日，《鄂东晚报》2018年12月21日）

一座剧院与一座城市的"互粉之路"

——写在黄梅戏大剧院开业运营 4 周年

2019 年 12 月 14 日晚，华灯初上，中国黄梅戏的故乡——湖北黄冈，一场以"梨园芳华·薪火相传"为主题的黄梅戏迎新晚会，在黄梅戏大剧院浓情上演。

中国戏剧梅花奖得主、全国人大代表、湖北省黄梅戏剧院院长张辉率众多实力派演员和黄冈市艺术学校的师生们，联袂演唱《天仙配》《女驸马》《梁祝》《春江月》《罗帕记》《未了情》等经典黄梅戏选段，让戏迷们如痴如醉，留连忘返。

时值隆冬，美丽的遗爱湖畔暖意融融。

这是黄梅戏大剧院今年第 3 个市民开放日，也是黄冈保利大剧院管理有限公司成立 5 周年、黄梅戏大剧院开业运营 4 周年之际，公司举办的"年度庆"系列演出黄梅戏专场。

文化是城市的灵魂，剧院是城市的文化地标

黄冈是中国文化高地，历史文化、名人文化、东坡文化、戏曲文化、红色文化、生态文化等文化名片光耀华夏，熠熠生辉。

然而，长期以来，受经济发展制约，黄冈文化事业欠账颇多，公共文化设施落后，不能满足人民群众日益增长的精神文化需求。拥有一座高标准的现代化剧院，是张辉和戏迷们曾经的梦想。

党的十八大以后，黄冈市委提出"强工兴城、强农兴文"的发展重点，将文化融入发展战略，依托资源、发挥优势，形成特色、差异竞争，以文化助推黄冈发展升级，推动黄冈由文化大市迈向文化强市。

5 年前，黄冈市区重大社会发展项目——一座别致新颖的大剧院——黄梅戏大剧院破茧而出，惊艳耀世。

这座占地 120 亩、建筑面积 2.8 万平方米、总投资 3.1 亿元的大剧院，分大剧场、小剧场、图书城、湖北省黄梅戏剧院办公区、排练区和商务区，可容纳 1000 余名观众，是国内最为先进的大剧院之一，也是鄂东体量最大的现代文化艺术综合体。

大剧院设计独具匠心。从空中俯瞰，她既似五片硕大的梅花花瓣，盛开在遗爱湖畔，凸现黄冈作为黄梅戏发源地的历史地位；又似五个跳动的音符，为这座城市平添浓郁的文化艺术氛围。

建筑是凝固的音乐，音乐是流动的建筑。黄梅戏大剧院将二者完美结合，显示出独特的象征意义和精神气质，是老区黄冈高昂市区龙头的标志性工程和文化地标。

黄梅戏大剧院委托国内剧院经营管理行业标杆、全国乃至世界领先的直营剧院院线——北京保利剧院管理有限公司管理运营，开业运营即融入国际朋友圈，成为黄冈文化惠民的龙头阵地和高雅艺术的殿堂。

2015 年 12 月 25 日，黄梅戏大剧院举行首场惠民演出。迄今为止，黄冈保利大剧院管理有限公司共组织各类演出 420 场，引进国内外表演院团 200 余家，接待观众近 30 万人次。

"文化艺术是一座城市的灵魂，有了殿堂，灵魂就不必到处流浪。"黄冈市艺术研究所所长夏建国说，"黄梅戏大剧院好戏连台，为黄冈城市夜空增添了一道最美的风景。"

生活在一座有剧院的城市，是一种幸福

北京保利剧院管理有限公司是国内知名的剧院管理和演出运营企业，是全国精品演出运营平台、国际文化交流平台、剧院票务营销平台和剧院艺术教育平台。

从 2015 年 12 月 28 日，莫斯科国立音乐厅交响乐团艺术家携柴可夫斯基《天鹅湖》组曲等 20 余首中外经典名曲空降黄冈，到 2020 年 1 月 1 日，即将迎来的《巴纳特蒂米什瓦拉爱乐乐团音乐会》，黄冈保利大剧院管理有限公司先后引进上海影乐乐团《邓丽君经典演唱会》、澳大利亚经典歌剧《茶花

女》、俄罗斯唯美芭蕾《天鹅湖》、英国动漫舞台剧《小羊肖恩》、《德国汉堡节日交响乐团音乐会》《中国国家交响乐团城堡室内乐团音乐会》《著名二胡演奏家宋飞音乐会》《齐·宝力高野马马头琴乐团音乐会》《布加勒斯特国家歌剧院合唱团音乐会》、中国话剧百年第一戏——天津人民艺术剧院《雷雨》、俄罗斯圣彼得堡国家冰上芭蕾舞剧《睡美人》、《德国海顿交响乐团新年音乐会》《中央歌剧院合唱音乐会》《维也纳莫扎特男童合唱团音乐会》、爱尔兰国宝级舞剧《大河之舞》、《意大利圣雷莫交响乐团音乐会》等 120 余场国际国内高端演出，市民一次次走进剧院，与高雅艺术温暖邂逅。

2019 年，面对演出经营市场新常态，黄冈保利大剧院管理有限公司秉承"高贵不贵、文化亲民"的惠民宗旨，坚持"内容为王"原则，创新经营理念，植根公益性、着眼艺术性、注重参与性，优化演出剧目，落实惠民票价，完善营销手段，挖掘市场潜力，扩大消费群体，规范内部管理，提升服务质量，培育重点演出季，黄梅戏大剧院亮点频现，重磅连连。

3 月 5 日，根据莎士比亚原著改编、由著名话剧导演林兆华执导的民俗喜剧《仲夏夜之梦》在大剧院精彩上演，为黄冈市民带来一场欢乐的盛宴。以前很少接触话剧的黄冈师范学院学生王小洁说，"在原著荒诞、无厘头剧情的浪漫主义基础上，融入东方戏剧情节，喜上加喜，笑料倍增，让人耳目一新。"

6 月 1 日，黄州区汉川门社区、大地社区等 6 个社区 60 名留守、困难儿童走进黄梅戏大剧院，免费观看根据世界经典格林童话故事改编的舞台偶型剧《小红帽》，用现代化的方式还原美丽的童话，现场感受梦幻迷离的舞台儿童剧。精美的道具、美妙的音乐、充满童趣童真的互动环节，把小朋友们带进无忧无虑的欢乐时光。

"希望通过走进剧院的方式传播艺术、温暖心灵，让留守、困难儿童感受到关怀、欢乐和童年的美好。"黄冈保利大剧院管理有限公司总经理王志方表示。

6 月 21 日，《筝情真意——丁雪儿古筝独奏音乐会》在黄梅戏大剧院奏响，纯净的音色，极富乐感和张力的演奏技巧，为黄冈乐迷们带来一场盛大的古典音乐之旅。

黄冈保利大剧院管理有限公司每年策划公益演出品牌，推出 30、50 元惠民票价的高雅"市民音乐会"，观众只需花很少的钱，就能得到美好的艺术享受。

7月19日,《纪念肖邦逝世170周年——华沙国立肖邦音乐学院交响音乐会》登陆黄梅戏大剧院,精心挑选的音乐家们,为黄冈观众带来国际顶级管弦乐演奏……

"城市因剧院而灵动,剧院因城市而精彩。"黄冈市委宣传部副部长、市新闻出版局局长柳长青说,"一场场文化盛宴,提升黄冈城市文化气息,也使黄梅戏大剧院成为黄冈城市的文化符号和市民的精神家园。"

一座剧院,改变一座城市

开业迎宾4载,黄梅戏大剧院异彩纷呈。

繁荣本土艺术,黄冈保利大剧院管理有限公司砥砺前行。

4年间,湖北省黄梅戏剧院、湖北省地方戏曲艺术剧院黄梅戏剧团、黄梅县黄梅戏剧院、麻城市东路花鼓戏剧院、武穴市文曲戏研究院、英山县黄梅戏剧团、罗田县黄梅戏剧团、蕲春县黄梅戏剧团、黄州区青年黄梅戏剧团、团风县青年黄梅戏剧团、红安县楚剧团、浠水县楚剧团等本地专业戏曲院团,先后走进大剧院,举办惠民演出30多场,让广大市民时时过足戏瘾。

与此同时,黄冈保利大剧院管理有限公司力推黄冈原创精品黄梅戏《东坡》入选2018、2019年"国之瑰宝"系列,在长沙、株洲、宜春、吉安等地保利院线巡演,扩大"鄂派黄梅戏"的影响力。

以社会效益为主,兼顾经济效益,是北京保利剧院管理有限公司的发展路线。在服务社会的各类文化公益活动中,黄冈保利大剧院管理有限公司也从未缺席。

为提高黄冈观众的艺术修养和文明素质,公司举办艺术大讲堂,开办大师班,组织京剧夏令营,举行演员见面会,开展声乐、戏曲、器乐、舞蹈、绘画和文明观演礼仪培训,招募文明观演小小志愿者,既使观众有机会零距离接触艺术家们,拉近观众与艺术的距离,也使黄梅戏大剧院成为培养观众的欣赏习惯和文化修养的社会课堂。

一座伟大的建筑可以改变一座城市。黄梅戏大剧院的运营,不仅让黄冈地方特色文化展示和多元文化艺术精品引进有了更好的平台,也为黄冈城市发展带来新的动能,从而不断提升黄冈的城市品位。

4年来,黄冈整合黄梅戏大剧院周边的市图书馆、遗爱湖书城、黄州书院、市艺术学校、市文联、市诗词协会、市书法家协会、纽宾凯小镇、东坡外滩等文化单元，将其着力打造成整体展现黄冈优秀传统文化的聚集区、综合性都市文化休闲示范区，通过定期举办系列文化活动，使各个文化单元之间相互促进、相互补充、相得益彰，实现传统文化的创造性转化和创新性发展。

仅 2019 年，黄冈国际半程马拉松、大别山（黄冈）世界旅游博览会、央视财经频道"魅力中国城"访谈、大别山（黄冈）文化旅游推介、大别山（黄冈）地标优品博览会暨第二届文化美食节等大型赛事和重要活动相继在这里举办，最大限度地释放文化聚集区的引领带动效应。

爱上一座城，或许因为这座城市有一座剧院。如今，黄冈市民把黄梅戏大剧院及周边文化街区作为工作生活之余观赏演出、阅读学习、品尝美食的首选场所，在欣赏优秀文化的审美过程中享受生活乐趣，感受黄冈魅力。

黄冈市文化和旅游局党组书记、局长王建学说："要想知道一座城市的文明程度，看看它的剧院就可以了。黄梅戏大剧院的兴建，实现剧院与城市'互粉'，不单纯是文化概念，也投射出更多的经济与社会意义。"

黄梅戏大剧院，一座城市的心灵归宿！

（原载《文旅中国》2019 年 12 月 17 日，《黄冈日报》2020 年 1 月 3 日）

"双期叠加"中的保利作为

6 年前，背靠大别山、面向大长江、毗邻大武汉、高昂市区龙头的标志性工程和文化地标——湖北黄冈黄梅戏大剧院委托国内剧院经营管理行业标杆——北京保利剧院管理有限公司管理运营，成立黄冈保利大剧院管理有限公司，创造了现代文化场馆经营管理"政府补贴、企业运营、业主监管、省院（湖北省黄梅戏剧院）使用"的黄冈模式。

2020 年，黄冈面对新冠肺炎疫期和特大洪涝灾害汛期"双期叠加"的复杂形势，面对创建第四批国家公共文化服务体系示范区的繁重任务，黄冈保利大剧院管理有限公司主动作为、奋发有为，展现了央企的责任担当和良好精神风貌。

疫期首演，黄冈保利全力以"复"

经过一个多月紧锣密鼓的排练，2020 年 7 月 25 日晚，由黄冈市委宣传部、市文化和旅游局牵头，中国戏曲学院支持，中国戏曲学院生源基地和教学实践基地——黄冈市艺术学校组织创作的原创大型抗疫题材黄梅戏《疫·春》在黄梅戏大剧院完成彩排。黄冈市委常委、市委秘书长、宣传部部长李初敏，市委常委、副市长董波，市文化和旅游局党组书记、局长王建学，该剧编剧熊文祥、导演李永志、舞美设计李威、灯光设计马路、服装设计彭丁煌、造型设计艾淑云等主创团队成员和部分市民，在剧院工作人员的引导下，佩戴口罩有序入场，成为先睹为快的首批观众。

《疫·春》不易，"春"回大地。彩排结束后，专家、领导、市民纷纷表示，该剧情节紧凑，演员表演细腻，唱段优美动听，导演手法新颖，舞美灯光服装化妆设计巧妙，饱含感恩山东、湖南援黄医疗队的真挚情感，容易引起观众的强烈共鸣。

此次演出是黄梅戏大剧院疫期复工的首场大型演出。在接到排演任务后，黄冈保利大剧院管理有限公司迅速研究部署，克服各种困难，采取加班、轮岗的方式，全力配合装台置景和设备调试。由于联排人数较多，公司高度重视人员聚集风险防控，在演员入场前设置安全线，实行实名登记、体温检测、查看健康码，确保演出顺利进行。

《疫·春》以黄冈市抗击新冠肺炎疫情为背景，选取抗疫期间剪发、抢救、休整、生日、送别几个生动感人的小故事，塑造了山东医疗队医生鲁海威、湖南医疗队护士长胡宁湘等一批援黄医护人员可亲可敬的艺术形象，表达对奋战在抗疫一线的广大医务工作者，尤其是对山东、湖南援黄工作者的感恩和崇敬之情，讴歌医务工作者医者仁心、大爱无疆的崇高品格，弘扬中华民族一方有难、八方支援的优良传统，是全国同类题材舞台剧中第一部投入彩排的作品，即将于8月中旬在黄梅戏大剧院举行公演。

闻汛而动，黄冈保利义无反顾

2020年7月份以来，受持续强降雨影响，黄冈市外洪内涝双线夹击，防汛抗洪形势异常严峻。

黄冈市委、市政府向全市党员发出倡议，号召大家志愿参加长江大堤防汛战斗。

黄冈保利大剧院管理有限公司积极响应，公司党支部第一时间征集参加防汛战斗突击队成员。通知发出不到10分钟，支部党员无一退缩，报名人数远远超出计划人数，最终选定5名队员组成黄冈保利党员防汛突击队，参加接下来5天24小时的一线防汛战斗。突击队成员们向公司党支部做出郑重承诺，坚决完成此次防汛任务，让保利的旗帜在黄冈的土地上迎风飘扬。

7月17日上午，黄冈保利党员防汛突击队到达黄州区堵城镇白衣村防汛指挥所。"丁白胜同行5人志愿参加防汛，请组织安排！"领队丁白胜一段开场白，掷地有声。

志愿者领队丁白胜是一名年轻党员，也是一名"新手"爸爸。征得妻子的支持后，报名成为一名突击队员。"作为一名党员，这是我的责任，我有义务冲在前面。"

在抗洪抢险的一线，黄冈保利5名突击队员与市文化和旅游局系统其他突击队员一样巡堤除险，毫不含糊。短暂休息时，他们还主动上前帮助后勤人员给其他突击队员补充矿泉水、食品等物资。一个班次下来，大家挤在一个十几平方米的休息室里，忍受着高温闷热和蚊虫的叮咬，没有一个人叫苦叫累。

黄冈保利大剧院管理有限公司积极投身于地方防汛抗洪战斗，也用这种方式承担社会公益事业，擦亮"保利"品牌。

传承基因，黄冈保利走进军营

黄冈市是全国双拥模范城，也是全国文化建设军民融合发展试点城市。每逢"八一"，邀请驻地战士进剧场欣赏高雅艺术，成为黄冈保利大剧院管理有限公司的一项"规定动作"。

由于受疫情影响，2020年"八一"期间不能邀请部队官兵进剧场观看演出。为庆祝建军93周年，进一步增进军民关系，协同推进文化建设军民融合发展，深入创建第四批国家公共文化服务体系示范区，巩固"不忘初心、牢记使命"主题教育成果，8月3日，黄冈保利大剧院管理有限公司党支部书记、总经理王志方带领公司全体党员、入党积极分子及部门负责人走进武警黄冈支队军营，开展"传承红色基因、激扬时代精神"主题党日活动，并为支队全体官兵送上慰问品。

在支队军史馆，大家仔细观看支队参与抗洪抢险、处置突发事故的先进事迹和获得的各种荣誉，支队官兵们发扬老区传统，传承"一要三不要"（要革命，不要钱、不要家、不要命）、"一图两不图"（图奉献，不图名、不图利）的黄冈精神，让大家心灵上受到洗礼。

在支队警勤中队官兵宿舍，大家参观官兵内务设置，看到床上用品摆放整齐、个人物品陈列标准，官兵们军容军貌整齐划一，倍感震撼、备受教育。

参观结束后，公司党支部书记、总经理王志方表示，将进一步加大军民合作力度，深入开展送文化进军营、请官兵进剧场看演出活动，推动文化建设军民融合深度发展，为2020年黄冈顺利通过创建第四批国家公共文化服务体系示范区检查验收作出应有的贡献。支队官兵也表示，将继续发扬老区光荣传统和优良作风，全心全意为人民服务，用实际行动践行"听党指挥、能打胜仗、作风优良"的强军目标，为第二故乡的发展作出新贡献。

（原载《国智智库》2020年8月5日，《鄂东晚报》2020年8月10日）

点亮城市　重启未来

——来自黄梅戏大剧院的时代报告

总有一些年份，会在历史的年轮上烙下深深的印记。

2020年，注定是我国历史上、世界历史上极不平凡的一年，更是湖北黄冈历史上极不平凡的一年。

2020年1月16日，黄冈城市的文化地标——黄梅戏大剧院上演老舍和北京人艺的看家大戏《茶馆》。1月22日，黄梅戏大剧院发出紧急公告：因不可抗力原因，原定于1月30日、31日上演的儿童剧《踩着面包走的女孩》和《"甜蜜蜜"金曲——励娜怀旧新春演唱会》两场演出取消，遗爱湖畔的高雅艺术殿堂骤然淡出观众的视线。

共同战"疫"季：担当文化企业最美排头兵

2020年元旦刚过，新冠病毒突袭而至。

不足80千米，这是从武汉到黄冈的距离；60多万，这是离汉通道关闭前从武汉返回黄冈的人数。1月21日首次确诊新冠肺炎病例12例，2月1日增至1000例，2月7日超过2000例……黄冈一度成为全国除武汉之外疫情最严重的地区。

漫漫抗疫的日子里，黄梅戏大剧院管理运营方黄冈保利大剧院管理有限公司（以下简称黄冈保利）与黄冈这座城市共同战"疫"、"劲"待花开。

2月24日，为缓解封城期间市民的焦虑，丰富人们的精神文化生活，黄冈保利通过"琴台云艺术"，推出捷克交响乐团、爱乐乐团、奥地利维也纳古典交响乐团等世界一流艺术院团的经典之作，市民反响热烈。

3月3日，涵盖戏剧、音乐会、大师课、文艺战"疫"等精彩内容的黄冈"保利云剧院"全新上线，推出享誉世界的经典歌剧《阿依达》《魔笛》、风靡全球的芭蕾舞剧《吉赛尔》《卡门》等50多台大戏，黄冈市民足不出户看环球经典。

4月21日，黄冈保利开设"黄梅戏大剧院历史上的今天"，与观众一起重温过去，期待重逢。

5月8日，防控工作从应急状态转为常态化，黄冈保利对大剧院进行全方位的消杀，奏响复工复演前奏曲。

5月14日，由黄冈、济南两地政府联合举办的"人间有大爱·鲁鄂一家亲"首批赴鲁务工人员欢送仪式，以视频连线方式在黄梅戏大剧院广场举行，黄冈市240名农民工踏上赴鲁务工之路。

在黄冈，黄梅戏大剧院是个独特的存在。它不仅是市民欣赏国内外高端演出的地方，还是黄冈市地方戏曲展演、东坡文化节、湖北省黄梅戏艺术节、大别山（黄冈）地标优品博览会、大别山（黄冈）世界旅游博览会等一系列重要文化旅游活动的定点演出场所。

随着疫情防控进入常态化，黄冈地摊经济一夜爆火，每当夜幕降临，大剧院周围会出现大量地摊。为了让大剧院重回大众视线，黄冈保利利用市民喜欢逛夜市和到湖边散步的习惯，在剧院广场开展文化集市活动，为市民带来精彩展演。

8月19日晚，在第3个中国医师节到来之际，由黄冈艺术学校与中国戏曲学院联手打造的大型原创抗疫题材黄梅戏《疫·春》在黄梅戏大剧院举行首场公演，大剧院与观众阔别215天后迎来首批观众。

《疫·春》以黄冈市抗击新冠肺炎疫情为背景，艺术地再现山东、湖南两省援黄医疗队抗疫战斗生活，讴歌医务工作者医者仁心、大爱无疆的高尚品质，展现黄冈人民万众一心、众志成城的精神风貌。

黄梅戏大剧院自2015年12月建成投入使用，秉承"高贵不贵、文化亲民"的惠民宗旨，共组织各类演出450多场，引进国内外表演院团200余家，接待观众近30万人次。

"市民们一次次走进剧院，与高雅艺术美丽邂逅。"黄冈保利总经理王志方介绍，为了把最美的"我"呈现给观众，确保复演后高质量演出和观赏效果，从8月下旬开始，公司耗时1个月对大剧院外围、内部设备、设施进行大型维修保养，"大剧院以新姿态点亮城市、重启未来。"

公益行动季：致敬抗疫一线最美逆行者

城市因剧院而灵动，剧院因城市而精彩。

黄梅戏大剧院大修期间，停场不停业，线上不断线，票务系统正常运转，文化集市照常举办，精心策划系列公益行动，把高端演出送到社区、医院等抗疫一线。

9月9日，由黄冈市文化和旅游局、北京保利剧院管理有限公司主办、黄冈保利与黄州区赤壁街道承办的《我只在乎你——励娜经典金曲公益演唱会》首站走进建新社区，拉开黄梅戏大剧院公益行动大幕。

当天，尽管天公不作美，淅淅沥沥的小雨下个不停，但还是挡不住居民的脚步。从18时开始，居民们陆续赶到社区"万年台"，等待演唱会开始。

19时整，"万年台"下一排排整齐摆放的长凳上座无虚席。"甜蜜蜜，你笑得甜蜜蜜，好像花儿开在春风里……"当《甜蜜蜜》的经典旋律响起，邻近社区居民易向东与姐妹们广场舞也不跳了，赶紧拎着音响赶来观看这场特别的演出。她说，年轻的时候很喜欢邓丽君，《甜蜜蜜》《月亮代表我的心》是她进KTV（卡拉OK）的必选歌曲，"听着邓丽君的歌儿，感觉青春被激活了。"

邓丽君是一个时代的记忆。武汉著名歌手励娜嗓音甜美，酷似邓丽君，有"小邓丽君"之称。黄冈市文旅局局长王建学说，"黄梅戏大剧院首场公益演出邀请励娜重现邓丽君经典之作，既是用歌声传承时代记忆，激活市民对艺术和生活的热爱，也弥补了年初档期停演遗憾。"

黄冈大别山区域医疗中心曾是世人瞩目的中心，这里曾被改造为黄冈版的"小汤山"医院，用于接收黄冈市区的全部确诊病例、重症病例、危重病例，山东、湖南和黄冈三地医护人员在这里白衣执甲、并肩作战。

9月10日，《励娜经典金曲公益演唱会》第二站来到大别山区域医疗中心。15时，白衣战士们难得坐到会议厅里观看演出，简洁的舞台上没有绚丽的灯光，但台上、台下的心儿早已被爱点亮。

唱完几首大家耳熟能详的歌曲，励娜询问台下："邓丽君经典歌曲中，大家还想听什么歌？""《小城故事》""《恰似你的温柔》"……霎时，演唱会变成点歌台，会议大厅洋溢着浓浓的温情。

励娜说，作为一名武汉人，疫情之中的惊心动魄、艰苦卓绝和英勇壮举，她深有体会，"通过经典老歌温暖后疫情时代，点亮前行之路，是我应尽的职责。"

9月18日，《励娜经典金曲公益演唱会》最后一站来到黄州区人民医院。

1月下旬，黄州区人民医院承担着市区新冠肺炎确诊患者的隔离和中转任务，感染风险大，工作条件艰苦，一些医护人员在身心疲惫的情况下，往往还要受到患者的责难。

"我衷心地谢谢你，一份关怀和情意……"19时，励娜甜美的歌声在黄州区人民医院7楼报告大厅响起，表达了所有演职人员和黄冈市民对白衣战士的感激之情。

当50%上座率的新规遇上沈腾、马丽等明星版开心麻花经典爆笑舞台剧这样的豪华演出阵容，黄冈保利从武汉琴台大剧院争取到2场《乌龙山伯爵》演出门票，组织20位抗疫一线的医务工作者及其他为抗疫作出过突出贡献的个人，免费乘专车前往观看"王炸组合"。同时，在秋冬演出季自营演出中每场为医务工作者免费提供50张门票，表达对英雄的敬意。

12月2日晚，黄梅县黄梅戏剧院大型原创抗疫题材现代黄梅戏音乐剧《我的乡村我的亲》唱响黄梅戏大剧院。该剧讲述基层农村的抗疫故事，是一部极富感染力的黄梅戏舞台剧。为了做好冬季防疫宣传工作，黄冈保利邀请长期活跃在黄州城区开展帮扶高龄老人、环境治理、垃圾分类、交通文明劝导等志愿服务的公益性自治组织的成员观看演出，公益行动再掀高潮。

虽然该剧在大剧院已连演3天，但反响依然十分热烈。演出结束后，十几分钟的谢幕时间，掌声经久不息，观众依然不肯离去。该剧作曲、黄冈师范学院音乐与戏剧学院副教授丁永刚说，"场面太感人了，几个月的辛苦总算没白费！"

秋冬演出季：点亮城市夜空最美风景线

"一座剧院，改变一座城市。"黄冈市委宣传部副部长柳长青说，"黄梅戏大剧院开业运营5周年，一场场文化盛宴，不断提升黄冈城市文化气息，也使黄梅戏大剧院成为黄冈城市的文化符号和市民的精神家园。"

9月26日晚，《恒星乐团——跨界专场音乐会》在黄梅戏大剧院火爆上演，中国传统乐器笛子、二胡、琵琶、马头琴，融合西方的大提琴与古典吉他，数十首原创和改编作品，不同的音乐背景，中外名曲元素，为黄冈市民带来一场脑洞大开的时代音乐变奏。

"演出的曲目在原创的基础上融入很多传统元素。"恒星乐团团长范晔表示，"这次来黄冈听了黄梅戏，以后的演出要加入黄梅戏元素。"

国庆、中秋双节相遇，黄梅戏大剧院特别献礼：9月29日，根据张爱玲《金锁记》改编的刘欣然京剧独角戏《曹七巧》，"最美男旦"的京剧跨界改革和独特的舞蹈元素，让观众如痴如醉；9月30日，充满趣味与知识性的大型沉浸式舞台互动儿童舞台剧《斑马部落》，通过非洲草原上动物们保护大自然的故事，将环保融入儿童戏剧艺术教育之中，为孩子们搭建健康成长的舞台；10月4日，由辽宁芭蕾舞团带来的原创芭蕾舞剧《花木兰》，用芭蕾的独特方式，立起足尖讲述花木兰的故事；10月7日，开心麻花爆笑舞台剧《窗前不止明月光》，令观众笑出腹肌、笑到缺氧……

黄冈市艺术研究所副所长奚惠文表示，在疫情防控不松懈的情况下，大剧院筑牢安全防线，实行"隔座观演，实名制购票"等规定，让观众安心、放心、舒心。

经历过一个漫长的共同战"疫"季、温暖的公益行动季，黄梅戏大剧院秋冬演出季重磅连连：讲述扶贫干部路瑶瑶扶贫故事的原创音乐剧《种在屋顶上的长春花》，展现荆楚人民在党的领导下不忘初心朝着美好生活不懈努力的《综艺晚会》，云集双胞胎喜剧表演艺术家刘全和、刘全利，国际著名魔术师李学义、徐凤美，著名节目主持人、制作人周炜等著名大师的幽默剧《哥俩乐翻天》……为观众献上一场场非比寻常的视听盛宴。

12月4日晚，由中歌爱乐交响乐团带来的《大爱苍生——致敬抗疫英雄大型交响音乐会》在黄梅戏大剧院激情奏响，从《长江之歌》到《我和我的祖国》，从《绒花》到《英雄赞歌》，从《阳光路上》到《明天会更好》，从《让世界充满爱》到《没有共产党就没有新中国》，激昂奋进的旋律展现了中国人民排除万难取得抗击新冠肺炎疫情阶段性胜利的伟大成就。

"看了这场演出，我得到一个启示：在抗击新冠肺炎疫情的战'疫'中，每一个生命都是饱满的音符，每一次救治都是壮美的乐章！"音乐发烧友、黄冈市人事考试院院长邵成山走出大剧院，仍掩饰不住内心的激动。

12月10日，当今京剧艺术的领军人物于魁智与梅派艺术的代表人物李胜素，率国家京剧院众多名家，在黄梅戏大剧院献上一台《京剧名家名段演唱会》的饕餮盛宴，给这个寒冷的冬天带来浓浓的春意。

是啊，冬天即将过去，春天就要来临。经过"疫"火的洗礼，黄梅戏大剧院一定会像黄冈这座英雄的城市一样，以更加豪迈的步伐走进新的春天！

（原载《文旅中国》2020 年 12 月 12 日，《黄冈日报》2021 年 1 月 13 日）

为平凡而伟大的奋斗者放歌

——写在话剧《路遥》《平凡的世界》在湖北黄冈上演之际

"好雨知时节，当春乃发生。"

2021年4月10日，列入文化和旅游部"2020年度全国舞台艺术重点创作计划"的话剧《路遥》登陆黄冈黄梅戏大剧院，带你走进一代文坛巨匠的内心深处。5月7日，被誉为中国青年必看剧目、贴近原著神韵的话剧《平凡的世界》也将在黄冈黄梅戏大剧院精彩呈现，奏响平凡人的命运交响曲。

两台"让中国话剧史从此又踏上了新的高度"的大戏轮番上演，黄冈市各大图书馆里，路遥的《平凡的世界》成为被借阅最多的一本书。

书香氤氲时代，经典激励前行。黄冈的春天充满更加蓬勃的力量。

路遥（1949—1992），本名王卫国，陕西榆林清涧县人，出生在一个贫苦农民家庭，7岁时过继给延川县农村的伯父，1969年从延川县立中学毕业回乡务农，做过许多临时性工作，曾在农村一小学任教，1973年进入延安大学中文系学习并开始文学创作，毕业后任《陕西文艺》（今为《延河》）编辑。1980年发表《惊心动魄的一幕》，获第一届全国优秀中篇小说奖；1982年发表《人生》，获第二届全国优秀中篇小说奖，改编成的同名电影获第八届大众电影百花奖最佳故事片奖；1975年至1988年创作百万字长篇巨著《平凡的世界》，未完成时即在中央人民广播电台广播，1991年获第三届茅盾文学奖。2018年，中共中央、国务院授予路遥改革先锋称号，颁授改革先锋奖章；2019年，长篇小说《平凡的世界》入选"新中国70年70部长篇小说典藏"，路遥被中央宣传部等9部委评为"最美奋斗者"。

话剧《路遥》是由陕西省纪委监委、陕西省委宣传部、中国方正出版社、西安话剧院联合打造的廉政文化精品舞台剧，是西安话剧院继《麻醉师》《柳青》《长安第二碗》后精心推出的重点剧目。该剧以作家路遥为主人公，采用全息投影技术结合舞台置景，再现陕北高原粗犷遒劲的雄姿与黄河奔腾不息、一往无前的气魄，用现实生活与文学艺术相结合、多重空间交错展示的叙事手法，将路遥的现实生活与其文学作品中的情境叠加交错，通过黄河纤夫、陕北说书等具有象征意味的艺术手段，表现路遥坚韧不拔的奋斗精神和人格力量，还原出一位生性耿直敦厚、热爱人民、痴迷文学的优秀作家坎坷、真实而又平凡的一生。剧中和生活中路遥都是真正的强者，在经受苦难后仍满怀希望，在遭遇黑暗后仍然热爱生活、追求光明，"只要没有倒下，就该继续出发"的信仰和精神具有极强的感染力。2020 年 12 月 8 日，话剧《路遥》在西安成功首演，2021 年开始在全国巡演。

《平凡的世界》是一部影响几代人成长的长篇小说，是茅盾文学奖皇冠上的明珠，这部巨著所传达出的精神内涵，是对中华民族千百年来自强不息、厚德载物精神传统的继承和发扬。

"世界"在路遥的眼中，"是一个普通人的世界，普通人的世界当然是一个平凡的世界，但却是一个不平凡的人生。""平凡的人更应该被尊重，金子一样的人性光辉往往体现在底层人的身上，他们更善良、美好和自尊。"

话剧《平凡的世界》改编自路遥的同名小说，人物将近 100 个，时间跨度从"文革"后期到 20 世纪 80 年代改革开放初期，在近 10 年的广阔背景中，巨大的社会冲突裹挟着细碎的日常生活，演绎出让人心灵震颤的时代内容，让人看到了苦难与抗争、理想与激情、欢乐与泪水，更展示出人性的光芒和信念的力量，是一曲刻画普通人的命运、为普通人和奋斗者树碑立传的浩浩长歌。

陕西人民艺术剧院的前身系 1948 年成立的中国人民解放军十九军文艺工作团，中华人民共和国成立初期集体转业成立陕西省话剧团，1960 年更名为陕西人民艺术剧院，近年来用话剧形式进行"再创造"，从文学经典到戏剧佳作，潜心创作传递时代精神，排演了《灯火阑珊》《白鹿原》《平凡的世界》等大型史诗话剧，在全国形成了"陕派话剧"风潮。特别是话剧《平凡的世界》，2018 年 1 月 4 日在国家大剧院首演，作为"献礼改革开放 40 周年"精品力作全国巡演，将"西北之风吹向全国"，获得观众热烈反响和广泛赞誉。

幸福是奋斗出来的，奋斗的人生最美丽。

"人生的奋斗，理想的追求，在不同的时代都是相似的。"在隆重庆祝建党 100 周年之际，为让《平凡的世界》激励黄冈老区人民接续奋斗，用劳动创造更加美好的幸福生活，黄冈保利大剧院管理有限公司引进《路遥》《平凡的世界》两台话剧，用文艺鼓舞人心，用舞台致敬路遥，为平凡而伟大的奋斗者放歌。让我们走进黄冈黄梅戏大剧院，走进《路遥》，走进《平凡的世界》。

（原载《文旅中国》2021 年 4 月 8 日，《鄂东晚报》2021 年 4 月 12 日）

从黄麻起义走出的上甘岭战役前线总指挥

——写在话剧《上甘岭》在湖北黄冈上演之际

2021年5月30日，由天津人民艺术剧院演出，黄宏担任编剧、艺术总监并领衔主演，我国众多业内顶尖主创联手打造，诠释"坚守、奉献、牺牲、胜利"的上甘岭精神的史诗话剧——《上甘岭》，将在湖北黄冈黄梅戏大剧院倾情上演，以当代美学再现抗美援朝战争中最惨烈的战役，引起黄冈老区人民的广泛关注和热切期待。

上甘岭之战：从"战斗"到"战役"

上甘岭是位于朝鲜金化城以北，离金化城3千米的一个小山村，其西北不远处的五圣山是朝鲜东海岸到西海岸的连接点，控制着金化、铁原和平康三角地带，作为朝鲜中部平原的天然屏障，其战略地位十分重要。

朝鲜战争五次战役以后，中朝部队转为积极防御作战。1951年7月10日，朝鲜停战谈判开始，战场上出现了边打边谈的局面。1952年10月，板门店谈判陷入僵局，美国妄图从战场上获取谈判的资本，"让枪炮来说话"。美国国内，第34届总统竞选也将开始，总统杜鲁门想从朝鲜战场上捞取民主党竞选资本。军事上的优势，谈判桌上的筹码，总统竞选的资本，上甘岭之战势在必行。

1952年10月14日凌晨，美联社向全世界宣布："金化攻势开始了！"

上甘岭村前后的两个小山头，是中国人民志愿军的防御阵地，南面是597.9高地，北面是537.7高地，瞰制金化，控制南北交通，是五圣山的命脉所在。

战前，美军原计划使用2个营的兵力，用5天时间、伤亡200人的代价拿下上甘岭，而战争却持续了 43 天（10 月 14 日至 11 月 25 日）之久。在长达 6 周的时间里，在面积仅 3.7 平方千米的弹丸之地，双方共投入 10 多万大军——以美国为首的"联合国军"投入 6 万余人（伤亡 25498 人，伤亡率 40%），志愿军投入 4.3 万余人（伤亡 11529 人，伤亡率 20%），敌我反复争夺两个阵地达 59 次，我军先后打退敌人 900 多次进攻，炮兵火力密度超过第二次世界大战最高水平，战斗规模发展为战役规模。

上甘岭战役分为阵地战、坑道战和反击战三个阶段。第一阶段，争夺表面阵地，敌人连续炮击和空袭，"打炮像下雨，连小石头也躲不过"，我军表面工事几乎全部被毁。第二阶段，战士们退入坑道，利用"地下长城"进行斗争，展开拉锯式的争夺。坑道战是上甘岭战役最艰苦的斗争阶段，敌人利用有利地形，对坑道采取封堵、爆破、断水、放毒和烟熏等手段，许多坑道，战士们喝不到一滴水，只好互相喝尿，官兵们还乐观地称之为"光荣茶"，影片《上甘岭》做了艺术的再现。第三阶段，我军展开大反击，恢复巩固阵地，迫使敌军停止进攻。

上甘岭战役中，志愿军投入的兵力为第 3 兵团 15 军 5 个团和作为战役第二梯队配属给 15 军投入作战的 12 军 4 个团，共 9 个步兵团。以 12 军参战为标志，15 军开始决定性大反击，我军的榴弹炮、火箭炮、迫击炮、山炮、野炮以排山倒海之势向敌军倾泻，"联合国军"被赶出上甘岭两个表面阵地，敌所谓"一年来最大的攻势"以彻底失败而告终。板门店的谈判桌上，美国人从叫喊"让枪炮说话"又回到了"叫人说话"上，上甘岭成了"联合国军"的"伤心岭"。

在作战前线，指挥这场震惊中外、举世闻名的上甘岭战役的军事将领，是从黄麻起义队伍中走出的开国将军——15 军军长秦基伟。

秦基伟：从"红小鬼"到"总指挥"

秦基伟（1914—1997），湖北省黄冈市红安县人，出生在七里坪镇一个世代租种罗姓地主庄田的穷苦山村——秦罗庄村。

1927 年 11 月，13 岁的秦基伟扛起红缨枪参加黄麻起义，1929 年 8 月参加红军，1931 年 11 月任红四方面军总部手枪营连长。1932 年 8 月，蒋介石调动 30 万国民党军队对鄂豫皖苏区进行第四次大规模"围剿"，红军展开英勇的保卫战，秦基伟身负重伤。第四次反"围剿"失败后，红四方面军主力开始西征转移，部队首长安排秦基伟到老乡家养伤，他"死也不离开红军"，"不坐担架，不骑牲口"，一路以超人的毅力，经豫西，过陕南，入川北。1934年2月，秦基伟任红四方面军总部警卫团团长，同年10月任红31军274团团长，在巴山蜀水间屡建战功。

1935年4月，红四方面军踏上漫漫长征征途，秦基伟任补充师师长和梯队长，数爬雪山，三过草地，走过了极端艰苦的路程。

1936年10月，红四方面军主力2.18万人组成西路军西渡黄河作战，秦基伟任侦察科长。5个月间，这支顽强的红军部队，在打通国际援助线的系列战斗中，付出了一个又一个鲜活的生命，大部分战士在与地方军阀马步芳、马鸿逵的"马家军"作战中壮烈牺牲。秦基伟从临泽突围，进入祁连山打游击被俘。在敌人的监狱中，秦基伟和战友秘密组成党支部，领导难友进行斗争。1937年6月，一个营的敌兵押解1000多名红军被俘人员从兰州转往西安，行至一崎岖山路时，秦基伟向难友发出暗号，趁敌不备，带领50多名红军连以上干部分散逃进山林，脱离虎口，找到刘伯承司令员率领的"援四军"，回到党的怀抱。

抗战时期，秦基伟一直战斗在太行山上，历任太行军区司令员、新编11旅副旅长等职，在刘伯承、邓小平领导下，同英雄的太行军民浴血奋战，率部参加了百团大战，组建敌后武工队，发动和组织敌占区人民起来斗争。1947年8月，在太行山南麓的河南省博爱县，晋冀鲁豫野战军第9纵队诞生，秦基伟任纵队司令员，率部告别太行山渡过黄河，开辟豫西根据地，解放河南大片领土。

1949年2月，9纵队整编为第二野战军第4兵团第15军，秦基伟任军长。3月，作为4兵团的先遣部队，15军取道大别山向长江北岸进发，连克英山、罗田、太湖、望江等县；4月，从安徽的华阳渡口发起渡江战斗；9月到10月，参加两广战役。1950年2月，15军向云贵高原进军，加入解放大西南的行列。这支年轻的太行子弟兵，自组建到南征两年零四个月以来，转战11个省，歼敌20余万，锻造成一支英勇善战、无坚不摧的劲旅。

1950年10月，中国人民志愿军赴朝作战，秦基伟主动请缨出征，获得中央军委批准，被任命为中国人民志愿军第3兵团第15军军长。1951年3月，秦基伟率部跨过鸭绿江，在第五次战役中，发扬英勇顽强和灵活机动的战斗作风，连续奋战50个昼夜，从"三八线"一直打到汉江北岸，在运动中歼敌

9400 余名，出色地完成了作战任务。

朝鲜停战谈判开始后，15 军撤至二线整训练兵，1952 年 4 月奉命开赴前沿阵地，接替兄弟部队担负朝鲜中部战线有名的"铁三角"防区防御作战任务。为对付美军的炮火和空袭，阻击敌人进犯，秦基伟领导部队加强阵地建设，创新战术手段，边战斗边施工，用 5 个月的时间，把防守的山头掏通了 100 多千米，筑起 690 多条坑道。凭借这些工事，我军最终赢得了上甘岭战役的胜利。

抗美援朝战争是新中国的"立国之战"，中国人民"打得一拳开，免得百拳来"。1953 年 6 月 16 日，毛泽东、刘少奇、周恩来在中南海接见秦基伟，秦基伟向几位领导人介绍了黄继光、邱少云、孙占元等 15 军英雄的事迹。毛泽东说："上甘岭防线没有被攻破，这是奇迹。"刘少奇说："上甘岭开创了一个世界纪录！"周恩来说："上甘岭战役，是军事史上的奇观。"这位从"两百个将军，同一个故乡"的红安县走出的上甘岭战役前线总指挥，1955 年被授予中将军衔，1988 年被授予上将军衔，历任昆明军区司令员、成都军区司令员、北京军区司令员，中央军委委员、常委，中共中央委员，中央政治局候补委员、委员，国务委员兼国防部长，全国人大常委会副委员长等职。1984 年 10 月 1 日，首都举行庆祝中华人民共和国成立 35 周年盛大阅兵，秦基伟作为阅兵总指挥，陪同中央军委主席邓小平检阅人民解放军陆海空三军。

话剧《上甘岭》：从"现代时空"到"战时场景"

2020 年是中国人民志愿军抗美援朝出国作战 70 周年。北京巨龙世纪文化艺术有限公司、北京保利剧院管理有限公司等单位联合出品大型原创历史话剧《上甘岭》，从真实历史战争事件中提炼出现实主义题材，截取上甘岭战役第二阶段的惨烈片段，围绕"坚守"与"牺牲"两个主题，以"乡情"为情感线索，通过当年战争中存活下来的女护士"林兰"的回忆，采用过去和现在时空并行交替的叙事手段，展示中国人民不畏强暴的钢铁意志，致敬抗美援朝英雄。

话剧《上甘岭》讲述一位会讲山东快书的炊事班长老马，坑道里唯一一位学生气质的女卫生员，坚守坑道中的连长、指导员、通信员和一群钢铁意志的志愿军战士，在断粮断水、弹药缺乏、与组织失去通信联系的狭小坑道里，奋力坚守 22 天，顽强对抗强大的敌人，力保坑道不失守的感人故事，折射出抗美援朝战争中，在与敌军实力悬殊情况下，我军胜利的来之不易。

该剧演员历经层层选拔与两个多月军事化特训，《八佰》特效团队加持国内舞台，首现爆破特效，特邀阿云嘎唱响主题曲《我的祖国》经典旋律。整部剧目在现代与战时场景穿梭中，以"有笑有泪"的情节感染着观众。

在抗美援朝战争中，有 58 名湖北籍将军参战，黄冈占 33 名，其中红安 19 名，麻城 11 名，武穴、英山、黄梅各 1 名，著名的将领有志愿军副司令员、19 兵团司令员、开国上将韩先楚，第 3 兵团司令员、开国上将许世友，第 9 兵团司令员兼政委、开国上将王建安，志愿军后勤部政委、开国上将周纯全，第 3 兵团副司令员、开国中将王近山等。王近山参加指挥了第五次战役和上甘岭战役。

2020 年 10 月 23 日，纪念中国人民志愿军抗美援朝出国作战 70 周年大会在北京人民大会堂隆重举行，中共中央总书记、国家主席、中央军委主席习近平在大会上发表重要讲话指出，"抗美援朝战争伟大胜利，是中国人民站起来后屹立于世界东方的宣言书，是中华民族走向伟大复兴的重要里程碑，对中国和世界都有着重大而深远的意义。"

在深入开展党史学习教育，热烈庆祝中国共产党成立 100 周年之际，黄冈保利大剧院管理有限公司不失时机引进话剧《上甘岭》，必将激励黄冈老区人民铭记伟大胜利，推进伟大事业，弘扬伟大抗美援朝精神，雄赳赳、气昂昂，向着全面建设社会主义现代化国家新征程，向着实现中华民族伟大复兴中国梦，继续胜利前进！

（原载《鄂东晚报》2021 年 5 月 5 日，《文旅中国》2021 年 5 月 10 日）

一座剧院　幸福一座城

——写在黄梅戏大剧院开业运营 6 周年

湖北黄冈是一座历史厚重、文化浸染的城市。

这座城市，因为一座剧院，现代品位也得以显著提升。

随着第十一届（黄冈）东坡文化节暨第十届湖北省黄梅戏艺术节在黄冈文化地标——黄梅戏大剧院圆满收官，黄冈保利大剧院管理有限公司迎来开业运营 6 周年。

精彩剧目，留给观众美好记忆

即将过去的 2021，保利大剧院在黄冈市委、市政府、市文旅局的正确领导和大力支持下，坚持"高贵不贵、文化亲民，安全第一、服务至上"的经营理念，深入开展党史学习教育，切实筑牢疫情防控底线，圆满完成各项目标任务。

2021 年 4 月 10 日和 5 月 7 日，话剧《路遥》《平凡的世界》在黄梅戏大剧院隆重上演，引起观众热烈反响。观众纷纷表示，"两场精品话剧，让我们接受了一次心灵的洗礼和精神的鼓励。"

为热烈庆祝中国共产党成立 100 周年，配合开展党史学习教育，剧院引进话剧《上甘岭》、荆州花鼓戏《红荷》、花灯戏《烽火岁月》等红色剧目，于 5 月中旬至 6 月中旬陆续上演，受到黄冈市直和黄州区直党员干部的普遍欢迎。

5 月 30 日，红色史诗话剧《上甘岭》在黄梅戏大剧院浓情上演，令黄冈观众感到格外骄傲和自豪。

上甘岭战役由黄麻起义走出的黄冈籍将军秦基伟指挥，演出的现场出现暖心的前奏：剧院邀请到 3 位抗美援朝志愿军老战士，当他们缓缓从贵宾厅入场时，全场响起雷鸣般的掌声。该剧的艺术总监、主演黄宏说："黄冈是一座英雄的城市，这里居住着英雄的人民！这里是将军的故乡，是新中国的摇篮！《上甘岭》剧组来到黄冈，就是来向英雄的黄冈人民致敬！"

6 月 29 日，中国爱乐乐团保利巡演"红色经典——庆祝中国共产党成立 100 周年交响音乐会"在黄梅戏大剧院震撼上演。黄冈籍开国将军刘少卿之子、中国爱乐乐团党委书记、副团长刘俐接受媒体采访表示，黄冈这座城市给全体演职人员留下了深刻的印象，这里是中国革命通过"中原突围"走向胜利的转折点。"中国爱乐乐团此行来到黄冈这片红色热土，用充满中国精神的音乐作品来致敬这座英雄的城市，同时也是'七一'给我们党献礼。"

随着暑期来临，保利剧院打开艺术之门及丰富多彩的活动，给小朋友带来无限快乐。特别是 7 月 23 日、24 日和 25 日，3 台好看的儿童剧连番上演，小朋友走进剧院、走近舞台，收获快乐、收获知识，引爆快乐暑期。

精心服务，保障"两节"成功举行

举办第十一届（黄冈）东坡文化节暨第十届湖北省黄梅戏艺术节，是 2021 年湖北黄冈文化生活中的一件大事。

在疫情防控常态化形势下举办"两节"，是深入贯彻习近平总书记关于文艺工作系列重要讲话和党中央国务院、省委省政府文件精神，推动湖北黄梅戏传承发展的生动实践，也是满足人民群众精神文化需求、提升文化获得感幸福感的有力举措，对于擦亮黄冈文化名片、提升城市文化软实力、促进经济社会高质量发展，意义重大，影响深远。

"两节"于 11 月 28 日至 12 月 22 日在黄冈举行，开幕式及集中展演主场都设在黄梅戏大剧院，黄冈保利承担了场地设施保障、技术支持和观众服务等重要任务。

为保证"两节"成功举行，剧院全面进行安全检查，切实保障水电畅通，仔细检测消防设施，精心调试灯光和音响设备，全区域进行彻底消杀，储备充足的防疫物资，严格落实疫情防控要求，确保"两节"期间一切正常运转，出色地完成了"两节"服务保障任务，得到与会领导、嘉宾和广大观众的好评。

12月12日，原创红色题材大型现代黄梅戏《铸魂天山》在黄梅戏大剧院首次上演，第十届湖北省黄梅戏艺术节进入新戏上演高潮。

12月14日，黄梅戏大剧院上演革命题材新编黄梅戏《八斗湾》。该剧由团风县青年黄梅戏发展有限公司倾情打造，将我党早期领导人、著名工人运动领袖林育英的形象首次搬上戏曲舞台。

12月16日，黄梅县黄梅戏剧院为黄梅戏大剧院带来大型古装黄梅戏《青铜恋歌》，以家国情怀、纯真爱情、铸剑精神为线索，刻画楚地民风民俗，展现悠久灿烂的楚文化。

由湖北省黄梅戏剧院出品，聚焦脱贫攻坚的大型原创现实题材黄梅戏《情系红莲村》，在首次公演后，于12月18日激情亮相黄梅戏大剧院。而由黄冈师范学院主创的大型原创校园黄梅戏音乐剧《霜天红烛》，满载第九届中国（安庆）黄梅戏艺术节和北京民族文化宫大剧院演出的荣誉，于12月20日在黄冈黄梅戏大剧院再度上演。

12月22日，黄梅戏大剧院上演本届艺术节的终场戏，由罗田县黄梅戏剧团创作演出的大型革命题材黄梅戏《清清的义水河》。该剧取材于罗田县胜利镇的红色革命故事，描写一位普通家庭妇女方玉恒在眼看农民运动即将暴露之际，毅然决定冒险为农协会送信解围，为革命献出年轻生命的感人故事。

一台台精彩大戏，着实让市民们过足了戏瘾。

做精公益，传播普及高雅艺术

在做好疫情防控、保障正常演出的同时，剧院通过"打开艺术之门，艺术大讲堂、市民开放日，高雅艺术进校园、进社区"等系列文化惠民活动，涵养城市文化土壤，丰富市民的精神生活。

4月9日，话剧《路遥》主创团队与黄冈文艺家们相聚遗爱湖书城，共话路遥的人生和《平凡的世界》。

5月5日，剧院联合黄冈市图书馆、市新华书店遗爱湖书城等单位举办的"读《平凡的世界》品奋斗人生"全民读书活动，吸引全市数百名大中小学生和青年教师、社会青年积极参与，在黄冈掀起了一股"路遥热"，受到社会广泛关注。

4月28日和5月28日，剧院联合黄冈市退役军人事务局开展慰问志愿老兵、演员走进军营听老兵讲故事、邀请老兵及家属观看话剧《上甘岭》等系列活动，传承"上甘岭"精神。

7月8日，红色题材的大型原创儿童剧《烽火皮影团》在黄冈巡演，为了丰富留守儿童的暑期生活，向他们传递一份温暖，剧院携手共青团黄州区委组织社区留守儿童一起观看演出。

10月19日，红色经典现代京剧《焦裕禄》在黄梅戏大剧院上演，剧院邀请全市300名环卫工人观看演出。

12月25日，剧院携手赤壁街道二机社区举办消防公益活动，并向社区居民赠送200余张儿童剧《大象消防局》演出票，让小朋友们在艺术鉴赏的氛围中学习消防知识。

2021年，黄梅戏大剧院完成自营演出44场、公益演出12场，开展公益活动24场，接待观众总人数近5万人次。

6载光阴转瞬即逝，用脚步丈量却漫长而艰辛。

6年来，黄冈保利人为市民奉上各类演出550余场，引进国内外表演团体320多家，接待观众310多万人次。一场场文化盛宴，使黄梅戏大剧院成为黄冈城市的文化符号和市民的精神家园。

一座剧院，幸福一座城市。

（原载《鄂东晚报》2021年12月30日，《文旅中国》2022年1月1日）

东坡和梨园

《遗爱亭记》解读

2013 年 6 月 15 日，黄冈市委书记刘雪荣在《黄冈讲坛》以《东坡逸事说遗爱》为题，做了一场精彩讲座。为了弘扬东坡文化，彰显遗爱精神，6 月 29 日，黄冈日报《新周末》全文发表了刘雪荣同志的讲座整理稿，并在报眼显要位置刊登了苏轼《遗爱亭记代巢元修》（以下简称《遗爱亭记》）原文和题解，供广大市民学习参考。

苏轼一生著有《东坡全集》一百多卷，遗留两千七百多首诗、三百多首词和许多优美的散文，仅在黄州生活的四年又四个月（宋神宗元丰三年至元丰七年，含两个闰月，公元 1080 年 1 月至 1084 年 3 月），共作诗 220 首，词 66 首，赋 3 篇，文 169 篇，书信 288 封，共计 746 篇。《遗爱亭记》在苏轼的整个创作中地位并不十分突出，但由于遗爱湖公园的建设，黄冈人对这篇短文却情有独钟。

《遗爱亭记》正文 174 字，一般选本分为一段或两段，为便于理解和记忆，我们分为五段，抄录如下。

何武所至，无赫赫名，去而人思之，此之谓"遗爱"。夫君子循理而动，理穷而止，应物而作，物去而复，夫何赫赫名之有哉！

东海徐公君猷，以朝散郎为黄州。未尝怒也，而民不犯；未尝察也，而吏不欺；终日无事，啸咏而已。

每岁之春，与眉阳子瞻游于安国寺，饮酒于竹间亭，撷亭下之茶，烹而饮之。

公既去郡，寺僧继连请名。子瞻名之曰"遗爱"。

时谷自蜀来，客于子瞻，因子瞻以见公。公命谷记之。谷愚朴，羁旅人也，何足以知公。采道路之言，质之于子瞻，以为之记。

《遗爱亭记》开篇设问，引出文眼。"武"是"脚步、足迹"的意思。这段文字有人解释为谓竹间亭很平凡，游而去之，思而得名为"遗爱"。也有人解释为有才华的人无论到何处，虽然没有显赫的名声，但他离去之后老百姓都会思念他，这就是所谓的"留下仁爱"。刘雪荣同志在讲座中做了很好的解读：一个施仁政、施德政的领导干部调走了，尽管没有很大名气，老百姓还怀念他，这就叫"遗爱"，应该最符合原意。

徐君猷是个不折腾、不扰民的好官。他遵循事理而行动，事理穷尽行动就终止，应对客观事物而作为，事情完毕就回到常态。就是这样一个奉行顺应自然、清静无为执政理念的黄州知府，从不迁怒百姓，而百姓也不会违背他的意愿；从不苛责官吏，而官吏也没有欺瞒他，终日无事，就喜欢吟诗作赋而已。寥寥数语，一个深得百姓拥戴的地方官员为官一方的吏治作风跃然纸上。

苏东坡因"乌台诗案"谪居黄州，与徐君猷很快成为好朋友，接连三年春天，徐君猷都与苏东坡一起去安国寺游玩，在竹林间的亭子里喝酒品茶，其乐融融。

《遗爱亭记》的写作时间，丁永淮、梅大圣先生认为写于元丰五年（1082年）四月，饶学刚先生则认为写于元丰六年（1083年）十一月。从文中记载的事件看，文章应该写于黄州太守（知府的别称）徐君猷离任之后且赴湖南上任之前这段时间，而且亭名都是"公既去郡，寺僧继连请名。子瞻名之"。徐君猷是什么时候离任的呢？元丰五年重阳节，苏东坡与徐君猷游栖霞楼后作《醉蓬莱·重九上君猷》词送别，"余谪居黄，三见重九，每岁与太守徐君猷会于栖霞。今年公将去，乞郡湖南。念此惘然，故作此词"。徐君猷不久于湖南任上去世，元丰六年十一月，徐君猷丧过黄州，苏轼悲恸地写下《祭徐君猷文》。徐君猷赴湖南之前，"客于子瞻"的巢谷（字元修）"因子瞻以见公，公命谷记之"。所以《遗爱亭记》的写作时间不会在徐君猷去世之后，也不会是元丰五年的四月，而是在元丰五年重阳节前后。

下面，我们按时间顺序叙述一下这篇记文。

北宋神宗元丰五年重阳节前后，徐君猷要离开黄州赴湖南上任，安国寺僧首继连怀念太守，特请苏东坡为他们常聚坐的安国寺竹间亭取个名字，并题额留念。苏东坡觉得遭贬谪来到黄州后，时时得到太守照顾，先借他临皋亭安身，又拨给他土地养家，还经常请他喝酒品茶，而且太守为官清廉，有益乡间，"政声人去后，民意闲谈中"，苏轼便给竹间亭取名为"遗爱亭"。

当时苏东坡的同乡好友巢谷来黄州探望，住在苏东坡家里，于雪堂作馆，教授他的两个儿子苏迈和苏过，苏东坡便把巢谷介绍给太守，太守嘱巢谷给遗爱亭写一篇记。苏东坡体察到太守的意思，认为巢谷少文采，又是个漂泊在外的人，对徐太守不很了解，于是代巢谷写了这篇《遗爱亭记》。

我曾与一位学者交流《遗爱亭记》的学习体会，学者提出"谷愚朴，羁旅人也，何足以知公。"似乎为巢谷所加，巢谷认为自己愚钝，担当不起徐君猷的赏识。是不是巢谷所加不好断言，但至少可以理解为这是巢谷对自己的评价，于是他收集了一些百姓的言谈，向东坡先生咨询，苏东坡代他写下了这篇记。

关于第一个提出写这篇记的人，饶学刚先生在《苏东坡黄州诗文正误之十二》中认为，徐君猷已离黄州去湖南，苏东坡与巢谷照旧去安国寺，与继连饮酒于竹间亭，畅叙友情，为了颂扬徐太守的功德，感谢他给黄州人民的厚爱，应继连之请，苏东坡将竹间亭命名为"遗爱亭"。继连又请巢谷作文纪念，由于巢谷不善文笔，苏东坡只得代劳，作《遗爱亭记》。在其他地方也看到过这样的说法。这个问题归结到对原文中"公"的理解。"公"均指徐君猷，怎么又指继连和尚呢？

苏轼的思想比较复杂，儒家思想和佛老思想在他的世界观的各个方面既矛盾又统一。他终身从政，多次遭贬，历任地方官吏，对人民生计颇为关怀，著有政绩，但对为官清静、无为而治的黄老思想又心向往之。他重视文学的社会功用，但作品往往流露达观放任、忘情得失的消极思想。他在政治上虽屡屡受挫，但在文艺创作上始终孜孜不倦，没有走向消极颓废的道路。这篇短文以亭记人，太守与亭浑然一体，作者与笔下的人物交相辉映，见亭见人见自己，是苏轼世界观、人生观、价值观的真实写照，也是苏轼留给黄冈人民的一笔宝贵的精神财富。

（原载《黄冈日报》2013 年 8 月 17 日，《荆楚网》2013 年 8 月 18 日）

逆境与胸襟

正在央视热播的电视连续剧《于成龙》，讲述一代廉吏于成龙从中年出仕到成为两江总督，波澜壮阔又"廉""能"并重的一生。

于成龙（1617—1684），字北溟，号于山，清代山西永宁州（今山西省吕梁市方山县）人。这位出身贫寒的前朝贡生，以45岁高龄出任罗城县令，历任四川合州知州，湖广黄冈同知、代理武昌知府，福建按察使、布政使、巡抚和总督加兵部尚书、大学士，两江总督等职。

在20余年的宦海生涯中，于成龙三次被举"卓异"，屡次破格提拔，以卓著的政绩和廉洁刻苦的一生，深得百姓爱戴和康熙皇帝赞誉，以"天下第一廉吏"声震朝野。

于成龙在黄州任同知四年。清初，"盗"成为当时黄州一大社会问题。于成龙采取"宽严并治"和"以盗治盗"、借力打力的方法，取得地方治理的显著效果。

清代对官员的问责十分严厉。史载，清朝时期有大量官员因失职渎职而受到行政处分。在代理武昌知府任上，于成龙因水毁桥梁，平叛清军过不了河而被追责，湖北巡抚张朝珍认为"此乃天灾，非人祸也"，力保于成龙，但朝廷还是将于成龙削职为民。

于成龙深知延误军机犯了大错，没有推责诿过，默默地承受了处分。

不久，于成龙旧部刘君孚在麻城东山叛乱，官军数次讨伐均告失败。张朝珍认为于成龙在平定匪患、安抚民心方面经验丰富，说服他去带兵平乱。

于成龙接受任务后，以一介布衣身份，只带三五个随从，不到三天时间，采取"以抚代伐、惩办首恶"的方针，很快平息东山之乱。

同年八月，于成龙因撤职后平乱有功，被朝廷任命为黄州知府。

此后，于成龙又临危受命，平息麻城"伪札"事件引发的第二次东山暴乱。

　　面对麻城官匪激战一触即发、黄州府极其空虚的险恶形势，于成龙以"招抚"为方针，采取惩抚并济的策略，不仅避免了一场血战，而且保卫了黄州的安全。

　　纵观于成龙的为官之路，虽然一路擢升、大器晚成，但并非顺风顺水、一路坦途，而是跌宕起伏，充满曲折和磨难。

　　"人生路多坎坷祸福不定，有苦涩有酸楚也有欢欣。"于成龙的可贵之处在于，撤职以后照样干活，显示了他面对逆境时以民为本、勇于担当的宽阔胸襟和刚正不阿、铁骨铮铮的人格魅力，这也为他再次被推举"卓异"赢得了先机。

　　黄州地处大别山南麓、长江中游北岸，是个有山有水、风景如画的地方。我们所熟知的历史人物，除了于成龙，苏轼的人生和为官经历均更是与黄州有缘。

　　因"乌台诗案"被贬黄州团练副使，不得参与政事的北宋著名文学家苏轼来黄州后，带领家人开垦城东的一块坡地，种田帮补生计，因此别号"东坡居士"。他还走进厨房，发明了色味俱全的东坡肉、味道醇香的东坡豆腐和千丝酥脆东坡饼，后来都成为黄州人的美味佳肴。

　　人生不如意，但有诗情在。苏轼在亲身农耕、努力创造生活乐趣的同时，又勤奋读书、强健身体，积极探求生命的意义与价值，在人生的低谷中完成了诗意的安居，将人生与文学推到辉煌的极致。

　　"问汝平生功业，黄州惠州儋州。"苏轼在黄州4年多的谪居生活中，诗、词、赋均达到了他的创作巅峰，其中《前赤壁赋》《后赤壁赋》《念奴娇·赤壁怀古》《安国寺记》《遗爱亭记》等众多名篇，生动地描述了黄州赤壁的壮丽景色和鄂东的风情人物。

　　"何武所至，无赫赫名。去而人思之，此之谓遗爱。"

　　人生在世，有顺境，也有逆境。顺境、逆境干不干活，可以看出一个人的胸襟。有人顺境干、逆境不干，有人逆境干、顺境不干，有人顺境、逆境都干，也有人顺境、逆境都不干。如何对待人生境遇，"天下廉吏第一"于成龙和"千年英雄苏东坡"给我们做了很好的诠释和回答。

　　（原载《鄂东晚报》2017年1月24日，《中华文化旅游网》2017年1月25日）

牵手东坡节　相约新黄冈

——历届东坡文化节回眸

第七届（黄冈）东坡文化节暨第九届湖北省黄梅戏艺术节，将于 2016 年 9 月 6 日至 13 日在湖北黄冈举行。节会以"东坡遗爱，黄梅飘香"为主题，以传承优秀文化、助力黄冈发展为主线，除开幕式文艺汇演、东坡文化系列活动、文化惠民剧目展演外，黄冈旅游精品线路推介暨文化旅游产业招商、大型电视纪录片《苏东坡》首发式、"东坡美食汇"展示、《千年黄州》微电影评选等活动将精彩呈现。

苏轼：问汝平生功业，黄州、惠州、儋州

苏轼（1037—1101），字子瞻，号东坡居士，四川眉山人，北宋文学家，中国文学史上最杰出的明星之一，诗、词、文、赋、绘画、书法，无一不精。他把词的范围从狭小的儿女天地扩大到广漠的大千世界，创立豪放词派。现代著名学者林语堂曾说："像苏东坡这样的人物，是人间不可无一难能有二的。"2000 年，法国《世界报》评出 12 位 1001—2000 年间的"千年英雄"，苏东坡作为唯一的中国人入选。

宋神宗元丰二年（1079 年），苏轼在湖州太守任上因"乌台诗案"被捕下狱，元丰三年（1080 年）一月出狱后责授黄州团练副使，在郡城旧营地的东面辟地耕种，自号东坡居士，至元丰七年（1084 年）四月离开黄州赴任汝州，在黄州生活了四年又四个月，共作诗 220 首，词 66 首，赋 3 篇，文 169 篇，书信 288 封，共计 746 篇。苏轼写于黄州的这些杰作，"既宣告着黄州进入了一个新的美学等级，也宣告着苏东坡进入了一个新的人生阶段"，使他"完成了一次永载史册的文化突围"，实现了在困顿中建立"平生功业"的成

功范式。

宋哲宗绍圣元年（1094年），苏轼又以"讥讽先朝"的罪名被贬到惠州，在惠州生活了两年零七个月，写下大量诗词和散文序跋。朝廷认为他太闲适了，绍圣四年（1097年），再贬海南儋州。儋州生活极其艰苦，苏轼仍然"超然自得，不改其度"，一方面勤奋创作诗文自娱，一方面"著书以为乐"，进一步修改整理在黄州时业已完成的《易传》和《论语》，同时又作《书传》十三卷、《志林》五卷，"觉此生不虚过"。

苏轼在儋州谪居三年后遇赦北归，于建中靖国元年（1101年）回到镇江，在《自题金山画像》中给自己的一生做了总结："心似已灰之木，身如不系之舟。问汝平生功业，黄州惠州儋州。"

苏东坡把湖北黄冈、广东惠州、海南儋州和四川眉山联结在一起。为了传承和弘扬东坡文化、增进友谊，实现优势互补、合作共赢，2010年11月18日，来自黄冈市、惠州市和儋州市的政府代表在北京人民大会堂出席首届东坡文化节新闻发布会，签署《黄冈惠州儋州友好合作框架协议》，约定每年依次轮流举办东坡文化节。2012年9月23日，在黄冈举办第三届东坡文化节之际，眉山市加入《友好合作框架协议》，轮办东坡文化节的城市增加到4个。

"苏东坡成全了黄州，黄州也成全了苏东坡。"今天的黄州处处留下了苏东坡的足迹，空气里弥漫着苏东坡的气息，东坡文化成为黄冈一笔巨大的精神文化遗产。

儋州：诗乡歌海，儋耳风华

儋州地处海南岛西北部，濒临北部湾，面积3400平方千米，人口105万，是海南省陆地面积最大、海岸线最长，人口仅次于海口市的海南省第四个地级市。

儋州历史悠久、文化灿烂，是历经11朝的文化古郡。西汉元封元年（前110年）设置儋耳郡，是海南岛行政建制最早的两个郡治之一。唐武德五年（622年）改称儋州。绍圣四年（1097年），苏东坡谪居儋州，传播中原文化，被誉为"天南名胜"的东坡书院是苏东坡会友、讲学的场所，也是当时海南最早、最高的学府。

儋州自然人文独特，旅游资源丰富，文化底蕴深厚，素有"诗乡歌海"之美誉，先后荣获中国民间艺术之乡、中国诗词之乡、中国楹联之乡和中国书法之乡称号。

首届（儋州）东坡文化节于 2010 年 12 月 18 日至 19 日在海南省儋州市隆重举行。海南省委常委、省纪委书记王为璐宣布首届（儋州）东坡文化节开幕，大型开幕演出《东坡九歌》、儋州调声赛歌会、书画展、美食品鉴会，东坡国际论坛惊艳呈现。广东省惠州市、湖北省黄冈市的领导出席开幕式并观看了开幕演出。

第五届（儋州）东坡文化节于 2014 年 12 月 4 日至 6 日在儋州市隆重举行，东坡文化节第二次花落儋州。本届东坡文化节除儋州调声情景剧《歌海梦·儋州情》展演、精彩的开幕式文艺表演外，还有四城市东坡书法联展、雪茄文化展、国内雪茄生产厂家产品展示会和推介会、儋州特色美食和风味小吃展、东坡文化交流座谈会、东坡诗词背诵擂台赛等，目的是推出儋州特有的东坡文化和雪茄文化，推动儋州旅游业的快速发展。

2014 年 12 月 4 日晚，大型儋州调声音舞诗画情景剧《歌海梦·儋州情》在儋州市人民文化公园倾情上演，拉开第五届（儋州）东坡文化节帷幕。儋州调声是仅流传于海南儋州一地并具有独特地域风格的汉族民间歌曲，主要特色是男女集体对唱，把唱歌与舞蹈融为一体，用儋州方言演唱，节奏明快、旋律优美、感情热烈，被誉为"南国艺苑奇葩"，被列入首批国家级非物质文化遗产。《歌海梦·儋州情》深度挖掘儋州调声、山歌的民俗内涵，向来宾展现儋州的风土人情，推介美丽儋州，助推国际旅游岛建设。

惠州：大地古韵，美丽岭南

惠州位于广东省中南部东江之滨，珠江三角洲东北端，毗邻广州、深圳、香港，陆地面积 1.13 万平方千米，辖 2 区 3 县，人口 480 万。惠州自古是东江流域的政治、经济、军事和文化中心，素有岭南名郡、粤东门户、"半城山色半城湖"之誉，是国家历史文化名城，全国文明城市。

宋哲宗绍圣元年（1094 年）十月，苏东坡被贬谪到惠州。岭南当时属蛮貊之邦、瘴疠之地，气候迥于北方，生活条件又极艰苦。苏东坡作为获罪之人，情系百姓，心忧黎民，乐于施医散药，热心掩埋骸骨，解决驻军的缺房和扰民问题，纠正米贱伤农，倡议资助筑堤建桥，促成广州始用"自来水"。

苏东坡在惠州生活了两年又七个月，创作了587首（篇、幅）艺术作品，包括诗187首，词18首，文129篇，书信233篇，书画20幅。其中"日啖荔枝三百颗，不辞长作岭南人"（《惠州一绝》）更是成为流芳千古的名句。

第二届（惠州）东坡文化节于2011年7月15日至18日在惠州市隆重举行，包括大型开幕晚会《大美惠州东坡情》、东坡文化论坛、中国印·惠州缘·东坡情——李建忠书法篆刻展暨惠州博物馆馆藏名家作品展、参观拜谒东坡塑像和王朝云墓仪式等活动。

第六届（惠州）东坡文化节于2015年12月1日至3日在惠州市隆重举行，全国人大原副委员长布赫出席开幕式，并为惠州"国家历史文化名城"揭牌，国学大师饶宗颐先生发来贺信，惠州因此成为第二个已经举办过两届东坡文化节的城市。

"一自坡公谪南海，天下不敢小惠州。"第六届（惠州）东坡文化节分综合类、文化类、旅游类3大类22项活动，包括国学大师饶宗颐书画作品暨惠州黄冈眉山儋州4市书画联展、惠州申报国家历史文化名城成果展、中国（惠州）食尚锋会，以及苏东坡文化研究成果发布会暨专题讲座、互联网+旅游+文化产业联盟交流会等。苏东坡主题陶瓷艺术展、问墨苏东坡——刘克宁中国画展、"中国梦·惠州情·东坡缘"上臻园东坡文化艺术精品展等"寓惠东坡"主题系列群众文化活动延至12月底结束。

黄冈：东坡遗爱，千古风流

黄冈地处鄂东，是一块山清水秀、人文荟萃的风水宝地，也是中国文化的高地。在数千年的历史文化发展进程中，海洋文化与内陆文化水乳交融，中原文化和南方文化交相辉映，孕育沉淀出既有绿色大别山地域风貌，又有古色历史文化底蕴，更有红色文化基因，极具黄冈地方特色的悠久的历史文化、灿烂的名人文化、深厚的禅宗文化、多彩的戏曲文化、厚重的红色文化和独特的生态文化。

苏轼谪居黄州期间，在祖国雄伟的江山和历史英雄人物的激发之下，写下了《赤壁赋》《后赤壁赋》《念奴娇·赤壁怀古》等著名的散文和词篇。改革开放以来，黄冈人弘扬崇文重教风尚，紧跟市场经济大潮，勇走改革开放新路，使黄冈这块兵家争雄、文人争锋之地，成为一片充满商机与活力的投资创业热土。

第三届（黄冈）东坡文化节于 2012 年 9 月 21 日至 23 日在黄冈市隆重举行。9 月 21 日晚，以"千古东坡黄州情"为主题的第三届（黄冈）东坡文化节大型文艺晚会，在遗爱湖公园东坡文化广场激情绽放，著名主持人撒贝宁、雅娟同台主持，著名歌星费翔、成方圆、郭峰、黑鸭子组合等齐齐助阵，将东坡文化通过艺术形式表现得淋漓尽致。

第三届（黄冈）东坡文化节分为遗爱东坡、感悟东坡、回味东坡、牵手东坡、印象东坡、寻觅东坡六个部分，演绎东坡精神，展现黄冈文化。黄冈市博物馆开馆仪式暨东坡作品书法展，参观游览东坡赤壁、遗爱湖公园和东坡外滩，纪念苏东坡"一词二赋"创作 930 周年，东坡文化产业论坛，经贸洽谈项目签约，大别山旅游商品展销，以及黄冈黄金之旅等系列活动精彩纷呈。

眉山：东坡故里，天府之州

眉山位于四川盆地成都平原西南部，岷江中游，2000 年撤地建市，辖 2 区 4 县，面积 7186 平方千米，人口 300 万，是成（都）乐（山）黄金走廊的中段重点地区及成都平原经济圈的重要组成部分，也是四川省最大的泡菜生产基地。

眉山古称眉州，早在 1000 多年前就是州、郡治所。两宋期间，共有 886 人考取进士，史称"八百进士"，成为中国历史上著名的"进士之乡"，有"千载诗书城，人文第一州"的美誉，是大文豪苏洵、苏轼、苏辙的故乡。

1037 年 1 月 8 日，苏轼出生在眉山市东坡区三苏乡（宋代属修文乡）拨股祠苏家老宅。后来苏轼读县学，全家进城，住在纱縠巷的房子里，这就是现在的三苏祠。朱德委员长到三苏祠题诗："一家三父子，都是大文豪。诗赋传千古，峨眉共比高。"

1056 年，苏洵带着苏轼和苏辙去汴京参加科举考试，次年三月，父子三人同登进士，苏轼则是事实上的状元。三苏在京城掀起一股浪潮，北宋朝野为之惊叹。由此无人不知眉山，眉山成为全国读书向学的一面旗帜。

第四届（眉山）东坡文化节于 2013 年 10 月 31 日在四川省眉山市隆重举

行，全国政协副主席齐续春宣布第四届（眉山）东坡文化节开幕，来自全国各地的东坡文化爱好者和苏氏宗亲与有关专家一道探寻研究东坡文化、泡菜文化。

这是首次在苏轼出生地举办的东坡文化节，活动设置别具匠心。其中，东坡文化主题讲座、祭拜三苏、苏坟山扫墓、在三苏祠颂《祭三苏文》、在苏坟山诵《江城子·乙卯正月二十日夜记梦》等文化活动，让东坡诗词与东坡故景交相辉映，形象展示当地东坡文化底蕴。

第七届（黄冈）东坡文化节暨第九届湖北省黄梅戏艺术节大幕即将开启，我们共同期待东坡文化再放异彩，大美黄冈黄梅飘香。

（原载《黄冈日报》2016 年 7 月 27 日，《光明网》2016 年 7 月 27 日）

鄂东溢彩　黄梅飘香

——历届湖北省黄梅戏艺术节回眸

　　湖北省第九届黄梅戏艺术节将于 9 月 6 日晚在黄冈黄梅戏大剧院隆重开幕。9 月 7 日至 9 月 13 日，来自黄冈市 10 家专业戏剧院团和湖北省地方戏曲艺术剧院、江西彭泽县新黄梅演艺有限公司、安徽马鞍山市黄梅戏剧团等省内外的戏剧艺术工作者，将在黄梅戏大剧院、市职工活动中心、遗爱湖公园东坡广场举行盛大的剧目展演和文化惠民演出。为让广大市民更多地了解湖北黄梅戏，更好地参与湖北省第九届黄梅戏艺术节，谨作此文，以飨读者。

文化黄冈：四戏同源，花开花放

　　戏曲是表现和传承地方优秀传统文化的重要载体。黄冈是中国文化高地，地方戏曲具有悠久的历史、独特的魅力和深厚的群众基础，是楚剧、汉剧、京剧、黄梅戏共同的源头。

　　黄冈地方戏曲主要以黄梅戏为主，另有楚剧、罗田东腔戏、麻城东路花鼓戏、武穴文曲戏和英山采茶戏等。

　　黄梅戏发源于湖北黄梅，发展于安徽安庆，大约有 300 年历史，是一个古朴而充满青春气息的戏曲剧种。

　　新中国成立后，经过一代又一代黄梅戏艺术家的辛勤耕耘，这一源自民间采茶调的地方剧种，发展成为中国戏剧五大剧种之一。2006 年，黄梅戏被国务院确定为国家级戏曲类非物质文化遗产。

　　20 世纪 80 年代，湖北省委做出"把黄梅戏请回娘家"的重大决策。在省委、省政府的正确领导下，黄冈各级党委、政府和宣传文化部门不断加强对振兴湖北黄梅戏事业的组织领导，大力引进培养人才，为黄梅戏的发展创造了良好的条件。经过不断发展壮大，黄冈现拥有1家省级黄梅戏剧院，5家县市级黄梅戏剧（院）团，21家民间黄梅戏剧团，创作生产出一大批深受专家好评和群众喜爱的优秀作品，人才队伍也日益壮大。杨俊、张辉双获中国戏剧表演艺术最高奖"梅花奖"。

"十二五"时期，黄冈创作上演了《李四光》《东坡》《李时珍》《活字毕昇》《传灯》《余三胜轶事》等20余台黄冈名人系列黄梅戏精品剧目，湖北黄梅戏生机勃勃，流光溢彩。

把黄梅戏请回"娘家"：砥砺卅载，黄梅新声

黄梅戏根在湖北，"娘家"在湖北，但在很长一段时间里发展繁荣于安徽。

1983年，湖北省委书记关广富说："湖北是黄梅戏的娘家，一定要把黄梅戏请回来！"1986年，这一意见被写入《省委常委会办公会议纪要》，标志着湖北省正式出台"把黄梅戏请回娘家"重大举措。

1989年，黄冈地委、行署及宣传文化部门，以黄冈地区、黄梅县的戏曲剧团和艺校黄梅戏班为基础，并从安徽请来杨俊、张辉等黄梅戏优秀演员，组建湖北省黄梅戏剧团，开启了振兴湖北黄梅戏艺术的征程。

30年来，黄冈市黄梅戏艺术工作者始终坚持以人民为中心的创作导向，深入生活、扎根人民，面向基层、服务群众，把创作优秀作品作为中心环节，创作上演了黄梅戏《双下山》《未了情》《红罗帕》《和氏璧》《於老四和张二女》《奴才大青天》等优秀剧目100多部，拍摄了黄梅戏电影《血泪恩仇录》、黄梅戏电视连续剧《貂蝉》等优秀影视剧，多次获得"文华奖""飞天奖"和"五个一工程"奖，多次走进人民大会堂，登上国家大剧院，亮相中国艺术节，多次赴中国宝岛台湾和美国、波兰等地交流巡演，展示湖北黄梅戏艺术风采和黄冈文化魅力。

湖北黄梅戏传承了黄梅戏的正宗原味，又吸收了新的鲜明时代特征和浓郁生活气息，同时注入荆楚风韵，形成鄂派风格，开拓了黄梅戏艺术的新境界。

黄梅戏回"娘家"，砥砺三十载，让梦想开花！

湖北省黄梅戏艺术节：人民节日，艺术盛会

首届湖北省黄梅戏艺术节于 1989 年 12 月 9 日至 16 日在武穴市隆重举行。省委书记关广富发电祝贺。贺电说："首届黄梅戏艺术节的举行，是落实省委'把黄梅戏请回娘家'的精神，振兴我省黄梅戏艺术事业的一项很有意义的活动；也是贯彻落实中央'一手抓扫黄、一手抓繁荣'的方针，繁荣我省社会主义文艺的一项重要举措。"省文化厅厅长徐春林致开幕词。"首艺节"推出 8 台新剧目，观众场场爆满。

第二届湖北省黄梅戏艺术节于 1994 年 5 月 23 日至 27 日在黄梅戏的故乡黄梅县隆重举行。省委常委、宣传部部长王重农出席开幕式并讲话，省委宣传部副部长、省文化厅厅长周祖元致开幕词。王重农说："黄梅戏发源于黄梅县，是全国有影响的剧种之一，深受广大观众的喜爱。'把黄梅戏请回娘家'是省委的号召，也是全省人民的迫切要求。""二艺节"以青年演员大奖赛的形式进行，湖北省黄梅戏剧团张英、董小满，黄梅县黄梅戏剧院周洪年、郭华阳、徐记柱、郑玉琼、黄东风，英山县黄梅戏剧团余万能、段秋萍，武穴市黄梅戏剧团周辉朝荣获湖北黄梅戏"十佳"桂冠。

第三届湖北省黄梅戏艺术节于 1997 年 10 月 8 日至 14 日在医圣故里蕲春县隆重举行。黄冈市委副书记刘光彩宣布开幕，市委常委、宣传部部长胡荃蓉致开幕词，省委宣传部副部长、省文化厅厅长周祖元讲话。本届艺术节与湖北第三届李时珍医药节同期举行，同时举行黄冈市楚剧新作展演。全市 6 家剧团携 6 部自创剧目参评，湖北省黄梅戏剧团携《未了情》参演。

第四届湖北省黄梅戏艺术节于 2000 年 10 月 18 日至 27 日在英山县隆重举行。副省长王少阶宣布开幕，省文化厅厅长蒋昌忠致开幕词，黄冈市委书记刘友凡出席开幕式。"四艺节"同时举行黄冈市楚剧展演，全市 8 个黄梅戏院团和 3 个楚剧团上演 11 台大戏。新加坡戏曲学院应邀为艺术节献艺。

第五届湖北省黄梅戏艺术节于 2003 年 11 月 8 日至 14 日在罗田县隆重举行。省政协副主席程运铁宣布艺术节开幕，省文化厅厅长蒋昌忠主持开幕式，中国剧协副主席、著名导演余笑予，黄冈市委书记段远明出席开幕式。"五艺节"同时举办黄冈市楚剧新作展演，全市 9 个县市区专业剧团上演 5 台黄梅戏、3 台楚剧、1 台东路花鼓戏共 8 台新创剧目和 1 台移植剧目，湖北省黄梅

戏剧院携《双下山》等两台大戏作为非评奖剧目参加演出。

第六届湖北省黄梅戏艺术节于 2007 年 9 月 6 日至 16 日在武穴市隆重举行。省政协副主席胡永继宣布开幕，黄冈市市长刘雪荣致开幕词。省委常委、宣传部部长张昌尔出席闭幕式并颁奖，刘雪荣主持闭幕式。"六艺节"是全国"八艺节"的组成部分，同时举行黄冈地方戏曲新作展演。"六艺节"首次举办体现黄冈特色的花挑、东腔戏、丝弦锣鼓、牌子锣鼓等民间文艺展演，首次举办参赛剧目洽谈会，共有 9 台剧目签约。

第七届湖北省黄梅戏艺术节于 2009 年 9 月 16 日至 27 日在武汉市和黄冈市隆重举行。9 月 16 日晚，开幕式在湖北剧院举行，省人大常委会副主任刘友凡、省政协常务副主席李佑才出席，副省长郭生练宣布开幕，黄冈市市长刘雪荣主持开幕式。黄冈是黄梅戏的故乡，经过多方面的艰苦努力，黄梅戏艺术在黄冈有了很大的发展，呈现出百花齐放的可喜局面。"七艺节"同时举行黄冈地方戏曲新作展演，邀请著名学者余秋雨举办文化讲座，邀请著名黄梅戏表演艺术家韩再芬携代表作《徽州女人》来黄冈助演，并开展"万张戏票送百姓""六个一百"等文化惠民活动，观众达到 2 万多人次。

第八届湖北省黄梅戏艺术节于 2013 年 9 月 12 日至 21 日在黄州、黄梅、罗田隆重举行。9 月 12 日晚，开幕式在市职工活动中心举行，黄冈市委书记刘雪荣致开幕词，省文化厅厅长雷文洁讲话，黄冈市市长陈安丽主持并宣布开幕。刘雪荣说，黄梅戏艺术节已经成为全省戏曲界最有影响力的艺术盛会，"让黄州这座最具人文价值的城市好戏连台，让崛起中的黄冈更加精彩。"

"八艺节"邀请湖南花鼓戏剧院上演经典剧目《刘海砍樵》，组织开展黄梅戏折子戏等 7 台文化惠民专场演出。活动期间，黄梅戏名角走进基层，辅导群众学唱黄梅戏，提供《天仙配》《女驸马》《黄州美景花烂漫》等 50 首市民喜闻乐见的黄梅戏经典唱段的视听资料，供群众学唱。

第九届湖北省黄梅戏艺术节与第七届（黄冈）东坡文化节同时举行。"九艺节"期间还将举行黄冈市首届社会文艺团体展演。东坡文化与戏曲文化、群众文化交相辉映，老区黄冈必将奏响文化大市向文化强市迈进的强音！

（原载《光明网》2016 年 8 月 13 日，《黄冈日报》2016 年 8 月 13 日）

第七届（黄冈）东坡文化节暨第九届湖北省黄梅戏艺术节看点

湖北省黄冈市将于 2016 年 9 月 6 日至 13 日举办第七届（黄冈）东坡文化节暨第九届湖北省黄梅戏艺术节。来自全国各地以及三个联盟城市儋州、惠州、眉山的众多文化学者、名家将云集黄冈，怀念宋代大文豪苏东坡，本市 11 个专业剧团和武汉、江西、安徽 3 个特邀剧团将共同演绎"两节"盛会。

看点一："文化+戏曲"的年度盛典

按照黄冈、儋州、惠州、眉山四个联盟城市的约定，2016 年黄冈作为轮值城市，负责承办第七届东坡文化节。经省政府批准，省文化厅和黄冈市政府今年将联合主办第九届湖北省黄梅戏艺术节。这是继 2012 年黄冈市举办第三届东坡文化节之后，第二次举办东坡文化节，也是东坡文化节和黄梅戏艺术节首次在黄冈市合并举办。组委会表示，"两节"合并举办体现"创新、节俭、简约、惠民"的原则，将在厉行节约、勤俭办节、保证活动质量的前提下，把活动办得内容丰富、朴实大气，引领新常态下办节、办会新风。

看点二：东坡主题文化的集中展示

本次"两节"将通过东坡禅学研讨会、"东坡墨韵"书法摄影展、大型电视纪录片《苏东坡》首发式、东坡文化讲座、《千年黄州》微电影评选等东坡文化主题活动，用学术风采、笔墨流韵、光影艺术、影视手法等多种手段形象展现东坡文化的博大精深，弘扬和传承东坡文化，让东坡文化释放时代红利。

看点三：市民广泛参与的戏曲盛宴

9月8日至18日，将在黄冈黄梅戏大剧院、黄冈职工活动中心、遗爱湖公园东坡广场和麻城、浠水、武穴等地举行黄梅戏艺术节惠民展演，《李时珍》《妹娃要过河》《千羽锦》《芳湖壮歌》《天上掉下爹》《蕲河汉子》《铁面金光悌·审和珅》等原创黄梅戏精品大戏和东路花鼓戏《麻乡约》、楚剧《警魂》、文曲戏《嬉蛙》与传统折子戏轮番上演。

看点四："中国漂流谷""中国东坡美食文化之乡"花落黄冈

9月6日，黄冈旅游精品线路推介会上，将进行"中国漂流谷"授牌仪式，"两节"开幕式上将进行"中国东坡美食文化之乡"授牌仪式，两块含金量颇高的牌匾正式花落黄冈。9月6日至10日，"东坡美食汇"系列活动还将在东坡外滩推出特色食材、食品、名菜、名点和小吃展销，让市民一饱口福。

看点五：大型电视纪录片《苏东坡》问世

9月7日上午，由央视纪录片频道、湖北广播电视台和黄冈市政府共同打造的六集电视纪录片《苏东坡》，经过一年的艰苦拍摄和精心制作，将在黄冈黄梅戏大剧院举行首发式。该片从文学、艺术、美食、情感等多个维度出发，多层面、多角度地解读苏轼政治历程、人生经历和艺术成就，以及对中国传统文化产生的深远影响。

看点六：熊召政、周裕锴等众多名家助力 "两节"

9月7日下午，从黄冈走出的著名作家、中国文联全委会委员、湖北省文联主席、茅盾文学奖得主熊召政，中国苏轼研究会会长、四川大学文学院教授、博士生导师、著名苏学专家周裕锴，同登 "黄冈讲坛"，开讲东坡文化。中国戏曲学院京剧系副教授贾劲松、王晓燕等表演艺术家也将来黄冈友情助演，献艺 "两节" 开幕式。

看点七：一批重量级文化旅游招商项目签约

9月6日下午，西部控股大健康及文化旅游产业园、胡氏黄冈游乐园、宝中龙观风景旅游度假区、龟峰山风景区旅游项目整体打包、大别山民俗文化村、李时珍健康文化小镇等12个文化产业重点招商项目将进行签约，总投资额达214.8亿元。

第七届（黄冈）东坡文化节和第九届湖北省黄梅戏艺术节合并举办，既是一次文化交流、文化惠民的盛会，也是一次旅游推介、经贸合作的盛会。本次 "两节"，将推动黄冈市不断发掘东坡文化资源，擦亮城市文化名片，促进戏曲传承发展，提升城市品质，增强城市文化软实力和核心竞争力，推进黄冈市由文化大市迈向文化强市。

（原载《黄冈日报》2016年9月3日，《新华网》2016年9月3日）

忆昔往硕果满枝　看今朝风帆正劲

——湖北黄冈由文化大市迈向文化强市

黄冈位于鄂东，是一块山清水秀、人文荟萃的风水宝地，辖 11 个县市区，面积 1.74 万平方千米，人口 750 万，市政府驻地黄州区。

大江东去　千古风流

时光回溯到 934 年前。

宋神宗元丰五年，公元 1082 年。谪居黄州两年多的苏轼，来到黄州城外文人游赏之地赤壁矶，眼前的美景和赤壁大战故地勾起诗人无限感慨：

"大江东去，浪淘尽、千古风流人物……"

这位从四川眉山走出的大文豪，将浩荡江流与千古人物并收笔下，把人们带入江山如画、奇伟雄壮的景色和深邃无比的历史沉思之中，也把词的范围从狭小的儿女天地扩大到广袤的大千世界，为后世留下千古绝唱。

元丰二年（1079 年），苏轼在湖州太守任上因"乌台诗案"被捕下狱。元丰三年（1080 年）一月出狱后，责授黄州团练副使，在郡城旧营地的东面辟地耕种，自号东坡居士。至元丰七年（1084 年）四月离开黄州赴任汝州，苏轼在黄州生活了 4 年又 4 个月，共作诗 220 首，词 66 首，赋 3 篇，文 169 篇，书信 288 封，共计 746 篇。苏轼写于黄州的这些杰作，包括"一词二赋"（《念奴娇·赤壁怀古》《赤壁赋》《后赤壁赋》）等著名的散文和词篇，让黄州在文学作品中进入了一个新的美学境界。

"问汝平生功业，黄州惠州儋州。"苏东坡把湖北黄冈、广东惠州、海南儋州，以及故乡四川眉山紧密地联系在一起。为了传承和弘扬东坡文化，实现优势互补、合作共赢，2010 年 11 月 18 日，儋州市、惠州市和黄冈市的政府代表在北京人民大会堂出席首届东坡文化节新闻发布会,签署《黄冈惠州儋州友好合作框架协议》,约定每年依次轮流举办东坡文化节。2012年9月23日,在黄冈市举办第三届东坡文化节之际,眉山市加入友好合作框架协议。

2016年9月6日至13日,第七届东坡文化节暨第九届湖北省黄梅戏艺术节、首届黄冈市社会文艺团体展演在黄冈隆重举行。节会以"东坡遗爱,黄梅飘香"为主题,以传承优秀文化、助力黄冈发展为主线,东坡文化、戏曲文化、群众文化交相辉映,奏响湖北黄冈由文化大市向文化强市迈进的强音。

9月6日晚,第七届东坡文化节暨第九届湖北省黄梅戏艺术节在黄冈美丽的遗爱湖畔的文化地标——新落成的黄梅戏大剧院盛大开幕。开幕式演出凸显东坡文化和黄梅戏元素,"中国东坡美食文化之乡""中国漂流谷"花落黄冈,以"天南地北人,唱响黄梅戏"为主题的大型文艺表演,将黄冈特色文化旅游资源演绎得淋漓尽致。东坡禅学研讨会、"东坡遗韵"书法展、"黄冈胜境"摄影展、大型电视纪录片《苏东坡》首发式、黄冈讲坛·东坡文化讲座、"东坡美食汇"展示、《千年黄州》微电影评选等东坡文化主题活动密集推出,用学术风采、笔墨流韵、光影艺术、影视手法等多手段形象展现东坡文化的博大精深。旅游精品线路推介暨文化旅游产业招商签约会成果丰硕,现场签约项目12个,总投资额达214.8亿元。

山水大别　人文黄冈

大别山脉横亘于我国中部,连绵千余千米,是中国南北水系的分水岭。由于它分开了长江、淮河两大水系,也分开了吴国、楚国两地,从而使得南北两地的气候环境和风俗民情截然有别。古人称赞"此山大别于他山",由此得名"大别山"。

黄冈是中国文化的高地。在数千年的历史文化发展进程中,地处大别山南麓、长江之滨的黄冈,海洋文化与内陆文化水乳交融,中原文化和南方文化深度融合,孕育沉淀出既有绿色大别山地域风貌,又有古色历史文化底蕴,更有红色文化基因的灿烂的名人文化、深厚的禅宗文化、多彩的戏曲文化、厚重的红色文化和独特的生态文化。

黄冈是闻名中外的历史文化古城。在这块神奇的土地上,孕育了道信、弘忍、慧能三代中国佛教禅宗祖师,毕昇、李时珍、李四光三位影响人类历史进程的科学巨匠，董必武、陈潭秋、包惠僧三名中共一大代表，国家主席李先念、国家代主席董必武，以及王树声、韩先楚、陈再道、陈锡联、秦基伟等两百多名共和国开国将军，为中华民族乃至世界的历史发展和文明进步作出了重要贡献。

黄冈宗教历史悠久，自古就有"蕲黄禅宗甲天下，佛教大事问黄梅"的美誉。始于菩提达摩的禅宗文化，经过二祖慧可、三祖僧璨艰辛传承，四祖道信、五祖弘忍融会创新，盛于六祖慧能，在中国佛教各宗派中流传时间最长，至今仍绵延不绝，对中国哲学思想及艺术思想有着深远的影响。

黄冈是中国戏曲的重要发源地，是楚剧、汉剧、京剧、黄梅戏四大剧种的源头，诞生了京剧鼻祖余三胜、黄梅戏创始人邢绣娘等梨园宗师。黄冈地方戏曲主要以黄梅戏为主，另有楚剧、罗田东腔戏、麻城东路花鼓戏、武穴文曲戏和英山采茶戏等。黄梅戏发源于黄冈黄梅，被称为"中国的乡村音乐"，2006年被列入首批国家级非物质文化遗产项目名录。如今，黄冈活跃着200多个黄梅戏、楚剧、东路花鼓戏、东腔戏、文曲戏等专业和业余剧团，地方戏曲好戏连台、异彩纷呈。

黄冈是全国著名的革命老区和集中连片重点扶贫开发地区，承载着太多的光荣与梦想。这里是中共早期活动的重要驻地和鄂豫皖革命根据地的中心，组建了红十五军、红四方面军等革命武装力量，发生了黄麻起义、新四军中原突围、刘邓大军千里跃进大别山等重大革命历史事件，先后有44万黄冈儿女为国英勇捐躯，其中5.3万人被追认为革命烈士。列入《大别山革命老区振兴发展规划》文物保护项目的红色文化遗址遗迹中，黄冈达792处之多，红色圣地文化史迹、建党元勋故里、开国将帅与将军故里、重要红色武装诞生地、重大战役纪念地、红烛名人与革命先驱史迹题材博物馆、纪念馆星罗棋布。

黄冈生态文化旅游资源极其丰富，一线穿珠，多点支撑，集旅游观光、休闲度假、猎奇探险、科学研究、环境保护为一体的大别山国家地质公园、红安天台山风景区、麻城龟峰山风景区、罗田大别山国家森林公园、英山吴家山国家森林公园和桃花冲风景区、浠水三角山国家森林公园、武穴横岗山风景区、武穴溶洞群、黄梅挪步园风景区、团风大崎山风景区十大风景区，构成自然风光旖旎、生态环境优美的大别山生态旅游区。

近10年来，黄冈将文化融入发展战略，大力推进由文化大市向文化强市迈进，文化设施建设和文化事业发展步入快车道。

因苏东坡写下《遗爱亭记》而得名的遗爱湖，从 2006 年起，经过 10 年建设，一片荒湖蝶变成华中最大的集东坡文化、生态建设、休闲娱乐为一体的开放式公园，被誉为黄冈的文化客厅和城市名片。

"十二五"以来，黄冈博物馆、黄梅戏大剧院、黄冈艺校新校园、黄冈美术馆相继建成投入使用。麻城市图书馆、团风县图书馆、浠水县博物馆善本书库、黄州区农民画馆、浠水县杂技馆、黄梅县文化艺术活动中心、武穴市文化中心、红安县文化中心、龙感湖文体中心等一批文化工程相继建成。构建现代公共文化服务体系步伐加快，市、县、乡、村四级公共文化服务网络基本形成，公共文化服务能力大幅提升。黄梅戏大剧院建成后，与北京保利剧院管理有限公司成功牵手，采取"政府补贴、企业运营、业主监管、省院使用"的经营管理模式，坚持"高贵不贵、文化惠民"的理念，让高雅艺术走进黄冈百姓生活，打造了文化惠民新亮点。

精品生产　惊喜不断

10 年来，以地方戏曲和影视作品为主的精品生产，带动黄冈文艺事业繁荣发展。20 多台"黄冈制造"的地方戏曲精品剧目唱响全国，20 多部"黄冈制造"的广播影视剧誉满华夏。大型原创黄梅戏《李四光》《东坡》《李时珍》《余三胜轶事》在人民大会堂、国家大剧院、中央党校、国家行政学院、长安大戏院上演。东路花鼓戏《麻乡约》入选全国基层院团戏曲汇演剧目，在长安大戏院展演。

电影《黎明行动》实现黄冈全国"五个一工程"奖零的突破，电影《守护童年》获中国电影金鸡奖，电影《全城高考》《青春派》获中国电影华表奖和全国、全省"五个一工程"奖。电视剧《红槐花》《邢绣娘传奇》登陆央视，电视剧《铁血红安》登陆央视一套黄金档，获第 30 届中国电视剧飞天奖优秀电视剧提名。广播剧《天堂岛》获中国广播连续剧金奖。

文学、音乐、舞蹈、美术、摄影、杂技等多门类优秀作品遍地开花。长篇小说《太阳最红》获第五届湖北文学奖，歌曲《宋词黄州》获"楚天群星奖"，《楚韵》获第三届中韩日青少年舞蹈大赛特等奖，《快乐节拍》《乐儿嗬》获湖北省第二届广场舞展演街道组、乡镇组一等奖，《黄州俏大妈》入选"欢乐四季"全国百姓广场舞活动全国展演季。

群众文化活动更是丰富多彩。"激情新黄冈·欢乐大舞台"东坡广场大型文化活动被评为第十五届"楚天群星奖"和"湖北省十大群众文化活动品牌",并通过文化部第二批创建国家公共文化服务体系示范项目评审验收。鄂东民歌大奖赛、"文化力量·民间精彩"群众广场舞比赛、重大节日惠民演出、黄梅戏进校园、全民阅读等系列群众文化活动向纵深推进,全民阅读指数位居全省前列。

在推动市区群众文化大放异彩的同时,引导"一县一品"创建,黄州区"社区大家乐"、红安县"周末文化大派送"、罗田县"三胜故里广场乐"、麻城市"杜鹃文化旅游节"、浠水县"闻一多文化艺术节"、蕲春县"民歌民乐民舞三民会演"、黄梅县"黄梅戏大戏台"、武穴市"农民艺术节"等特色鲜明、影响广泛的群文品牌争奇斗艳。先进典型不断涌现,麻城市文化局被中宣部等12部门评为全国文化科技卫生"三下乡"先进集体,麻城市盐田河镇电影放映员丁颂扬获得"2015感动中国十大人物"提名。

盘活资源　兴文强市

黄冈是中国文化版图上一颗璀璨夺目的明珠,也是一个文化资源丰富但经济欠发达的城市。文化强市建设并非一定要在经济发展到相当程度之后才可能进行,在经济发展过程中,甚至在经济发展程度并不发达的阶段,也可以跃升式、先导性地推进。

2013年4月15日,中共黄冈市委四届七次全会提出"强工兴城、强农兴文"发展战略,把文化产业作为推进科学发展、跨越发展的战略制高点。几年来,黄冈牢牢抓住"双强双兴"发展重点,努力盘活特色文化资源,把文化旅游业作为县域经济发展的战略支撑点,探索实践"文化产业＝文化资源+项目+投资"的文化产业发展方程式,加快形成组团式的文化产业发展格局,文化强市建设迈出了坚实的步伐。

——摸准发展路径。确立打造"中国名人之都"、加快建设文化强市的奋斗目标。出台《关于推进名人文化建设的意见》,编制文化产业发展规划、名人文化发展规划和文物事业保护规划,制定文化遗址遗迹保护管理办法及实施方案,文化产业发展政策体系日益完善。

——打造核心品牌。围绕"多情大别山,风流看黄冈"这一定位,以大别山红色旅游公路为主线，整合全市文化旅游资源，形成以市区为中心、县市为支撑的大别山生态文化旅游经济带，构建以文化、旅游为龙头，演艺、传媒、文化创意、出版印刷、绿色包装等多元发展的文化产业体系。黄冈内涵深厚的文化资源、文化底蕴，转化成巨大的文化生产力、竞争力和影响力，2015 年接待游客达 2000 多万人次，实现旅游收入 100 多亿元。

——筑牢产业底盘。近 3 年来，先后启动文化创意产业城、红安军事文化产业园、麻城移民文化公园、黄梅鄂东禅文化旅游区、蕲春李时珍健康文化产业园、英山毕昇文化产业园等一批特色文化产业园区建设。全市在建亿元以上文化产业项目 28 个，投资总额达到 500 多亿元。李时珍医道文化产业、黄梅挑花产业、黄州仿古青铜器生产等 5 个基地被确定为湖北省文化产业示范基地，东坡外滩被评为湖北省文化产业示范园区。

鄂东溢彩　黄梅飘香

黄梅戏发源于湖北黄梅，发展于安徽安庆，大约有 300 年历史，是一个古朴而充满青春气息的戏曲剧种。新中国成立后，经过一代又一代黄梅戏艺术家的辛勤耕耘，这一源自民间采茶调的地方剧种，发展成为中国戏剧五大剧种之一。

1986 年，湖北省委做出"把黄梅戏请回娘家"的重大决策。1989 年，湖北省黄梅戏剧团（院）在黄冈组建，开启振兴湖北黄梅戏的艺术征程。

30 年来，湖北黄梅戏艺术工作者坚持以人民为中心的创作导向，把创作优秀作品作为中心环节，创作上演了黄梅戏《双下山》《未了情》《红罗帕》《和氏璧》《於老四和张二女》《奴才大青天》等优秀剧目 100 多部，以及《李四光》《东坡》《李时珍》《活字毕昇》《传灯》《余三胜轶事》等 20 余台黄冈名人系列黄梅戏精品剧目，拍摄了黄梅戏电影《血泪恩仇录》、黄梅戏电视连续剧《貂蝉》和《邢绣娘传奇》等优秀影视剧，多次获得文华奖、飞天奖和"五个一工程"奖，多次走进人民大会堂，登上国家大剧院，亮相中国艺术节，多次赴我国宝岛台湾及美国、波兰等地交流巡演，张辉、杨俊荣获中国戏剧表演艺术最高奖梅花奖。

历届湖北省黄梅戏艺术节，同时举办黄冈地方戏曲新作展演，推出原创黄梅戏、楚剧、东路花鼓戏、文曲戏、东腔戏、采茶戏等 100 多部，促进了地方戏曲的传承发展。

在湖北省黄梅戏艺术节的推动下，湖北黄梅戏既传承了黄梅戏的正宗原味，又吸收了新的鲜明时代特征和浓郁生活气息，同时注入荆楚风韵，形成"张辉黄梅，传承创新"的艺术风格，开创了21世纪黄梅戏艺术的新境界。与此同时，张安岚、董小满、张敏、涂小勇、周洪年、吴红军、王慧君、陈燕、谢思琴、蔡庆、王刚等一批优秀演员脱颖而出，湖北黄梅戏群星璀璨，流光溢彩。

持续一周的第九届湖北省黄梅戏艺术节文化惠民剧目展演，《李时珍》《妹娃要过河》《千羽锦》《芳湖壮歌》《天上掉下爹》《蕲河汉子》《铁面金光悌·审和珅》等原创黄梅戏精品大戏和东路花鼓戏《麻乡约》、楚剧《警魂》、文曲戏《嬉蛙》与传统折子戏轮番上演，人民群众共享精美传统文化大餐。革命老区黄冈，不忘文化自觉、文化自立初心，在文化自信、文化自强中奋力前行。

忆昔往硕果满枝，看今朝风帆正劲。"十三五"开局以来，黄冈面临长江经济带开放开发和大别山革命老区振兴发展等重大机遇。这些千载难逢的战略机遇，既为黄冈文化发展提供了广阔空间，又对黄冈文化建设提出了更高要求。第七届东坡文化节暨第九届湖北省黄梅戏艺术节、首届黄冈市社会文艺团体展演圆满落幕，但黄冈春色满园的文化舞台永不谢幕，老区砥砺前行的豪迈脚步永不停歇。

（原载《中国文化报》2016年9月15日，《人民网》2016年9月15日）

回眸更为再向前

第七届（黄冈）东坡文化节7日晚在遗爱湖畔的高雅艺术殿堂——黄梅戏大剧院落下帷幕，第九届湖北省黄梅戏艺术节文化惠民展演仍在火爆进行中。

不少市民发现，今年"两节"一个突出的亮点是，注重对"两节"由来和历史的回顾，对于办节的背景、意义、历届概况及成果可以说是家喻户晓。

今年是"两节"首次在黄冈市合并举办，为了引领新常态下办节、办会新风，黄冈市委、市政府确定了"创新、节俭、简约、惠民"的办节原则，要求承办单位在厉行节约、勤俭办节的前提下，把活动办得内容丰富、激情大气，提振全市人民的精、气、神。

在这一原则指导下，"两节"筹委会办公室搜集大量珍贵档案和新闻报道，深度挖掘黄冈东坡文化和戏曲文化宝库，细心盘点东坡文化节和湖北省黄梅戏艺术节家珍，推出了《东坡遗爱千古风流——历届东坡文化节回眸》《鄂东溢彩黄梅飘香——历届湖北省黄梅戏艺术节回眸》"两节"特稿，经《黄冈日报》刊发，被新华网、光明网等众多新媒体转载，并制作成大型户外展牌、新闻背景资料、"两节"特刊，受到了观众、读者、媒体朋友的广泛关注。

"两节"回顾是对东坡文化节和湖北省黄梅戏艺术节成果的集中展示，营造了良好的办节氛围，让更多的市民了解"两节"、参与"两节"，共享文化发展、文化繁荣、文化惠民成果，也是对东坡文化和黄梅戏文化的传承和弘扬，为了更好地发掘黄冈特色文化资源，擦亮黄冈文化名片，做大做强黄冈特色文化品牌。

东坡文化节为黄冈、惠州、儋州、眉山乃至全国东坡文化学者、爱好者奉献了一场中华优秀传统文化盛宴，湖北省黄梅戏艺术节一台台精彩大戏，为全市人民群众提供了一道道精美精神文化大餐。

文化黄冈唱大风，回眸更为再向前。"两节"的成功举办，极大地激发了黄冈人民的文化自觉、文化自立，增强了黄冈人民的文化自信、文化自强，必将促进黄冈更好地将东坡文化和戏曲文化融入发展战略，加快推动黄冈由文化大市向文化强市迈进。

（原载《黄冈日报》2016 年 9 月 17 日，《新华网》2016 年 9 月 17 日）

洗尽征尘再出发

第七届（黄冈）东坡文化节暨第九届湖北省黄梅戏艺术节（以下简称"两节"）2016年9月18日在湖北省黄冈市落下帷幕。在黄冈市委、市政府统一领导，筹委会精心组织，各有关部门、地方共同努力和全社会大力支持下，活动安排严谨有序，惠民演出精彩纷呈，新闻宣传有声有势，安全后勤保障有力，"两节"取得圆满成功。

根据黄冈市委市政府、湖北省文化厅确定的节会主题、原则、宗旨和办节模式，承办单位将"两节"合并举办，将东坡文化节举办时间缩短至2天，分别在黄冈市区和相关县市举办惠民展演，经费开支相较以往缩减了三分之二，坚持政府购买文化服务与低票价商演相结合，让人民群众共享文化发展成果。"两节"简约不简单，精炼更精彩，办成了一次文化交流的盛会、艺术鉴赏的盛会、亲民惠民的盛会、旅游推介的盛会和经贸合作的盛会。

"两节"的成功举办，弘扬、传承东坡文化和黄梅戏文化，展示黄冈的文化魅力，激发了黄冈人民的文化自觉、文化自立，增强了黄冈人民的文化自信、文化自强，扩大了黄冈的对外影响，除了"真金白银"的投资，还深刻地启示我们，领导重视是成功的前提，精心组织是成功的关键，主动担当是成功的基础，团结协作是成功的保证，新闻宣传是成功的法宝。

2016年是"十三五"规划开局之年，也是中央"八项规定"出台之后"两节"首次在黄冈合办。从6月份开始，"两节"筹备进入紧张的"百日会战"阶段，黄冈进入主汛期，具体承办单位为筹备好"两节"，发扬抗洪精神、奥运精神和工匠精神，主动担当，积极作为，抽调精兵强将组成工作专班集中办公，每个周末都集体加班，精心制订活动方案，明确责任分工，细化工作措施，加强统筹协调和检查督办，不叫苦、不叫累、不叫难，高标准、高质量完成了各项筹备工作。市直各部门和各县市区统一思想、顾全大局、团结协作、密切配合，打赢了防汛救灾和举办"两节"两个战役。

风雨无阻前进路，洗尽征程再出发。当前，黄冈正处在由文化大市向文化强市迈进的关键时期。第七届（黄冈）东坡文化节暨第九届湖北省黄梅戏艺术节虽然圆满落幕，但黄冈春色满园的文化舞台将永不谢幕，老区迈向文化强市的步伐会更加稳健。

（原载《黄冈日报》2016年9月23日，《新华网》2016年9月23日）

又见望春花开

春天，遗爱湖畔，木兰花或含苞如盏，或绽放如莲，艳丽怡人，芳香淡雅。穿梭花丛间，恍惚有歌声在耳边萦绕："木兰花开，陌上听风来，风不干的记忆总不止息……"

木兰花，别名玉兰花、辛夷花，在老家都叫它望春花，为我国特有植物，分布在湖北、福建、四川和云南等地，树形美观，枝繁花茂，是优良的庭园、街道绿化树种。自古以来，木兰花备受文人雅士喜爱，唐代诗人白居易曾专门作《戏题木兰花》，赞美木兰花的色彩、形态和随风而来的香味。

木兰花是一种奇特的花卉。很多花都是先长叶子后开花，而小的木兰树是只长叶不开花，长大的木兰树则是在开完花之后，再长出嫩绿的叶子。每逢农历二月初，乍暖还寒时节，满枝丫开出或素净、或艳丽硕大的花朵，那份绚丽令人神往。

然而，老家春天的望春花长期是孤寂落寞的。

望春花蕾奇香无比，干燥后可入药，有通肺经除燥之功效，主治风寒感冒，是名贵的中药材。一棵长大的望春树，算得上是一棵"摇钱树"。

我家菜地边就有两棵这样的"摇钱树"，亲手栽下这两棵树的父亲，曾经是村里脱贫致富的带头人。

父亲是解放初期入伍的退伍军人，参加过抗美援朝战争，复员后在家乡担任林场场长。20世纪60年代初，正是国家最困难的时期，大别山区更是贫瘠，山上能吃、能变钱的东西都被采光，只有集体的林木一棵没砍，得益于父亲和林场职工的精心看护。

童年的记忆里，父亲爱树就像爱惜自己的生命，待树像待亲人、待子孙。也许是父亲与望春花有缘，我出生的头一年秋天，父亲起早贪黑上山挖药材补贴家用，在丛林中发现一棵高大的野生望春树，树下有几株望春幼树，第二年春天，父亲进山挖回两棵树苗栽在自家菜地边，一来为我降临人世作个纪念，二来盼着望春树长大将来能供我上学读书。

天道酬勤，望春树苗在父亲的期盼中成活，又在父亲的呵护中茁壮成长。

我上小学一年级那年，我家的望春树也正好开了花。第二年春节刚过，父亲不等开花便格外小心地摘下花蕾晾干，卖了个好价钱，还真的交了我当年的学钱。从此，我的小学和中学时代，与同学相比有了一种明显的优越感，从未被老师催过书钱，家里的日子也比许多人家要宽裕一些。

20世纪80年代改革开放，国家还很不富裕，农民负担较重，好在望春树越发长大，结的花蕾越来越多，价格也不断见长，两棵望春树不仅能应付我外出求学的日常开支，就连上缴农业税也能挤出一部分，大大缓解了家里的经济压力。

那时候，望春树成了我们家重要的经济来源，兄长成家，姐姐出嫁，我和妹妹上学，还有亲朋好友礼尚往来，遇上要用钱时，全家都把无限的希望寄托在那两棵神奇的树上。春天，采下花蕾后，盼望它能早点发芽抽叶；冬天，树叶落尽，又盼望它能多结一些花蕾。到了收获花蕾的季节，全家人起早贪黑，小心翼翼，生怕折断了树枝影响来年收成。

到了20世纪90年代，我早已参加工作，家里的条件也日益改善，父亲却仍不肯闲着，每年过完正月十五，便带着一家老小，抢在春暖花开前采摘花蕾——而摘了花蕾的望春树便不再开花。每当这个时候，我望着光秃秃的树干，心中充满了深深的敬意和愧疚。望春树似乎无怨无悔，年复一年地牺牲花季，奉献着花蕾。

我常想：望春树，正如我善良无私的母亲，面对嗷嗷待哺的孩子，慷慨地撩开衣襟，用甘甜的乳汁喂养我们，哪里会在乎容颜老去、身材干枯？又如我坚毅执着的父亲，埋头苦干，默默付出，寒来暑往，辛勤劳作，耸立成山坡上一座永恒的丰碑！

父亲种的望春树从最初的两株发展到十几株、几十株、上百株。望春树不仅改变了我们一家的命运，也改变了全村人的命运。父亲发动全村人广栽"摇钱树"，并向大家提供树种，传授栽培技术。在父亲的带动下，全村有100多个农户共栽望春树1000多棵，不出几年工夫，望春树栽遍全村湾前屋后、田头地边，花蕾成熟时满山飘香，一片繁忙景象。

1994年4月23日，我在地区党报《黄冈日报》上发表了一篇《广栽"摇钱树"带头奔小康》的文章，让父亲和一起种树的乡亲们受到外界的关注。是的，父亲是全村植树致富的带头人，他致富不忘村里人，一生在大山里挥汗如雨，把自己育苗种树的经验毫无保留地传授给乡亲，用心血浇灌致富之花。

这篇报道刊发两年后的冬天，辛劳了一辈子的父亲，最终也成为一株望春树长眠在山坡上。送父亲上山的那一天，在呜咽的北风中，全村的乡亲们念叨着父亲的好，那满山的望春花蕾簌簌下落，顿时化作倾盆泪雨。

进入21世纪以后，村民外出务工的多了，采摘和收购望春花蕾的人少了，没有采摘的望春花蕾，春天开出灿烂的花朵，吸引众多游客前来观赏，成为老家发展乡村旅游、带动乡村振兴的一道亮丽风景。

父亲走了，树还在，花正开。望春花的花语是报恩，也象征着一往无前的决心和英勇高贵的品行。我坚信，父亲有着望春花般的品格。

怀念父亲的日子，从老家移来一株望春树苗，栽在小区的绿化带里，或许是水土不服，树苗弱不禁风，杂草相侵，还被园丁剪成个秃子，看了心疼不已。全家为了护树，采取了一系列的行动：用砖头砌成一个圆圈把树苗围起来；有空常拔杂草，用木棍把树干捆绑起来；找修剪草坪的园丁师傅论理打招呼。过了两三年光景，望春树苗终于长高了、长壮了，能够抵御风雨，开始孕育花苞。

乔迁之时，望春树长势很好，令人难以割舍。搬新居第二年春天，再次从老家捎来一株望春树苗，精心种植在楼下。今年开春，笔挺的树干上冒出了叶芽，让人倍感欣慰。每每路过，忍不住凑近打量一番，仿佛看到了满枝丫的花朵，听见了那动人的歌声："繁华十里，一点丹青烬落，一如初见悠然木兰开……"

望春花，恰似父爱恩重如山！清明还乡，除了给父母亲扫墓，还该去拜谒望春树。多年心头挥之不去的不仅是一份情愫与思念，更是饱含着以仁为根、以勤为本的优良家风。

望春花，英雄的花，父亲一般的花！

（原载《鄂东晚报》2019年4月1日，《中华文化旅游网》2019年4月2日）

戏曲大市的砥砺作为

2019 年国庆节前夕，湖北省黄冈市黄梅县黄梅戏剧院创作排练的大型古装黄梅戏《青铜恋歌》在该县大剧院隆重首演。

这部 2019 年度国家艺术基金资助剧目，讲述春秋时期楚王下令铸造护国利器，剑师聂铸、冶师屈楚合力铸剑，楚王遵先祖遗训止戈为武、保境安民的故事，诠释"匠心筑梦、实干兴邦"的铸剑精神，为千余名现场观众呈上一道视听艺术大餐。

"这部戏服装、置景很有质感，展示了浓郁的荆楚风情，剧情也非常吸引人！"走出剧院，戏迷沈浩仍激动不已。

在随后召开的《青铜恋歌》研讨会上，沈虹光、胡应明等国内知名专家，认为该剧厚重严谨、特色鲜明，具有打磨为舞台精品的艺术价值与潜力。

砥砺奋进七十载，听不够文曲东腔黄梅调，看不够水袖长衫舞悠悠，戏曲大市湖北黄冈文艺舞台百花争艳、姹紫嫣红。

戏说黄冈

黄冈是中国戏曲的重要发源地，黄梅戏、楚剧、汉剧、京剧诞生、成长于黄冈，形成"四戏同源"的独特文化景观。

黄梅戏原名黄梅采茶戏、黄梅调、黄梅腔，源于黄冈市黄梅县的采茶歌。早在唐代，黄梅采茶歌就开始流行。经宋代到元末明初，民间戏曲的雏形已经形成。明代万历中期，黄梅调即以道情的形式传到江西鄱阳湖周围各县。清代康熙至乾隆年间，黄梅采茶戏传统剧目、唱腔、舞台表演形式的原始积累基本完成。清道光年间，黄梅县屡遭大水，村庄田园被毁，黄梅民众逃荒流落到江西、安徽沿江一带，以唱黄梅调糊口，黄梅腔随之传播到安徽，

1920 年定名为"黄梅戏"。

楚剧旧称黄孝花鼓戏、西路花鼓戏，黄冈市罗田、浠水、团风、红安、麻城等县市山区农民插秧或采茶时流行的哦呵腔是楚剧的源头。清代道光年间，哦呵腔的形式和内容流传到黄陂、孝感，逐渐由山区改为平地演唱，与黄陂、孝感一带的山歌、道情及民间说唱等融合，演变成"黄陂腔、孝感调"的黄孝花鼓戏，逐步形成独立的地方传统声腔剧种，1926 年定名为"楚剧"。

中国最古老的地方剧种之一、俗称"二黄"的汉剧，初名楚调、汉调，黄冈市浠水县（原名蕲水县）的"蕲水调"是汉调的源头。明清时期，黄冈乡村盛行栽秧锣鼓和薅草锣鼓，爱唱"薅秧歌"，"薅秧歌"中"蕲水调"最为著名，经邻县黄冈（今黄州区、团风县）、黄安（今红安县）楚调艺人的演唱，变成了"二黄腔"，在长江中下游一带广泛流传。"二黄腔"成熟后，向两个方向发展：留在黄冈本地传播的保持原生态，融入东路花鼓戏；走出黄冈的，经武昌、到襄阳，定名"汉剧"，成为京剧源流之一。

初始的京剧分为三派，即汉派、徽派、京派，汉派是京剧的主要派别，京剧的主体内涵就是汉调，晚清至民国初期，黄冈市罗田县余三胜、余紫云、余叔岩祖孙三代，是汉派京剧的主要开创者、开拓者和完善者，世称"京剧罗田三余"。

道光初年，汉调艺人余三胜进京搭徽班唱汉调，吸收昆曲等戏曲演唱特点，创作出皮黄唱腔，又糅西皮、二黄、花腔于一体，创制二黄反调，并在念白上将汉调基本语音与京、徽语音相结合，形成京剧汉派的规范语言，被公认是京剧鼻祖。余三胜在开创京剧过程中，在声腔、语音、剧目、表演方式等方面注入了大量黄冈元素，国粹京剧与黄冈有着割舍不断的艺术姻缘。

2011 年，根据多年学界研究成果，黄冈市人民政府市长刘雪荣先生在《千年黄州》专题讲座中提炼出"四戏同源"的四个数学公式：黄梅采茶调 + 安庆方言及民间艺术 = 黄梅戏；哦呵腔 + 黄陂孝感方言及音乐 = 楚剧；二黄 + 西皮 = 汉剧；汉调 + 徽调 = 京剧。刘雪荣进而指出，黄梅戏、楚剧、汉剧中，黄冈的元素、遗传基因各占二分之一，有一半的血统；京剧中黄冈的基因占四分之一，有四分之一的血统，这个流传颇广的结论通俗而有趣。

四戏同源黄州府，六大剧种美名传。

目前，在湖北 32 个地方剧种中，黄冈占有 6 席，其中既有列入国家级非物质文化遗产保护名录的黄梅县黄梅戏和麻城东路花鼓戏，也有列入湖北省非物质文化遗产保护名录的鄂东楚剧、武穴文曲戏、罗田东腔戏、英山采茶戏。这些绚丽多姿、璀璨夺目的戏曲剧种，既是黄冈宝贵的文化遗产，也是中华民族的共同财富。

漫说黄梅

黄梅戏是新中国戏曲艺术版图上一颗耀眼的明珠。

长期以来，黄梅戏曾被认为发源于安徽。其实，黄梅戏源自湖北省黄冈市黄梅县的采茶歌，这种优美、抒情的采茶歌，与当地的山歌、樵歌、渔歌、畈腔、弹词、道情、旱龙船、连厢、采莲船、高跷、打花鼓结合，融合湖北清戏、汉剧、江西湖口高腔等古老剧种，逐步形成"黄梅戏"。湖北黄梅戏与安徽黄梅戏是同根同源的并蒂双莲，各具千秋。

黄梅县背山面湖，北面为山区，南部是宽阔的平原，古时长江一决口，大半个黄梅县就成了"江行屋上，民泊水中"的水乡泽国。据《黄梅县志》记载，自明洪武十年（1377年）到1948年，黄梅县发生大水灾达65次之多。由于连年水灾，灾民们只得携儿带女、邀伙搭班，以唱采茶戏谋生。随着灾民流浪的足迹，黄梅采茶戏分别流传到皖西南、赣东北、鄂东南50余县。

清嘉庆年间，黄梅采茶戏班社林立，名优辈出，代表人物是邢绣娘，当时民间广泛流传着"不要钱，不要家，要听绣娘唱采茶""不接京城大戏王，愿请黄梅邢绣娘"的民谣。道光年间，邢绣娘所在的黄梅县孔垄地区发大水，邢绣娘逃荒到江西以唱黄梅采茶、道情为生，优美的声腔传遍鄂、赣等地。因此，邢绣娘被尊称为"黄梅戏祖师"。

新中国成立后，黄梅戏这一古老的剧种，开始绽放出时代光华。

在安徽，1955年成立了安徽省黄梅戏剧院。60多年来，剧院集中了严凤英、王少舫等一代代黄梅戏的优秀艺术人才，把黄梅戏由安徽民间推向全国。20世纪80年代以来，安徽又涌现出马兰、吴琼、吴亚玲、袁玫以及黄新德等中青年优秀演员，创排了一大批黄梅戏剧目，风靡全国，使今天的黄梅戏成为海内外观众广泛喜爱的剧种。

中共安徽省委书记处原常务书记桂林栖（1913—1971），是黄梅戏故乡黄梅县杉木乡桂畈村人，对黄梅戏有深厚的感情。1949年4月23日，人民解放军开进原安徽省城安庆，第二天，桂林栖就派人把流落在安庆周边的黄梅戏艺人请到城里，结束他们浪迹江湖、苦海卖艺的生涯。1953年，担任安徽省委宣传部部长的桂林栖，亲自主持组建安徽省黄梅戏剧院，在他的直接领导下，造就了严凤英、王少舫、潘璟琍、王兆乾、陆洪非、时白林等表演艺术家、理论家、作曲家，将黄梅戏传统剧目《天仙配》《女驸马》进行改编搬上舞台、银幕，并在剧目、唱腔、表演等方面实行全方位改革创新，实现了黄梅戏由"三打七唱"走向"弦乐伴奏"的跨越式发展，为黄梅戏发展作出了不可磨灭的贡献。

在湖北，1949 年 10 月，黄梅县城关喻家祠堂开办艺人训练班，并从训练班中遴选一批精英，创办人民剧团（黄梅县黄梅戏剧院前身）。20 世纪 50 年代，英山、罗田、蕲春等县黄梅戏剧团相继成立。

1958 年，毛泽东在武汉洪山礼堂观看黄梅县黄梅戏剧团演出的黄梅戏《过界岭》，说："原来你们湖北的黄梅戏是大水冲到安徽去的啊！"毛泽东还高兴地说："你们黄梅人还是演自己的土戏好，乡土气味很深，很感人，我也成了黄梅佬！"

20 世纪 50 至 80 年代初，黄梅、英山、蕲春等县黄梅戏剧团先后创作上演《过界岭》《绣花针》《降龙伏虎》《三八炉》《龙江颂》《於老四和张二女》《换子记》《银锁怨》《乘风扬帆》等 60 多部黄梅戏剧目，湖北黄梅戏初露锋芒。以倡导计划生育、生男生女一个样为主题的英山原创黄梅戏《银锁怨》在中南海等地演出，所到之处引起轰动。

黄梅戏的根在湖北，"娘家"在黄冈，但很长一段时间发展繁荣于安徽。

为落实省委"把黄梅戏请回娘家"的指示精神，1989 年，湖北省黄梅戏剧院在黄冈成立，开启振兴湖北黄梅戏的新征程。湖北省文化厅和黄冈市联合主办九届湖北省黄梅戏艺术节，推出《双下山》《未了情》《冬去春又回》《风花雪月》《和氏璧》《奴才大青天》《李四光》《东坡》等原创黄梅戏精品剧目 100 多部，拍摄黄梅戏电影《血泪恩仇录》、黄梅戏电视连续剧《貂蝉》和《邢绣娘传奇》，湖北黄梅戏多次获得文华奖、飞天奖和"五个一工程"奖，多次走进人民大会堂、登上国家大剧院、亮相中国艺术节，多次赴中国宝岛台湾及美国、波兰等地交流巡演。

党的十八大以来，黄冈广大黄梅戏艺术工作者深入贯彻习近平总书记关于文艺工作的重要论述，全面实施《黄冈市"十三五"时期地方戏曲振兴发展规划》和《黄冈党旗红》主题文艺创作计划，深入发掘黄冈深厚的红色、名人、根亲文化资源，先后推出名人题材黄梅戏《李时珍》《活字毕昇》《余三胜轶事》《传灯》、红色题材黄梅戏《大别山母亲》《槐花谣》、廉政题材黄

梅戏《铁面金光悌·审和珅》、现实题材黄梅戏《桃花开了》等原创剧目40
多部，拍摄黄梅戏电影《传灯》《东坡》，先后荣获中国黄梅戏艺术节优秀剧
目奖、湖北省"五个一工程"奖、湖北艺术节楚天文华大奖等重要奖项。作
为文化高地、红色圣土、诗画家园——黄冈的文化符号和中华民族的艺术精
髓，湖北黄梅戏十上春晚、八次进京，足迹遍及大江南北、长城内外，从长
江之滨唱到多瑙河畔、大洋彼岸。

目前，黄冈有1家省级黄梅戏剧院、5家县市级黄梅戏剧院（团）、21家
民间黄梅戏剧团，每年送戏下乡1600多场，送戏进校园1200多场，基本实
现每个行政村每年看4场戏剧或演出，80%的在校学生知晓黄梅戏知识、60%
的在校学生看得懂戏、40%的在校学生爱看戏、5%的在校学生有一定的戏曲
表演能力的"8645"工作目标。与此同时，黄冈投资1亿元建设黄冈艺术学
校新校区，建成中国戏曲学院优质生源基地和中国戏曲学院教学实践基地，
并在此基础上申办湖北黄梅戏艺术职业学院，投资3.1亿元在遗爱湖畔建成
国内一流水准的黄梅戏大剧院，使黄梅戏群众基础更加广泛，黄梅戏艺术薪
火相传。

再说梨园

黄梅迎盛世，艺苑百花开。

伴随着改革开放的时代春风，1986年英山县黄梅戏剧团首演的《银锁
怨》，成为湖北黄梅戏唱响全国的第一声春雷。

《银锁怨》由熊文祥编剧、郑淑兰主演，通过以子易女的故事，生动再现
重男轻女给农村妇女带来的悲惨命运，深刻揭露封建残余观念对人们的严重
毒害。

1987年9月，《银锁怨》参加首届中国艺术节中南片演出，一举夺得艺
术节演出奖。1988年1月，《银锁怨》进京，先后在人民大会堂、中南海、
中央戏剧学院等地向中央领导和首都群众汇报演出，被誉为"山凤一鸣惊四
座，黄梅新曲动人心"，主创人员受到康克清、秦基伟等中央领导的亲切
接见。

1988年1月27日，《银锁怨》在北京人民大会堂三楼剧场隆重上演。当
演到"寻子"一场时，全国政协副主席、黄冈麻城籍老将军陈再道突然从座

位上站起来，激动地说："我们那个地方重男轻女好严重，是要好好宣传宣传这个事！"

"戏因人传"。湖北黄梅戏的发展繁荣，离不开人才队伍的成长壮大。20世纪80年代，黄冈面向全国"招兵买马"，把黄冈大部分楚剧、汉剧团改为黄梅戏剧团，成立黄冈艺术学校，与各专业剧团联合开办戏曲表演班，从娃娃抓起培养本土戏曲人才。

1989年，张辉、杨俊从安徽来到湖北省黄梅戏剧院，扎根黄冈、坚守湖北，矢志不渝，排演大量优秀黄梅戏剧目和黄梅戏影视剧，双获中国戏剧表演艺术最高奖"梅花奖"，为湖北黄梅戏的传承发展作出了突出贡献。张辉还将优秀文艺人才收为亲授弟子，实施"戏曲名家收徒传艺"计划，用自己深厚的艺术修养进行"传帮带"，并首创"全国黄梅戏迷联谊会"，形成"万人学唱黄梅戏"的文化景观，"辉之韵"黄梅戏热遍及全国。

2009年9月12日，湖北省黄梅戏剧院打造的大型现代黄梅戏《李四光》在黄冈首演。这是我国科学家首次成戏剧主角，也是黄梅戏乃至中国戏曲领域的一次创新之举。

《李四光》由"中国黄梅戏第一小生"张辉担纲，充分利用唱腔趋向阳刚的独特优势，创立湖北黄梅戏特有的艺术风格。全剧由六个乐章组成，唱腔以男角为主，借鉴西洋歌剧表现方式"唱诗班"，时而进入剧情，时而跳出剧情，并融入陕北民歌和现代歌曲等元素，给观众带来艺术震撼。

2013年9月1日，罗田县黄梅戏剧团创排的大型现代黄梅戏《余三胜轶事》在县人民会场举行首演。该剧将罗田东腔、汉剧、京剧巧妙地融入黄梅戏，将多才多艺的京剧大师余三胜栩栩如生地呈现在世人面前。2015年，该剧荣获湖北省"五个一工程"奖；2016年入选"湖北优秀剧目北京行"剧目，在中国评剧大剧院展演。

"妹娃要过河，是哪个来推我嘛！"

2016年9月11日，湖北省地方戏曲艺术剧院院长、国家一级演员杨俊带着她的新作《妹娃要过河》来到黄冈，参加第九届湖北省黄梅戏艺术节展演。当她饰演的土家族姑娘阿朵从吊脚楼上缓缓走下，唱出熟悉的《龙船调》时，甜美清亮的嗓音顿时引来现场观众的热烈掌声。

"我这次回到故乡汇报演出，心情特别激动。"杨俊说，"黄冈就像故乡一般亲切，是她给了我今天的一切。在我心里，安徽是生我养我的第一故乡，而黄冈是成长、成就我的第二故乡！"

2010年，湖北省委做出"抢占土家文化新高地，开创湖北黄梅戏新局面"的指示，《妹娃要过河》作为2012—2013年度国家舞台精品工程资助剧目，不但多次参加海内外文化交流演出，还被拍成数字电影在全国公映，好评如潮。

2017年6月22日，由张辉担任导演、主创人员均由湖北省黄梅戏剧院担任的大型红色原创黄梅戏《大别山母亲》在黄梅戏大剧院首演，首次用黄梅戏艺术形式，演绎大别山老区革命斗争的光荣历史和英雄母亲的悲壮故事，取得圆满成功。

"姐儿门前一棵槐嘞，手扒槐树望郎来，娘问女儿望什么嘞，我望槐花几时开。"

2017年8月18日，在如泣如诉的大别山歌谣伴唱声中，由黄冈艺术学校、中国戏曲学院联袂打造的大型红色原创现代黄梅戏《槐花谣》在黄梅戏大剧院首演，通过大别山少女槐花营救红军战士春牛的感人故事，反映大别山老区人民对革命做出的重大牺牲、对革命的坚定信念以及共产党人不忘初心、牢记使命的深挚情怀。该剧在北京、武汉、荆州等地展演，受到广泛好评。

2017年11月21日，英山县原创黄梅戏《铁面金光悌·审和珅》在国家大剧院上演。该剧以英山籍清代名臣金光悌为原型，以查审巨贪和珅为主线，塑造了一个清正廉洁、精通法典、不畏强权、执法如山的"大清包公"形象。全剧紧扣反腐倡廉主题，立足黄梅戏艺术特点，辅以现代声光电技术，具有强烈的艺术感染力。

湖北黄梅戏，既传承了黄梅戏的正宗原味，又吸收新的鲜明时代特征和浓郁生活气息，注入荆楚风韵，形成"张辉黄梅，传承创新"的艺术风格，开创了新时代黄梅戏艺术的新境界。

一花引得百花开，百花齐放春满园。

近十年来，黄冈在"把黄梅戏请回娘家"的同时，推出以楚剧《警魂》《围猎》、东路花鼓戏《麻乡约》、文曲戏《草鞋老太爷》《渔鼓声声》为代表的50余部其他剧种原创精品舞台剧，在地方戏曲发展史上写下浓墨重彩的一笔。

2018年10月21日，第五届中国人口文化奖获奖作品、麻城东路花鼓戏《麻乡约》受邀赴四川巴中献演第六届国际巴人文化艺术节，现场观众跟着齐唱"问我祖籍在何方，湖广麻城孝感乡"，掌声一浪高过一浪。

　　湖北麻城东路花鼓戏剧院院长、国家一级演员曾美玲，近40年来先后担纲主演《麻乡约》《拜月记》等40多部东路花鼓戏剧目，为东路花鼓戏传承、发展和创新倾注了满腔热血。2016年，《麻乡约》作为由中宣部、文化部主办的全国基层院团戏曲会演剧目，在北京长安大戏院连演两场，反响热烈。

　　黄冈著名剧作家熊文祥，怀着对戏曲的痴迷，先后创作20多部大戏，其中《未了情》获文化部"文华新剧目奖"，《悠悠柳叶河》获文化部地方剧种会演优秀剧目奖，《银锁怨》获屈原文艺创作奖，《春到江湾》获湖北省"五个一工程"奖，《风尘奇女》和《洋务总督》《情断深宫》获湖北省第一、第三届文学剧本奖，《思情记》《儿孙梦》获湖北省第一、第二届楚剧艺术节剧本创作金奖；创作《戏审记》《风尘女》《红色记忆》等多部戏曲电视剧，其中《戏审记》获"飞天奖"。

　　作为戏曲界难得的多产作家，熊文祥笔下的唱词，字句工整，韵律和谐，顿挫有序，节奏分明，句句如诗；托物寄情，缘情设景，迂回婉转，描写细腻，首首如画。

　　盛世兴文百花争艳，奇葩满园桃李芬芳。

　　新中国成立以来，黄冈涌现出郑淑兰、张辉、杨俊、张安岚、周洪年、余万能、陈燕、张敏、王慧君、段秋萍、董小满、石蔚华、涂小勇等近百名优秀黄梅戏表演艺术人才，熊文祥、林海波、章华荣等编导人才。如今，以丁永刚等为代表的黄梅戏作曲人才，以王刚、谢思琴等为代表的黄梅戏表演人才，以许晓武、肖崇东、王应良、范国清、陈章华等为代表的戏曲编剧人才，正在新时代的戏曲舞台艺术上尽现才华，流光溢彩。

　　习近平总书记指出，"艺术可以放飞想象的翅膀，但一定要脚踩坚实的大地。"黄冈深入实施"强工兴城、强农兴文"发展战略，全力创建第四批国家公共文化服务体系示范区，将文化建设提升到前所未有的高度，大力推进文旅融合发展，更为戏曲事业提供了更为广阔的舞台空间。植根于戏曲文化的肥沃土壤，沐浴着新时代高质量发展的强劲东风，黄冈戏曲百花园一定会更加绚丽多彩！

　　（原载《黄冈日报》2019年10月26日，《人民日报》客户端2019年9月27日）

在千年黄州仰望东坡

"大江东去，浪淘尽、千古风流人物……"

938 年前的一天，因"乌台诗案"谪居黄州两年多的北宋大文豪苏轼，来到黄州城外文人游赏之地，伫立在长江岸边的赤壁矶头。眼前的美景和赤壁大战的古战场，勾起诗人无限感慨，一曲《念奴娇·赤壁怀古》横空出世，震古烁今。

"江带峨眉雪，川横三峡流。"这位从四川眉山走出的大文豪，将浩荡江流与千古人物并收笔下，把人们带入江山如画、奇伟雄壮的景色和深邃无比的历史沉思之中，也把词的范围从狭小的儿女天地扩大到广袤的大千世界，为后世留下千古绝唱。

"滚滚长江东逝水，浪花淘尽英雄。"这条与峨眉有着渊源的大江，注定与苏轼结缘。长江边上的齐安古郡黄州，成为苏轼人生重要的驿站，成为他释放满腔豪气与才情的浴火重生之地。

初到黄州

宋元丰三年（1080 年）一月一日，苏轼由御史台差人押解，离开繁华的汴京都城，一路跋山涉水历经艰辛，来到黄州地界麻城青风岭。岭上红梅凌寒绽放，苏轼感到一丝欣慰与希望，便作诗感叹："幸有清溪三百曲，不辞相送到黄州。"从此，民风淳朴的黄州，接纳了苏轼。

元丰三年二月一日，大雪纷飞，寒意逼人。苏轼在长子苏迈陪同下到黄州府衙报到。黄州太守陈君式不避嫌疑，安排苏轼父子住城南定惠院，苏轼与友书云："寓一僧舍，随僧蔬食，甚自幸。"

苏轼抵黄州，给皇上写《到黄州谢表》，谢"仁圣矜怜，特从轻典"之恩，"杜门思愆，深悟积年之非"，并写下到黄州的第一首诗作《初到黄州》自嘲自慰："自笑平生为口忙，老来事业转荒唐。长江绕郭知鱼美，好竹连山觉笋香……"

宋代黄州除了定惠院，另有几座寺庙，其中安国寺为江淮最著名的宝刹。他第一次游览安国寺，就与长老继连结下不解之缘，继连的言行举止以及深厚的佛学道行，深深地感染了他。从安国寺回来，他抑制不住内心的激情，作《安国寺寻春》："卧闻百舌呼春风，起寻花柳村村同。城南古寺修林合，小房曲槛欹深红……"

自从与继连幸会之后，苏轼受佛家思想的影响，心情发生巨大改变。他在《黄州安国寺记》中反观自己过去言行皆不合中道，于是喟然长叹："道不足以御气，性不足以胜习。不锄其本，而耘其末，今虽改之，后必复作，盍归诚佛僧，求一洗之？"苏轼很快成为安国寺的常客，每隔一二日就前往安国寺焚香默坐，深有省察，物我两忘，身心皆空。此后，苏轼靠"悟"安心、靠"悟"安神、靠"悟"建树，建立"平生功业"。

苏轼到黄州不久，听说鄂州、黄州两地有溺婴的陋俗，寝食难安。鉴于自己戴罪之身，不得签书公事，于是写信向一江之隔的鄂州太守朱寿昌求助，请求遏制这种野蛮行径，并组建民间救助会，推举继连掌管善款账目。苏轼自己薪俸已绝，穷困至极，仍拿出十千钱来认捐，一年能救活上百个婴儿。

躬耕黄州

苏轼来黄州两月，友人纷沓而至，饮酒品茶吟诗，纵情山水，心境渐渐明朗。苏辙送兄长家眷来黄州。一家老小人口众多，不宜再住定惠院。在太守徐君猷的关照下，苏轼一家迁居临皋亭。

临皋亭南临长江，属水军驿站。徐君猷出面以公款修缮，苏轼一家得以安顿。苏轼因俸薪断绝，全家生计日益艰辛。黄州城东有几十亩坡地，乃营房废址，杂草丛生。徐君猷将这片荒地拨给苏轼，帮助他解决生计问题。

元丰四年（1081年），苏轼一家在东坡垦荒，除众友人外，周围的老百姓皆前来支援。这一年雨水充沛，农作物收成很好，苏家的生活问题得到缓解。苏轼喜不自胜，自号东坡居士，作《东坡八首》和《东坡》诗作："雨洗东坡月色清，市人行尽野人行。莫嫌荦确坡头路，自爱铿然曳杖声。"因此得"苏东坡"之名。

躬耕东坡，使得苏轼本人发生了从官僚阶级到黎庶的转变。苏东坡在黄州调整心态，自适自安，除释道思想的冲洗，更与老百姓交知心朋友，熟悉民众生活及习俗。他常同樵夫上山，同渔夫捕鱼，同牧童放牛，把别人的苟且活得潇洒。他在黄州自创了一系列东坡美食，其中"东坡肉""东坡饼"最具特色，名气最大，传承至今。

苏东坡居临皋亭，惯看江上秋月春风。放眼神游，想到长江上所上演的历史活剧、历史人物的结局，以及自己的境遇，写作灵感被激发，《念奴娇·赤壁怀古》《前赤壁赋》《后赤壁赋》等千古名篇便喷薄而出。

苏轼的思想比较复杂，儒家思想和佛老思想在他的世界观的各个方面既矛盾又统一。他终身从政，多次遭贬，历任地方官吏，对人民生计颇为关怀，著有政绩，但对为官清静、无为而治的黄老思想又心向往之。他重视文学的社会功用，但作品往往流露达观放任、忘情得失的消极思想。他在政治上虽屡屡受挫，但在文艺创作上始终孜孜不倦，因而走上艺术巅峰。

遗爱黄州

苏东坡在黄州期间，四川的亲友纷纷前来看望他。其中有一位同乡好友叫巢元修，他来黄州看望苏东坡那年，黄州流行一种传染病，老百姓四处寻医求药不见疗效。有个金判官趁火打劫，开药铺高息赊药盘剥百姓。苏东坡得知巢元修手里有秘方，竭力说服好友献出来，自己筹措到一些钱买中药，熬药汤免费发放给患者，救百姓于水深火热之中。

苏东坡在黄州生活了四年又四个月，黄州为苏东坡找到了心灵之家，以及激发他创作灵感的文学元素，奠定了他一举登顶的思想基础。苏轼一生著有《东坡全集》一百多卷，遗留 2700 多首诗，300 多首诗词和许多优美的散文。

元丰七年（1084 年），苏东坡将去黄移汝，恋恋难舍而作《满庭芳·归去来兮》："归去来兮，吾归何处？万里家在岷峨……"这首词是苏东坡在酒席间有感而发一挥而就，他与黄州百姓的浓浓情谊、依依情怀跃然纸上：楚语吴歌铿然在耳，鸡豚社酒宛然在目，嘱咐邻里莫折堂前细柳，恳请父老时时为晒渔蓑，那声声叮咛仿佛他只是出一趟远门还会回来的，足以说明他早已把黄州当作第二故乡。

苏东坡到黄州，原是戴罪之身，但颇得长官的眷顾、乡民的亲近，加之他性情达观、思想通脱，寒食开海棠之宴，秋江泛赤壁之舟，风流高雅地徜徉山水之间，在流放之地寻到了无穷的乐趣。一旦言别，几多感慨，几多难舍！

成全黄州

往事越千年，苏东坡惜别黄州的情景依然历历在目，苏东坡在黄州写下的"一词二赋"和"天下第三行书"（《黄州寒食诗帖》）被传诵了千年，他在黄州的逸闻也口耳相传了千年。

当年，黄州成全了苏东坡，苏东坡最好的文、最好的诗、最好的词、最好的赋、最好的字、最好的美食，都诞生于黄州，黄州是苏东坡人生最华丽的转折点。

如今，苏东坡更成全了黄州。苏东坡在黄州曾送别两任太守，并为徐太守写下《遗爱亭记》："何武所至，无赫赫名，去而人思之，此之谓'遗爱'。"苏东坡被贬黄州，革除鄂黄溺婴陋习，救助弃婴，为黄州百姓驱瘟疫、减赋税。黄州为了纪念苏东坡，将黄州赤壁更名为"东坡赤壁"，命名城内湖泊为遗爱湖，并采遗爱湖形、景、物之灵气，撷苏东坡诗、词、赋之佳句，建成集生态、休闲、文化于一体的全国最大的东坡文化主题公园——遗爱湖公园。园中"清风广场"耸立着苏东坡的雕像，"临皋春晓""遗爱清风"等12个景点都与苏东坡的诗词有着渊源，大大小小的石碑上都雕刻着苏东坡的佳作名句，有着浓浓的东坡文化气息。

今天，黄州实现从"文以城兴"到"城以文兴"的历史性嬗变，让市民闹市之中乐自然。无论是驻足在东坡赤壁的赤壁矶下，还是安国禅寺的茂林修竹间，或遗爱湖公园的各个景点，我们都能寻见苏东坡的身影。沿着苏东坡的足迹，吟诵苏东坡"竹杖芒鞋轻胜马，谁怕？一蓑烟雨任平生"的超然旷达，感受大洲竹影的清幽静雅，就如同徜徉在如诗如画的世外桃源。生活在黄州，我们其实一直是生活在东坡文化的给养里，生活在对苏东坡无限的怀念、仰望之中。

（原载《城市漫步》2020 年 11 月，《文旅中国》2020 年 11 月 17 日）

礼赞百年风华　再续发展篇章

——来自湖北黄冈艺术学校的时代报告

2021年5月28日晚，华灯初上，荆山楚水一派欢乐祥和的景象。

在恩施土家族苗族自治州，来自大别山南麓、长江北岸的黄冈艺术学校与来凤县南剧传习研究所联合创作的大型主旋律南剧《本色》在来凤县龙凤文化中心精彩上演，拉开"永恒的旗帜"湖北省庆祝中国共产党成立100周年优秀舞台作品展演和来凤县党史学习教育"剧场党课"帷幕。

《本色》由中共来凤县委、来凤县人民政府和黄冈艺术学校联合出品，以国家级非物质文化遗产保护剧种南剧为表现形式，以深藏功名60年的老英雄、共和国勋章获得者张富清的事迹为蓝本，重点截取供粮解难、抗旱救灾、劝妻裁员、劈山开路、家国情怀、深藏功名6个故事，集中展示张富清永葆初心、牢记使命、朴实纯粹、淡泊名利的公仆本色，全景式还原老英雄张富清在部队保家卫国、到地方为民造福的非凡人生。

真实感人的故事，生动鲜活的细节，浓郁的民族风情，质朴深情的演绎，优美动听的唱腔，令现场观众心潮激荡、如痴如醉。

"黄冈艺术学校立足黄冈、面向全省、辐射全国，坚持产教融合，加强校团合作，创新育人模式，与来凤县南剧传习研究所等多个专业院团开办定向培养班，为推动湖北戏曲人才培养、建设戏曲强省作出了积极贡献，体现了戏曲大市的担当和作为。"黄冈市文化和旅游局党组书记、局长王建学说。

红色黄冈：建设特色学校　坚守文化阵地

黄冈，位于湖北省东部，境内依山带水、风光秀丽，自然人文交相辉映。黄冈史称黄州府，有两千多年的建置史，在漫长的历史文化发展进程中，海洋文化与内陆文化水乳交融，中原文化和南方文化深度融合，形成红色文化、名人文化、禅宗文化、戏曲文化、医药文化、生态文化六大文化名片。

黄冈是一块红色的圣土，诞生了一个元帅，国家代主席董必武、国家主席李先念，董必武、陈潭秋、包惠僧三位一大代表，红十五军、红四方面军、红二十五军、红二十八军四支红军主力，发生了创立中国第一个农村共产主义小组共存社、黄麻起义、新四军中原突围、刘邓大军千里跃进大别山、渡江战役等五起影响中国革命进程的重大历史事件，走出了王树声、陈锡联、陈再道、韩先楚、秦基伟等200多名开国将军，44万黄冈儿女为新中国的成立英勇牺牲。在近30年的新民主主义革命历程中，黄冈始终红旗不倒、火种不灭。

黄冈是戏曲大市。在中国戏曲版图上，黄梅戏、楚剧、汉剧、京剧均诞生、成长于黄冈，形成"四戏同源"的独特文化景观。

目前，在湖北32个地方剧种中，黄冈占有6席。其中既有列入国家级非物质文化遗产保护名录的湖北省黄梅戏和麻城东路花鼓戏，也有列入湖北省非物质文化遗产保护名录的鄂东楚剧、武穴文曲戏、罗田东腔戏、英山采茶戏。这些绚丽多姿、璀璨夺目的戏曲剧种，既是黄冈宝贵的文化遗产，也是中华民族的共同财富。

戏曲史专家们通过考证，得出一个通俗而有趣的结论：黄梅采茶调+安庆方言及民间艺术=黄梅戏；哦呵腔+黄陂孝感方言及音乐=楚剧；二黄+西皮=汉剧；汉调+徽调=京剧。

黄冈市艺术研究所所长夏建国认为，黄梅戏、楚剧、汉剧中，黄冈的元素、遗传基因各占二分之一，有一半的血统；京剧中黄冈的基因占四分之一，有四分之一的血统。

四戏同源黄州府，六大剧种美名传。

黄梅戏的根在湖北，"娘家"在黄冈，但很长一段时间发展繁荣于安徽。1984年，为贯彻落实湖北省委关于"把黄梅戏请回娘家"的战略部署，黄冈艺术学校破茧而出、应运而生，开启振兴湖北黄梅戏的历史征程。

作为一所全日制普通中等专业学校，黄冈艺术学校是湖北传承发展黄梅戏的重要配套项目、重要基础工程和重要人才培养基地，承担着为湖北全省培养黄梅戏人才和各类艺术人才的办学任务。

学校坐落在古城黄州风景秀丽的遗爱湖畔，交通便利、环境优雅，占地面积近百亩，建筑面积近4万平方米，设计办学规模1500人，建设有文化课教学楼、综合艺术楼、学生公寓、实习剧场、综合办公楼、综合服务楼及标准运动场，教学生活设施设备配套齐全。

黄冈艺术学校副校长凌敏介绍，"学校现有三块牌子：黄冈艺术学校、黄冈市艺术高级中学、黄冈市黄梅戏非物质文化遗产传承保护中心（黄州小梅花黄梅戏剧团），开设有黄梅戏表演、楚剧表演、采茶戏表演、南剧表演、杂技表演、音乐、舞蹈、美术、艺术教育等专业。在中等专业学校日益集约化的大趋势下，黄冈艺术学校走出了一条独立发展的道路。"

文化是一个国家、一个民族的灵魂。文化兴国运兴，文化强民族强。中华优秀传统文化、革命文化和社会主义先进文化，积淀着中华民族最深层的精神追求，代表着中华民族独特的精神标识，是实现"两个一百年"奋斗目标和中华民族伟大复兴中国梦的精神动力和力量源泉。

党的十八大以来，黄冈艺术学校紧紧围绕文化强市、文化强省、文化强国建设，提升黄梅戏在全国的影响力，努力建成全国戏曲强省的战略目标，在办学上取得不俗的业绩。

——坚持"创特色学校、办特色专业、育特长人才"的办学方向，全面贯彻党的教育方针，努力培养德智体美劳全面发展的社会主义建设者和接班人。黄冈市委、市政府高度重视艺术人才培养，投资1.2亿元建设艺校新校区，形成以申办湖北黄梅戏艺术职业学院为办学发展主要方向，以现有黄冈艺术学校、黄冈市艺术高级中学为办学发展的基础和两翼，以黄冈市黄梅戏非物质文化遗产传承保护中心、黄州小梅花黄梅戏剧团为艺术实践和文化传承基地的"一主两翼""一中心一团"的办学发展格局。

——坚持"立德树人、产教结合、精品驱动"的办学思路，努力服务市委、市政府的中心工作，推动黄冈经济社会高质量发展。发挥黄冈文化资源和人才资源优势，创作上演2台大型现代黄梅戏《槐花谣》《疫·春》和1台大型现代南剧《本色》；参加中央电视台"魅力中国城"竞演，助力黄冈市夺得"十佳魅力中国城"；积极争取上级支持，成功申报5个国家级项目；积极推进戏曲进校园和文旅人才队伍建设与培养，连续承办五届全市中小学教师戏曲知识培训班和导游技能提升培训班。

——坚持"拓展合作、扩大交流、提升效能"的办学目标，积极参与国际文化交流演出和全国、全省、全市重要文化艺术活动及演出，锻炼人才队伍。受邀加入中国戏曲教育联盟，任理事单位，是湖北唯一加盟的艺术中职学校；应邀赴新加坡参加2017狮城国际学术研讨会暨狮城戏曲荟萃，小梅花黄梅戏剧团惊艳狮城；与中国戏曲学院、武汉音乐学院实现校校合作，共建中国戏曲学院教学实践基地和生源基地、武汉音乐学院教学实习实训基地和优质生源基地，不少学生考入中国戏曲学院、武汉音乐学院等高等院校学习深造，更多的学生参加黄梅戏电影电视剧拍摄、重点剧目演出、文化交流演出和文化惠民演出，增长了艺术才干。

人文黄冈：打造艺术精品　传承红色基因

"姐儿门前一棵槐嘞，手扒槐树望郎来，娘问女儿望什么嘞，我望槐花几时开。"

2017 年 8 月 18 日，在如泣如诉的大别山歌谣伴唱声中，由黄冈艺术学校、中国戏曲学院倾力打造的大型原创现代黄梅戏《槐花谣》在黄冈黄梅戏大剧院隆重举行首场公演，为迎接党的十九大胜利召开献上一份厚礼！

该剧以鄂豫皖苏区时期的革命历史与生活为背景，以槐花和红军战士春牛的生死恋情为主线，通过槐花用自己的生命和名节营救春牛的感人故事，反映了大别山老区人民对革命做出的重大牺牲、对党的无限忠诚、对革命的坚定信念以及共产党人不忘初心的深挚情怀。整场演出自然流畅，情感表现细腻逼真，矛盾冲突震撼人心，赢得了沈虹光等省内外知名专家的好评和广大观众的由衷赞誉。

之后，《槐花谣》参加中国戏曲教育联盟第三届年会暨全国戏曲教育成果展演、狮城国际戏曲学术研讨会暨狮城戏曲荟萃、中国黄梅戏艺术节、湖北省优秀剧目北京行、湖北艺术节、湖北地方戏曲艺术节、荆楚文化旅游节、黄冈惠民文化演出周等重大演出活动，无不受到普遍盛赞和广泛欢迎。

2018 年 9 月 6 日至 8 日，《槐花谣》唱响京城，在北京梅兰芳大剧院连续演出三场。炉火纯青的演技，如梦如幻的场景，民族器乐、交响乐和大别山歌谣等音乐元素，大别山民间舞、芭蕾舞等多种舞蹈艺术精华，为首都观众献上湖北黄梅戏艺术盛宴。

《槐花谣》是"黄冈党旗红"主题文艺创作重点剧目和 2017 年度国家艺术基金大型舞台剧资助项目。在中共黄冈市委宣传部一级调研员柳长青看来，"《槐花谣》将黄冈民俗与红色文化、黄梅戏艺术融为一体，既传承了黄梅戏的正宗原味，又吸收了鲜明的时代特征和浓郁生活气息，开创了新时代黄梅戏艺术新境界。"

"疫"去黄梅颂"鲁湘",春来花开显担当。

2020年8月19日,在第3个中国医师节到来之际,由中共黄冈市委宣传部、黄冈市文化和旅游局牵头,黄冈艺术学校与中国戏曲学院联合打造的大型原创抗疫题材黄梅戏《疫·春》在黄梅戏大剧院成功首演。这也是该剧院因新冠肺炎疫情关闭200多天后,再度拥抱热情的观众。

2020年1月下旬,山东、湖南两省派出医疗队与黄冈人民共同抗疫。3月中旬,黄冈实现"四类人员"清零,抗疫取得阶段性胜利。时隔仅5个月,黄冈抗疫故事被搬上艺术舞台。

主创方之一、国家一级演员、著名黄梅戏表演艺术家、教育家、黄冈艺术学校校长张安岚说:"希望通过这样一部艺术作品,把休戚与共的记忆留下来,把无私无畏的大爱精神宣扬出去。"

该剧以黄冈抗击新冠肺炎疫情和山东、湖南两省1243名医护人员驰援黄冈、同黄冈人民共同战"疫"的战斗生活为背景,以抗疫一线医务工作者和干部群众真实事迹为素材,通过剪发、庆生、亲情、抢救、遗爱5个场景,塑造出山东医疗队医生鲁海威、湖南医疗队护士长胡宁湘等援黄医护人员可亲可敬的艺术形象,礼赞医者仁心、大爱无疆的崇高精神,展现老区人民万众一心、众志成城的精神风貌,颂扬中华民族一方有难、八方支援的优良传统,讴歌党的坚强领导和中国特色社会主义制度的优越性。

《疫·春》由黄冈著名编剧熊文祥担任剧本原创,中国戏曲学院多位教授分别担纲导演、舞美设计、灯光设计、服装设计,黄冈优秀黄梅戏青年演员王刚、王美主演,黄冈艺术学校60余名学员参加演出。这台戏最近入选第四届湖北地方戏曲艺术节、第四届湖北艺术节,"七一"期间开展惠民展演。

2021年是中国共产党成立100周年,为献礼党的百年华诞,黄冈艺术学校与来凤县南剧传习研究所联合上演南剧《本色》,创作红色题材大型现代黄梅戏《陈潭秋》,塑造无产阶级革命家、中国共产党创始人之一、中共一大代表陈潭秋的光辉形象。

黄冈艺术学校党支部书记黄志祥介绍,该剧去年立项,被湖北省委宣传部列入2020年湖北省文艺精品创作指导性目录,是黄冈唯一入选的文艺精品创作剧目,计划参加第十届湖北省黄梅戏艺术节、第四届湖北地方戏曲艺术节,争取进入第十三届中国艺术节,并参加"永恒的旗帜"湖北省庆祝中国共产党成立100周年优秀作品展演,向建党100周年献礼。

"努力将该剧打造成一台思想精深、艺术精湛、制作精良的舞台艺术精品，为传承中华优秀传统文化、革命文化、社会主义先进文化，助力文化强市、文化强省、文化强国建设，留下浓墨重彩的一笔。"黄志祥说，"目前正在加紧剧本打磨、音乐创作、导演设计和灯光、服装、造型、道具设计，很快就会投入排练。"

戏曲黄冈：培养文艺人才　繁荣文化事业

戏曲是中华文化的瑰宝，繁荣发展戏曲事业关键在人。

黄冈是戏曲大市，也是全国著名的教育之乡，崇文重教氛围浓厚。植根鄂东这片文化沃土，黄冈艺术学校坚持守正创新，砥砺从艺初心，努力培养出更多戏曲及各类艺术人才。

建校30多年来，黄冈艺术学校先后成建制地为湖北省黄梅戏剧院和黄冈市黄州区、龙感湖管理区、黄梅县、武穴市、蕲春县、罗田县、英山县、团风县、浠水县、宜昌市枝江市、黄石市阳新县、恩施州来凤县等文艺院团培养黄梅戏、楚剧、采茶戏、南剧及杂技专业艺术人才，为湖北黄梅戏和其他地方剧种、曲艺的繁荣与发展，提供有力的人才支撑。

自1989年湖北省黄梅戏剧院在黄冈成立以来，黄冈创作上演原创黄梅戏精品剧目近200部。黄冈市文化和旅游局艺术科科长周娟说，党的十八大以后，黄冈全面实施《黄冈市"十三五"时期地方戏曲振兴发展规划》和"黄冈党旗红"主题文艺创作计划，深入发掘黄冈深厚的红色、名人、根亲文化资源，先后推出名人题材黄梅戏《李时珍》《活字毕昇》《余三胜轶事》《传灯》、红色题材黄梅戏《大别山母亲》《槐花谣》、廉政题材黄梅戏《铁面金光悌·审和珅》、现实题材黄梅戏《桃花开了》《疫·春》《我的乡村我的亲》等原创剧目50多部。

全国人大代表、著名黄梅戏表演艺术家、湖北省黄梅戏剧院院长张辉说："作为文化高地、红色圣土、诗画家园——黄冈的文化符号和中华民族的艺术精髓，湖北黄梅戏十二次上春晚，十次进京，足迹遍及大江南北、长城内外，从长江之滨唱到多瑙河畔、大洋彼岸，黄冈艺术学校在人才培养和艺术实践上功不可没。"

除了培养戏曲人才，黄冈艺术学校还根据人才市场需求，培养了一大批音乐、舞蹈、美术、群文、歌舞、艺术教育、艺术公关等门类专业艺术人才，其中不少人获得了湖北省"牡丹花奖"、湖北省"五个一工程"奖、屈原文艺奖、楚天群星奖等大奖。黄冈市文化和旅游局党组成员、副局长王宝超评价："这些艺术人才成为黄冈市创建第四批国家公共文化服务体系示范区的主力军。"

近年来，为加强实践教学，提高学生能力，服务中心工作，落实文化惠民，促进文化繁荣发展，黄冈艺术学校充分发挥人才培养、艺术实践、文化传承、社会服务的办学职能作用，积极参与国际文化交流演出和全国、全省、全市重要文化艺术活动及演出，在办学育人、艺术创作、艺术实践、资源开发、非遗保护传承、文化交流合作等方面取得突出成效，办学知名度和美誉度一路攀升。

学校先后参加国际戏剧大师汤显祖文化传播研讨会暨晚会、"百戏百校"全国艺术职业教育戏曲教学成果展演、全国"梨花杯"青少年戏曲教育教学成果展示、湖北省优秀剧目北京行、湖北艺术节、湖北省黄梅戏艺术节、湖北地方戏曲艺术节、湖北省黄鹤美育节，参加（黄冈）东坡文化节、大别山（黄冈）世界旅游博览会暨黄冈全域文化旅游推介会、黄冈地标优品博览会暨东坡文化美食节、鄂东民歌大赛、同声诵经典、书香黄冈全民阅读、红色文艺轻骑兵、"三下乡"、文化惠民演出等，得到社会各界和广大观众普遍称赞。

尤其值得称道的是，黄冈艺术学校的毕业生参加全国青年歌手电视大奖赛、全国黄梅戏青年演员电视大奖赛表现出色，是全国唯一一所有两名选手在全国"青歌赛"上获奖的艺术中职学校。

千年黄州，大美黄冈；梨园吐蕊，梅韵飘香；礼赞百年风华，再续发展新篇！

黄冈艺术学校校长张安岚表示，在全面建设社会主义现代化国家新征程上，黄冈艺术学校将进一步增强"四个意识"，坚定"四个自信"，做到"两个维护"，弘扬优良传统，坚持改革创新，在教学相长中探寻艺术真谛，在服务人民中砥砺从艺初心，为推动戏曲传承发展、文艺繁荣发展和中华优秀传统文化传承发展，作出新时代新阶段新贡献！

（原载《中国文化报》2021 年 7 月 1 日，《文旅中国》2021 年 7 月 2 日）

当代视域下的东坡文化

——第十一届（黄冈）东坡文化节东坡文化研讨会综述

2021 年 11 月 29 日，第十一届东坡文化节东坡文化研讨会在湖北省黄梅戏剧院小剧场举行。来自眉山、惠州、儋州、诸城、黄冈等东坡联盟城市和武汉、黄石、鄂州等武汉城市圈城市的苏学专家、文化学者共 50 余人，围绕苏东坡的家国情怀及其当代价值、东坡文化与旅游的融合发展等当代视域下的东坡文化主题，进行了深入的交流和讨论，展示了苏学研究的最新成果。

东坡故里眉山三苏祠博物馆文博新锐翟晓楠以《文旅融合背景下东坡文化创新发现路径探索》为题做交流发言，结合博物馆研究、展览、收藏、教育等职能，从三苏祠博物馆的历史地位、东坡文化研究现状、东坡文化旅游深度融合发展路径等方面做了回顾和展示，其改善展陈让东坡文化可感可触、紧跟时代现代表达输出东坡文化的成功经验引起与会者的共鸣。

惠州学院文学与传媒学院副院长申东城教授以《一自坡公谪南海，天下不敢小惠州》为题，畅谈了东坡精神与惠州的发展。他认为，东坡精神的内涵是勤奋好学、敢于担当，创新求变、仁政民本，清正廉洁、乐观豁达，我们能从东坡身上学到好学的精神、乐观的性格、做人的准则、担当的品格，对于促进惠州的政治、经济、文化建设具有重要的现实意义。

儋州市苏学专家吴本东在《苏东坡与儋州结下的深厚情缘》的交流发言中认为，儋州是苏东坡最终垂老的居住之地，更称得上是苏东坡心中"风土极善，人情不恶"的第二故乡，他把自己真正融入儋州人民的生活生产当中，在困境中与儋州人民尽显鱼水之情。作为"千年英雄"苏东坡，在儋州作出的不可磨灭的贡献，留下的许多传世佳话，为我国知识分子从政为文、升迁浮沉提供了一个耐人寻味的范本。

知密州（今山东诸城）为苏轼第一次主政的地方。诸城市文化艺术中心暨超然台主任乔云峰纵论《苏轼密州行政的家国情怀》。他认为，密州时期苏轼的家国情怀体现为关爱百姓的仁政之德、教化百姓的儒者之举、关注时政的卓识之力、安疆守土的报国之志，而政行以德的优秀范本、爱民为先的生动教材、家国为重的生活态度、泽被后世的文化担当，则是苏轼家国情怀的当代价值和社会意义。

黄冈市东坡文化研究会原会长、中国苏轼研究学会副会长涂普生在《苏东坡黄州谷底登峰及其文旅意义》的交流发言中认为，苏东坡之所以能从其人生谷底登上文坛高峰，主要是因为苏东坡有黄州赤壁之悟、相田途中遇雨之得、蕲水（今浠水）清泉寺一游之变，这对于进一步催生黄冈文旅产业这一新的经济增长点，对于打造黄冈文旅大市、强市，具有重大而深远的意义。苏东坡黄州谷底登峰，首先在于他宣示了千年古城黄州的厚重的文化底蕴，黄州也因之成了中华优秀传统文化的圣地之一；其二，苏东坡黄州谷底登峰之遗址遗迹，是黄冈市进一步催生文旅经济新的增长点的平台和载体；其三，苏东坡黄州谷底登峰，更在于为中华优秀传统文化"创造性转化，创新性发展"，提供了坚实的基础。

研讨会由黄冈市委常委、宣传部部长李初敏主持，黄冈市人大常委会副主任何东英、市政协副主席郭应虎出席，黄冈市东坡文化研究会会长、黄冈原市委副书记孙璜清致辞。中国苏轼研究学会秘书长刘清泉对与会人员交流发言做了精彩点评。

研讨会开始前，与会人员观看了《东坡足迹黄冈行》宣传片。

（原载《黄冈新闻网》2021 年 11 月 29 日，《荆楚网》2021 年 11 月 30 日）

从八斗湾到桃花岭

——写在现代黄梅戏《八斗湾》首演之际

湖北有个团风县，团风有座白羊山。

"白羊山，白羊山，山下有个八斗湾。八斗山田八斗地，一棵枫树三百年……"

2021年9月26日晚，夜色斑斓，团风县青少年活动中心黄梅戏剧场座无虚席。在如泣如诉、深情款款的音乐声中，由黄冈市文化和旅游局、团风县委县政府组织编创，团风县文化和旅游局、团风县青年黄梅戏发展有限公司倾力打造的即将亮相第9届中国（安庆）黄梅戏艺术节的现代黄梅戏《八斗湾》成功首演。该剧将中国共产党早期领导人、著名工人运动领袖林育英（曾用名张浩）的形象首次搬上戏曲舞台，寄托大别山人民对革命先烈缅怀之情，跌宕起伏、扣人心弦的故事情节，优美流畅、婉转悠扬的旋律唱腔，生动逼真、极具震撼力的舞台效果，赢得领导、专家和观众的掌声。

"共存社"：中国共产党的第一个农村早期组织

团风县位于长江中游北岸，古称乌林，是历史文化古镇，素有"鄂东门户"和"小汉口"之称。1996年黄冈撤地建市，拆原黄冈县设立黄州区和团风县，团风成为共和国年轻县和黄冈市对接武汉的桥头堡。

白羊山是团风县回龙山镇一座形神酷似山羊的山岭，海拔不过300米，山势虽不险峻，但满山葱翠，钟灵毓秀，气势不凡。

白羊山下，有一个看似不太起眼却举世闻名的村落——林家大湾村，林姓家族一门诞生了三位在中国近、现代史上产生过重要影响、非同寻常的人物——林氏三兄弟：林育英、林育南、林育容。离林家大湾村仅几千米远的回龙山镇沙畈村，诞生了地质科学巨人李四光。

团风县还诞生了党的一大代表包惠僧、《资本论》中文翻译者王亚南、哲学家熊十力、思想家殷海光、书法家张荆野，文学家秦兆阳、刘醒龙等，堪称"名人之乡"。

八斗湾坐落于白羊山下林家大湾村，是鄂东共产主义思想传播和鄂东革命的发源地。自五四运动时期起，这里就风云际会、薪火相传，成为传播革命火种的摇篮。

1917年，林氏三兄弟中，第一个参加革命的林育南与恽代英等一起，在武昌成立了湖北地区第一个进步社会团体"互助社"。五四运动中，林育南在北京参加了天安门示威游行。1919年秋，林育南从武汉回到家乡，在八斗湾兴隆寺创办浚新小学，向青少年灌输新文化、新思想，林育英参加林育南创办的通俗讲习社学习，从而受马克思主义影响，在家乡开展爱国运动，为回龙山播下革命的火种。

1920年春，林育南与恽代英在武昌创办利群书社，通过销售、创办进步书刊，推进马克思主义中国化和在中国的传播，成为长江中下游传播马克思主义学说的重要阵地。

1921年7月16日，在中共一大召开前夕，武汉"互助社"的24名有着共产主义理想信念的年轻人，由恽代英、林育南、林育英召集，在八斗湾浚新小学，以"积极切实的预备，企求阶级斗争、劳农政治的实现，以达到圆满的人类共存为目的"为宗旨，宣布成立"共存社"（波社），其纲领宗旨、组织形式、人员构成和活动内容，都类似于上海、北京、武汉等地的共产主义性质的党的早期组织，因此被党史界认定为我党第一个农村早期组织，对全国农村的革命运动产生了重要影响。

"共存社"这一带着无产阶级鲜明印迹的早期共产主义组织在八斗湾成立后，党的许多早期革命家和领导人，都与八斗湾有着千丝万缕的联系，如中共一大代表董必武、陈潭秋等。而从八斗湾走出去的革命者，最为著名的当属林氏三兄弟。

中国共产党诞生后，林育南于同年秋天加入，成为武汉地区最早的共产党员之一。1922年2月，林育英经林育南、恽代英介绍加入中国共产党。同月，"共存社"自行解散，"共存社"成员分别加入中国共产党或稍后成立的中国社会主义青年团，并在八斗湾建立了党小组，直属于中共武昌区执行委员会领导，团风遂成为全国最早建立基层党组织的县之一。

八斗墧"共存社"存续的时间不长，但在中国革命的史册上却是那么地璀璨而耀眼。那 24 名"互助社"年轻人，绝大多数成为中国革命燃起冲天大火最早的抱薪者。

中国共产党早期领导人之一的林育南，长期从事中国工人运动，历任中华全国总工会秘书长、中共湖北省委代理书记、全国苏维埃中央准备委员会秘书长等职，组织领导了震惊世界的"二七"大罢工和"五卅"运动，1931年 1 月 17 日因叛徒告密被逮捕，在狱中经受住了敌人的严刑拷打，宁死不屈，同年 2 月 7 日与何孟雄等 24 位共产党员和革命者在上海龙华英勇就义，时年 33 岁。

林育英：毛泽东为之抬棺的中国革命先驱

八斗湾是林育英革命生涯的起点。黄梅戏《八斗湾》以革命家林育英的生涯为主轴，群塑式地表现了与其革命经历相关联的革命者亲人、群众、背叛者的形象，既反映了 100 年前中国共产党人救国救民的初心和忠贞不渝的革命情怀，也反映了革命成功的不易与艰难。

诞生不久的中国共产党大力发动工人运动，林育英也成为中共早期的工运领袖，参加了香港海员大罢工，组织和领导了长沙、上海的工人运动。

1925 年 12 月 6 日，上海总工会举行万人集会，林育英奋勇当先，头部被刺刀戳中，被枪托打成内伤，留下严重的后遗症。大革命失败后，他在长沙帮助恢复湖南省委和组建工会，因受追捕扮成僧人回到上海。

1930 年，林育英任满洲省委书记，由于叛徒告密被日军逮捕，是党内被日本侵略者判过刑的高级干部，1932 年经营救出狱，任全国总工会常委兼海员工会总书记，但身体已遭受严重伤害。

1933 年，林育英奉命赴莫斯科，任全国总工会驻赤色职工国际代表和中共中央驻共产国际代表。

1935 年 7 月，共产国际召开第七次代表大会。为了向正在长征途中的中共中央传达共产国际七大会议精神，林育英化名张浩，扮成商人，由蒙古入境，穿过茫茫无际的沙漠，来到中共中央所在地陕北瓦窑堡，中共中央由此与共产国际恢复联系。

1935 年 10 月，张国焘在四川理番县卓木碉另立"中央"，中央决定由林育英以共产国际代表的特殊身份说服张国焘。张国焘深知共产国际的权威，对林育英"极为看重"。林育英多次致电张国焘，迫使张国焘表示"一切服从共产国际的指示"，取消了"中央"，为党和红军立下大功。

抗战爆发后，林育英担任 129 师首任政委，1938 年春由于伤病被调回中央，一面治病，一面负责有关工人运动的工作，接替他的是八路军政治部副主任邓小平。

1938 年 9 月 29 日至 11 月 6 日，党中央在延安召开六届六中全会，林育英被选为中央委员。

对于林育英的病，党中央十分关心，曾请求苏联派来专机将林育英接到苏联去治疗，林育英认为自己的病难以治好，没有必要赴苏，于是中央用这架专机将延安的其他伤病员和一些烈士子女送往苏联。

1942 年 2 月，林育英的病情日益恶化。3 月 5 日，林育英将不离不弃的妻子涂俊明和秘书、警卫员叫到身边说："我不行了，未能看到胜利的那一天，深以为憾。我死后，请组织上将我葬在杨家岭对面的桃花岭上，使我能天天望着党中央、毛主席！"

3 月 6 日凌晨，林育英在延安中央医院溘然长逝，时年 45 岁，毛泽东亲自为他题写了挽联："忠心为国、虽死犹荣"。

3 月 9 日，中共中央在延安中央党校门前广场为林育英举行公祭。根据毛泽东的提议，毛泽东、朱德、任弼时、杨尚昆、徐特立等中央领导亲自将棺材抬到桃花岭上安葬。

林育英病逝后，《新华日报》发表社论，称林育英是"职工运动领袖"，"领导了职工运动，成为中华民族解放运动中最优秀的战士"。

《八斗湾》：用本地剧种演绎本地革命家的成功探索

100 年前的中国，军阀混战、民不聊生，马克思主义通过俄国十月革命传入中国，由此诞生了中国共产党。八斗湾"共存社"，特别是从八斗湾"共存社"走出去的林氏三兄弟中的林育英，对中国革命所作的贡献更是光耀千秋。

"要让全中国乃至全世界知道湖北省有个团风县，团风县有个八斗湾。"中共团风县委书记何永红说，"时逢中国共产党百年华诞，宣传团风八斗湾'共存社'，以及从此走出的革命先驱为共产主义事业和新中国的诞生作出的卓越贡献，是我们不可推卸的历史责任和使命担当。"

这份历史责任和使命担当，具体落在了团风县青年黄梅戏发展有限公司这支年轻的队伍身上。

团风县青年黄梅戏发展有限公司成立于2013年，下设团风县青年黄梅戏艺术团和黄梅戏剧场，采取政府扶持、市场运作、自主经营、自负盈亏的企业模式，是深化文化体制改革、推进文化体制机制创新的产物。

现代黄梅戏《八斗湾》以团风县八斗湾为背景，以林育英生平事迹为主线，以历史人物为原型，激荡百年风雨，穿越时空云翳，在史实与虚构间探寻理想照耀下的人性，昭显革命者的家国情怀。

《八斗湾》由黄冈市艺术研究所一级编剧许晓武担任编剧，湖北省著名黄梅戏导演张文桥、知名黄梅戏作曲家江纯执导和作曲，团风县青年黄梅戏艺术团演员汪伟饰演主角林育英，是团风县用本地力量、本地剧种演绎本地红色故事的一次成功探索。

为了描写林育英作为革命家的一生以及围绕其革命事迹相交集的众生相，《八斗湾》没有采用线性结构的叙述方式，而是非线性、块状地描写其一生中的重大事件。正因为是块状结构，所以事件与事件之间不一定有故事上的必然联系，但人物的命运是相互关联的，主人公的一人多事能把众多人物的命运交织在一起。

"由于戏曲表现生活受时间限制，《八斗湾》没有用过多笔墨去陈述事件的经过，不交代事件的来龙去脉，而主要写事件中人物的内心情感，所以叙事少、抒情多，这也正是戏曲独特的表现方式。"导演张文桥说。

正因为剧本独特的叙事方式，只写事件发生的当下，所以就有很多非同一时空的人物在同一时空中进行交流互动的场面。这在写实的艺术形式中很难表现，而戏曲这种写意的艺术却容易做到。

现代革命英雄题材对黄梅戏作曲有较大的挑战，既要保持黄梅戏柔美中带有乡音乡愁的传统韵味，又要有革命英雄主义和革命浪漫主义的精气神。

从音乐创作上，《八斗湾》选择军号声作为音乐的灵魂，主题歌和贯穿全剧的整体描写音乐，用一首陕北民歌的元素改成大家熟悉的黄梅戏调子，每次出现这个主题会让观众想起革命圣地延安，每当剧中的先烈们遇到困难和挫折时，一次次的军号声则成了激励他们的精神火炬。

从唱腔上，《八斗湾》大胆吸收了鄂东民歌、京剧和很多通俗歌曲的元素，更容易引起共鸣和传唱。

历史的画卷总是在前后相继中铺展，时代的华章总是在接续奋斗中书写。

黄冈不仅有董必武、陈潭秋、包惠僧3名中共一大代表和200多名开国将军，更有林育南、林育英等共产主义先行者、无产阶级革命家，以及党的第一个早期农村组织八斗湾"共存社"。这既是今天黄冈人的光荣和骄傲，也激励着老区人民不忘初心、牢记使命，奋力开启全面建设社会主义现代化国家新征程，以告慰先烈们的在天之灵和他们对故乡的殷殷期望！

（原载《中国文化报》2021年10月1日，《文旅中国》2021年10月5日）

从大别山到天山

——写在现代黄梅戏《铸魂天山》公演之际

"擂鼓山下巴河水，一潭秋水照斜阳。陈策楼上炊烟起，游子千里思故乡……"

2021年12月12日晚，经过近4个月的紧张排练，这悠扬婉转、如泣如诉的黄梅戏歌谣伴唱声将如约在湖北黄冈黄梅戏大剧院响起，第十届湖北省黄梅戏艺术节惠民展演重头戏、再现伟大的无产阶级革命家陈潭秋光辉形象的大型现代黄梅戏《铸魂天山》将在这里举行首场公演。

陈潭秋是中共一大代表、党的创始人之一，湖北黄冈人，1943年在新疆牺牲。《铸魂天山》以源自黄冈市黄梅县采茶歌的地方剧种——黄梅戏的艺术表现形式，截取陈潭秋1939年至1943年任中共中央驻新疆代表和八路军驻新疆办事处负责人的战斗场景，回顾陈潭秋短暂而伟大的一生，集中展现他忠贞不渝、血洒天山的革命气节和为党的革命事业作出的巨大贡献。

一大代表陈潭秋：血沃天山的黄冈英杰

在大别山南麓的黄冈市黄州区陈策楼镇陈策楼村，有一座苍松翠柏掩映的院子——陈潭秋故居。1896年1月4日，陈潭秋诞生在这里。

陈潭秋故居始建于清代，是陈潭秋青少年时期学习和生活过的地方，1909至1927年成为鄂东革命策源地，1927年冬被国民党反动派烧毁，1979年在原址按原貌部分复修，李先念同志为故居题名，后经不断修复扩建，被列为全国红色旅游经典景区。

走进陈潭秋故居，青瓦黛墙、木柱石础，古朴典雅，具有典型的鄂东院落式民居建筑风格。庭院周围绿树成荫、竹影摇曳，房前池水如碧、波光激滟。

故居东侧的广场上，矗立着陈潭秋烈士的铜像和反映陈潭秋一生重要足迹的浮雕。驻足观望，陈潭秋身着西服，右手挽搭风衣，眺望远方，大步前行。浮雕上层峦叠嶂，祥云滚滚，水波浩渺，气势恢宏，人物造型栩栩如生。

陈潭秋出生在一个书香世家，祖父中过举人，是当地名流。陈潭秋兄妹10人，他排行第七。1904年，陈潭秋入私塾读书，后入县立黄州高小学堂。陈潭秋12岁时，曾和同盟会员、参加过辛亥革命的五哥陈树三在陈策楼上观景，陈树三有感而发："陈策楼前谁陈策？"陈潭秋遥望对面的独尊山脱口应答："独尊山上我独尊。"小小年纪聪明睿智、气度不凡。

1911年，陈潭秋考入湖北省立第一中学，1916年考入武昌高等师范学院（武汉大学前身）英语部。1919年五四运动爆发，陈潭秋与恽代英、林育南积极组织武汉学生联合会，领导罢课游行，声援北京学生的反帝爱国运动，并结识了两位中共创始人董必武、李汉俊，开始由民主主义者向马克思主义者转变。

1919年8月，陈潭秋任《大汉报》《汉口新闻报》记者。1920年年初，陈潭秋到董必武创办的武汉中学兼任英语教员，开始向学生宣传马克思主义。同年秋天，陈潭秋与董必武、包惠僧等人发起成立武汉共产主义小组，并与恽代英、林育南、林育英（张浩）等，在家乡回龙山八斗湾成立中国共产党第一个农村早期组织"共存社"。1921年6月，陈潭秋与董必武被推选为武汉共产主义小组代表，赴上海出席中共一大，载入党的光辉史册。

1923年2月，陈潭秋在汉口组织发动京汉铁路"二七"大罢工，烈士林祥谦正是在他的指引下走上革命的道路。此后，陈潭秋先后任中共安源地委委员、湖北省委组织部主任、江西省委书记、满洲省委书记等职，领导各地的工人运动、学生运动和兵运工作。1927年4月，陈潭秋在党的五大上当选为中央候补委员，1930年6月被补选为中央委员。1930年12月7日，陈潭秋在哈尔滨被捕，1932年7月经组织营救出狱。

1933年初夏，陈潭秋到中央苏区工作，任福建省委书记。1934年1月，任中央执行委员和中央政府粮食部部长，在反"围剿"中保证了部队供给。同年10月中央红军长征后，陈潭秋留在南方坚持游击战争，任中共苏区中央分局委员兼组织部长，在一次突围中被子弹打中右耳，伤痕成为他"最光荣的勋章"。

1935年8月，陈潭秋赴莫斯科参加共产国际第七次代表大会，并参加中国共产党驻共产国际代表团的工作，1939年5月奉命回国，从延安选派去新疆，化名徐杰，同新疆军阀盛世才进行了灵活巧妙的斗争。

1942年夏，盛世才公开走上反苏反共道路，党中央指示在新疆工作的共产党员全部撤离，并将陈潭秋列为第一批撤离名单，陈潭秋则将自己列入最后一批："只要还有一个同志，我就不能走。"

1942年9月17日，陈潭秋被反动军阀盛世才逮捕，在狱中受尽酷刑，次年9月27日和毛泽民、林基路等被秘密杀害，长眠于天山脚下，时年47岁。

由于消息隔绝，在1945年6月9日中共七大上，陈潭秋仍被当选为中央委员。

新中国成立后，杀害陈潭秋、毛泽民、林基路等共产党人的凶手纷纷落网。陈潭秋的遗骨被安葬在新疆乌鲁木齐市南郊烈士陵园，墓碑由他的革命引路人董必武亲笔题写："陈潭秋烈士之墓"。

2009年，陈潭秋被评为"100位为新中国成立作出突出贡献的英雄模范人物"。

陈潭秋（1896—1943），名澄，字云先，号潭秋，他的经历像他的名字一样"深潭逢秋，清澈见底"，鲜明地体现出清晰而又坚定的革命印记，彰显出共产党人"坚持真理、坚守理想，践行初心、担当使命，不怕牺牲、英勇斗争，对党忠诚、不负人民"的伟大建党精神。

现代黄梅戏《铸魂天山》：联合打造的艺术精品

"峰仞石坚，亘古荒原。苍凉戈壁，狂沙怒卷。志士弘毅，凛烈浩然。马革裹尸，铸魂天山。"

陈潭秋出生之地——湖北黄冈，是全国著名的革命老区，近现代革命史上涌现了董必武、李先念、林育英（张浩）、林育南、闻一多、李四光等杰出人物。为缔造新中国，黄冈先后有44万英雄儿女英勇牺牲，其中5.3万人被追认为革命烈士。仅陈潭秋全家20余人，先后有8人参加了革命，其中5人献出了宝贵生命。

在隆重庆祝建党100周年之际，面对曾经的岁月，由湖北黄冈艺术学校牵头创作，湖北黄冈艺术学校、中国戏曲学院、新疆艺术剧院民族乐团、湖北省黄梅戏剧院、湖北省歌剧舞剧院交响乐团、黄州小梅花黄梅戏剧团联合打造大型现代黄梅戏《铸魂天山》，还原那段真实的历史，告慰烈士的英名。

《铸魂天山》出品人、全国文化和旅游系统先进工作者、国家一级演员、湖北省黄冈艺术学校校长张安岚认为，本次创作，是从建党 100 年来中国社会的整体变革中理解红色文化基因的价值与意义，是当代人的一次深刻教育和深切缅怀。

抗战时期新疆局势非常特殊，新疆各族人民在军阀混战的背景下，经过长年的血腥斗争，开辟出一个抗日大后方，中共和共产国际在这里建立了一条国际通道，"新疆王"盛世才作为军阀，周旋于苏共、中共、国民党三方之间。

盛世才曾于 1924 年、1934 年、1937 年 3 次向中共提出入党要求，由于他的特殊身份，中共中央将他的要求报告了共产国际，共产国际未予同意，盛世才的入党愿望没有实现。但中共中央对作为苏共党员的盛世才要求派中共党员到新疆工作的请求予以支持，盛世才也在苏联的推动下，欢迎西路军左支队余部进入新疆成立总支队，对外称"新兵营"。

应盛世才的邀请，中共中央于 1938 年、1939 年陆续派出一些优秀党员和有业务专长的同志到新疆工作，并派出有丰富组织工作和斗争经验的陈潭秋任驻疆代表。

《铸魂天山》编剧、国家一级编剧熊文祥介绍，该剧用线性的叙事手法，讲述陈潭秋团结新疆人民开展捐资支援抗战、主持"新兵营"训练、维护统一战线、护送"新兵营"回延安、与反动军阀盛世才进行艰苦卓绝斗争、被捕后坚贞不屈、血洒天山的悲壮故事，带领观众重新认识 100 年前革命志士的热血与担当。

曾经有着 14 年组织部工作经历的《铸魂天山》青年编剧陈金枝认为，第一次将陈潭秋的英雄事迹搬上戏曲舞台，讴歌以陈潭秋为代表的中国共产党人为民族求解放、为人民谋幸福的深挚革命情怀和不怕牺牲、英勇斗争的崇高精神品格，是黄冈的一件大事，更是党史教育的重要一笔。"我是和陈潭秋有家族渊源的陈家后代，陈潭秋又曾任湖北省委组织部部长，作为组工干部，宣传他的革命事迹，传承红色基因，深感使命和责任重大。"陈金枝说，"作为家乡人，这是迎接英雄魂归故里。"

黄梅戏习惯于小生、小旦、民俗、地域风情的表现，能不能表现宏大的主题？《铸魂天山》导演兼编剧、国家一级导演郭小男坦言，在艺术创作上，的确碰到了一个关于细小与宏大、民俗与史诗、剧种特色与重大历史话题的碰撞与对接，无疑是一次破冰之举。

"《铸魂天山》比以往的黄梅戏更厚重。"郭小男说，要表现历史厚度和人物的精神承载，离不开演员的肌体、声腔、手眼声法步。"剧组人员不断感悟剧中人物，触摸剧中人物，努力向剧中人物转换，让观众看到的就是曾经的人物，很好地完成了作品的构建。"

在舞台表现上，由于剧情发生在新疆，《铸魂天山》融合了新疆少数民族的音乐、舞蹈、器乐等元素，邀请五位新疆乐手参加演出，努力将剧情的地域特征及年代感，与人物命运同频共振。"因而看上去很像一部歌剧和音乐剧，且有宏大叙事的品相。"郭小男说。

在整体风格上，《铸魂天山》将写意诗化的戏曲意境、视听灵动的电影时空与现实主义的人物雕刻相结合，将黄梅戏的清新隽永与本剧应有的浑厚悠远相融会。郭小男称，这是一次挑战，是黄梅戏的"小我"到黄梅戏的"大我"、再到戏剧的"大我"的一次突围。

为了把陈潭秋的形象完美地呈现在戏曲舞台上，黄冈艺术学校还邀请中国戏曲学院教授张尧、一级编剧沈虹光担任艺术（文学）顾问，一级作曲徐志远担任作曲，著名黄梅戏主胡演奏家李万昌担任主胡，中国戏曲学院教授李威、马路、彭丁煌担任舞美、灯光、服装设计，一级造型师艾淑云担任造型设计，邀请湖北省黄梅戏剧院二级演员王刚、一级演员谢思琴和一级演员、中国戏剧梅花奖获得者张辉分别饰演陈潭秋、王韵雪、盛世才等主要人物，组成强大的主创阵容。

湖北黄冈艺术学校：艺术人才培养新摇篮

巍巍大别山，英雄万万千。

湖北黄冈艺术学校将舞台艺术与红色故事有机结合，用文艺作品激荡红色血脉，在激起观众共鸣的同时，也让人们在心灵上接受精神的洗礼。

湖北黄冈艺术学校创建于 1984 年，是为落实湖北省委关于"把黄梅戏请回娘家"的战略部署而建立的一所全日制普通中等专业学校，是湖北省传承发展黄梅戏的重要配套项目、重要基础工程和重要人才培养基地。

30 多年来，学校先后成建制地为湖北省黄梅戏剧院、黄冈市各县（市、区）和湖北宜昌、黄石、恩施等市州文艺院团培养了一批黄梅戏、楚剧、采茶戏、南剧等戏曲艺术人才，以及近万名音乐、舞蹈、美术、群文、歌舞、艺术教育、艺术公关等各类艺术人才。

党的十八大以来，学校紧紧围绕提升黄梅戏在全国的影响力、努力建成戏曲强省的战略目标，充分发挥人才培养、艺术实践、文化传承、社会服务的办学职能作用，办学成效显著提升。

"立足黄冈、面向全省、辐射全国，坚持产教融合，加强校团合作，创新育人模式，是黄冈艺术学校的办学特色"。黄冈市文化和旅游局副局长段晶介绍，近年来，黄冈艺术学校原创剧目好戏连台，精彩不断。

2017年8月，学校与中国戏曲学院联合推出大型原创现代黄梅戏《槐花谣》，以鄂豫皖苏区时期的革命历史与生活为背景，以槐花和红军战士春牛的生死恋情为主线，反映大别山老区人民对革命做出的重大牺牲、对党的无限忠诚、对革命的坚定信念。该剧参加中国戏曲教育联盟第三届年会暨全国戏曲教育成果展演、狮城国际戏曲学术研讨会暨狮城戏曲荟萃、中国黄梅戏艺术节、湖北省优秀剧目北京行、湖北艺术节、湖北地方戏曲艺术节、荆楚文化旅游节等重大演出活动，受到广泛赞誉。

2020年8月，学校再度与中国戏曲学院合作，推出大型原创抗疫题材黄梅戏《疫·春》，以黄冈抗击新冠肺炎疫情和山东、湖南两省医护人员驰援黄冈、同黄冈人民共同战"疫"的战斗生活为背景，塑造援黄医护人员可亲可敬的艺术形象，展现老区人民万众一心、众志成城的精神风貌。该剧今年入选第四届湖北地方戏曲艺术节、第四届湖北艺术节，获得楚天文华奖提名，并在全省展演。

2021年5月，学校与湖北恩施州来凤县南剧传习研究所联合推出大型主旋律南剧《本色》，全景式还原张富清在部队保家卫国、到地方为民造福的可贵人生事迹。

"为献礼党的百年华诞，学校组织创作《本色》和《铸魂天山》两台大戏，体现了戏曲大市的担当和作为。"张安岚说，每次合作排戏，黄冈艺术学校都有数十名师生参加演出，老师增加了实践的机会，学生增加了锻炼的机会。

"黄冈老区有着无比珍贵的精神富矿，不仅蕴藏着我们从哪里来的精神血脉，更笃定了我们到哪里去的精神路标。"张安岚表示，黄冈艺术学校将进一步弘扬以爱国主义为核心的民族精神和以改革创新为核心的时代精神，坚定文化自信，传承红色基因，提升办学层次，在教学相长中探寻艺术真谛，在服务人民中砥砺从艺初心，以更加昂扬的姿态奋进新时代，努力打造艺术人才培养新摇篮。

（原载《中国文化报》2021 年 12 月 11 日，《湖北日报》2021 年 12 月 12 日）

一部大戏　迎接英雄魂归故里

——访现代黄梅戏《铸魂天山》编剧陈金枝

2021年12月12日晚，第十届湖北省黄梅戏艺术节惠民展演重头戏，由黄冈艺术学校组织创作，黄冈艺术学校、中国戏曲学院、新疆艺术剧院民族乐团、湖北省黄梅戏剧院、湖北省歌剧舞剧院交响乐团、黄州小梅花黄梅戏剧团"2校4团"联合创排，再现无产阶级革命家陈潭秋光辉形象的大型现代黄梅戏《铸魂天山》，将在黄梅戏大剧院举行首场公演。

12月7日晚，在黄梅戏大剧院带装联排现场，就广大戏迷关心的问题，笔者采访了《铸魂天山》编剧陈金枝。

陈金枝，黄冈人，生于20世纪70年代，古代文学元明清方向硕士研究生，主攻元曲研究，先后从事教师、媒体人、公务员、企业管理人员等多种职业，曾为《知音》杂志编辑、记者，武汉市委组织部处级领导干部，现任职武汉文化投资发展集团有限公司。

陈金枝介绍，《铸魂天山》选题意义重大。该剧立足史实资料，以现代黄梅戏形式艺术再现党的创始人、一大代表、伟大的无产阶级革命家陈潭秋同志牺牲前在新疆领导革命的经历，深情讴歌以陈潭秋为代表的革命先辈志士弘毅、不畏生死，为民族求解放、为人民谋幸福的大无畏精神，集中展示陈潭秋信念坚定、忠贞不渝、顾全大局、以身作则、不怕牺牲、舍生取义、英勇斗争的高尚品质，同时也赞美了新疆各族人民与祖国风雨同舟、患难与共的民族团结精神。

"剧中出现的主要角色都是历史上真实的人物，剧情中各民族募捐内容、新兵营训练、陈潭秋带领毛泽民等八办同志和反动军阀盛世才英勇斗争、盛世才历经皖南事变和'二战'苏德战争后投机叛变枪杀亲弟弟、陈潭秋布局营救同志要求自己作为最后一个撤离等都是真实的历史。"陈金枝说，"该剧突破历史题材常见写法，没有对人物一生进行赘述，而是截取陈潭秋生命中最高光时段，坚持虚实结合、历史真实性和故事性并重，以老百姓喜闻乐见的黄梅戏艺术形式再现和塑造陈潭秋的光辉形象。"

在谈到《铸魂天山》的艺术特色时，陈金枝说，首先是与时政热点结合紧密，艺术展现抗战时期新疆历史背景和在疆各族人民为革命建设作出的贡献。

"2020年9月第三次中央新疆工作座谈会上，习总书记首次提出要将文化润疆作为铸牢中华民族共同体意识的重要抓手。2021年8月中央民族工作会议上，总书记强调要筑牢中华民族命运共同体意识，促进民族团结，努力实现新疆社会稳定和长治久安。抗战时期新疆400万各族人民捐钱捐物支援前线，是支援中共抗战的重要基地之一，也是支援全国抗战的大后方。该剧大胆取材陈潭秋在新疆工作的背景，客观真实展现了新疆各族人民在抗战时期为民族解放作出的积极贡献，是落实总书记讲好祖国内地和新疆各族人民患难与共、同舟共济、反对外来侵略故事要求的具体举措。"

"第二是舞台内外阵容强大，以博大的情怀深情演绎伟大的历史时代。"陈金枝透露，该剧主创团队阵容实力超群，参与该剧台前幕后的每个人都满怀激情，深怀着对革命先烈的敬畏和爱戴之情投身其中。出品人张安岚在黄冈市委市政府、市委宣传部、市文化和旅游局支持下，在导演、编剧、音乐、舞台设计呈现等各方面，以高质量高标准高要求撬动全国各方一流资源，协调组建一流主创团队，形成黄冈和新疆两地、黄冈艺校和中国戏曲学院联合创作，黄州黄梅戏小梅花剧团和湖北省黄梅戏剧院、湖北省演艺集团交响乐团及新疆艺术剧院民族乐团联演的强大阵容，联合打造精品剧目。

"中国当代著名导演艺术家、国家一级导演郭小男从剧本文学要求、舞台制作把控、全流程排练打磨等各方面，始终坚持精益求精，以上敬英烈、下敬黄梅戏艺术的情怀激情投入，打造精品。"陈金枝介绍，编剧从立项到进入舞台彩排，在剧本打造上历经多人，在主创和导演主导下，最终以郭小男、熊文祥、陈金枝3人稿本融合一体，力求从还原历史人物真实面貌、展现伟大历史时代背景、塑造英雄光辉形象等角度致敬革命英雄。

"郭小男深怀爱国担当高位，熊文祥和我均为黄冈人，更是满怀使命和责任。"陈金枝说，"身为陈策楼人的我结合自身14年组织部工作经历，饱含着对湖北省委第一任组织部部长和组织的热爱，更是作为陈潭秋同宗同脉后人，满怀着对英雄的特殊敬仰深情，倾情投入，力求展现英雄事迹和英雄时代。郭小男结合丰富的舞台导演经验，虚实结合，从故事性打造、主题升华等多方面进行三次创作，最终形成完美舞台呈现。"

"该剧打造过程中汇聚了音乐制作、舞美灯光服装化妆设计等一大批德艺双馨的艺术家。"陈金枝强调，"整体上这部戏很不错，大背景、大题材、大阵容、大情怀、大制作、大舞台，作为家乡人，我们用这部戏迎接英雄魂归故里。"

（原载《黄冈新闻网》2021年12月11日，《荆楚网》2021年12月12日）

努力实现由文旅大市向文旅强市的历史跨越

文化沃土黄梅炫彩讴歌新时代，旅游胜地赤壁流韵启航新征程。

第十一届（黄冈）东坡文化节暨第十届湖北省黄梅戏艺术节（简称"两节"）《东坡遗韵》书法展和文化惠民展演正在湖北黄冈火爆进行中。这次"两节"，充分展示了黄冈、眉山、惠州、儋州、诸城等东坡联盟城市深厚的历史文化底蕴、丰富的特色文旅产品、浓郁的地方民俗风情和湖北黄梅戏艺术发展成就，为黄冈推进文化和旅游强市建设写下浓墨重彩的一笔。

黄冈文化底蕴深厚，旅游资源丰富，人文生态交相融合，具有建设文化和旅游强市的良好基础。在全面开启建设社会主义现代化国家新征程中，增强城市综合实力，保障和改善民生，提升人民群众幸福指数，都迫切需要坚定文化自信，加快推进文化和旅游强市建设。

黄冈是东坡文化的发祥地，是苏东坡浴火重生、华丽转身的地方，在他66年的生命历程中，虽经无数狂风骤雨，仍然婉转放歌。当年"文以城兴"，黄州成就了苏东坡，他最好的文、最好的诗、最好的词、最好的赋、最好的字、最好的美食，都诞生于黄州，为黄冈留下了宝贵的精神财富。如今"城以文兴"，苏东坡成就了黄冈，黄冈处处洋溢着浓浓的东坡文化气息，特别是他爱国爱民、奋厉当世的崇高理想，信道直前、独立不惧的处事原则，坚守节操、潇洒自适的生活态度，对于广大干部群众面对生活、开创未来，具有多方面的滋养、借鉴和启迪作用，这正是当代视域下弘扬传承东坡文化、推进东坡文化与旅游融合发展的时代价值和社会意义。

黄冈是中国戏曲的重要发源地，黄梅戏、楚剧、汉剧、京剧诞生、成长于黄冈，形成"四戏同源"的独特文化景观。作为表现和传承中华优秀传统文化的重要载体，黄冈市委、市政府高度重视戏曲事业，着力营造有利于戏曲活起来、传下去、出精品、出名家的良好环境，极大地促进了黄冈地方戏曲繁荣发展。"两节"期间，包括黄梅戏、东路花鼓戏、文曲戏、楚剧四大剧种在内的 16 台地方大戏轮番上演，集中展示黄冈作为戏曲大市实施地方戏曲振兴工程取得的重要成果。

"十三五"以来，黄冈充分挖掘特色历史文化和生态资源优势，以创建国家公共文化服务体系示范区、国家全域旅游示范区、国家中医药健康旅游示范区和国家 AAAAA 级景区为抓手，深入推进公共文化服务设施网络建设，着力增加公共文化服务产品供给，大力推动公共文化与科技融合发展，切实加强公共文化服务体制机制建设，深入实施文艺精品创作生产工程，着力振兴以黄梅戏为代表的地方戏曲，不断加快旅游资源开发和产品打造，奋力推进文旅融合和文旅产业发展，当年成就苏轼"平生功业"、爆发"黄麻惊雷"的老区黄冈，正在由文旅大市向文旅强市迈进。

当前，黄冈上下正在深入学习党的十九届六中全会精神，深入贯彻习近平总书记视察湖北、参加湖北代表团审议时的重要讲话精神，抢抓新时代中部地区崛起、革命老区振兴发展、武汉城市圈同城化发展等重大战略机遇，全面实施"主城崛起，两带协同、多点支撑"市域发展布局，以"干在实处、加快振兴、谱写新篇"的昂扬姿态，奋力开创黄冈各项事业高质量发展新局面。在这个重要时刻举办"两节"，必将进一步打响东坡文化品牌，擦亮黄梅戏文化名片，赋能黄冈经济社会高质量发展，努力推动黄冈实现由文旅大市向文旅强市的历史性跨越。

（原载《黄冈日报》2021 年 12 月 1 日，《人民日报》客户端 2021 年 12 月 5 日）

用跟上时代的精品力作开拓黄梅戏艺术新境界

历时 25 天的第十一届（黄冈）东坡文化节暨第十届湖北省黄梅戏艺术节（简称"两节"）2021 年 12 月 22 日晚在湖北黄冈黄梅戏大剧院圆满落幕。

11 月 28 日晚开幕的"两节"，先是密集推出文旅资源推介、东坡文化研讨、《东坡遗韵》书法联展、黄州古城东坡遗址遗迹考察、"东坡足迹黄冈行"等东坡文化主题活动，充分展示黄冈、眉山、惠州、儋州、诸城等东坡联盟城市深厚的历史文化底蕴、丰富的特色文旅产品和浓郁的地方民俗风情。而包括黄梅戏、东路花鼓戏、文曲戏、楚剧在内的 16 台大戏组成的艺术展演于 22 日方告结束，其展演时间之长、参演剧目之多、艺术手法之新，堪称本次"两节"的突出特点。

文化是民族的精神命脉，文艺是时代前进的号角。黄冈作为中国戏曲的重要发源地和黄梅戏的故乡，党的十八大以来，市委、市政府高度重视黄梅戏事业，坚持与湖北省文化和旅游厅联合主办湖北省黄梅戏艺术节，着力营造"把黄梅戏请回娘家"的良好环境。这次参演的 16 部作品，多数是向建党 100 周年献礼的原创剧目，全市各戏剧院团怀着满腔热情，充分挖掘本地特色资源，做大做强以黄梅戏为主的地方戏曲，出色地完成了重大主题性创作演出任务。首次将中共一大代表、中国共产党的创始人之一陈潭秋，中国共产党早期领导人、著名工人运动领袖林育英（曾用名张浩）搬上戏曲舞台的《铸魂天山》《八斗湾》，取材于罗田县胜利镇红色革命故事的《清清的义水河》，以大别山革命老区精准扶贫和乡村振兴为题材的《情系红莲村》等，都采用了黄梅戏艺术表现形式，展现了湖北黄梅戏艺术发展最新成就。

创新是文艺的生命。黄梅戏擅长于小生、小旦、民俗风情的表现，表现宏大的主题，对主创人员是全新的挑战。《铸魂天山》《八斗湾》成功地处理了细小与宏大、民俗与史诗、剧种特色与重大历史题材的碰撞与对接，并融合新疆少数民族、陕北地区音乐、舞蹈、器乐等元素，把陈潭秋、林育英等英雄人物完美地呈现在戏曲舞台上。《清清的义水河》采用西洋管弦乐队与传统民族乐队相混合的乐队编制，融入罗田民歌采莲船、罗田畈腔、东腔、十把扇子等曲调，使全剧具有浓郁的大别山风情。《情系红莲村》将黄梅戏优美动听的声腔特点与接近现实生活的表演特征相结合，以悲壮感人的戏曲化手法，反映脱贫攻坚、乡村振兴这一重大的现实主题。

习近平总书记《在中国文联十一大、中国作协十大开幕式上的讲话》中指出，"衡量一个时代的文艺成就最终要看作品，衡量文学家、艺术家的人生价值也要看作品。"这次"两节"的成功举办，必将鼓舞和激励湖北广大戏曲工作者增强文化自觉、坚定文化自信、坚持守正创新，用跟上时代的精品力作不断开拓湖北黄梅戏艺术新境界。

（原载《文旅中国》2021年12月23日，《新浪湖北》2012年12月23日）

艺术的盛会　市民的节日

——第十届湖北省黄梅戏艺术节综述

2021 年 11 月 28 日至 12 月 22 日，第十届湖北省黄梅戏艺术节在黄冈举办。

遗爱湖畔、赤壁矶头、青云塔下，高朋云集；黄梅戏大剧院、湖北省黄梅戏剧院小剧场、各县（市）剧场，好戏连台。

这是一场文化交流、艺术鉴赏的盛会，是广大市民共享文化大餐的节日，为湖北省建设戏曲强省写下浓墨重彩的篇章。

一

黄梅戏发源于湖北黄冈，是我国五大戏曲剧种之一，声腔丰富优美、委婉动听，具有深厚的人文底蕴和广泛的群众基础。

湖北省黄梅戏艺术节是我省重要戏曲活动之一，由湖北省文化和旅游厅、黄冈市人民政府共同主办，每三年举办一届，对黄梅戏传承发展起到重大的推动作用。

第十届湖北省黄梅戏艺术节遵循"简约、实用、安全、周到"的原则，以"黄梅唱天下"为主题，分开幕式、基层惠民演出和黄梅戏大剧院、省黄梅戏剧院小剧场集中展演三个阶段。

11 月 28 日晚，开幕式在黄冈文化地标——黄梅戏大剧院举行，湖北省委宣传部副部长胡勇政，省文化和旅游厅党组成员、副厅长陶宏家，黄冈市委书记张家胜，市委副书记、市长李军杰，市委常委、宣传部部长李初敏等，四川眉山、广东惠州、海南儋州、山东诸城市政府及相关部门负责人以及专家、学者 300 余人出席。

开幕式上，湖北省黄梅戏剧院演出由国家一级演员、中国戏剧梅花奖得主张辉主演的大型原创黄梅戏《东坡》，赢得观众的阵阵掌声。该剧集中表现苏东坡因"乌台诗案"被贬黄州身处逆境时坚韧达观的品格及与黄州的血肉联系，曾在中央党校、国家大剧院大放异彩。

黄冈市政府副市长陈少敏认为，在疫情防控常态化形势下举办黄梅戏艺术节，对于擦亮黄冈文化名片，提升城市文化软实力，促进经济社会高质量发展，意义重大、影响深远。

湖北省文化和旅游厅党组成员、副厅长陶宏家表示，第十届湖北省黄梅戏艺术节，是深入贯彻习近平总书记关于文艺工作系列重要讲话和党中央国务院、省委省政府文件精神，推动湖北黄梅戏传承发展的生动实践，也是满足人民群众精神文化需求、提升文化获得感幸福感的有力举措。

二

黄冈是中国戏曲的重要发源地。在湖北 32 个地方剧种中，黄冈占有 6 席：列入国家级非物质文化遗产的湖北黄梅戏、麻城东路花鼓戏，列入湖北省非物质文化遗产的鄂东楚剧、武穴文曲戏、罗田东腔戏、英山采茶戏。

本届黄梅戏艺术节参演作品共 16 部。湖北省黄梅戏剧院继《东坡》之后，在小剧场上演了极富传奇色彩的大型传统古装黄梅戏《女驸马》和根据传统折子戏创作改编的大型黄梅戏轻喜剧《思凡》，让戏迷们直呼过瘾。

11 月 30 日，麻城东路花鼓戏剧院精心打造的大型红色题材东路花鼓戏《江姐》在该市会展中心上演，再现以江姐为代表的满怀英雄气概与爱国精神的共产党人群体形象。12 月 2 日，武穴市献礼建党 100 周年的重点剧目文曲戏《江水谣》在武穴大剧院上演，展现从辛亥革命前夜到土地革命时期的历史风云，揭示人民只有跟着共产党才能走向光明的真理。12 月 3 日，红安县楚剧团倾力打造的大型原创红色革命历史题材楚剧《天明　天亮》在红安影剧院上演，通过天明、天亮等重要人物塑造，诠释"万众一心、紧跟党走、朴诚勇毅、不胜不休"的红安精神的深刻内涵。

在当地参加基层惠民演出的还有黄梅县黄梅戏剧院《珍珠塔》、英山县黄梅戏剧团《秦香莲》、蕲春县黄梅戏剧团《荞麦记》等传统戏。

简约不简单，精炼更精彩。一场场基层惠民演出，让观众切实感受到地方戏曲的独特魅力。

三

12月12日，原创红色题材大型现代黄梅戏《铸魂天山》在黄梅戏大剧院首次上演，第十届湖北省黄梅戏艺术节进入新戏上演高潮。

《铸魂天山》由黄冈艺术学校、黄州区人民政府联合出品，中国共产党的创始人之一陈潭秋首次在戏剧中亮相，主演由省黄梅戏剧院著名演员王刚、谢思琴、张辉担纲，配角和群演则由黄冈艺术学校师生承担。

12月14日，黄梅戏大剧院上演革命题材新编黄梅戏《八斗湾》。该剧由团风县青年黄梅戏发展有限公司倾情打造，将我党早期领导人、著名工人运动领袖林育英的形象首次搬上戏曲舞台。

12月15日，湖北省黄梅戏剧院在小剧场演出由张辉和谢思琴主演的原创黄梅戏《美人》，讲述貂蝉与王允、吕布、董卓之间的爱恨情仇，表演唱腔精美绝伦，令现场观众如痴如醉。

12月16日，黄梅县黄梅戏剧院为黄梅戏大剧院带来大型古装黄梅戏《青铜恋歌》，以家国情怀、纯真爱情、铸剑精神为线索，刻画楚地民风民俗，展现悠久灿烂的楚文化。

由湖北省黄梅戏剧院出品，聚焦脱贫攻坚的大型原创现实题材黄梅戏《情系红莲村》，在首次公演后，于12月18日激情亮相黄梅戏大剧院。而由黄冈师范学院主创的大型原创校园黄梅戏音乐剧《霜天红烛》，满载第九届中国（安庆）黄梅戏艺术节和北京民族文化宫大剧院演出的荣誉，于12月20日在黄冈黄梅戏大剧院再度上演。

12月22日，黄梅戏大剧院上演本届艺术节的终场戏，由罗田县黄梅戏剧团创作演出的大型革命题材黄梅戏《清清的义水河》。该剧取材于罗田县胜利镇的红色革命故事，描写一位普通家庭妇女方玉恒在眼看农民运动即将暴露之际，毅然决定冒险为农协会送信解围，为革命献出年轻生命的感人故事。

四

作为黄梅戏的故乡，黄冈市委、市政府高度重视黄梅戏事业，坚持与湖北省文化和旅游厅联合主办湖北省黄梅戏艺术节，着力营造"把黄梅戏请回娘家"的良好环境。

这次参演的 16 部作品，多数是向建党 100 周年献礼的红色题材原创剧目，全市各戏剧院团怀着满腔热情，充分挖掘本地特色资源，做大做强以黄梅戏为主的地方戏曲，展现了湖北黄梅戏艺术发展最新成果。

黄梅戏擅长小生、小旦、民俗风情的表现，对于宏大的主题则是一种挑战。《铸魂天山》《八斗湾》成功地处理了细小与宏大、民俗与史诗、剧种特色与重大历史题材的碰撞，通过融合新疆少数民族、陕北地区音乐、舞蹈、器乐等元素，将剧情的地域特征、年代感与人物命运完美地呈现在舞台上。《清清的义水河》采用西洋管弦乐队混合传统民族乐队，融入罗田民歌采莲船、罗田畈腔、东腔、十把扇子等曲调，使全剧具有浓郁的大别山风情。《情系红莲村》则将黄梅戏优美动听的声腔特点与接近现实生活的表演特征相结合，以戏曲化手法反映乡村振兴这一重大的现实主题。

第十届湖北省黄梅戏艺术节圆满落幕，参演剧目多、展演时间长、表现手法新、观众反响热烈，是本届黄梅戏艺术节的突出特点。

（原载《文旅中国》2021 年 12 月 31 日，《文旅湖北》2022 年 1 月）

光荣和梦想

▼

▼

补齐"三个短板"提高服务效能

《中华人民共和国公共文化服务保障法》（以下简称《公共文化服务保障法》）于2017年3月1日起实施，意味着人民群众基本文化权益和基本文化需求实现了从行政性维护到法律保障的跨越。此法的实施对于建设文化小康，健全市、县、乡、村四级公共文化服务体系，进一步增强人民群众特别是农村群众对文化惠民的认同感、获得感，无疑起到巨大推动作用。

作为地级市的文化新闻出版广电管理部门，如何贯彻落实《公共文化服务保障法》呢？笔者认为，提高地级市公共文化服务效能，应补齐"三个短板"。

补齐设施短板，完善服务网络。在过去5年，湖北省黄冈市覆盖城乡的公共文化设施网络初步建立，公益性文化单位活力明显增强，基层公共文化服务资源总量增加，现代传播体系和互联网文化建设不断加强，人民群众精神文化生活不断改善，而广大农村公共文化基础设施依然整体不足。

《公共文化服务保障法》强化政府在公共文化服务中的主体责任，明确提出政府主导公共文化服务，规定了政府在公共文化服务组织、管理、提供、保障中的职责。未来5年，黄冈市各级政府应采取新建、改建、扩建、合建、租赁、利用现有公共设施等多种形式，加强乡镇（街道）、村（社区）基层综合性文化服务中心建设，推动基层有关公共设施的统一管理、综合利用，保障其正常运行，尤其要以精准扶贫和美丽乡村建设两大活动为抓手，完善基层公共文化基础设施网络，打通公共文化服务"最后一公里"，促进城乡基本公共文化服务均等化，统筹推进公共文化服务均衡发展。

补齐队伍短板，扩大服务人群。随着物质生活水平的不断提高，文化小康的需求也日益凸显。黄冈市要实现由文化大市向文化强市的蝶变，全市城乡都需要更好地提供公共文化服务，但目前最为需要、欠账最多的还是农村。

《公共文化服务保障法》重在文化惠民。依法保障人民群众的基本文化权益，应更多关注农民的基本文化服务，将老年人、未成年人、残疾人、农民工、农村留守妇女儿童、生活困难群众作为公共文化服务的重点对象。地级市农村公共文化基础设施短缺，专业人员配备不齐、经费保障不足等问题突出。黄冈市已经下发了《关于加快构建现代公共文化服务体系的实施意见》，要求大力实施文化专业人才培养工程，加强对农村文化队伍的统筹管理和使用，配齐乡镇综合文化站（中心）工作人员，设立村（社区）公共文化服务岗位，发挥基层的主观能动性，形成结构合理、规模适当、素质优良的基层文化服务队伍，使公共文化服务更好地扎根基层、落到实处，扩大服务人群覆盖面。

补齐消费短板，提升服务效能。公共文化服务是向全体公民提供的公共文化设施、产品和服务，大多是免费的，就像阳光和空气，其效能如何，最终靠文化消费来体现。文化消费不足、服务效能不高，也是地级市公共文化服务的突出短板。在黄冈市城乡，一定程度上存在着重设施建设轻管理利用现象。全市有 12 个公共图书馆、1 个美术馆、11 个"非遗"展示馆、23 个博物馆（纪念馆）、11 个专业剧场，每年借阅、参观和观看演出的人次总量不大，4388 个农家书屋利用率还不太高，农村公益电影放映观众较少，城乡居民文化娱乐服务支出占家庭消费支出比重低于全省平均水平。

《公共文化服务保障法》坚持问题导向，把完善服务体系、提高服务效能作为政府的保障责任写入总则，规定建立反映公众文化需求的征询反馈制度、公共文化设施使用效能考核评价制度、公共文化机构开展服务情况的年报制度、公共文化服务资金使用监督和公告制度等，有的放矢、对症下药，打出了"组合拳"。目前黄冈市各地正在认真贯彻落实这些规定，大力激发人民群众的文化自觉，努力培育文化消费新市场，加快推进农村公共文化供给侧结构性改革，改变过去"大水漫灌"、计划配送供给方式，针对不同农村地区特点和不同农民群体实际需求，实行精准、有效供给，提高公共文化服务、产品供给和群众需求有效匹配、对接水平，激发人民群众的文化消费和文化创造热情，鼓励更多群众主动参与文化服务全过程。

（原载《新华网》2017 年 1 月 6 日，《中国新闻出版报》2017 年 9 月 28 日）

以"四个保障"贯彻实施《公共文化服务保障法》

　　2017年3月1日，《中华人民共和国公共文化服务保障法》（以下简称《公共文化服务保障法》）正式施行，人民群众基本文化权益和基本文化需求实现由行政性维护走向法律保障的历史性跨越。

　　《公共文化服务保障法》是我国文化领域的一部基础性法律，规范和界定了各级政府在公共文化服务中的权力和责任，明确了政府主导、社会力量参与的建设原则，为各级政府保障人民群众基本文化权益提供了重要法律依据。贯彻实施《公共文化服务保障法》，重在落实"四个保障"。

　　提高思想站位，落实组织保障。《公共文化服务保障法》强化政府在公共文化服务中的主体责任，规定了政府在公共文化服务组织、管理、提供、保障中的职责。各地各部门要坚持政治引领，提高思想站位，深刻认识加强文化建设的重要意义，切实加强对贯彻实施《公共文化服务保障法》的组织领导，统筹研究解决文化改革发展中的重大问题，将贯彻实施《公共文化服务保障法》和黄冈市《关于加快构建现代公共文化服务体系的实施意见》纳入各级政府重点督办事项，强化国家指导标准和地方实施标准执行，增强人民群众特别是农村群众对文化惠民的认同感、获得感。

　　加大财政投入，落实经费保障。黄冈仍属于经济欠发达地区，文化建设经费投入严重不足，在全面小康35项指标中，文化及相关产业增加值占GDP的比重、人均公共文化财政支出两项指标严重滞后。从推进小康进程来看，黄冈要加快补齐经济发展和文化建设两大短板。贯彻实施《公共文化服务保障法》，要坚持政府主导公共文化服务，各级政府应根据公共文化服务的事权和支出责任，将公共文化服务经费纳入本级预算，安排公共文化服务所需资金，进一步加大对文化事业的投入，建立健全同财政收入相匹配、同人民群众文化需求相适应的公共文化投入保障机制，确保各级财政对公共文化建设投入增幅高于同级财政经常性收入的增长幅度。

　　强化人才支撑，落实队伍保障。《公共文化服务保障法》要求按照公共文化设施的功能、任务和服务人口规模，合理设置公共文化服务岗位，配备相应专业人员。黄冈农村公共文化服务专业人员配备不足，各地要认真落实《关于加快构建现代公共文化服务体系的实施意见》，大力实施基层文化专业人才培养工程，加强对农村文化队伍的统筹管理和使用，配齐乡镇综合文化站（中心）工作人员，设立村（社区）公共文化服务岗位，形成结构合理、规模适当、素质优良的基层文化服务队伍。

　　健全工作机制，落实制度保障。《公共文化服务保障法》把完善服务体系、健全工作机制作为政府的保障责任，落脚点在文化惠民。全市各地要制定完善相关政策，鼓励企业、社会组织及个人捐赠和兴办公共文化事业，采取政府购买服务等措施支持公民、法人和其他组织参与提供公共文化服务，建立健全反映公众文化需求的征询反馈制度、公共文化设施使用效能考核评价制度、公共文化机构开展服务情况的年报制度、公共文化服务资金使用监督和统计公告制度，加快推进农村公共文化供给侧结构性改革，努力培养文化消费新市场，切实提高公共文化服务效能。

　　（原载《黄冈日报》2017 年 4 月 6 日，《新华网》2017 年 4 月 6 日）

创建国家公共文化服务体系示范区
重在"五个突出"

2018年6月25日，湖北省黄冈市召开创建国家公共文化服务体系示范区动员大会，印发《创建规划（2018—2020）》，黄冈市委副书记、市长邱丽新与各县（市、区）政府主要负责人签订创建目标任务责任书，标志着黄冈加快构建现代公共文化服务体系进入新阶段，全面开启了创建国家公共文化服务体系示范区新征程。

示范区创建是文化和旅游部、财政部共同组织开展的一项战略性文化惠民项目，旨在通过深化公共文化服务改革创新，推动各地研究解决公共文化服务体系建设面临的突出矛盾和问题，探索建立公共文化服务体系可持续发展的长效机制。自2011年至今，累计已有120座城市建成或将建成国家公共文化服务体系示范区。

公共文化服务体系示范区，是全面落实公共文化法律政策的先行区，是公共文化服务体制机制改革的试验区，也是公共文化服务创新的示范区。要如期完成创建任务，实现创建目标，重在"五个突出"。

突出政府主体责任。创建工作把黄冈市政府作为申报主体和责任主体，要求在市政府层面建立工作机制，加大工作推力。市里成立了创建国家公共文化服务体系示范区领导小组，邱丽新市长领衔担任组长，各县（市、区）、各乡镇要比照市级规格迅速成立相应的机构，抓紧建立协调联动机制，切实加强对创建工作的组织领导。全市上下要认真落实政府主体责任，大力推进市级综合馆和县级场馆建设，着力补齐乡镇综合文化站建设标准低、文化活动用房不足的短板，切实加快村级综合性文化服务中心建设，加快建成覆盖城乡、功能完善的公共文化设施网络体系，加强人员和经费保障，及时研究解决创建工作中遇到的困难和问题。

突出规划引领。全市各地要根据文化和旅游部、财政部制定的《创建方案》和《创建标准》，结合黄冈市《创建规划》，科学设定创建目标，找准创建主攻方向，制定详细的《任务清单》和《实施方案》，明确时间表、路线图、任务书，引领创建工作开展。特别是要结合各地的优势和薄弱环节，找准突出短板和破解路径，加快落实相关工作机制和保障措施，实现全面提升和重点突破。

突出过程管理。示范区创建是一个完整的工作过程。为加强对示范区创建过程的管理，文化和旅游部就建立领导机制、建立联络员制度、建立经费管理制度、建立督导检查制度、建立信息报送制度、建立信息宣传工作评分制度等做出了具体规定，并将过程管理有关规定执行情况作为示范区验收的重要依据，纳入示范区创建考核指标体系，对过程管理没有达到基本要求的创建示范区，验收时实行一票否决。各地各部门要严格落实相关机制制度，加强创建过程管理，科学高效推进创建工作。

突出制度设计。制度设计是示范区创建工作的创新之举，目的是结合创建工作，对涉及全局性、战略性的重大问题进行研究，提出解决突出矛盾和问题的政策建议和方案，形成创新性的政策、手段和措施，增强公共文化服务体系建设工作的科学性，推动《公共文化服务保障法》的实施。黄冈是文化大市，文化底蕴深厚，资源丰富，要坚持政府主导、社会参与、共建共享的原则，激发各类社会主体参与公共文化服务的积极性，加快建设机制健全、参与广泛的社会力量文化服务体系，建立健全政府向社会力量购买公共文化服务机制，鼓励社会力量参与提供公共文化服务，大力发展文化志愿服务，积极培育和发展公共文化服务领域的社会组织，推动公共文化服务社会化、专业化发展，培育和促进文化消费。

突出改革创新。在示范区创建过程中，要推出一批可操作、易实施、具有普遍示范意义的制度成果，为中部地区现代公共文化服务体系建设探索路径，贵在改革创新。各地各部门要把全面完成目标与重点突破相结合，发挥本地优势，深化改革创新，不断完善公共文化服务工作机制和评价机制，探索公共文化服务可持续发展长效机制，形成对中部地区具有指导意义的制度性政策、文件，形成可供借鉴的经验，发挥示范引领作用。

（原载《鄂东晚报》2018 年 7 月 10 日，《中华文化旅游网》2018 年 7 月 12 日）

光荣与梦想

——写在湖北黄冈申报创建第四批国家 公共文化服务体系示范区之际

黄冈，位于湖北省东部，大别山南麓，长江中游北岸，鄂豫皖赣四省交界处。现辖1区、2市、7县和1个县级农场。面积1.74万平方千米，总人口750万。

黄冈有两千多年的建置史。在漫长的历史文化发展进程中，地处吴头楚尾的黄冈，海洋文化与内陆文化水乳交融，中原文化和南方文化深度融合，形成了亮丽多姿的地方文化。

多姿多彩的文化资源

大别山水，人文黄冈。黄冈境内依山带水，风光秀丽，自然人文交相辉映。

文化名人浩若繁星。黄冈是中国名人之乡，孕育了宋代活字印刷术发明人毕昇，明代医圣李时珍，现代地质科学巨人李四光、爱国诗人学者闻一多等1600多位古今名人，彰显"唯楚有才，吾黄为最"的名人文化。

禅宗文化久负盛名。黄冈是禅宗文化发祥地，自古就有"蕲黄禅宗甲天下，佛教大事问黄梅"的美誉。四祖道信与五祖弘忍，是中国化禅宗的开拓者和创始人。四祖寺与五祖寺，向来被称作"天下祖庭"。

医药文化底蕴深厚。黄冈历代圣医如云，北宋庞安时，明代万密斋、李时珍，清末杨际泰，鄂东四大名医名扬四海，造福天下苍生。

戏曲文化"四戏同根"。黄冈是中国戏曲的重要发源地，诞生了黄梅戏创始人邢绣娘、京剧鼻祖余三胜等梨园宗师，形成楚剧、汉剧、京剧、黄梅戏"四戏同根"的独特文化景观。

红色文化光辉璀璨。黄冈是一块红色的圣土，诞生了一个元帅、一任国家主席、一任国家代主席、三位一大代表、四支红军主力，走出了王树声、韩先楚、陈再道、陈锡联、秦基伟等 200 多名开国将军，44 万黄冈儿女为建立新中国英勇牺牲。

生态文化别具风情。大别山在黄冈境内绵延数百里，分布着迄今为止世界上最大、最集中、最壮丽的古杜鹃群落。集旅游观光、休闲度假、猎奇探险、科学研究、环境保护为一体的大别山国家地质公园，即将成为第 33 个世界地质公园。

日臻完善的服务体系

900 多年前，"千年英雄"苏轼，在黄冈成就其"平生功业"。今天，灿若星河的文化资源，让黄冈这座文化大市，奏响向文化强市迈进的时代强音。

2013 年，黄冈市委四届七次全会提出"双强双兴"发展战略，将"兴文"作为推动科学发展、跨越发展的战略重点。

黄冈市委书记、市人大常委会主任刘雪荣三次登上"黄冈讲坛"，开讲黄冈历史文化和东坡文化，助推"兴文"大业。

黄冈市委、市政府相继出台《黄冈名人文化建设规划》《黄冈文化产业发展规划》《关于加快构建现代公共文化服务体系的实施意见》和《基本公共文化服务实施标准（2016—2020 年）》，以及《政府向社会购买公共文化服务项目清单》等一系列重要文件，全市公共文化服务体系建设深入推进，"中国书法城""中华诗词之市""中国东坡文化名城"花落黄冈。

推进机制不断健全。文化历史的荣光，坚定黄冈文化自觉。各级党委、政府将公共文化服务体系建设纳入国民经济和社会发展总体规划，纳入党委、政府议事日程和责任目标考核范畴，构建现代公共文化服务体系的自觉行动一次次加速。

成立党委领导、政府牵头、部门协同、权责明确、统筹推进的公共文化服务体系建设协调领导小组，建立基本公共文化服务标准体系，制定全面推动标准落地实施的实施方案，建立标准监测、评价和调整机制，完善公共文化服务评价机制，体现了黄冈决策者的文化自觉和责任担当。

公共设施不断完善。在市区，黄冈博物馆、黄梅戏大剧院、黄冈艺术学校、遗爱湖美术馆等一批重大公共文化基础设施先后投入运营。在县市，一批高标准规划、高起点建设的文化中心也相继落成。

全市12个公共图书馆，7个达国家一级馆，5个达国家二级馆；11个群艺馆（文化馆），7个达国家一级馆，2个达国家二级馆；博物馆（纪念馆）达22个。129个乡镇办、4105个行政村均建有综合文化站和文化室（图书室）。

一个触手可及的"10分钟文化圈"，正悄然进入普通群众的生活。

服务能力不断提升。坚持以公共财政为支撑、政府公益性事业单位为主导、业余文艺团队为骨干、广大群众积极参与的多元化公共文化服务供给模式，公共文化服务支撑体系初步形成。

全市图书馆、博物馆（纪念馆）、群艺馆（文化馆）全面向社会免费开放，专业剧团长年坚持送戏下乡，为市民带来持续不绝的文化暖流。

产品供给不断优化。黄梅戏《李四光》《东坡》《活字毕昇》《李时珍》《传灯》《余三胜轶事》《铁面金光悌·审和珅》和东路花鼓戏《麻乡约》、文曲戏《嬉蛙》、楚剧《警魂》等数十部原创舞台精品剧目，唱响全国，唱红海外。

《全城高考》《青春派》《铁血红安》等十多部黄冈出品的影视剧，获得2个全国"五个一工程"奖、2个华表奖、1个金鸡奖、1个飞天奖，被业界誉为影视产业的"黄冈现象"。

《洪荒时代》《姐儿门前一棵槐》《太阳最红》《最后的乡绅》等一批文学精品，荣获湖北文学奖、屈原文艺奖等多项殊荣。

文化生活不断丰富。黄冈城乡弦歌处处，群文品牌争奇斗艳。

黄州区36名广场舞爱好者，将《黄州俏大妈》舞上第十一届中国艺术节。蕲春县农民歌手王梦月，成功走上央视《星光大道》舞台。

"激情新黄冈·欢乐大舞台"东坡广场大型文化活动，被评为第十五届"楚天群星奖"和"湖北省十大群众文化活动品牌"，并通过文化部第二批创建国家公共文化服务体系示范项目评审验收。

东坡文化节暨湖北省黄梅戏艺术节、鄂东民歌大奖赛、"文化力量·民间精彩"群众广场舞比赛、重大节日惠民演出、戏曲进校园、社区大家乐、农民读书节等系列群众文化活动，书写文化惠民的黄冈答卷。

在中央电视台举办的大型城市文化旅游品牌竞演节目《魅力中国城》中，黄冈以独具特色的文化魅力，从全国80多座城市中脱颖而出，入围"十佳魅力城市"。

遗产保护不断加强。黄冈有着绵绵不绝的文明遗存和生生不息的文化记忆。

13 个全国重点文物保护单位, 1 项世界记忆名录, 9 项国家级非遗项目, 4 个国家级民间文化艺术之乡, 18 个中国传统村落, 3 个中国历史文化名镇名村, 5768 处文物点, 尽现中国文化版图上的黄冈魅力。

黄冈红色文化是全国红色文化的重要组成部分, 是大别山红色文化的集中体现。近年来, 黄冈利用国家"十三五"规划和《大别山革命老区振兴发展规划》编制实施的有利机遇, 争取将大别山革命文物保护纳入国家文物事业规划, 深入推进红色文化保护传承和资源开发利用, 使革命文物在发展中得到保护, 在保护中实现发展。

产业规模不断壮大。在"四个大别山"旗帜引领下, 黄冈牢牢抓住"双强双兴"发展重点, 把文化旅游产业作为县域经济发展的战略制高点, 探索实践"文化资源+项目+投资"的文化产业发展方程式, 促进文化产业提档升级。

投资 200 亿元的中国恒天(黄冈)文化创意城和一批投资过亿元的文化产业项目落户黄冈。1 个产业园区被评为湖北省文化产业示范园区, 5 个产业项目被命名为湖北省文化产业示范基地。5 年来, 文化产业累计实现全口径增加值 160 亿元, 初步形成文旅联动的文化产业格局。

中部示范的文化担当

黄冈是闻名中外的历史文化古城, 也是全国著名的集中连片重点扶贫开发地区。经济发展不够和文化建设不够是黄冈最大的短板。

黄冈有 5 个国家级贫困县, 1 个省级贫困县, 文化建设在全省乃至中部地区具有代表性。

没有文化小康, 就没有全面小康。"四个全面"战略布局, 为文化发展指明了前进方向。创建全国第四批公共文化服务体系示范区, 是黄冈的光荣与梦想。

坚强有力的组织保障。今年召开的黄冈市五次党代会, 发出了弘扬老区精神、决胜全面小康的动员令。黄冈市委、市政府提出申报创建全国第四批公共文化服务体系示范区的目标，成立以市委副书记、市长为组长的领导小组和工作专班，制订了创建规划和行动计划。黄冈，不仅有追梦的激情，更有圆梦的方案。

补齐短板的目标选择。加快建成覆盖城乡的现代公共文化服务体系，重点在基层，难点在农村。黄冈将以农村为重点，把文化服务网络建设作为文化小康建设和贫困村脱贫出列的重要内容，整体联动，整县推进，确保2020年主要发展指标达到国家公共文化服务体系示范区中部创建标准，在国内同类城市和中部地区发挥示范带动效应。

"六大工程"的实施路径。按照国家公共文化服务体系示范区（中部）创建标准，结合黄冈实际，全面实施"1+N"标准体系建设工程、公共文化设施覆盖工程、公共文化产品创新工程、人才队伍建设提升工程、数字文化空间覆盖工程、《公共文化服务保障法》宣传普及工程，推进城乡公共文化基础设施网络全覆盖，丰富文化产品和服务供给，优化公共文化服务队伍结构，构建标准统一、互联互通的公共数字文化服务平台，保障文化民生，将蓝图一步步化为现实。

文化是一个国家、一个民族的灵魂。党的十九大深刻阐述了文化和文化建设的地位作用，为推动社会主义文化繁荣兴盛、建设社会主义文化强国提供了根本遵循。

风从大别起，文自黄冈兴。革命战争年代，黄冈大地无数英雄儿女，用鲜血和生命催生了"万众一心，紧跟党走，朴诚勇毅，不胜不休"的黄冈老区精神。未来两年，黄冈将以舍我其谁的勇气和不胜不休的豪情，创建全国公共文化服务体系示范区，奋力实现由文化大市迈向文化强市的历史性跨越。

（原载《中国文化传媒网》2017年8月8日，《黄冈周刊》2017年12月1日）

黄梅焕彩花千树

——黄梅县扎实推进国家公共文化服务体系示范区创建

　　黄冈市黄梅县是鄂东门户，位于鄂、赣、皖三省交界。因地处楚尾吴尾，荆楚文化与吴越文化在此激荡交融，形成独具特色的黄梅文化。

　　近年来，黄梅县站在经济社会发展全局的高度，坚定文化自信，认真贯彻《公共文化服务保障法》，深入实施文化惠民工程，公共文化设施网络日益健全，公共文化服务水平显著提升，创建国家公共文化服务体系示范区的热潮，正在这片文化沃土激情涌动。

四地五乡：文化资源丰富多彩

　　黄梅县历史悠久、文脉昌盛，素有"四地五乡"的美誉：是驰名中外的佛教禅宗发祥地、全国五大剧种之一黄梅戏的发源地、中国工农红军第十五军诞生地、龙感湖国家级自然保护区所在地和全国闻名的民间艺术之乡、挑花之乡、楹联之乡、诗词之乡、武术之乡。

　　千年古邑黄梅，境内有着丰富的文化遗存。现已查明拥有文物点 693 处，其中四祖寺、五祖寺为国家重点文物保护单位；四祖寺跻身国家 AAAA 级旅游景区，五祖禅宗文化旅游区建设上升为省级战略。全县拥有黄梅戏、黄梅挑花、禅宗祖师传说、岳家拳四项国家级非物质文化遗产，为黄冈市乃至全省国家级非遗项目最多的县市。黄梅县还是湖北省第四批文化先进县，国家数字文化建设试点县和军民融合发展试点县。2018 年 5 月，黄梅县抓住黄冈市创建第四批国家公共文化服务体系示范区契机，积极申报创建第三批湖北省公共文化服务体系示范区，取得创建资格，在全省首开国家级、省级公共文化服务体系示范区同步创建先例。

城乡一体：文化设施日新月异

2018 年 9 月 25 日，经过 2 年的精心施工，黄梅县小池综合文化服务中心竣工并投入使用。

新落成的小池综合文化服务中心，占地 22742 平方米，建筑面积 3740 平方米，分为 A 楼、B 楼和室外舞台，老年活动室、少儿活动室、图书室、阅览室、书画室、科技培训室、民俗展示室、多功能活动厅等文化设施一应俱全，成为小池镇一座文化地标性建筑。

标志性的文化设施，既是文化活动的载体，也彰显城市个性和灵魂。黄梅县把完善公共文化设施"基础版"和"升级版"同步推进，先后兴建了一批大型公共文化场馆，文化设施网络建设取得重大突破。

县文化公园占地 12 万平方米，园内建有黄梅戏大剧院，建筑面积近 9000 平方米，可同时容纳 3000 人休闲娱乐，项目总投资 6000 万元。

县文化艺术活动中心包括文化馆、图书馆、博物馆和禅文化研究院，占地 94.8 亩，总建筑面积 24600 平方米，总投资 2.2 亿元。

县全民体育活动中心占地 92 亩，建筑面积 33200 平方米，总投入 1.5 亿元。

县老干部活动中心（老年大学）建筑面积 7200 平方米，投入 5000 多万元……

与此同时，蔡山镇、濯港镇和下新镇等特色文化小镇建设正在如火如荼地进行。

高标准的小池镇综合文化服务中心在全县形成示范带动效应，其他 15 个乡镇文化站也将在两年内完成新建或改扩建任务。

全县 512 个行政村（社区）均建有文化活动室，100% 的社区和 70% 的行政村建有标准化文体广场。

遍布城乡的文化场所，形成老百姓共享文化权益的"10 分钟文化圈"。

以文化人：文化活动精彩纷呈

2018 年 8 月 30 日，黄梅县黄梅戏剧院创作的以基层党建和精准扶贫为题材的大型现代黄梅戏《桃花开了》在黄梅县黄梅戏大剧院举行首场演出，获得广泛好评。

该剧随即入选湖北省第三届艺术节，并面向黄梅县中小学师生和干部群众举行 5 场惠民演出，观众达 5000 多人次，即将赴省城武汉展演。

像这样的精彩大戏，黄梅县每年都要推出 1 至 2 部，小戏小品数十部，生产常演剧目 30 多台，为全县人民群众带来精美的文化大餐。

丰富人民群众精神文化生活，提高公共文化服务效能，黄梅县正在做出自己的答卷。

县图书馆、文化馆、博物馆全部实现免费开放，并开展菜单式、订单式服务，设置无障碍设施，设立盲人阅览室，乡镇综合文化站免费开放时间每年 300 天以上，农家书屋每周开放 5 天以上，特殊群体的基本文化权益得到有效保障。

实施黄梅戏、黄梅挑花、禅宗文化、岳家拳进学校、进社区、进机关、进农村活动，组织开展黄梅戏艺术节、黄梅元宵文化节、禅宗高峰论坛、禅文化夏令营、广场舞大赛、青年歌手大奖赛、黄梅戏演出月等大型节会论坛和赛事，40 多个民间剧团长年在基层演出，文艺轻骑兵小分队经常活跃在田间地头，群众文化生活丰富多彩。

定期举办音乐、戏曲、舞蹈、摄影、书法、绘画、诗词、楹联、武术、非遗等各类培训班，培养群众文化人才和文化志愿队伍，基层文化队伍建设不断加强，为创建国家公共文化服务体系示范区提供了人才支撑和保障。

时不我待：示范区创建只争朝夕

创建第四批国家公共文化服务体系示范区周期为两年，2018 年启动，2019 年中期评估，2020 年检查验收。黄梅县同步创建第三批湖北省公共文化服务体系示范区，创建标准高于国家（中部）标准。

时间紧，要求高，任务重，时不我待。黄梅全县上下强化责任意识、担当意识和效率意识，自我加压，负重奋进，迅速召开动员大会，印发创建规划和工作方案，成立领导小组和工作专班，举办专题培训，开展调查摸底，制定任务清单，组织考察学习，出台政策性文件，一系列的举措密集推出，推动示范区创建扎实开展。

乡镇文化站是全市也是黄梅县现代公共文化服务体系建设的最大短板。针对示范区创建这一重点和难点问题，黄梅县出台奖补措施，对新建站每平方米奖补1000元，改扩建站每平方米奖补500元，分两个年度，全面完成不达标的15个乡镇文化站建设任务。

为落实每年向社会力量购买送戏下乡资金，县财政从今年起每年投入160万元，对每场大戏补助1万元，小戏补助4000元，确保完成280场演出任务，让群众爱看戏、看好戏。

8月17日，黄梅县政协就创建公共文化服务体系示范区进行专题协商，在实地察看了苦竹乡、大河镇文化站建设情况后，召开了专题协商会，形成《关于创建公共文化服务体系示范区的协商意见》：创建资格来之不易，要倍加珍惜；创建面临问题不少，要高度重视；创建工作任重道远，要付出努力。

黄梅焕彩花千树，文化惠民利万家。黄梅县文化新闻出版广电局局长张贵球介绍，在黄冈市创建第四批国家公共文化服务体系示范区过程中，黄梅要依托自身特色文化资源，把着力点放在基础文化设施建设上，把根本点放在送文化、种文化上，把关键点放在发展文化队伍搞活动上，把切入点放在城乡文化统筹上，全力维护好、实现好、发展好群众基本文化权益。

文化是民族的血脉，是人民的精神家园。黄梅县委副书记、县长屈凯军表示，未来两年，黄梅将以创建第四批国家公共文化服务体系示范区为抓手，继续夯实文化设施，不断丰富文化活动，致力打造文化精品，广泛推进文化共享，让黄梅这块文化沃土，更加枝繁叶茂、硕果累累！

（原载《黄冈日报》2018年9月26日，《中国文化观察网》2018年9月27日）

医圣故里竞风流

——蕲春县全力创建国家公共文化服务体系示范区

黄冈市蕲春县于西汉高祖六年（公元前201年）建县，历为郡、州、路、府所在地。公元583年至1378年，鄂东设蕲州、黄州，史称蕲黄并治；从1378年至今，蕲州并入黄州，史称蕲黄合一。

千百年来，荆楚文化、医药文化、道教文化在蕲春大地相互激荡、交融，形成雄奇瑰丽、丰富多彩的蕲春文化。

党的十八大以来，蕲春县加快构建现代公共文化服务体系，深入实施文化惠民工程，大力推进文化强县建设，全力创建第四批国家公共文化服务体系示范区，公共文化基础设施和服务网络不断完善，公共文化服务效能显著提升，为全面建成小康社会提供强大精神动力和文化支撑。

文化积淀：资源禀赋得天独厚

大美蕲春，是全国首批文化先进县，拥有4张在全国叫得响的亮丽名片。

——医圣故里。明代伟大医药学家李时珍就诞生成长在这里，其倾注毕生精力撰写的《本草纲目》被誉为"东方医药巨典""中国古代百科全书"和"人类绿色圣经"。

——教授名县。这里历来崇文重教，走出了黄侃、胡风等4300多位专家教授，秉文衡、掌科苑、主讲坛者足迹遍布五洲。

——王府胜地。明代在蕲州设荆王府，历10代200年，吴承恩在荆王府任纪善期间，完成《西游记》后13回创作。

——养生之都。蕲春发挥医药文化资源优势，确立"华夏中药谷、东方养生城"的发展定位，形成李时珍医药工业园区、李时珍国际医药港、李时珍国际健康文化旅游区发展格局，被授予"中国艾都"称号。

蕲春文物资源丰富，境内古遗址星罗棋布。毛家嘴遗址为西周前期重要遗址，罗州城址是荆楚大地仅存的历经两汉、隋唐和宋五个历史时期的古城遗址。馆藏国家一级文物39（件、套），位居黄冈市各县市区之首。《本草纲目》入选世界记忆名录，《李时珍传说》入选国家非物质文化遗产保护名录。

政府投入：基础设施提档升级

蕲春是文化大县，也是国家级贫困县，由于历史上欠账较多，县图书馆拥挤破旧，文化馆年久失修。2011年，文化馆不得不整体拆迁，至今仍蜗居在几间租来的办公室里开展工作。

"十三五"以来，蕲春县深入贯彻实施《公共文化服务保障法》，认真落实政府在公共文化服务中的主体责任，投入1.6亿元，新建包括县文化馆、图书馆、博物馆在内的蕲春县文化中心，主体工程于2017年4月完工，眼下正在抓紧进行内部装修，计划2019年年底全部竣工投入使用。

文化馆设计时尚、造型美观，建筑面积7046平方米，分为演出活动区、展览展示区、非物质文化遗产区、辅导培训区、公共服务区、群众文艺活动区及辅助功能区七大区域。图书馆与文化馆为合体建筑，建筑面积7942平方米，库房、设备用房、办公用房、阅览室、活动室、演艺厅、展示厅、多功能厅一应俱全。

新建的蕲春县文化馆、图书馆，是一座集文化、教育、科技、休闲和资源共享于一体的现代化、智能化标志性建筑。

为隆重纪念李时珍诞辰500周年，传承弘扬李时珍中医药文化，2017年以来，蕲春县投资8000多万元，对李时珍纪念馆核心展示区——生平展和药物展进行全面更新改造，10个展厅、12个专题展览和1个3D影院，采用实物、造景、数字多媒体等现代化手段，为观众带来逼真展示和视听享受。

2018年5月26日，古城蕲州迎来八方宾客，海内外近千名院士、专家、教授、学者、医务工作者和6万多名游客手捧菊花，身披黄丝带，缓缓走进李时珍陵园，拜谒仪式、高峰论坛、精品展览等一系列纪念活动，让蕲春中医药和大健康产业大放异彩。

与此同时，蕲春通过整合资源和置换方式，完成15个乡镇综合文化站建设任务，通过整合精准扶贫重点贫困村建设、美丽乡村建设、党员群众服务中心建设项目资金，将村级文化活动中心纳入党员群众服务中心"十个一"建设，以党员群众服务中心为依托，建设 207 个村级文化活动中心，打通公共文化服务"最后一公里"。

文旅融合：一镇一品争芳斗艳

2018 年 9 月 25 日，丹桂飘香，硕果累累。

蕲春县张塝镇万人空巷，喜气洋洋。十里八乡的群众齐聚该镇百姓乐园，参加创建国家公共文化服务体系示范区文艺汇演。

来自张塝镇和漕河镇、大同镇、青石镇、向桥乡的 15 支文艺演出队近 300 名群众演员，身着节日盛装，在第一个中国农民丰收节，通过舞蹈、表演唱、黄梅戏、民乐演奏等形式，为张塝镇的父老乡亲送上一台欢庆丰收的文化大餐。活动当天，10 余名文化志愿者现场为 1000 余人解答创建知识，发放宣传彩页 1200 多份，激发群众广泛参与创建国家公共文化服务示范区热情。

蕲春在主打李时珍牌、做大做强中医药和大健康文化旅游产业的同时，各乡镇充分依托特色文化资源，开展丰富多彩、形式多样的群众文化活动，打造"一镇一品"，推动文旅融合，形成一道道亮丽风景。

2018 年 4 月 10 日晚，一年一度的檀林镇雾云山生态旅游景区梯田火把节如约而至，5000 支火把依次点燃，光影交错，灿若星河，将群山环绕中的 200 多亩梯田与远处的山峦、天空映成童话般的世界，上万人共赏美景，"养生蕲春、户外天堂"实至名归。

浏河镇紧临横岗山风景区和全国汽车越野锦标赛赛场，该镇充分挖掘旅游资源，将秀美的自然风光、悠久的农耕文化、淳朴的民风结合在一起，创办民俗文化节，成为推进文旅融合、发展乡村旅游的又一品牌。

"每次到管窑，我都很感动。"黄冈市委常委、蕲春县委书记赵少莲说，"我感动于这片土地上厚重的历史与文化，感动于万亩栀子花朴素而绚丽的绽放，感动于一方百姓灿烂的笑脸，更感动于那陶业背后一群胸怀梦想、执着前行的人们。"

管窑镇是中国古代民间重要的陶窑基地，早在盛唐时期就有"陶都"之称。2007 年，管窑手工制陶技艺被列入湖北省第一批非物质文化遗产保护名录。令赵少莲感动的一群人中，有叫回外地工作的儿女、全家齐上阵建起"柿外陶园"的企业家何良法，有谢绝沿海陶企高薪回到管窑重操旧业的艺术大师何登明，有亲自招徒传艺的非遗传承人肖春姣。管窑镇乘势举办栀香楚陶文化旅游节，成为展示陶艺文化、彰显名镇风采的大舞台。

公共服务：厘清思路快马加鞭

2018年8月28日，蕲春县召开创建国家公共文化服务体系示范区动员大会，印发《创建国家公共文化服务体系示范区规划》，成立以县委副书记、县长詹才红为组长，县委常委、宣传部部长杨志文，副县长徐晓燕为副组长，县直单位及乡镇政府主要负责人为成员的创建工作领导小组，与各乡镇长签订目标责任书，打响创建国家公共文化服务体系示范区发令枪。

两个月来，蕲春县厘清思路，突出重点，搭班子、定调子、起步子，全县创建工作进入宣传发动、调查摸底、对标定杆、舆论造势、实质起步阶段。创建专班对县、乡镇、村（社区）三级公共文化服务体系进行详细调查摸底，初步摸清县直文化单位、乡镇综合文化站、村级文化活动中心情况，召开创建国家公共文化服务体系示范区现场推进会，迅速掀起示范区创建热潮。

针对全县基层文化单位管理人员缺乏、设施建设不达标、设备陈旧老化、运行经费不足等突出问题，蕲春县相关部门深入调研、论证，推动在全县范围内调剂使用事业编制，通过"县聘乡用"的办法，落实每个乡镇文化站2名以上工作人员要求，列出创建经费清单，争取纳入财政预算，为示范区创建提供保障。

黄冈市创建第四批国家公共文化服务体系示范区风生水起、蹄急步稳。蕲春县文化新闻出版广电局局长余生根表示，全县文广系统将以决战的气势、必胜的信心，深入推进公共文化基础设施建设，努力加快文化与科技融合发展，大力培育公共文化服务活动品牌，不断创新人才引进和培养机制，切实完善公共文化服务体制机制，确保按期完成各阶段创建任务，为中部地区特别是革命老区、贫困山区城乡一体化建设探索有效路径，发挥示范引领作用。

（原载《中华文化旅游网》2018年10月22日，《黄冈日报》2018年10月31日）

百年港城正扬帆

——武穴市全面推进国家公共文化服务体系示范区创建

港城武穴，位于鄂、皖、赣三省交界处，北枕大别山，南临长江，辖 12 个镇、办事处，300 个行政村、41 个社区，面积 1246 平方千米，人口 83 万，为黄冈市代管县级市。

近年来，随着城乡一体化的快速推进和乡村振兴战略的深入实施，武穴市不断强化政府在公共文化服务中的主体责任，全面兴起创建第四批国家公共文化服务体系示范区热潮。

文化资源丰富厚重

自北周大象元年（579 年）立永宁县治以来，武穴有 1440 年建置史。天宝元年（742 年），因与河南永宁县和江南东道永宁县同名，唐玄宗亲自取"广施佛法，普济众生"之意改名广济县。1987 年，撤销广济县，设立武穴市。千百年来，勤劳睿智的武穴人民，在创造丰富多彩的物质生活的同时，也留下了绚丽多姿的精神财富。

佛教文化享誉世界。早在唐宋时期，武穴地区庙宇林立，佛教兴盛，有"千佛之国"之称。这里是禅宗文化发祥地，诞生了禅宗四祖司马道信，以其"禅""农"并重思想，开创中国佛教禅宗之先河。

港埠文化负有盛名。武穴港地处长江北岸，是长江中游的深水良港，开港于 16 世纪，民国中期成为长江七大商埠之一，素有"入楚第一港""鄂东门户"和"小汉口"的美誉。

戏曲文化风韵独特。多元艺术文化形式并存交融，形成独具特色的"戏曲码头"，传承久远的剧种有文曲戏、黄梅戏、采茶戏、京剧、汉剧等。文曲戏源于武穴和黄梅交界的太白湖区，和黄梅戏是同宗同源的姊妹戏曲，至今有470多年历史，2009年被列入湖北省第二批非物质文化遗产名录，是我国戏曲百花园中一朵亮丽的奇葩。

武术文化传播四海。南宋民族英雄岳飞创立的岳家拳发源于河南汤阴，发展传承于武穴，武穴市因此成为名扬四海的武术之乡。2008年，武穴岳家拳被列入全国第二批非物质文化遗产名录，以张业金为代表的岳家拳传承人将岳家拳文化传播至海外20多个国家和地区。

工匠文化历史悠久。武穴历来舟车不绝、商贾云集，理发师的剃刀、篾匠的篾刀、缝纫师的剪刀闻名于世，"武穴三把刀"之一的篾刀技艺"章水泉竹艺"，1915年荣获首届巴拿马国际博览会金奖，2009年被列入全省第二批非物质文化遗产名录。

文化设施覆盖城乡

2017年5月18日，投资近2亿元，占地5万平方米、建筑面积3.1万平方米，包括武穴市图书馆、文化馆、大剧院在内的武穴市文化中心建成并开始投入使用。

当晚，武穴大剧院举行首场演出，武穴市文曲戏研究院上演新创剧目《嬉蛙》，明快流畅、刚毅且不乏柔美的声调，令观众倍感亲切，波澜曲折的剧情，引人泪下。参加黄冈市加快构建现代公共文化服务体系现场会的60多名代表和1000多名武穴各界戏迷，成为首批幸运观众。

武穴大剧院开业运营，改写了武穴市文曲戏研究院这一全国稀有剧种唯一专业院团的发展历史。

在武穴市文化中心示范效应带动下，各镇、处文化站和村、社区文化中心建设步伐明显加快。

梅川镇是武穴市第一大镇，是湖北省社会主义新农村建设试点镇、湖北省经济发达镇、行政管理体制改革试点镇和全国文明村镇。结合美丽乡村建设、精准扶贫和"入万户、洁万家、惠万民"活动，梅川镇投入2000多万元，建成综合文化站和文化广场；投入4000多万元，建设村级文化中心和文化广场，各种文化设施遍地开花。

花桥镇是武穴市唯一国家级文物郑公塔的保护单位、文曲戏发源地和岳家拳传承之乡。该镇不断加大文化基础设施建设投入，在镇区兴建 3 个文化广场，其中人民广场占地 3 万多平方米，投资近 1000 万元，设有篮球场、运动场、舞蹈广场、儿童游乐园，配置有各种健身器材——文化的阳光，照进全镇每一扇门窗。

如今的武穴大地，12 个镇、处文化站，已有 10 个达到国家公共文化服务体系示范区（中部）创建标准，建成村级文化中心 311 个、文化广场 338 个，一个市区 10 分钟文化圈、农村 30 分钟文化圈触手可及。

文化生活健康向上

金秋十月，大地飞歌。

2018 年 10 月 17 日至 18 日，武穴市第五届"广药杯·农民文化艺术节暨 10·17 扶贫日民间文艺展演"在大金镇张榜社区隆重举行。

全市 12 个镇、处精心选送的，包括文曲戏、湖北慢板、采莲船、武术绝活、龙船调、打连厢、武穴号子在内的 60 多个本土文艺节目精彩上演。武穴市委书记郝胜勇等市"四大家"领导出席观看。

现场还开展了扶贫表彰、扶贫政策和创建国家公共文化服务体系示范区知识宣传、特色农产品展销、传统农业生产工具展示等系列活动，集中展现了武穴浓郁的传统文化和时代气息，展示了党的十九大以来武穴城乡文化事业发展的丰硕成果。

武穴市以遍布城乡的文化设施为依托，以重大节庆为节点，以打造"一镇一品"为重点，坚持"文化牵头、企业承办、相关单位参与、城乡居民同乐"，让广大群众从观众席走上舞台，从配角成为主角。

2018 年 7 月 6 日至 8 日，武穴市第九届广场舞大赛暨首届舞蹈大赛，得到了武穴市城西房地产开发有限公司"星际时代·澜山名著"独家冠名赞助，吸引了各镇、处 400 多支代表队近万名舞蹈爱好者参赛。

武穴以创建舞蹈之乡为载体，常年举办广场舞培训及展演，广场舞精品不断涌现。武穴办事处二里半村舞蹈队的《浪子踢球》《乐儿嗬》先后夺得湖北省第一届、第二届广场舞展演行政村组第一名和乡镇组一等奖，梅川镇舞蹈队的《橘子红了》获得全国第四届感动中国"群文杯"舞蹈大赛银靴奖。

2018年4月22日，武穴女子读书会在武穴师范学校图书馆举办"人间四月天，最美是书香"朗诵比赛。柔美的音乐，经典的诗词、散文和原创作品，让台下的观众如痴如醉。6月30日，女子读书会在武穴市龙潭茶舍举行庆祝成立4周年茶话会，一群爱好文学的女子品茗聊天，分享读书心得，畅谈写作体会。

全民阅读，氤氲书香。4年来，武穴女子读书会发展会员200多名，组织读书活动30多场，通过开展作品研讨、文学讲座、国学研习、诗歌朗诵和文学采风，一批文艺女青年脱颖而出，多部作品获全国网络文学奖、林非文学奖、"散文世界杯"奖，1部作品入选国家新闻出版广电总局网络原创小说排行榜。

文化示范全面推进

构建现代公共文化服务体系，武穴大胆探索、先行先试。

黄冈市加快构建现代公共文化服务体系现场会后，各县市区大力推广武穴坚持标准化引领、全域化推进、品质化打造、多元化投入的成功经验，全市公共文化服务体系建设呈现出整体推进、重点突破、全面提升的良好发展态势。

2018年上半年，黄冈市成功取得第四批国家公共文化服务体系示范区创建资格。武穴市召开创建国家公共文化服务体系示范区动员大会，成立以市委副书记、市长李新桥为组长的创建工作领导小组，出台《武穴市创建国家公共文化服务体系示范区规划（2018—2020年）》《武穴市创建国家公共文化服务体系示范区任务清单》，签订创建国家公共文化服务体系示范区责任书。

根据公共文化服务的事权和支出责任，武穴市将公共文化服务体系建设和示范区创建经费纳入财政预算，出台《关于农村文化设施建设"以奖代补"办法》，设立专项资金，奖励村级文化中心、文化广场和农村文艺团队建设，补贴全市 48 个业余剧团，每个镇、处文化站配备 2 名"以钱养事"公益性岗位，对选拔到武穴师范学校学习传承文曲戏的 40 名学员解决财政供给编制，同时在全社会开展"回报社会、回报家乡"主题助文活动，鼓励和引导社会力量参与公共文化服务体系建设，统筹推进公共文化服务均衡发展。

创建第四批国家公共文化服务体系示范区，港城武穴激情澎湃、风帆正劲！

（原载《中华文化旅游网》2018 年 11 月 8 日，《黄冈日报》2018 年 12 月 6 日）

秀美罗田满眼春

——罗田县着力创建国家公共文化服务体系示范区

罗田县地处大别山腹地，鄂皖边陲，川纳巴源之水，面积 1444 平方千米，辖 2 乡 10 镇 4 个国有林场、413 个行政村，总人口 63 万，属湖北省黄冈市下辖县。

近年来，罗田县着力创建第四批国家公共文化服务体系示范区，切实加强县、乡（镇）、村（社区）公共文化设施网络建设，公共文化服务能力明显提升，精品剧目生产亮点不断，文物保护和非遗传承成效显著。秀美罗田，正在通过示范区创建的生动实践，书写家门口的"诗与远方"。

积淀深厚：大武汉的"后花园"

千年古县罗田，拥有 4 张"国字"号名片：全国森林覆盖大县、全国美丽乡村建设示范县、全国平安县和国家园林县城，是享誉中外的板栗之乡、甜柿之乡、茯苓之乡、蚕丝之乡。

生态文化资源丰富。"一山分吴楚，两眼望江淮"的大别山主峰天堂寨，气象万千、景色迷人。大别山国家森林公园，千姿百态、美不胜收。大别山世界地质公园，集旅游观光、休闲度假、猎奇探险、科学研究、环境保护于一体，被誉为大武汉的"后花园"。

名人文化底蕴厚重。红巾军天完政权领袖徐寿辉治平江南，称帝十一载。明代与李时珍齐名的医学家万密斋被康熙皇帝敕封为"医圣"，为中华养生第一人。京剧创始人余三胜被尊为京剧开山鼻祖，其子余紫云是青衣行当先驱，其孙余叔岩是京剧主要流派"余派"创始人，祖孙三代皆为国粹泰斗。方志学家王葆心，被董必武誉为"楚国以为宝，今人失所师"。

红色文化可圈可点。罗田是红二十五军的发祥地之一，是刘邓大军千里跃进大别山的主要战场。罗田第一个党支部的诞生地金凤楼、黄麻起义领导人吴光浩就义地、红一军军部旧址、红一军三师师长肖方旧居、二野六纵司令部旧址、鄂豫皖南线剿匪指挥部旧址等革命遗址、遗迹星罗棋布。胜利烈士陵园是全国100个红色旅游经典景区之一。

民间文化灿烂多姿。风格独特的东腔、畈腔，数百年来在大别山一带经久相传，被湖北省政府公布为第一批非物质文化遗产保护名录，是京剧、汉剧、楚剧、黄梅戏的源头，奠定了黄冈"四戏同源"的历史地位。民间艺术、民间戏曲、民歌民舞、民间小调、民间音乐、民俗风情、民间工艺等民间文化异彩纷呈，令人称奇。

连台好戏：百姓乐享文化盛宴

2018年深冬时节，行走在巍巍大别山间，罗田大地处处洋溢着春天般的气息。

11月20日至23日，罗田县庆祝改革开放40周年群众文化活动演出周在县人民广场隆重举行，精彩的广场舞比赛、村级文艺宣传队调演、戏曲进校园成果展示，每天吸引上万名群众乐享家门口的文化大餐。方言小品《懒汉脱贫》、慢板《美丽乡村更繁荣》等原创文艺节目，让市民们笑得合不拢嘴。以三里畈镇文胜社区艺术团、白庙河镇白庙河社区文艺宣传队等为代表的全县广场舞队，动感十足的时尚表演，赢得观众热烈喝彩。

这次演出周活动，以罗田改革开放40周年经济社会发生的深刻变化为主题，讲述罗田故事，展示罗田精神，彰显罗田文化力量，为创建国家公共文化服务体系示范区鼓劲加油。

说起2018年的群众文化生活，县文化新闻出版局局长熊世东自信满满。

——春节期间，县黄梅戏剧团和民间业余剧团，在县人民广场开展"我们的中国梦·文化进万家"群众文化活动，连续10天的传统戏演出和闹元宵民俗表演，让市民着实过足了戏瘾。

——4月20日，黄冈市全民阅读暨罗田县第四届农民读书节启动式在罗田县三里畈镇黄土坳村举行，罗田县获得全省"十佳书香县市"殊荣，黄冈市委常委、市委秘书长、宣传部部长、市全民阅读领导小组组长陈继平为"全国优秀农家书屋管理员"罗田县白莲河乡杨坪村农家书屋管理员叶利坚颁奖。

——7月16日至21日，罗田县首届大型古装黄梅戏"经典剧目演出周"在县人民剧场激情上演，县黄梅戏剧团为各界群众倾心演绎《五女拜寿》《天仙配》《红丝错》《罗帕记》《梁山伯与祝英台》等5部黄梅戏经典大戏。

——10月20日，为庆祝中国第一届农民丰收节，庆祝罗田甜柿喜获丰收，促进乡村旅游和特色产业发展，在美丽的甜柿之乡、中国甜柿第一村——罗田县三里畈镇錾字石村，举行2018中国·黄冈首届农民丰收节暨罗田甜柿节，黄冈市委副书记、常务副市长张社教宣布"两节"开幕，罗田县黄梅戏剧团、县文化馆及錾字石村文艺宣传队同台献艺，罗田县文联、农办、摄影家协会在现场举办大型摄影展，黄冈市文联及罗田县民间文艺家协会现场展示美术作品，黄冈各县市区送来珍贵的民间瑰宝——非遗专场文艺表演，湖北省文联荆楚"红色文艺轻骑兵"，为当地老百姓进行慰问演出……

罗田县文化新闻出版局艺术股股长、县黄梅戏剧团团长吴丽娅介绍，2018年，罗田县完成送戏下乡、惠民演出420多场，戏曲进校园120多场，组织"红色文艺轻骑兵"赴重点贫困村开展党的十九大精神宣传和"真心实意谢党恩，自力更生奔小康"文艺演出200多场，为增强贫困群众脱贫内生动力、掀起精神扶贫新高潮发挥了重要作用。

重心下移：打通公共文化服务"最后一公里"

冬日的暖阳下，走进罗田县九资河镇大地坳社区，一排排错落有致的徽派仿古民居，与青山绿水交相辉映，仿佛让人回到儿时的梦里故乡。800平方米的文化广场上，音乐时而响起，装饰一新的百姓大舞台上，社区农民艺术团的20多位演员正在抓紧进行排练。宣讲党的十九大精神的湖北大鼓《走近新时代》，讲述改变红白喜事大操大办陋习故事、宣传精准扶贫政策的小品《送礼》，社区村歌《大地坳之歌》，以及不同风格的现代广场舞蹈，一个个原创文艺节目，散发出春天泥土的芬芳。社区党支部书记、主任胡定山告诉我们，这是在为即将到来的元旦、春节演出做准备。

"2018年我写了7个节目，经县文化局、文化馆老师指导，都搬上了百姓舞台。"同行的九资河镇文化站站长朱新峰说，"大地坳北倚薄刀峰、东连天堂寨、怀抱天堂湖，一年四季游客络绎不绝，社区以文化旅游为特色，带动居民家门口创业、就业，这些演员不光为村民演出，还为游客表演，我也找到了实现自身价值的舞台。"

九资河镇大地坳社区文化广场只是罗田县三级公共文化设施的一个缩影。在这个尚未整体脱贫的国家级贫困县，近年来，投资 3000 多万元新建了县图书馆、文化馆，投资 300 多万元改建、扩建 8 个乡镇综合文化站。尤其值得称道的是，作为首批"国家全域旅游示范区"创建单位，罗田县将公共文化设施网络建设重心下移，整合公共文化服务体系建设专项资金、美丽乡村建设项目资金、基层党建整县推进专项资金和村级自筹资金，按照"一个百姓舞台、一个文化广场、一个文化长廊、一套音响器材、一套体育健身器材""五个一"标准，在黄冈市率先建起 270 多个标准村级文化广场，总投资超过 3 亿元。

"千里大别山，美景在罗田。"罗田县委书记汪柏坤表示，"到罗田，并不只是上天堂寨、登薄刀峰，罗田处处皆有景，景景不相同。创建国家公共文化服务体系示范区，要以促进全域旅游为着力点，充分利用罗田生态资源、文化资源优势，在不断丰富人民群众精神文化生活的同时，促进商旅文体康深度融合，使创建成为推动全县精准脱贫和高质量发展的重要抓手。"

在县委、县政府的大力推动下，罗田县基层文化硬件设施、人才队伍建设不断加强，县、乡（镇）、村（社区）文化设施网络格局基本形成。县图书馆、文化馆被评为国家一级馆，8 个乡镇综合文化站达到国家、部颁标准，三里畈镇综合文化站被评为全省最美文化站，农家书屋、村（社区）综合文化服务中心实现全覆盖。全县建起 378 支社会文艺团队，演员达 8000 多人，一村一支文艺宣传队成为罗田农村的一道亮丽风景线。

罗田县文化新闻出版局局长熊世东表示，未来两年，罗田将新建县博物馆、剧场，改造 4 个未达标乡镇综合文化站。加强数字文化建设，构建标准统一、互联互通的公共数字文化服务平台。创新三大载体，助力乡村振兴——以"书香门第、耕读人家"农民读书节为载体，提升农民文化素质；以"一村一支文艺宣传队"为载体，丰富群众精神文化生活；以"三进五有"为载体，即社会主义核心价值观、传统文化、文化活动进祠堂，达到环境卫生有人管、文化活动有人抓、红白喜事有人办、矛盾纠纷有人调、先进典型有人推，引领乡风文明，努力展现老区黄冈创建第四批国家公共文化服务体系示范区的罗田担当和作为。

（原载《中华文化观察网》2018 年 12 月 11 日，《黄冈日报》2019 年 1 月 12 日）

手持彩练当空舞

——浠水县努力创建国家公共文化服务体系示范区

一多故里黄冈市浠水县，南临长江，北依大别山，全县面积 1949 平方千米，辖 16 个乡镇场、664 个村（社区），人口 103 万，是湖北省黄冈市下辖县。

近年来，浠水县努力创建国家公共文化服务体系示范区，不断完善现代公共文化服务体系，深入实施文化惠民工程，手持彩练当空舞，拼将豪气逐苍穹，奋力书写坚定文化自信，推动社会主义文化繁荣兴盛的新时代美好画卷。

多彩浠水：风景秀美　人杰地灵

浠水县原名蕲水县，南北朝刘宋元嘉二十五年（448 年）建县，民国二十二年（1933 年）改为现名，是巴楚文化与吴楚文化的重要发源地与交汇地之一。

浠水山灵水秀，风景宜人。境内湖北大别山首家 AAAA 级旅游景区三角山，三国时期孙吴的奠基者之一孙策训练水军的策湖，茶圣陆羽亲自鉴定的名泉"天下第三泉"，鄂东第一、湖北第三大水库白莲河水库，全国爱国主义教育示范基地闻一多纪念馆，湖北省首家民营民俗博物馆大别山民俗博物馆，以及禅宗三祖僧璨说法的天然寺等"名山名水名馆名寺"，处处散发着迷人的魅力。

自古崇文重教，名人辈出。置县 1570 多年来，孕育了北宋名医庞安时、明朝宰相姚明恭、清朝状元陈沆、文质，诞生了辛亥革命先驱王汉、民国教育总长汤化龙、新儒学大师徐复观，著名爱国诗人、学者、民主斗士闻一多，著名经济学家钟朋荣、航天少帅岑拯等近当代名家英杰，走出了110名进士、418名举人、4名院士、500多名博士、1000多名（编辑）记者，享有"全楚文乡"之美誉。

历史底蕴深厚，遗产丰富。馆藏文物居黄冈市首位，不可移动文物居黄冈市第二位。北宋的舍利宝塔、文庙，明代的斗方禅院、古井庵、便民井、尽街桥，清代的万年台、徐氏祠，民国的登瀛室、程氏祠等古建筑星罗棋布。万年台被列为全国重点文物保护单位。庞安时伤寒病诊疗法、浠水杂技、浠水民歌、洗马花灯会、巴河天狮被列为湖北省非物质文化遗产保护项目。

浠水是鄂豫皖苏区的重要组成部分，是红四军、红二十五军、红二十八军、新四军五师和刘邓大军转战大别山的重要根据地，刘伯承、邓小平、李先念等老一辈无产阶级革命家在此浴血奋战，留下光辉的足迹。

新中国成立后，浠水县文化事业蓬勃发展，硕果累累。

解放初期，浠水"四大农民作家"魏子良、徐银斋、王英、张庆和，写出大量富有乡土气息的作品，享誉海内外。徐银斋的《胡琴的风波》翻译成七国文字在中外发行。王英被郭沫若称为"农民骄子"。张庆和被誉为"湖北高玉宝"，两次受到毛泽东的接见。

创办于1954年，作为湖北省包括武汉杂技团在内的两个杂技专业表演团体之一的浠水县杂技团，让民间杂耍走上国际舞台，应邀在全球几十个国家演出，多次获得国际国内大奖。

20世纪90年代，浠水县文化馆美术辅导干部王金石创作的《鄂东将军图卷》，被誉为"中国的巴黎公社墙"，中国军事博物馆将其作为永久性藏品。

进入21世纪，浠水县楚剧团创作的反映农村老汉进城卖鸡遭遇的楚剧小戏《卖鸡》，荣获全国第十一届"群星奖"金奖，并作为向党的十六大献礼剧目赴京展演。

从浠水县竹瓦镇文化站走出的当代著名作家何存中，其第一部以大别山地区黄麻起义为素材创作的长篇小说《太阳最红》，被称作是"可以走向世界的中国战争小说"，入围第八届茅盾文学奖。

浠水县洗马镇退休教师汪新民，倾尽心血创办的羊角桥村农家书屋，犹如一盏"小桔灯"，照亮整个山村，被评为全国文化体制改革工作先进单位、全国示范农家书屋。汪新民被评为全国优秀农家书屋管理员，上榜央视《最美中国人》，受到党和国家领导人的亲切接见。汪新民家庭荣获全国最美家庭提名。

文化浠水：提能增效 惠民乐民

2018 年 12 月 21 日，浠水县文化广场万人汇聚，人山人海。

上午 9 时，随着一支激昂、奔放的舞蹈《我爱你，中国》，浠水县第八届迎新年广场文化周华丽启幕。

来自全县 12 家专业和社会文艺团队的 500 多名演员各显身手，竞相亮出歌舞、杂技、小品、快板、旗袍秀、鼓书说唱、戏曲表演、器乐独奏等看家本领，观众赞不绝口、乐不可支。

闻一多纪念馆、县图书馆、县文化馆、县博物馆也前来助阵，现场展出精心制作的浠水名人、民俗实物、发展纪实、文化活动四个图片展和精心挑选的图书。

本届广场文化周为期 10 天，集中推出广场舞展演、社会文艺团队综艺展演、楚剧专场和黄梅戏专场，百姓免费乐享文化大餐，也把浠水县庆祝改革开放四十周年群众文化活动推向高潮。

迎新春广场文化周，是浠水县丰富群众精神文化生活、擦亮群众文化活动品牌的一个缩影。而结合党和政府的中心工作开展专题文化活动，则是浠水县在创建国家公共文化服务体系示范区一年间打造的一大亮点。

2018 年，浠水县组织全县 6 家社会文艺团队组成党的十九大精神文艺宣传队，将十九大精神创作、编排成快板、小品、表演唱、合唱、说唱等群众喜闻乐见的形式，分赴全县 16 个乡镇场演出 32 场，把党的十九大精神送到田间地头，送进千家万户。

为了高质量打赢精准脱贫攻坚战，浠水县将送戏下乡、送文化下乡作为文化惠民的重大举措，送戏、送演出、送图书、送文体器材到贫困村，开展形式多样的文化扶贫活动。

2018 年，政府用于购买送戏下乡经费达 300 多万元，县楚剧团、杂技团两个专业团队送戏下乡 400 多场，观众达 80 多万人次。

自"扫黑除恶"专项斗争开展以来，浠水县鼓书协会自编自导《扫黑除恶出重拳》主题宣传，深入全县重点村组巡回演出。

"黑势力说起来天良丧尽，只要钱哪管你天理良心，找线索要深挖切莫停顿，除恶尽还社会海晏河清……"

　　一鼓，一板，一槌，一人。随着鼓点响起，鼓书艺人们依次登场，通过传统民间艺术浠水鼓书，演绎村霸、砂霸、宗族黑势力、欺行霸市、暴力讨债等十类黑恶势力的表现，宣传开展"扫黑除恶"专项斗争的重大意义和政府打击黑恶势力犯罪的决心，以更接地气、更直观的方式，让"扫黑除恶"深入人心。

示范浠水：城乡一体　统筹推进

　　2018年10月24日，坐落在浠水县北城新区月湖公园的浠水杂技馆举行首场盛大演出。

　　这座状如"金蛋""菠萝球"的浠水文化地标性建筑，将一场精彩的杂技首秀，献给"城市卫士"交警、城市管理执法者以及"城市美容师"环卫工人们。

　　在欢快的乐曲声中，浠水县杂技团表演的《车技》惊艳亮相，全场一片欢呼声。紧接着，《力量》《晃圈》《顶技》《绸吊》《高椅》《球技》等一个个时尚、唯美、高难度的杂技绝活，一次次将演出推向高潮，让人目不暇接、眼花缭乱。

　　浠水县以创建国家公共文化服务体系示范区、建设文化强县为目标，统筹推进公共文化设施网络建设，着力促进城乡基本公共文化服务标准化、均等化。

　　——投资2.5亿元，建设占地84万平方米的月湖公园。一个将"浠川八景""红烛"、儒学等文化元素巧妙融合，极富文化内涵的娱乐休闲生态公园，正张开双臂喜迎八方游人。

　　——投资1亿多元，建设占地41675平方米，建筑面积8188平方米的浠水杂技馆。市民在休闲娱乐的同时，可尽情体验主流文化带来的视听享受。

　　——投资1000多万元，全面改造县图书馆，重新装修县文化馆，重新布局县博物馆革命史展厅和闻一多纪念馆展陈，并对文庙进行保护性维修。县图书馆达到"国家二级图书馆"标准，县文化馆跻身"国家一级文化馆"行列，县博物馆被列为全国古籍重点保护单位，县级"四馆"整体提能升级。

　　——投资500多万元，推进全县乡镇综合文化站建设。关口、蔡河、白莲、洗马、绿杨等5个乡镇站即将建成投入使用，其他乡镇站也都敲定新建、改建、扩建或综合利用方案，今年将全面完成 13 个未达标乡镇综合文化站建设任务，补齐乡镇文化设施短板。

——投资 2 亿多元，结合党群服务中心建设，按照"七个一"标准，加快推进村（社区）综合文化服务中心建设。建成村级文化广场 435 个，全县新增文化设施面积 1.2 万平方米，实现公共文化服务均衡发展……

浠水县文化新闻出版广电局局长何格非表示，新的一年，浠水县将全面完成县、乡、村三级公共文化设施网络建设和县图书馆、文化馆总分馆制度建设，着力推进公共文化数字化，大力提升公共文化服务效能，用扎扎实实的创建成果迎接第四批国家公共文化服务体系示范区中期督导评估，向新中国成立 70 周年献礼！

（原载《荆楚网》2019 年 1 月 16 日，《黄冈日报》2019 年 1 月 18 日）

最是红安诗意浓

——红安县奋力创建国家公共文化服务体系示范区

"天上彩霞红，地上枫叶红，曾经漫山烽火红，山道染血红……" 2019年2月19日，正月十五元宵节，丝丝细雨中，红安县社会文艺团队展演在城关镇杏花社区拉开帷幕，亲切的乡音唱出心中的豪迈，欢快的舞蹈跳出美好新生活。

"中国第一将军县"——红安，是黄冈市下辖县，地处湖北省东北部、大别山南麓，面积1796平方千米，辖13个乡镇场、399个行政村、28个社区，总人口66万，是全国双拥模范县、全国社会治安综合治理先进县、全国文化先进县、全国文明县城、湖北省旅游强县、湖北省公共文化服务体系示范区。在黄冈市全力创建第四批国家公共文化服务体系示范区热潮中，红安这片红色圣土，正奋笔书写新时代"诗与远方"新传奇。

两百个将军 同一个故乡

红安原名黄安，明嘉靖四十二年（1563年）由麻城、黄冈、黄陂三县析置建县，1931年鄂豫皖中央分局将县名改为红安，1937年复改为黄安，1952年中央人民政府正式将黄安改为红安，是全国唯一以"红"字褒奖命名的县市。

红安是黄麻起义策源地和鄂豫皖苏区政治、经济、军事、文化中心。在这块英雄的土地上，诞生了董必武、李先念两位共和国主席、代主席和陈锡联、韩先楚、秦基伟等200多位高级将领，走出了红四方面军、红二十五军、红二十八军3支红军主力，牺牲了14万英雄儿女，谱写了"小小黄安，人人好汉；铜锣一响，四十八万；男将打仗，女将送饭"的壮丽史诗。在中国工农红军的队列里，曾经每3个人就有1个红安人，每4名英烈就有1名红安籍。

红安是"红军"和红色经典歌曲《八月桂花遍地开》《三大纪律八项注意》的发源地。1927年11月13日，黄麻起义爆发，农民自卫军一举攻占黄安县城，成立黄安县劳农政府，黄安县书法家吴兰阶为新生的县政府撰写了"痛恨绿林兵，假称白日青天，黑夜沉沉埋赤子；克复黄安县，试看碧云紫气，苍生济济拥红军"的楹联，中国共产党领导的军队从此被称为"红军"。

《八月桂花遍地开》原名《庆祝成立工农民主政府》，依据大别山小调《八段锦》填词而来，1929年黄安、麻城两县开始歌唱，1931年由红军32师副师长漆德玮从鄂豫皖苏区带到江西中央根据地，并伴随红军的足迹传遍大江南北。《三大纪律八项注意》则是1934年由鄂东北特委秘书长程坦将黄安歌谣《红军纪律歌》和程子华从中央苏区带来的《三大纪律六项注意》条例相结合，编成通俗押韵的歌词，配上《土地革命歌》的曲子而成，两首革命歌曲最终成为红色经典。

红安文物资源丰富。18000多件套馆藏文物，5处41个全国重点文物保护单位，15处26个省级文物保护单位，224处革命遗址遗迹，64处伟人、将军故居，奠定了红安在全国红色旅游方面的龙头地位。

2019年2月21日，春寒料峭，走在七里坪长胜街，我们依然可以感受到当年的革命盛景，红四方面军指挥部旧址、鄂豫皖苏维埃银行、列宁市经济公社、鄂豫皖中西药局……一个个革命遗址遗迹静静地排列在古朴的街道两侧，成为红安的金色名片。

红安山川秀丽，是全国首批全域旅游示范区创建单位和全国12个重点红色旅游景区、30条红色旅游精品线路、100个红色旅游经典景区之一。拥有天台山森林公园、金沙湖湿地公园2个国家级公园，七里坪镇、高桥镇2个省级旅游名镇，黄麻起义和鄂豫皖苏区革命烈士陵园、天台山风景区、李先念故居纪念园3个AAAA景区，七里坪镇长胜街、高桥镇帝王湖、八里湾镇陡山村吴氏祠3个AAA景区，AAA以上景区居全省县市首位，2018年接待海内外游客899万人次，实现旅游综合收入44亿元。

红安人杰地灵，北宋理学奠基人程颢、程颐，明代思想家李贽、文学家耿定向，延安时期中共中央机关报第一任总编杨松，现代文学家、翻译家叶君健，当代经济学家张培刚、历史学家冯天瑜和《人民日报》原总编辑吴恒权等一大批名人学者，为红安文化底蕴写下浓墨重彩的一笔。

举全县之力　创国家示范

由于战争创伤和自然资源等因素，红安是集革命老区、资源匮乏区、贫困地区、优抚集中区"四区一体"的国定贫困县，民生领域和公共服务欠账较多。

党的十八大之前，红安的公共文化设施大都是20世纪70年代的建筑，场地狭小，设备落后，无法满足人民群众日益增长的精神文化需求和美好生活需要。

为加快构建现代公共文化服务体系，补齐文化小康短板，确保红安与全国人民一道同步迈入全面小康，2013年，红安县委、县政府抢抓创建湖北省第一批公共文化服务体系示范区机遇，按照统一规划、合理布局、超前设计、功能齐备的原则，用4年时间，投资近4亿元，新建占地300亩、建筑面积6万多平方米，集文艺演出、文物展览、图书借阅、非遗展示、文化辅导、科技培训、档案管理、旅游接待等功能为一体的红安县文化中心，完善城市配套功能，提升城市文化品位。

走进毗邻美丽的驷马山公园的红安县文化中心，大剧院、博物馆、图书馆、文化馆、青少年活动中心、科技馆等13个公共文化服务场馆，既相互关联又自成一体，既美观时尚又实用便捷，与相邻的湖北红安革命传统教育学院、红安影视城相映生辉，体现了红安卓尔不群的文化内涵，成为老区红安的文化新地标。

大手笔擘画，大力度投入，带动红安公共文化服务效能整体提升。红安县文化馆、图书馆被评为国家一级馆，县文化馆被中宣部、文化部评为全国"服务农民　服务基层"先进单位，被省文化厅评为全省最美非遗保护中心，红安县革命博物馆被列为全国百家爱国主义教育示范基地之一。

与此同时，红安县统筹城乡发展，推动基本公共文化服务均等化、标准化，在乡、村人口集中、交通便利的地方新建大批公共文化设施，方便群众开展文化活动。2016年，红安县荣获第一批湖北省公共文化服务体系示范区称号，是黄冈市唯一获此殊荣的县（市、区）。

2018年4月，黄冈市获得第四批国家公共文化服务体系示范区创建资格，红安县不断巩固省级公共文化服务体系示范区创建成果，迅速兴起创建国家公共文化服务体系示范区高潮。

——领导重视高位推进。黄冈市委常委、红安县委书记余学武主持召开会议，专题研究部署示范区创建工作，并到红安县文化新闻出版广电局和所属公共文化服务机构进行调研；县委、县政府及时出台《红安县关于加强公共文化服务体系建设的实施意见》《红安县国家公共文化服务体系示范区创建实施方案》，与各乡镇场及责任单位签订责任书，把创建国家公共文化服务体系示范区纳入综合考核，为示范区创建提供有力保障。

——县级场馆建设加快。县图书馆完成整体搬迁，开通图书集成管理系统，综合阅览室、少儿阅览室实现"一站式、一卡通"服务；县文化馆启动新馆搬迁，完成美术书法展厅、小剧场、舞蹈排练厅、综合排练厅和大部分业务功能区建设；县博物馆完成新馆装修布展一体化项目及消防安防系统设计招投标，正抓紧组织施工；县楚剧团完成排练场建设项目立项和土地划拨，即将动工兴建。

——乡村设施提级增效。二程镇新建综合文化站破土动工，城关镇、杏花乡等综合文化站提档升级全面展开；整合资金2亿多元，改、扩建96个村（社区）文化室，建成文化广场338个、文化长廊406个、百姓大舞台193个。一个以县文化中心为龙头、乡镇综合文化站，村（社区）文化活动室、信息资源共享服务点为服务平台的公共文化服务设施网络率先建成。

以文化力量　助脱贫攻坚

"鉴于红安的特殊历史地位和历史贡献，脱贫攻坚是我们这一代共产党人肝脑涂地也必须夺取的'娄山关'，粉身碎骨也必须跨越的'泸定桥'。"黄冈市委常委、红安县委书记余学武誓言铮铮。

脱贫攻坚，扶贫是手段，扶志扶智是目的。"扶志与扶智需要文化的力量。"红安县文化新闻出版广电局党组书记、局长罗少鹏说，"红安充分发挥文艺在脱贫攻坚中提神鼓劲、励志益智的作用，不仅为群众送戏、送电影、送图书，满足群众基本文化需求，增强群众文化获得感，而且以群众身边的典型为原型，创作了大量的文艺节目，用群众喜闻乐见的方式，奏响扶志扶智的乐章。"

时间回溯到2018年5月18日，红安县楚剧团包保干部早早来到七里坪镇高庙村贫困户家中，宣讲扶贫政策，赠送生活用品，对照问题清单逐条落实整改措施。

傍晚时分，包保干部赶赴七里坪将军红红色教育中心，为学员们演出红色革命历史情景剧《红安魂》。

在悠扬的红色歌谣旋律声中，包保干部变身为鲜活的革命人物，以惟妙惟肖的表演，开展革命传统教育。

在扶贫中演出，在演出中扶贫。2018年7月20日，红安县楚剧团、文化馆文艺小分队又把扶贫演出送到七里坪镇村头。

相声《找亲戚》诙谐幽默地讲述帮扶干部与扶贫户的逸闻趣事；快板《说扶贫》将各项扶贫政策生动鲜活地串联成词；小品《圆梦》形象再现县扶贫工作队长的感人事迹……各类文艺作品原型大都是扶贫一线的先进典型，群众既感到亲切，又倍受鼓舞。

2018年，红安县纪念黄麻起义胜利90周年大型原创音乐剧《红安回响》在全县进行惠民演出，政府购买话剧《董必武》、京剧《徐九经升官记》、花鼓戏《情缘》等精品剧目送戏下乡，精准扶贫专题文艺晚会在各乡镇连续巡演，"重温红色经典，感受峥嵘岁月""书香红土地"等阅读活动深入开展，在全县上下凝聚起打好、打赢三大攻坚战的强大合力和精神动力，精准脱贫攻坚战取得历史性胜利，成为湖北省首批脱贫摘帽国定贫困县。

春天又见山里红，最是红安诗意浓。在创建国家公共文化服务体系示范区的春天里，黄冈市委常委、红安县委书记余学武表示，红安县将努力完善现代公共文化服务体系，突出现代性和开放性，突出社会参与，突出优秀文化传承与发展，加大文化旅游融合力度，助推乡村振兴，助力创建国家全域旅游示范区，推动红安经济社会高质量发展。

（原载《中华文化旅游网》2019年2月21日，《鄂东晚报》2019年2月25日）

杜鹃花开别样红

——麻城市着力创建国家公共文化服务体系示范区

最美人间四月天,湖北麻城看杜鹃。麻城市位于湖北省东部、大别山中段南麓、鄂豫皖三省交界处,是黄冈市代管市,面积 3747 平方千米,人口 120 万,是中国映山红第一城、中国十大诗意小城之一、中国楹联文化城市、中华诗词之乡、中国孝善文化之乡、湖北省双拥模范城、湖北省园林城市、湖北省卫生城市和湖北省文明城市。

四月的麻城大地,繁花似锦,美不胜收。近两年,麻城市充分发掘丰富的文化和旅游资源,以创建国家公共文化服务体系示范区为抓手,着力推动文旅融合,促进全域旅游,文旅融合发展项目不断推进,文化旅游品牌活动精彩纷呈,文化旅游产业取得不俗业绩,使这座名副其实的"花城",充满无限生机。

寻梦麻城:红绿交织 多姿多彩

麻城历史悠久,有"千年古县"之称。春秋时期,这里发生了中国战争史上著名的以弱胜强的经典战例柏举之战;建武四年(338 年),后赵部将麻秋在此筑城,遂有麻城之名;隋开皇十八年(598 年)设麻城县治;1986 年撤县建市。境内有谢家墩后岗遗址、金罗家古城遗址等 10 余处新石器时代至东周时期的历史文化遗址,有被列为全国第一批重点文物保护单位的"楚天第一塔"柏子塔,是湖北省文物大县(市)。

麻城山川秀美,风光旖旎。全市共有 100 万亩杜鹃林,龟峰山连片 10 万亩古杜鹃群落,被上海大世界吉尼斯总部评定为中国面积最大的古杜鹃群落,其面积之大、年代之久、密度之高、品种之纯、花色之美,世界罕见。两年一届的麻城杜鹃文化旅游节，成为享誉全国的重大节日和旅游品牌。杜鹃花、山茶花、杏花、玫瑰花、福白菊"五朵金花"，构成大别山中心城市和旅游门户城市——红色古城、杜鹃花城、交通新城、特产名城——麻城独特的生态文化景观。

麻城历史文化底蕴深厚，流传着赵氏子以孝感盗、麻姑救民、帝主扶危济困等美丽传说，孝善文化薪火相传，历久弥新。近年来，麻城市将孝善文化作为城市的底色，确定"大别花乡，孝善麻城"的城市品牌定位，提炼出"忠勇孝善、奋进创新"的麻城精神，在全社会形成明孝善、崇孝善、弘孝善的良好风尚。

"湖广填四川，麻城占一半。"麻城是中国古代八大移民发源地之一，是"湖广填四川"的起始地和集散地，是巴蜀公认的祖籍圣地。元末明初至清代中叶，持续500多年浩浩荡荡的移民史，使得川渝地区迄今有6000多万麻城移民后裔，每年来麻城孝感乡寻根问祖的川渝人士络绎不绝。麻城移民滋养了川渝文化，磨砺了川渝精神，在中华文明史上写下精彩篇章。

麻城是著名的革命老区，是黄麻起义策源地和红四军、红二十八军诞生地，孕育了王树声、陈再道、许世友等46位共和国开国将军，其中乘马岗镇走出26位将军，成为"全国第一将军乡"。大革命时期，麻城有13.7万人投身革命，6万多人加入红军，6200多人参加长征，新中国成立后仅幸存200余人。麻城市烈士陵园、乘马会馆被列为全国、全省爱国主义、国防教育示范基地，是全国30条红色旅游精品线路、100个红色旅游经典景区之一。

麻城民间文化丰富多彩，民间戏剧麻城东路花鼓戏、民间歌舞麻城花挑、皮影戏、东山老米酒酿造技艺、东山吊锅被列入国家级、省级非物质文化遗产保护名录。麻城东路花鼓戏剧院被中宣部授予全国文化科技卫生"三下乡"先进集体，麻城东路花鼓戏国家级代表性传承人、国家一级演员曾美玲入选2018年度中国非遗年度人物。

追梦麻城：突破难点　打造亮点

麻城是黄冈市面积、人口、经济总量第一大县（市、区），在黄冈占有特殊重要的地位。麻城也是集革命老区、贫困地区于一体的国定贫困县（市），公共文化服务领域欠账较多，短板突出，在黄冈也具有代表性和典型性。

2018年6月25日，黄冈市创建国家公共文化服务示范区动员大会召开后，麻城市成立以市委副书记、市长蔡绪安任组长，市委常委、宣传部部长和分管副市长任副组长，25个相关部门和19个乡（镇、办）主要负责人为成员的创建工作领导小组，完善党委领导、政府管理、部门协同、权责明确、统筹推进的公共文化服务体系建设工作机制，精准着力，尽锐出战，迅速兴起创建热潮。

——召开市、乡（镇、办）创建国家公共文化服务体系示范区动员大会，出台《麻城市创建国家公共文化服务体系示范区实施方案》，层层签订责任书，压紧压实创建责任。

——召开示范区创建领导小组会议，确定创建项目，出台任务清单，印发《麻城市文化馆总分馆制建设工作实施方案》《麻城市图书馆总分馆制建设实施方案》，明确创建任务书、时间表和路线图。

——召开市政府常务会议，落实示范区创建重大项目规划和场馆建设、政府购买公共文化服务及创建工作经费，加大财政投入，切实履行政府在公共文化服务中的主体责任。

在为示范区创建提供坚强有力的组织、政策和资金保障的同时，麻城突出重点抓市直，破解难点抓乡（镇、办），打造亮点抓村（社区），不断把创建工作向纵深推进。

——投资12亿元，建成占地1300多亩的孝感乡移民文化园；投资2000多万元，建成市图书馆新馆；今年再计划投资2.6亿元，动工新建占地439亩，包括剧院排练场、文化馆、美术馆、体育馆在内的市文化体育中心，完成市文化馆、市图书馆数字化建设，启动市博物馆展厅提档升级。

——按照"财政资金保岗位，部门经费保运转，事业发展增投入"的模式，由"委托制"改为"派出制"，落实每个乡（镇、办）综合文化站编制不少于2人的要求；按照新建50万元/个、改扩建30万元/个的财政补助标准，新建、改扩建一批乡（镇、办）综合文化站，全面提高乡（镇、办）综合文化站达标率。

——全市452个村（社区）文化服务中心均设立公益性公共文化服务岗位，建成文体广场424个、百姓舞台184个、湖北省中心农家书屋3个、全国农家书屋示范点1个，农家书屋和文化信息资源共享工程基层点实现全覆盖。

"一个以市区为龙头、乡（镇、办）为纽带、村（社区）为基础，覆盖城乡、便捷高效、保基本、促公平的现代公共文化服务体系正在形成。"谈到麻城在创建国家公共文化服务体系示范区过程中取得的一系列重要进展，麻城市文化和旅游局新任党组书记、局长屈正修信心满满。

筑梦麻城：以文促旅 以旅彰文

2019 年 4 月初的麻城，杜鹃含苞，紫藤吐蕊，桃红柳绿，茶花正艳。

4 月 6 日至 7 日，湖北省黄梅戏剧院由著名黄梅戏表演艺术家、国家一级演员、中国戏剧梅花奖得主、全国人大代表张辉带队，众多实力派演员和黄梅戏新秀，走进麻城景区，为广大市民和游客朋友带来文旅融合的饕餮盛宴。

清明刚过，曾被清代乾隆皇帝御赐巨匾"杏花古刹"的岐亭镇杏花村，青砖瓦舍，山环水抱，林木滴翠，杏花如雪，令游人沉醉忘返。

良好的生态环境，深厚的历史文脉，是麻城最大的资源财富。在示范区创建过程中，麻城市深度发掘博大精深的文化资源和得天独厚的旅游资源，不断创新公共文化服务产品供给方式，加强文旅融合，推动乡村文化振兴和产业发展。

——发掘历史文化资源，打造特色文化旅游产品。划定乡村建设历史文化保护线，加强文物古迹、传统村落、民族村寨、传统建筑、农业遗迹、灌溉工程遗产等文化遗产保护利用，使"地下的东西走上来，书本上的东西走出来，静的东西动起来"，中国历史文化名镇岐亭镇、中国历史文化名村杏花村和付兴湾、王家畈、小漆园、谢店、刘家湾、龙门河、大屋垸、桐枧冲、石桥垸、龙井、东垸、熊家铺、梨树山、牌楼、东冲等 15 个中国传统古村落，经过精心打造，成为麻城优质旅游资源，一年四季游客不断。

——发掘孝善文化资源，推动寻根文旅产业发展。以孝善文化、移民文化为纽带，采用鄂东明清时期的建筑风格，以木结构仿古建筑为主，妙手打造城市客厅，建成国内首座移民文化主题公园——麻城孝感乡文化园，复活了一段"问我祖籍在何方，湖广麻城孝感乡"的尘封历史，成为湖北省用文化激活城市魅力的典范和千百万移民后裔的精神家园。

——发掘红色文化资源，打造红色旅游目的地。投资 1000 多万元，对乘马会馆进行修缮、扩建，成为大别山红廉文化教育基地；精心打造"全国第一将军乡"乘马岗将军故里、红军饭店等红色景点，推进大别山红星英烈园等项目建设，传承红色文化基因。

——发掘生态文化资源，创建全域旅游示范区。重点打造龟峰山旅游风景区、五脑山国家森林公园、九龙山国家地质公园、浮桥河国家湿地公园等风景名胜区和"中国菊花之乡"福田河镇、"东山老米酒之乡"木子店镇等旅游名镇，"赏茶花、鉴杏花、看杜鹃、送玫瑰、饮菊花、品老米酒"成为麻城市全域旅游的代名词，一个宜居、宜游、宜业的"生态福地"应运而生……

"不是天上的霞，不是画家的画……"麻城籍当代著名诗人熊明修的一首《麻城杜鹃花》，唱出多少人心中的向往。

"麻城杜鹃花是北纬 30°最激荡人心的红色花海，是大别山最美的红飘带。"

麻城市委副书记、市长蔡绪安表示，"2019 年，麻城人民将在习近平新时代中国特色社会主义思想指引下，不忘初心，牢记使命，坚决打赢精准脱贫攻坚战，全面完成贫困人口脱贫、贫困村出列和脱贫摘帽任务，深入推进文旅融合，着力创建国家公共文化服务体系示范区和全域旅游示范区，奋笔书写新时代麻城高质量发展新篇章，以优异的成绩向新中国成立 70 周年献礼，告慰革命先烈的英灵。"

（原载《中华文化观察网》2019 年 4 月 8 日，《鄂东晚报》2019 年 4 月 19 日）

名人之乡谱新篇

——团风县努力创建国家公共文化服务体系示范区

历史古镇、滨江新城——团风，是黄冈市下辖县，素有"鄂东门户"和"小汉口"之称，面积838平方千米，辖8镇2乡、296个行政村，总人口38万，是全国科技进步先进县、全国全民创业百佳示范县、中国最佳投资价值（环境）县，中国钢构之都、中国建筑之乡、中国现代民间绘画之乡、中国名人之乡。

近年，团风深入贯彻《公共文化服务保障法》，加快构建现代公共文化服务体系，努力创建第四批国家公共文化服务体系示范区，人文潜力、生态魅力和发展张力竞相显现，将文化小康写在新时代的年轮里。

大美团风：古老与年轻握手

团风古称乌林，是历史文化古镇。1996年，黄冈撤地建市，拆黄冈县设立黄州区和团风县，团风成为共和国年轻县。

团风历史悠久，文化底蕴深厚。春秋时期，孔子使子路问津，在孔子河留下美谈，因此而得名的问津书院，位于团风与武汉市新洲区交界处，始建于西汉，与岳麓书院、东林书院、白鹿洞书院齐名，是湖北省唯一的孔子遗迹和保存最为完好的古代书院，被称为中国最古老"大学"，是元、明、清鄂东文人的摇篮。

团风历来是兵家必争之地，曹操屯兵乌林，对酒当歌、横槊赋诗，写下著名的《短歌行》。朱元璋在这里战败元末大汉政权缔造者陈友谅。

团风素来商业繁盛，至宋形成集市，明、清是长江沿岸的重要商埠。

团风人杰地灵，孕育了党的一大代表包惠僧，革命家林育英、林育南，地质科学巨人李四光，《资本论》中文译者王亚南，哲学家熊十力，文学家秦兆阳，思想家殷海光，书法家张荆野，中科院院士李林，以及当代著名作家、茅盾文学奖获得者刘醒龙等一大批名人。林育英（化名张浩）是中国共产党早期领导人，著名工人运动领袖，与堂弟林育南和林彪（原名林育容）并称为"林氏三兄弟"，曾任中共中央驻共产国际代表，在长征中力劝张国焘率军北上，团结了红军，病逝后毛泽东亲自为其执绋抬棺。林育南在"林氏三兄弟"中最早参加革命，并引导林育英、林彪走上革命道路，1921年7月16日与恽代英等成立革命团体共存社，1931年2月7日与何孟雄等24位共产党员在上海龙华英勇就义。

团风是一块红色的土地，大革命时期成立了全国最早的中心县委，组建了中国工农红军第六军，发生了刘邓大军千里跃进大别山、百万雄师横渡长江等重大革命历史事件，有回龙山八斗湾共存社旧址、王家坊抗日根据地旧址、鄂东抗日游击五大队旧址、黄冈革命烈士陵园、团风渡江战役纪念公园等众多革命遗址遗迹。黄冈革命烈士陵园位于杜皮乡，是"全国革命烈士纪念建筑物重点保护单位""全国爱国主义教育基地"和"全国红色旅游景区经典线路"，国务院原副总理方毅曾亲笔为陵园题词："英雄的土地，伟大的人民"。

团风具有独特的生态文化景观，是武汉的"后花园"。有"鄂东小泰山"之称的大崎山森林公园，大崎山、小崎山、接天山，山山相连，美不胜收。有"鄂东千岛湖"之称的牛车河水利生态旅游区，库中有6个大汊、66个小汊，汊汊英姿迥异，岛岛风韵不同。贾庙乡"一字水"生态文化小镇，集休闲、康养、研学、户外营地、房车等功能于一体，成为镶嵌在鄂东大地上的一颗明珠。

团风民间文化丰富多彩，其湖北大鼓列入国家级非物质文化遗产，一个扁圆小鼓、一支木鼓槌、一副云阳板，能在民间艺人的执板、击鼓、说唱中，演绎波澜壮阔的《三国演义》等经典之作。兴起于20世纪70年代的团风农民画，是我国民间艺术的瑰宝，今年97岁高龄的吴春娥老人是其中的杰出代表。她创作的数百幅农民画，取材于鄂东风土人情、民俗掌故、民间传统和生产生活，广泛吸收剪纸、皮影、戏剧、刺绣、挑花、印花等艺术营养，散发出浓郁的乡土气息，20多幅作品被中国美术馆收藏，10多幅作品被海外收藏，是我国为数不多的农民画家，入选《中国民间名人录》。

示范团风：设施与服务并进

团风有着得天独厚的文化资源，创建国家公共文化服务体系示范区，具备较好的基础和条件。

作为黄冈市最年轻的县和国定贫困县，团风人也清醒地认识到，受经济发展水平的制约，团风在公共文化设施网络建设、人员配备、服务效能和经费保障等方面存在一些短板，必须强化组织领导，动员各方力量，整体联动，合力攻坚。

"创建国家公共文化服务体系示范区，不仅是贯彻落实中央决策部署的重要举措，也是推动团风转型发展、保障和改善文化民生、促进社会和谐的内在要求。"团风县委书记李玲掷地有声。

2019年4月19日至22日，团风县人大常委会组成执法检查组，对全县贯彻落实《公共文化服务保障法》和创建国家公共文化服务体系示范区进行视察，认为自开展示范区创建以来，全县思想重视、站位高，措施有力、变化大，载体丰富、亮点多，统筹推进、效果好，并就下步工作提出意见建议。

5月22日，团风县委副书记、县长何永红主持召开示范区创建工作领导小组会议，讨论通过县、乡、村公共文化场馆建设、人员配备和资金保障方案，一些亟待破解的难题迎刃而解。

——按照"两馆合一、各成一体"的设计理念，大力推进县级综合文化场馆建设，一个文化馆、非遗展示馆"集中连片"，占地50亩，建筑面积6000平方米，总投资2000多万元的团风县文化中心即将动工兴建；加大购书投入，推动县图书馆人均藏书、人均年增新书、平均每册藏书年流通率、人均到馆次数达到国家创建标准。

——按照新建每平方米1000元、改扩建每平方米500元的补贴方式，全面推进淋山河、马曹庙、总路咀、但店4个乡镇综合文化站新建和团风、方高坪、回龙山、上巴河、贾庙、杜皮6个乡镇综合文化站改扩建，尽快实现100%的乡镇建有独立设置且面积不小于300平方米的综合文化站目标。

——按照1间多功能文体活动室、1间阅览室、1个文体广场、1套群众体育活动器材、1 套简易灯光音响设备"五个一"标准，着力推进村（社区）综合文化服务中心建设，在基本实现 70% 的行政村（社区）建有面积不低于 200 平方米的综合文化服务中心和文化广场的基础上，力争实现村级文化服务中心和文体广场全覆盖……

与此同时，围绕庆祝新中国成立 70 周年，发挥县图书馆、文化馆总分馆制人才优势，广泛开展送图书、送电影、送戏曲、送演出进学校、进村组、进社区、进军营"四进"活动，擦亮群众文化服务品牌。

——5 月 18 日，由县扶贫攻坚领导小组主办、县文化和旅游局承办的"彰显文化力量·巩固精准脱贫"文艺下乡巡回演出走进上巴河镇许家河口村，为当地村民送去精美的文化大餐。

——5 月 23 日，由总路咀镇党委、镇政府举办的广场舞展演在夕阳冲村文化礼堂举行，一支支动感十足、欢快喜庆的舞蹈，激情澎湃，气势非凡。

——5 月 24 日，由马曹庙镇薛坳村楚剧团创作排演的廉政小品《杨婆婆"暗访"》在马岗村文化广场上演，将廉政题材有机融入传统戏曲和现代小品，满足不同"口味"的观众需求……

按照政府主导、群众主体、城乡联动、社会参与的原则，团风创新"百姓点单、政府服务"模式，每年投入专项资金用于购买惠民演出，县、乡、村三级公共文化机构常年开展书刊借阅、公益培训、展览展示、流动服务等群众文化活动，扩大公共文化产品供给，形成"周周有活动、月月有演出"的浓厚氛围。

追梦团风：诗与远方交融

名人、名居、名故里；奇山、奇水、奇遗迹。

如诗如画的乡土，激荡着团风人的文化情怀和创作激情。

喜庆吉祥、饱含农家韵味的窗花剪纸，鲜艳朴素、简洁夸张的农民画，唱腔优美、耳熟能详的楚剧楚韵，一大批立意高远、构思精巧、富有浓郁生活气息和泥土芬芳的民间文艺作品，如雨后春笋般涌现。

本土原创歌曲《有一个梦想叫故乡》《一曲团风美》《扶贫政策好》，唱响乡音、乡情、乡韵，唱响田间、村头、街巷，唱响人们的幸福生活。

在创建国家公共文化服务体系示范区过程中，团风坚持把繁荣地方文化和鼓励文艺生产放到重要位置，"农民画乡""团风作家群"两大文化品牌并蒂开花，成为熠熠生辉的艺术名片。

成立全省首个农民画学会，建立农民画培训基地和农民画馆，定期组织笔会研讨，组织会员深入社区、学校、企业、乡村开展创作采风，让文艺从群众中来，到群众中去，为以文促旅、以旅彰文注入活水。

"团风作家群"是团风着力打造的一张亮丽名片，张耕夫、华杉、徐恩松、梅玉荣、刘耀兰、邵火焰、左伟、王丽等一批醉心文学的中青年作家，一路坚守，几经磨砺，在文学圈里崭露头角，尽显风流。

推动文化和旅游融合发展，是以习近平同志为核心的党中央做出的重大决策。今年以来，团风认真贯彻落实党中央决策部署，尽锐推动文化成为旅游的灵魂、旅游成为文化的载体，文化促进旅游品质提升、旅游促进文化广泛传播"两成为、两促进"，不断拓展示范区创建外延，全力打造"文旅智美团风"，奏响文旅融合交响乐，"诗与远方"再出发。

——大力推进红色文化旅游。完成黄冈革命烈士陵园和团风渡江战役纪念公园改造，启动八斗湾共存社党史党建党性教育基地建设，以革命烈士陵园、渡江战役纪念公园，林育英、林育南故居等红色经典景区和爱国主义教育示范基地为载体，组织开展红色文化研讨、红色文化旅游进社区进校园和"薪火相传·红色故土"宣传推广活动，扩大红色旅游影响力。

——大力推进文旅项目建设。宝中龙观、会龙星空原野、周庄等在建项目进度加快，"全域贾庙"文化旅游、矿山公园等待建项目即将开工，大别山问津文化小镇、但店温泉小镇、詹家湖文旅生态城等跟踪项目即将签约，一批涉旅招商引资项目积极推进。

——大力提升文旅服务质量。大崎山旅游公路全线竣工通车，贾庙乡大崎山村、回龙山镇林家大湾村等景区接待中心建成投入使用，回龙山镇华家大湾村等高端民宿开业运营，涉旅企业标准化管理力度加大，农家乐建设与发展更加规范，实现从"请您来"到"好再来"……

文化是时间，连起古今；旅游是空间，纵横天下。团风县文化和旅游局党组书记、局长吕学文表示，文化旅游融合发展是创建国家公共文化服务体系示范区的新目标、新任务，团风县将深度发掘优质的文化和旅游资源，增强文化和旅游的互补性，一手抓"说头"，一手抓"看头"，让文化旅游携手奔跑，事业产业一路高歌，实现文化旅游两大产业转型升级、提质增效、共同发展。

创建第四批国家公共文化服务体系示范区，团风正以军事家的决胜勇气、思想家的探索毅力、文学家的豪迈情怀、革命家的献身精神、科学家的求实态度，在那片英雄的土地上，谱写新时代文化旅游高质量发展新篇章！

（原载《中华文化旅游网》2019年6月6日，《黄冈日报》2019年6月22日）

雨后青山分外娇

——英山县扎实推进国家公共文化服务体系示范区创建

英山是中国古代四大发明之一活字印刷术发明者毕昇的故里，地处湖北省东部、大别山南麓，素有鄂皖咽喉、江淮要塞之称，是黄冈市下辖县。全县面积 1449 平方千米，辖 3 乡 8 镇 312 个行政村，总人口 40.8 万。

近年，在习近平新时代中国特色社会主义思想指引下，英山深入实施《公共文化服务保障法》，努力创建国家公共文化服务体系示范区，公共文化设施网络建设不断完善，公共文化服务供给能力显著提升，群众文化活动亮点纷呈，覆盖城乡的现代公共文化服务体系基本形成，为保障广大人民群众基本文化权益、实现文化小康、推进文旅融合发展打下坚实基础。

毕昇故里：文化底蕴耀今古

英山地处大别山核心区域，石器时代就有人类活动，上古为皋陶部落，春秋时期为鸠鹚古国和英国，汉为英布封疆，宋咸淳六年（1270 年）立县，元、明、清属淮南六安，民国属安庆，1932 年由安徽划归湖北。

2019 年 5 月 11 日，依托大别山主脉构建的黄冈大别山世界地质公园，在英山大别山主峰园区揭碑开园，英山新添一张世界文化名片。这座集旅游观光、休闲度假、猎奇探险和科学研究、环境保护为一体的世界级的大型科学公园，记录了大别山 28 亿年的地老天荒、海枯石烂，更承载了世世代代大别山人"为追求民族独立和人民解放而英勇献身、为追求美好生活和幸福小康而艰苦奋斗"的大别山精神。

英山属"血染红土三尺深"的革命老区，是鄂豫皖革命根据地的重要组成部分。红四方面军从这里西征，红二十七军在这里成立，红二十五军从这里北上长征，红二十八军在这里开辟游击根据地，刘邓大军在这里迂回鏖战，3 万多儿女参军参战，7400 多人英勇牺牲，被称为"永不卷刃的红色尖刀"。

英山人杰地灵、名人辈出，宋有活字印刷术发明者毕昇，清有刑部尚书金光悌。北宋时期，活字印刷术的发明，为推动人类文化传播和科技进步作出巨大贡献，然而关于它的发明者"布衣"毕昇，其生卒年月、籍贯均无史料可考。1990 年，英山县草盘地镇五桂墩村睡狮山发现毕昇墓碑，经国家文物鉴定委员会认定，此碑为宋代毕昇墓碑，是宋代皇祐四年（1052 年）所立，墓主即北宋时期活字印刷术发明家毕昇，墓碑坐落地点即是毕昇的埋葬地。毕昇墓的发现，结束了毕昇籍贯问题的争论，填补了中国科技史上近千年的一项空白，在全世界引起轰动。

英山承东接西、连贯南北，是荆楚文化、吴越文化、中原文化、南北文化的交汇地。自古以来，大别山情歌、山歌、畈腔世代传唱，采茶戏高腔、丝弦锣鼓、南北调花鼓不绝于耳，采莲船、踩高跷、渔鼓道情千年繁衍。

作为黄梅戏的发源地，黄梅戏在英山广为流传。新中国成立以来，培养了郑淑兰、余万能等国内外知名的黄梅戏表演艺术家，创作上演的大型现代黄梅戏《银锁怨》，代表湖北省参加首届中国艺术节，亮相中南海礼堂和人民大会堂，主创人员受到党和国家领导人的亲切接见。

英山文学创作历史悠久，享有"作家县"之美誉。改革开放以来，以县文化馆为阵地，培养了全国优秀短篇小说奖获得者姜天民，茅盾文学奖获得者熊召政、刘醒龙，西班牙华语小说奖获得者郑能新等著名作家，"小县偏出大作家"的现象引起全国关注。

英山境内奇峰俊秀、沟谷幽深、森林茂密，是名副其实的"天然氧吧"。大别山主峰、桃花冲两个 AAAA 景区和天马寨五彩杜鹃花海胜景享誉华夏，"西河十八湾""东河百里秀"成为中国最美休闲乡村代名词。

英山是中国温泉之乡、茶叶之乡、漂流之乡。从温泉跳水馆先后走出周继红、伏明霞、肖海亮等 10 位世界冠军，被誉为"世界冠军的摇篮"。茶叶产量居湖北第一、全国第四，漂流河道居全国第一。

大别茶乡：文旅融合正当时

最是一年好风景，毕昇故里茶飘香。

2019年4月14日，第二十八届湖北·英山茶文化旅游节主题文艺演出《康养英山·魅力茶乡》在英山县游客中心举行，展示茶乡风貌，撬动茶旅游市场。

6月25日，走进雨后的神峰山庄，云雾缭绕，景色宜人。

来自武汉、黄石、九江、合肥等地的近千名游客，游茶园、观民俗、尝土菜、住民宿、看表演，体验原汁原味的乡村农家风情，感受"中国好空气·英山森呼吸"的独特魅力。

神峰山庄地处英山县西河十八湾旅游集散地，主体产业园区6500亩，拥有36个果蔬家庭农场、25个省内外合同订购基地，是黄冈市回乡创业明星闻彬军投资2.6亿元打造的国家运动员绿色食品基地、全国旅游扶贫"能人带户"示范项目、国家AAA级旅游风景区。山庄以有机农业为依托，以文化、旅游、康养为基础，打造了农文旅融合发展的"神峰模式"。2018年以来，神峰山庄接待游客近百万人次，综合收入6亿多元，带动周边县市7万多农民增收脱贫。

英山县立足悠久的种茶历史，深入挖掘茶文化内涵，同时利用大别山世界地质公园以及山地、森林、温泉、漂流等得天独厚的绿色生态文化资源，积极创建国家公共文化服务体系示范区和全域旅游示范区，在不断改善城乡公共文化旅游服务设施和服务的同时，连续举办茶文化旅游节、挺进大别山漂流赛、美厨娘厨艺大赛等系列活动，大力发展乡村游、康养游、研学游，丰富旅游产品和商品供给，让种茶的人更富有、喝茶的人更健康、赏茶的人更快乐，推动英山经济高质量发展。

目前，全县建有万亩茶叶谷1处、茶叶公园3座、观光农业园15处。英山云雾茶成为国家地理标志保护产品、大别山生态名茶、湖北省十大名茶，茶园观光带荣膺"中国美丽田园"称号。

全县建成旅游名村4个、小康示范村32个、绿色生态村34个，发展乡村旅游配套产业市场主体120余家，5000多名返乡农民工实现在家门口就业。

在"绿水青山就是金山银山"的科学论断指引下，英山形成"全县一个大景区，山乡处处皆景点，一地一景各不同"的全域旅游新格局，先后被命名为"全国休闲农业与乡村旅游示范县"和"湖北旅游强县"。

2019年上半年，全县共接待游客477.3万人，同比增长22%；全县旅游综合收入达到31.06亿元，同比增长25%。

文化名县：场馆建设沐春风

英山是中国文化的高地，20 世纪 90 年代以来，一直位居全省"文化先进县"行列。

然而，作为大别山深处的国家级贫困县，英山公共文化设施网络基础相对薄弱，公共文化服务保障机制尚不健全，创建国家公共文化服务体系示范区，面临一系列的短板。

唯有激流勇进，方显奋斗本色。英山县委副书记、县长田洪光号召全县，"全面贯彻党的十九大精神，坚定文化自信，抢抓创建第四批国家公共文化服务体系示范区的历史机遇，举全县之力，加快构建现代公共文化服务体系，促进全县基本公共文化服务标准化、均等化，为夺取脱贫攻坚全面胜利、实现全面小康提供强大的精神动力。"

全县上下不断强化责任意识、担当意识和效率意识，从公共文化设施网络建设、公共文化服务供给、公共文化服务与科技融合发展、公共文化服务社会化建设、公共文化服务体制机制建设、公共文化服务保障等方面，对照 35 项具体指标，精准发力，对标看齐，国家公共文化服务体系示范区创建扎实推进。

——投资 1500 多万元，完成 78 个脱贫出列贫困村文化广场建设任务，全县 312 个行政村文化广场和文化活动室覆盖率分别达到 99.96% 和 100%，提前达到创建标准。

——新建孔家坊乡综合文化站，改造温泉镇综合文化站，全县 11 个乡镇综合文化站，2 个达到国家二级标准，7 个达到国家三级标准。

——广播"村村响"工程全面完成，252 个村农村智能广播通过验收，全县广播电视人口综合覆盖率分别达到 98% 和 99.7%。

——投资 2000 多万元，建筑面积 1200 平方米的红二十八军纪念馆建成开馆，在鄂皖交界处的桃花冲景区，再添一座革命传统教育、红色文化研究、红色旅游景点等多功能文化场馆。

——总投资 1.5 亿元，占地 40 亩，包括县图书馆、文化馆、群众舞蹈培训中心、文化休闲娱乐中心等文化场馆在内的英山县才知文化广场，完成征地、拆迁和"五通一平"，即将动工建设……

文化家园建起来，群众文化火起来。英山坚持以文促旅、以旅彰文，群众文化活动丰富多彩。

大型原创黄梅戏《活字毕昇》《铁面金光悌·审和珅》，生动再现中国历史名人毕昇和清代名臣金光悌的传奇经历，塑造毕昇献身科技、百折不挠、矢志不渝的创新精神和金光悌清正廉洁、精通法典、不畏强权、执法如山的"清代包公"形象，在全县巡回演出，并先后赴武汉、安庆、深圳、北京等地展演和巡演。

"一个故事唱千载，一双彩蝶传真爱。"英山县黄梅戏剧团汇集新秀致敬经典，复排黄梅戏传统剧目《梁山伯与祝英台》，走进各大旅游景区周末剧场，给旅游注入灵魂，也给文化找到载体。

为保护和传承非物质文化遗产，今年"文化和自然遗产日"期间，英山鼓书、英山畈腔、英山渔鼓、英山民歌，让老百姓大饱耳福。《寻梦桃花溪》旗袍秀、《古宅丽影》旗袍秀，让景区游客养足了眼。身着汉服的孩子们朗诵《弟子规》《少年中国说》，让现场观众养足了心。通过"见人见物见生活"，英山丰富而独特的非遗文化走出传承馆，走进生活，走向景区。

文化惠民、文化乐民、文化育民、文化富民。英山通过全面创建国家公共文化服务体系示范区，公共文化服务效能不断提升。

——以县黄梅戏剧团为龙头，并通过政府向社会力量购买公共文化服务，鼓励和支持业余剧团提供公共文化服务产品，每年完成送戏下乡近 300 场，实现送戏下乡进村（社区）全覆盖。

——以县文化馆、图书馆为龙头，广泛开展节庆文化、民间文化、全民阅读、文艺培训以及面向基层、面向特殊群体的文化服务，每年组织活动 300 多场，培训文艺骨干 1200 多人，推出原创节目 200 多个，山城英山"天天有节目、日日有活动"。

——以乡镇综合文化站为龙头，组织广场舞队、健身舞队、腰鼓队、锣鼓队、鼓书队等民间文艺团队 260 多支，每年开展演出 1000 多场，全县基本实现每个行政村每月看 1 场以上电影、每年看 4 场以上戏剧或文艺演出。

风来浪起舞，山容雨后新。在创建第四批国家公共文化服务体系示范区的大潮中，英山送新船下海，激起雪白的浪花！

（原载《黄冈日报》2019 年 7 月 20 日，《荆楚网》2019 年 7 月 22 日）

勇立潮头歌大江

——黄州区合力创建国家公共文化服务体系示范区

"大江东去，浪淘尽、千古风流人物。"苏轼的一阕《念奴娇·赤壁怀古》，时刻把人们带到思接千载、奔涌万里的浩瀚长江，带到"故垒西边""江山如画"的"三国周郎赤壁"——黄州。

黄州是黄冈市唯一市辖区，是黄冈市委、市政府所在地，历为王都、郡治、州衙、县府，是鄂东政治、经济、文化中心。下辖4个街道办、3镇、1乡、1个经济开发区和1个省管工业园区，137个村（社区），人口40万，面积363平方千米。黄州是全国卫生城、全国双拥模范城、全国基础教育名城、全国科普示范区、全国群众体育先进单位、中国民间艺术之乡、中国诗词之乡、中国东坡文化名城、中国书法城、中国十佳魅力城市、省级历史文化名城。

一年来，黄州区深入实施《公共文化服务保障法》，合力创建国家公共文化服务体系示范区，加快推进文化旅游融合发展，为建设首位黄州、首富黄州、首德黄州、首治黄州、首美黄州提供重要支撑。

千年古城：大江东去尽风流

"黄州"之名始于隋开皇二年（582年），但黄州灿烂的历史文化却源远流长。

位于黄州城北的螺蛳山新石器时代文化遗址，汇聚仰韶文化、屈家岭文化、青莲岗文化、龙山文化、大溪文化、薛家岗文化、良渚文化等多种文化因素，是海洋文化与内陆文化、中原文化与南方文化的交汇地，开启黄州历史文明的先河。

春秋战国时期，黄州并入楚国版图。公元前 255 年，楚灭邾国，迁邾国君民于今黄州区禹王办事处境内，封邾君为钜鹿侯，筑城而居，谓之邾城；秦置衡山郡，以邾城为郡治；公元前 206 年，西楚霸王项羽分封百越领袖吴芮为衡山王，定邾城为都城；西汉时期亦设衡山郡，邾城为郡治；三国时期，这里爆发举世闻名的赤壁之战。

邾城是鄂东第一座有文字记载的侯国都城，是黄冈城市文明之根，历经战国、秦、汉、三国、晋 5 个朝代，毁于公元 339 年，计 594 年。

北周大象元年（579 年），废郡置衡州；隋开皇二年改衡州为黄州；唐宋时期，黄州以名邦称雄江淮；元明清时期，黄州是大别山南麓、长江中游北岸政治中心和军事要地。

黄州是千年古县黄冈县的文化脐带。1991 年 1 月，黄冈县改为黄州市；1996 年 5 月，黄冈地区改为黄冈市，原黄州市分设黄州区和团风县。

黄州是一块红色的土地。1921 年 7 月，中国共产党第一个农村共产主义小组在烽火山下成立；1922 年春，中国共产党第一个农村早期组织"共存社"在陈策楼村成立；陈策楼村走出的伟大的无产阶级革命家陈潭秋，是中共一大代表、党的创始人之一。

黄州是北宋文学家苏轼的创作巅峰之地和东坡文化发祥地。苏轼被贬黄州期间，以"一词二赋"和"天下第三行书"建立的文学艺术丰碑，拯救女婴和治疗瘟疫所体现的仁爱情怀，以及随缘自适的饮食文化和禅学思想，构成在困顿危绝中崛起的东坡文化，成为中华民族的精神标识。

黄州自古名贤咸至，胜迹如云。晚唐诗人杜牧任黄州刺史，写下《赤壁》；北宋文学家王禹偁出知黄州，写下《黄州新建小竹楼记》；清代"天下廉吏第一"于成龙在黄州知府任上，励精图治、政绩卓著；唐代大诗人李白，南宋大诗人陆游、杨万里和大词人辛弃疾，元代大书画家赵孟頫，明朝开国功臣刘伯温，清末洋务派首领张之洞曾游历黄州，赋诗题词。

黄州历来崇文重教，人才辈出。方圆不过数里的堵城镇叶路洲，考中顺治状元刘子壮和清末探花程明超。

黄州民间文化多彩多姿。黄梅戏、楚剧、汉剧、京剧广为流传，形成四戏同源的独特景观；苏东坡传说、黄州牌子锣、唐家渡舞龙、黄冈善书、黄冈民间绘画、东坡饮食文化等列入国家和省、市级非物质文化遗产名录。

黄州自然风光优美，旅游资源丰富。白潭湖、齐安湖、千叶湖等大小湖泊星罗棋布；国家 AAAA 级景区遗爱湖公园次第绽放芳华，四季游人如织；

千年古刹安国寺享誉海内外，青云塔顶朴树年年披绿、令人称奇；国家重点文物保护单位东坡赤壁诗词歌赋流芳千古，古色古香的亭阁楼榭掩映在翠绿丛中，即将重现"惊涛拍岸，卷起千堆雪"的壮丽场景；禹王城遗址积极申报全国重点文物保护单位，规划建设禹王城考古遗址公园。

文峰黄州：同持彩练当空舞

940 年前，"苏东坡成全了黄州，黄州也成全了苏东坡。"

今天的黄州，勇立全市创建国家公共文化服务体系示范区潮头，延续城市文脉，奏响激昂奋进的新时代乐章。

投资 25 亿元，采遗爱湖形、景、物之灵气，撷苏东坡诗、词、赋之佳句，集生态、休闲、文化于一体的全国最大的东坡文化主题公园——遗爱湖公园 12 景区全部建成对外开放，黄州实现从"文以城兴"到"城以文兴"的历史性嬗变，让市民闹市之中乐自然。

投资 3.1 亿元，国内一流、国际领先的遗爱湖畔的高雅艺术殿堂——黄梅戏大剧院建成投入使用，以合理的票价设计吸引不同层次的观众，到黄梅戏大剧院看戏，成为黄州市民文化消费的新选择。

自然精彩与人文情怀激情碰撞的智慧结晶——黄冈大别山世界地质公园博物馆建成开馆，再现地质传奇景观，获得中国地质博物馆黄冈分馆金字招牌，变身地学研究基地的科普殿堂，为黄冈打开一扇对外交流与形象展示的"大窗口"。

"坚持市区一体、区县一体、城乡一体、部门一体、社会一体，提高市区首位度，推进服务均等化，是我们创建国家公共文化服务体系示范区的主要做法和成功经验。"

黄州区政府副区长石玉艳介绍，区委、区政府将构建现代公共文化服务体系、创建国家公共文化服务体系示范区纳入国民经济和社会发展总体规划和重要议事日程，加强组织领导，明确责任书、时间表、路线图；财政部门按照公共文化服务支出责任，落实"三馆一站"免费开放配套资金，上调年度新增图书资金，安排示范区创建专项工作经费，整合省级项目补助、区级以奖代补和乡镇街道自筹资金，创新投融资渠道，支持公共文化设施网络建设和数字化建设，加快推进区图书馆新馆、剧场、全民健身中心建设；编制、人社部门按照控制总量、盘活存量、优化结构、有减有增的要求，落实 9 名事业编制人员、9 名以钱养事人员、9 名公益性岗位人员。"党委领导、政府管理、部门协同、社会参与、权责明确、统筹推进的公共文化服务体系建设工作机制不断完善。"

近年来，黄州投资 1 亿多元，对区文化馆、图书馆、老年人体育活动中心、李四光纪念馆、李四光青少年科技馆、陈潭秋故居纪念馆进行全面维修改造，配备流动舞台车、图书车、数字阅读机，增加图书藏书量、图书馆外连通点，开辟少儿图书阅览室、电子阅览室，设立农民画馆、非遗传习馆，在展陈中融入现代科技元素，建设网络 3D 虚拟博物馆（纪念馆），市区公共文化辐射力明显提升。李四光纪念馆、李四光青少年科技馆、区文化馆、陈潭秋故居纪念馆分别被授予全国科普教育基地、国家防震减灾科普教育基地、全国校园艺术活动最佳组织单位、湖北省爱国主义教育基地、革命传统教育基地、廉政教育基地称号。剪纸《友谊长存》被联合国教科文组织收藏，16 幅农民画、2 幅国画分别入选联合国画展和芬兰中国民间艺术展。

加强文化馆分馆、文化信息资源共享工程、基层综合文化站、城乡文化广场、百姓舞台、公益电影广场、文化活动室、农家书屋建设，建成 9 个文化馆分馆、146 个文化信息资源共享工程基层服务点、162 个文化广场、85 个百姓舞台、10 个城区公益电影广场、137 个村（社区）文化活动室和农家书屋。赤壁街道、南湖街道、黄州火车站经济开发区综合文化站达到国家二级站标准，禹王街道、东湖街道及路口镇、堵城镇、陈策楼镇、陶店乡 6 个综合文化站动工新建。一个集"公益性、基本性、均等性、便利性"于一体的"15 分钟文化圈"率先形成。

与此同时，引进万达影城、耀莱成龙、奥康兴汇、雅图银兴、大地数字影院等一批现代放映企业，组建 14 家民营演出院团，满足市民多样化需求。

在丰富群众文化生活方面，坚持市区一体共建"书香黄州"，扎实开展全民阅读活动，打造"激情新黄冈·欢乐大舞台""社区大家乐""邻里一家亲""广场舞展演"等特色文化品牌。全区组建广场舞队、腰鼓队、连厢队、秧歌队、龙灯队、健身队、扇子舞队、太极拳队、戏剧票友会等各类文体队伍 2000 多支，队员 22000 多人。《人民日报》《光明日报》、新华社、中央广播电视总台等中央媒体，集中报道黄州广场舞持续健康发展经验。

夜幕降临，华灯初上，遗爱湖波光激滟，欢快的乐曲《黄州俏大妈》在湖滨广场响起，36 位黄州大妈身穿黄梅挑花织成的大红舞衣，手拿黄梅挑花八角巾，跳起俏丽多姿的广场舞。

《黄州俏大妈》是黄州原创广场舞作品，曾荣登央视《舞蹈世界》，亮相中国艺术节，并在第十二届全国健身交谊舞锦标赛中一举夺魁。

活跃的群众文化生活和丰富的文化产品供给，是黄州创建国家公共文化服务体系示范区的重要成果。

古城黄州的文化天空群星璀璨。

首美之区：好竹连山觉笋香

"多情大别山，风流看黄州，这样的胜景天下哪里还有"，这是歌唱家刘和刚歌声里的黄州。

然而，曾几何时，旅游资源富集的黄州陷入过境游、半日游窘地。游客大都慕东坡赤壁、安国寺之名，匆匆而来，匆匆而去。

在创建国家公共文化服务体系示范区过程中，黄州坚持"文化立区、旅游活区"战略定位，大力发展全域旅游，打造鄂东都市休闲旅游目的地，创建国家级东坡文化休闲度假区。古城黄州新韵 2 日游、东坡文化美食 2 日游、醉江月·天堂景 2 日游入选 2019 黄冈十大精品旅游线路。

历史文化是黄州的底色。触摸历史文化，发展研学旅游，是黄州在文化旅游上打出的第一张好牌。

根据市委、市政府关于创建国家历史文化名城的战略部署，黄州以禹王城、螺蛳山，宋城、明城遗址和东坡赤壁风景区、安国寺风景区、博物馆（纪念馆）为重点，打造历史文化旅游片区，落实历史文化名城保护和监督的主体责任，推动文物旅游向文化旅游、研学旅游迈进。

行走在黄州历史街区，龙王山、东坡赤壁、汉川门、文庙、考棚街、安国寺等主要景点与景观映入眼帘，视线通廊得到较好保护，东坡美食店、文化客栈、文创概念店、手工作坊等目不暇接，怀旧与新潮相融，别具风情。

红色文化是黄州的灵魂。追寻红色记忆，发展红色旅游，是黄州在文化旅游上打出的又一张好牌。

在党的一大代表陈潭秋的诞生地陈策楼镇陈策楼村，完成全国第二批红色旅游重点项目陈潭秋故居纪念馆扩建工程，建设陈潭秋故居游客服务中心、环村旅游公路和铜像广场、宣誓广场、独尊亭、玉兰园、红色银杏园、澄潭公园等景观，打造红色文化旅游片区。积极推进陈策楼村中国共产党第一个农村早期组织"共存社"恢复重建，更好发挥陈潭秋故居纪念馆党的教育、爱国主义教育、革命传统教育、廉政教育功能，增强革命文化的生命力和影响力。

良好的自然生态是黄州的颜值。黄州文化旅游成绩单不断刷新，打出第三张好牌：利用自然生态，发展休闲旅游。

"以滨江森林公园为重点，建设滨江旅游片区；以遗爱湖风景区为重点，建设滨湖旅游片区；以齐安湖农庄、东方园林、春阳、千叶湖、骏源、蝴蝶兰基地等生态休闲示范产业项目为重点，建设现代农业旅游片区。"黄州区文化和旅游局局长杨平安说，"历史文化、红色文化、滨江、滨湖、现代农业五大旅游片区一线串珠，黄州形成全域旅游新格局。"

黄州这片美丽的土地，正吸引越来越多的游客，成为高频打卡地。2019年1至7月，黄州共接待游客230万人次，实现旅游综合收入20亿元。

"滚滚长江东逝水，浪花淘尽英雄。"千年古城、文峰黄州，正焕发出城市的青春活力，雄姿英发，凝聚成一幅经济发展、文化繁荣的水墨画卷！

（原载《西部发展观察网》2019年7月31日，《黄冈日报》2019年9月7日）

中部示范的生动答卷

——来自老区黄冈的时代报告

地图上有一条奇特而又充满魅力的纬线——北纬30°线，它贯穿四大文明古国，被德国哲学家黑格尔称为"历史的真正舞台"。

北纬30°线横贯中国大陆腹地，从最西端的青藏高原到最东端的杭州湾，整个地带大山大川广布，物产富饶，人文荟萃。

背靠大别山，面向大长江，毗邻大武汉，人杰地灵、文昌武盛的中国杰出人才之乡——湖北黄冈，正处在北纬30°线上。

作为华夏文明起源的区域之一，从史前文明的旧石器时代发端，贯通上下五千年，黄冈历史文化脉络清晰、奇峰并峙，形成中国文化高地。

进入中国特色社会主义新时代，承东启西、纵贯南北、通江达海、得中独厚的地理位置和国家卫生城市、国家园林城市、全国双拥模范城、全国基础教育名城、全国科普示范城、中华诗词之市、中国东坡文化名城、中国书法城、中国十佳魅力城市等一张张"国"字号名片，为黄冈文化建设争得一席之地，古老而雄奇的鄂东大地，围绕创建国家公共文化服务体系示范区、建设湖北省区域性增长极，展开一幅为中部地区现代公共文化服务体系建设探索路径、积累经验、提供示范的生动答卷。

文化高地：大江歌处尽风流

"大江东去，浪淘尽、千古风流人物……" 937年前，因"乌台诗案"被贬黄州的北宋大文豪苏轼仁立在长江岸边的赤壁矶头，眼前的美景和赤壁大战的古战场，勾起诗人无限感慨，一曲《念奴娇·赤壁怀古》横空出世，震古烁今。

　　苏轼谪居的黄州府，就是今天的黄冈市。作为省、县之间的一级行政区域，黄冈有 2000 多年的建制历史。

　　黄冈历史文化源远流长。黄梅县杉木乡张山旧石器时代遗址考古发现，早在 4 万年前，黄冈境内就有人类居住。

　　新石器时代遗址，黄冈有 311 处之多。黄梅县白湖乡张城村焦墩遗址发现的"焦墩卵石摆塑龙"，是中国发现的时代最早的龙形图案，被称为"长江流域第一龙"，为中华民族文明起源多元化提供了重要佐证。黄州区堵城镇堵城村螺蛳山遗址，是"海洋文化与内陆文化、中原文化与南方文化的交汇地"，开启黄冈历史文明的先河。

　　公元前 255 年，楚灭邾国，封邾君为钜鹿侯，迁邾国君民于今黄州区禹王街道办事处境内筑城而居，是为邾城，这是黄冈第一座有文字记载的侯国都城。

　　秦置衡山郡，以邾城为郡治。

　　公元前 206 年，西楚霸王项羽封百越领袖吴芮为衡山王，定邾城为王都。

　　西汉时期亦设衡山郡，邾城为郡治。

　　北周大象元年（579 年），废衡山郡置衡州。

　　隋开皇二年（582 年）改衡州为黄州，始有"黄州"之名。

　　隋唐五代至明初，黄冈由黄州、蕲州并治。

　　明代以后，蕲州归属黄州，黄州成为黄冈唯一的政治、经济、文化中心。

　　黄冈现辖一区（黄州）、二市（武穴、麻城）、七县（红安、罗田、英山、浠水、蕲春、黄梅、团风）、一个国家级高新区、一个县级白莲河生态保护和绿色发展示范区、一个县级龙感湖农场，面积 1.74 万平方千米，总人口 750 万，是武汉城市圈东部的核心集聚区。

　　黄冈自古以来文教昌盛，名人文化享誉华夏。

　　春秋时期，孔子使子路问津，在团风孔子河留下佳话。始建于西汉的问津书院，是湖北唯一的孔子遗迹和保存完好的古代书院，是元、明、清鄂东文人的摇篮。

　　早在科举考试之前，黄冈普设家塾、乡校，唐代的兰溪学宫、北宋的雪堂书院和明清林立的书院，成就了一批教育大家和科举士子。始建于唐、盛于明清的黄州考棚街，产生文武进士 953 人。今天的黄冈中学，创造全国高中教育的"神话"，被誉为"培养国手的摇篮"。

　　"惟楚有才，鄂东为最。"黄冈是中国佛教禅宗四祖道信、五祖弘忍，宋代活字印刷术发明人毕昇、明代医圣李时珍、现代地质力学创始人李四光、爱国诗人闻一多、国学大师黄侃、文艺理论家胡风、哲学家熊十力、《资本论》中文译者王亚南等一大批科学文化巨匠的故乡。中华世纪坛收录40位中国历史上最具代表性的文化名人，毕昇、李时珍、李四光等3位黄冈名人入选。

黄冈"血染红土三尺深"，红色文化光辉璀璨。

从黄麻起义到新四军中原突围，从刘邓大军千里跃进大别山到人民解放军渡江战役，先后有44万黄冈儿女为缔造共和国英勇捐躯，其中5.3万人被追认为革命烈士。以黄冈为中心的鄂豫皖革命根据地，是中共早期建党活动的重要驻地和仅次于中央苏区的全国第二大革命根据地。

1927年11月13日，黄安、麻城的农民自卫军发动著名的黄麻起义，黄安县书法家吴兰阶为新生的县政府撰写了"痛恨绿林兵，假称白日青天，黑夜沉沉埋赤子；克复黄安县，试看碧云紫气，苍生济济拥红军"的楹联，中共领导的军队第一次被称为"红军"。1952年，为表彰黄安人民为建立新中国作出的巨大贡献，中央人民政府将黄安改为红安。

"八月桂花遍地开，鲜红的旗帜竖呀竖起来……"在欢庆胜利的歌声中，黄冈革命风潮风起云涌，工农子弟纷纷加入革命的洪流。这里不仅诞生了红十五军、红四方面军、红二十五军、红二十八军等四支红军主力，还走出了董必武、陈潭秋、包惠僧3位中共"一大"代表，董必武、李先念两位国家代主席、主席，王树声、许世友、陈锡联、陈再道、韩先楚、秦基伟等200多位开国将帅。

黄冈是中国戏曲的重要发源地，孕育了京剧鼻祖余三胜、黄梅戏宗师邢绣娘等中国戏剧奠基人，戏曲文化历史悠久。

最新地方戏曲普查资料显示，湖北共有32个地方剧种，黄冈占6个，主要以黄梅戏为主，另有楚剧、罗田东腔戏、麻城东路花鼓戏、武穴文曲戏和英山采茶戏。

"一去二三里，村村皆有戏。"中华人民共和国成立以来，黄冈创作上演黄梅戏、楚剧、东路花鼓戏、文曲戏精品剧目200多部，多次获得文华奖、飞天奖和"五个一工程"奖，湖北省黄梅戏剧院杨俊、张辉荣获中国戏剧梅花奖。

"问我祖籍在何方，湖广麻城孝感乡"。从战国时期迁邾国君民入黄州，到东汉两次迁入巴人；从西晋末年流民南迁，到明清四次江西填湖广、两次湖广填四川，黄冈的历史是一部波澜壮阔的移民史，根亲文化感天动地。

元末明初和明末清初，因躲避战乱、随军起义、逃税逃荒，大量麻城人拖家带口、背井离乡，向四川和重庆迁徙，在巴蜀大地筚路蓝缕、生生不息。

黄冈是北宋文学家苏轼的创作巅峰之地和东坡文化发祥地，东坡文化影响深远。

苏轼在黄州期间，创作了《念奴娇·赤壁怀古》《前赤壁赋》《后赤壁赋》等753篇（首）诗词文赋和被誉为"天下第三行书"的《黄州寒食诗帖》，达到了艺术创作的巅峰。这些文学艺术丰碑，构成在困顿中崛起的东坡文化，成为中华民族重要的精神标识。

"问汝平生功业，黄州、惠州、儋州。"

黄冈成全了苏东坡，苏东坡也成全了黄冈。当年苏东坡吟唱"大江东去"的东坡赤壁，因赤壁之战而成为举世瞩目的游览胜地，更因"一词二赋"成为国家重点文物保护单位和AAAA级旅游景区。

走进东坡赤壁，古色古香的楼榭亭阁掩映在翠绿丛中，千古流芳的诗词歌赋碑刻琳琅满目。黄冈城中的一座自然湖泊，因苏东坡在黄州作《遗爱亭记》而得名遗爱湖，湖面纵深开阔，岸线蜿蜒曲折，依湖而建的遗爱湖公园，集中展现了博大精深的东坡文化，黄冈实现从"文以城兴"到"城以文兴"的历史性嬗变。

多情大别山，风流看黄冈。黄冈依山带水、风光秀丽，生态文化别具风情。

在黄冈境内绵延数百千米的大别山，分布着世界上面积最大、最集中、最壮丽的古杜鹃群落。"人间四月天，麻城看杜鹃"，成为独步全球的旅游品牌。

集旅游观光、休闲度假、猎奇探险、科学研究、环境保护为一体的大型科学公园——黄冈大别山世界地质公园，记录了大别山亿万斯年的天荒地老，引领黄冈走向世界。

蜿蜒于崇山峻岭之中的黄冈大别山红色旅游公路，全长460千米，贯穿红安、麻城、罗田、英山、浠水、蕲春、黄梅7县市，连通沿线红色遗迹、绿色生态、禅宗文化三大旅游区，"春看山花烂漫，夏观流云飞渡，秋赏万山红遍，冬览林海雪原"，四季风景美不胜收。

红色圣土：挺立潮头勇担当

由于战争创伤和自然条件等因素，黄冈是全国集中连片贫困地区，全市有 6 个国定贫困县，公共服务民生领域欠账较多。

党的十八大之前，黄冈的公共文化设施大都是 20 世纪七八十年代的建筑，场地狭小，设备落后，无法满足人民群众日益增长的精神文化需求。

为补齐文化小康短板，确保与全国人民一道同步迈入全面小康，从黄冈市委四届七次全会提出"强工兴城、强农兴文"发展战略，到出台《黄冈名人文化建设规划》《黄冈文化产业发展规划》《黄冈市革命遗址遗迹保护条例》《黄冈市历史文化名城保护办法》《关于加快构建现代公共文化服务体系的实施意见》《基本公共文化服务实施标准（2016—2020 年）》，以及《政府向社会购买公共文化服务项目清单》，黄冈顶层设计的文化笔墨一次次加重。

从市委书记、市人大常委会主任刘雪荣四次登上"黄冈讲坛"，开讲黄冈历史文化、东坡文化和大别山世界地质公园，到把公共文化服务体系建设纳入国民经济和社会发展总体规划，纳入党委、政府议事日程和责任目标，黄冈决策者的文化自觉和文化担当一步步强化。

党的十八大以来，黄冈同步推进公共文化设施"基础版"和"升级版"，文化设施网络建设取得重大突破。

在市区，全国最大的东坡文化主题公园遗爱湖公园 12 个景区建成对外开放，市科技馆、市遗爱湖美术馆、黄冈大别山地质公园博物馆、黄梅戏大剧院、黄冈艺术学校、市体育中心主体育场建成投入使用，市图书馆新馆主体封顶，市中环路对面墩汉墓遗址博物馆主体完工，市群众艺术馆提档升级，黄州区图书馆动工新建、区级剧场改造全面展开。

在县（市），红安县、黄梅县、武穴市文化中心，麻城市图书馆，罗田县图书馆、文化馆，浠水县杂技馆建成投入使用，蕲春县文化中心、浠水县数字图书馆、罗田县博物馆主体完工，团风县文化中心、英山县才知文化广场动工新建。

在乡村，新建 98 个乡镇综合文化站，1267 个基层综合文化服务中心示范点，4074 个村（社区）文化活动室，3161 个村级文体广场，2070 个百姓舞台。一个以市区为龙头、县市为支撑，乡镇综合文化站、村（社区）文化活动室、信息资源共享服务点为平台的现代公共文化服务体系基本建成。

2015年岁末，投资3.1亿元、占地120亩、建筑面积2.8万平方米，委托北京保利剧院管理有限公司管理运营的黄梅戏大剧院竣工投入使用，古城黄州新添一座文化地标性建筑。

同年12月25日晚，黄梅戏大剧院举办惠民展演，省黄梅戏剧院上演大型原创黄梅戏《活字毕昇》，1000多名学生、戏迷、企业家、公务员等市民代表成为首批幸运观众。

12月28日晚，莫斯科国立音乐厅交响乐团携20余首中外经典名曲"空降"黄冈，在黄梅戏大剧院献上顶级的2016新年音乐会，给黄冈市民带来唯美视听享受。

"一步跨进北京城！"在家门口就能欣赏到世界级高雅艺术表演，市民程晓明赞不绝口。

2017年5月18日，投资近2亿元，占地5万平方米、建筑面积3.1万平方米，包括武穴市图书馆、文化馆、大剧院在内的武穴市文化中心竣工投入使用。

当晚，武穴市文曲戏研究院在武穴大剧院上演新创剧目《嬉蛙》，明快流畅、刚毅且不乏柔美的声调令观众倍感亲切，参加黄冈市加快构建现代公共文化服务体系现场会的代表和武穴各界戏迷观看首场演出。

武穴大剧院开业运营，不但改写了武穴市文曲戏研究院这一全国稀有剧种唯一专业院团的发展历史，而且带动各镇、处文化站和村、社区文化中心建设步伐明显加快。

2017年7月，为深入实施"双强双兴"战略，黄冈市委、市政府站在全市经济社会发展全局高度，做出申报创建第四批国家公共文化服务体系示范区重大决策。

2018年4月12日，经过湖北省人民政府推荐，黄冈顺利取得国家公共文化服务体系示范区创建资格。

革命战争年代，黄冈人民用坚定的理想信念，铸就了"万众一心、紧跟党走、朴诚勇毅、不胜不休"的老区精神，面对一场文化建设的攻坚战，黄冈以舍我其谁的勇气和不胜不休的豪情，奏响创建国家公共文化服务体系示范区、以文化繁荣兴盛助推黄冈高质量发展的时代强音。

湖北省人大常委会副主任、黄冈市委书记刘雪荣深入基层文化单位调研，专程赴文化和旅游部汇报，带头向市图书馆捐书，推动全市以志在必得、务求必胜的决心和信心，打造中部地区公共文化服务体系建设标杆。

黄冈市委副书记、市长邱丽新作为市创建国家公共文化服务体系示范区领导小组组长，多次主持召开领导小组会议，听取工作情况汇报，研究解决具体问题。

黄冈市委五届八次全会、市五届人大四次会议将创建国家公共文化服务体系示范区列入工作报告和综合目标考核，建立健全同财政收入相匹配、同人民群众文化需求相适应的公共文化投入保障机制。

黄冈市政府出台创建国家公共文化服务体系示范区规划、领导小组议事规则、过程管理实施办法、领导小组成员单位职责分工、专项资金使用管理暂行办法、图书馆总分馆制建设实施方案、文化馆总分馆制建设实施方案、"文旅云"平台建设实施方案，召开现场推进会，组织督导检查，压紧压实政府公共文化服务保障主体责任。

黄冈市人大常委会组成执法检查组，对实施《公共文化服务保障法》《黄冈市革命遗址遗迹保护条例》和创建国家公共文化服务体系示范区进行视察，推动法律法规落地生根。

市政协组织考察团学习外地创建经验，开展"创建国家公共文化服务体系示范区，助推双强双兴战略"双月协商，推动创建工作向纵深发展。

2018年10月24日，投资1亿多元，占地41675平方米，建筑面积8188平方米，坐落在浠水县北城新区的浠水杂技馆举行首场盛大演出。这座状如"菠萝球"的浠水地标性建筑，将一场精彩的杂技首秀献给"城市卫士"交警、"城市美容师"环卫工人以及城市管理执法者们。

在欢快的乐曲声中，浠水县杂技团表演的《车技》惊艳亮相。紧接着，《力量》《晃圈》《顶技》《绸吊》《高椅》《球技》等一个个时尚、唯美、高难度的杂技绝活，让人眼花缭乱。

一只蝴蝶扇动翅膀，引起一场龙卷风。浠水文化的"菠萝效应"，带动全县一批设施提档升级，提升了人们的文化获得感和幸福感。

在公共文化服务人才队伍建设上，黄冈通过县聘乡用、以钱养事和增设公益性岗位等方式破解乡镇综合文化站人员配备难题，建立健全文化志愿者注册招募、服务记录、管理评价和激励保障机制，全市业余文化骨干、文化志愿者达2万余人，近万支社会文艺团队常年活跃在街头巷尾、田间地头。

在提高设施的利用率、提升公共文化服务效能上，黄冈制定公共文化服务提供目录，开展"菜单式""订单式"服务，加强公共文化与科技、军民融合发展，推进数字文化建设，推动无障碍设施向基层延伸，创新公共文化场馆免费开放内容和形式，全面提升开放水平。全市公共图书馆、博物馆、文化馆、纪念馆、美术馆年接待读者（观众）2000 万人次，专业戏曲院团年送戏下乡、送戏进校园 3000 多场，农村（社区、广场）公益电影年放映 6 万多场。

随着国家公共文化服务体系示范区创建的深入推进，黄冈城乡群众文化活动百花争艳，亮点纷呈。

2018 年 10 月 20 日，中国·黄冈首届农民丰收节暨罗田甜柿节在美丽的甜柿之乡、中国甜柿第一村——罗田县三里畈镇錾字石村隆重举行。荆楚"红色文艺轻骑兵"为当地群众送去慰问演出，现场举办全市非遗展演，罗田县黄梅戏剧团、县文化馆及錾字石村文艺宣传队同台献艺，老百姓脸上乐开了花。

2019 年 1 月 28 日，第九届中国农民春节联欢会在黄冈师范学院体育馆精彩上演，长江沿岸 11 个省市的农民代表，以"大江奔涌魅力中国"为主题，融入"喜年节、新农村、美黄冈"等元素，向长江母亲、向广大农民，送上最真挚的祝福。

高亢激昂的罗田东腔，把观众思绪带到千里巍巍大别山；字正腔圆的《黄州美景花烂漫》，展示黄梅戏的清丽婉转；《妈妈的味道》这首在央视竞演《魅力中国城》中大放异彩的原创歌曲，深深打动现场观众；歌舞《黄安谣》，再现"朴诚勇毅、不胜不休"的老区精神；红安花生、罗田板栗、英山茶叶，为现场观众平添一份浓浓的黄冈情意。

诗画家园：文旅融合再出发

"长江绕郭知鱼美，好竹连山觉笋香。"这是东坡诗词里的黄冈。

"赏不够黄州美景花烂漫，听不够赤壁江水拨琴弦。"这是黄梅戏《东坡》唱词里的黄冈。

然而，千百年来，交通不便曾是制约黄冈旅游发展的瓶颈，江山如画的大别山，藏在深山人不知。

2011 年 12 月 19 日，穿溪越涧、飞渡关山的大别山红色旅游公路建成通车，把沿途 23 个乡镇的 38 个景点景区连成一线。

2012年7月，从光谷上三环，通过武英高速到大别山出口，沿大河岸、白庙河直达薄刀峰，家住武汉市的江先生去了一趟罗田。打那以后，江先生喜欢上了黄冈，现在只要有空，江先生都会带上家人自驾两三小时去黄冈过周末。

江先生说，除了常去罗田的薄刀峰、天堂寨，红安的天台山、麻城的龟峰山、英山的桃花冲、浠水的三角山他都去过。"全程都是高速，沿途都是风景，开车很舒服。"

2014年6月18日，武汉至黄冈城际铁路开通，武汉与黄冈进入"同城时代"。

几天前，武汉市民石晓丽被"大别山水好风光，24分钟到黄冈"的宣传语吸引，怀着一探究竟的好奇心，坐城铁来到古城黄州。

沿着苏东坡的足迹，聆听着东坡诗词歌赋，感受遗爱湖大洲竹影的清幽静雅、千叶湖休闲农庄的湖光水色，如同徜徉在如诗如画的世外桃源。

"没想到离武汉这么近，有如此美丽的地方！"石晓丽在朋友圈上发出由衷的赞叹。

一线串珠的品牌效应加速了黄冈迈向世界的步伐，黄冈成为越来越多的游客的高频打卡地。全市旅游接待人次和旅游总收入连续10年保持20%以上"双增长"，年接待游客超过3000万人次，实现旅游综合收入近300亿元。

走近大别山，发现大别山。

这里是华北板块与扬子板块的结合带，是著名的大陆造山带之一，有距今28亿年至2亿年间不同地质时代的花岗岩体，是全球花岗岩地质的集中呈现。

这里有4个世界级、5个国家级、21个省级地质遗迹景观，有"大别第一峰"天堂寨、"天下第一石龟"龟峰山等独特的地质地貌，具有极高的文化旅游和科研科普价值。

这里还是长江、淮河的分水岭，"山之南山花烂漫，山之北白雪皑皑"，有2000多个物种，森林覆盖率高达89%，被誉为华中"绿色明珠""中部生态之肺"。

酒好也怕巷子深，机会总是留给有准备的人。

2006年9月，时任黄冈市代市长的刘雪荣在一次培训学习中获悉地质公园申报信息，随即确定按照"省级—国家级—世界级""三步走"战略，申报黄冈大别山地质公园。

十二年磨一剑。2018年4月17日，联合国教科文组织执行局第204次会议通过决议，批准黄冈大别山地质公园为教科文组织世界地质公园，这是湖北继神农架之后第2个、我国第37个世界地质公园，为黄冈推进文旅融合拿到一张世界级名片。

最是一年好风景，文旅融合正当时。

2019年4月6日至7日，湖北省黄梅戏剧院由著名黄梅戏表演艺术家、全国人大代表张辉带队，众多实力派演员和黄梅戏新秀走进麻城景区，在五脑山国家森林公园、古孝感乡都度假区、孝感乡文化园倾情献艺，为市民和游客朋友带来文旅融合的饕餮盛宴。

良好的生态环境，深厚的历史文脉，是麻城最大的资源财富。在国家公共文化服务体系示范区创建过程中，麻城市深度发掘文化和旅游资源，加强文旅融合，推动乡村文化振兴和产业发展。

2019年4月14日，英山县游客中心笑语不绝、掌声如潮，第二十八届湖北·英山茶文化旅游节在这里璀璨开幕，吸引了全国各地上万名游客。

精心编排的英山原生态歌舞、茶歌对唱、民俗展演、舞台剧，让人目不暇接；百名身着汉服的"茶仙子"整齐划一的茶道动作，令现场"仙气"十足；大旅游、大健康项目招商签约和茶旅康养产品展销火爆开场。

英山借创建国家公共文化服务体系示范区之机，立足悠久的种茶历史，利用大别山地质公园以及山地、森林、温泉、漂流等绿色生态文化资源，推进创建全域旅游示范区，发展乡村游、康养游、研学游，推动英山经济高质量发展。

造化钟神秀，大别举世奇。

为抢抓"大别山革命老区振兴发展"和黄冈大别山地质公园获世界地质公园重大机遇，深化文旅合作，发展全域旅游，2019年5月9日至12日，黄冈凝聚政府、市场、资本、产业、研究等各方面力量，举办2019大别山（黄冈）世界旅游博览会，以"融合、发展、合作、共赢"为主题，以大文旅、大招商为主线，全方位推介黄冈特色资源、品牌形象和资源优势，打造从大别山走向世界的"旅游+"合作、交易、推广平台，红色黄冈吸引了全球的目光。

"历史是黄冈的底色，红色是黄冈的灵魂，生态是黄冈的颜值。"黄冈市文化和旅游局党组书记、局长王建学介绍，触摸历史文化、创建国家历史文化名城，传承红色基因、打造红色旅游目的地，发掘生态资源、创建全域旅游示范区，是黄冈在创建国家公共文化服务体系示范区、推进文旅融合上打出的三张好牌。

"麻城杜鹃花是北纬 30°最激荡人心的红色花海，是大别山最美的红飘带。"黄冈市委副书记、市长邱丽新说，"红色代表革命、吉祥、喜庆和美丽。老区黄冈正在习近平新时代中国特色社会主义思想指引下，不忘初心，牢记使命，坚决打赢精准脱贫攻坚战，全力创建国家公共文化服务体系示范区，奋笔书写新时代高质量发展新篇章，以优异的成绩向新中国成立 70 周年、建党 100 周年献礼。"

（原载《中国文化报》2019 年 9 月 9 日，《人民日报》客户端 2019 年 9 月 9 日）

示范引领的历史跨越

——来自人文黄冈的时代报告

文化沃土，大江歌处尽风流；红色圣地，挺立潮头勇担当。

"十三五"期间，湖北黄冈以争创国家公共文化服务体系示范区、国家全域旅游示范区、国家中医药健康旅游示范区为引领，深入推进公共文化服务设施网络建设，着力增加公共文化服务供给，大力推动公共文化与科技融合发展，切实加强公共文化服务体制机制建设，不断增强公共文化服务保障能力，努力加快旅游资源开发和产品打造，奋力推进文旅融合和文旅产业发展。当年成就苏轼"平生功业"、爆发"黄麻惊雷"的老区黄冈，正昂首走向文旅强市，健步迈进文化小康。

城乡一体，公共文化设施日新月异

近日，湖北省首家国有林场展览馆——黄冈市罗田县薄刀峰国有林场历史文化展览馆建成揭牌，受邀的历届知青、离退休职工代表以及景区游客，共同见证了这一历史时刻。

徜徉在展览馆的时空布局中，追寻半个世纪的绿色记忆，让薄刀峰林场负责人陈初明倍感欣慰。

该馆紧邻薄刀峰珍稀植物园和圆梦谷景区，以图片、文献资料、实物等方式，展出不同时期的生产工具、生活用品、民间藏品 3000 余件，文献资料10 万余字，历史图片 500 余张，以及历届知青创作的 200 余篇不同体裁的文章。

"这个展览馆是我县动员社会力量，深入创建第四批国家公共文化服务体系示范区，加强公共文化设施建设的又一最新成果！"罗田县文化和旅游局局长林玲介绍。

公共文化设施是公共文化服务的物质载体。5 年来，黄冈市认真落实政府在公共文化设施网络建设中的主体责任，全面打造公共文化设施网络"基础版"和"升级版"，累计投资 260 多亿元。

在黄冈市区，全国最大的东坡文化主题公园遗爱湖公园 12 景区全部建成对外开放，市科技馆、市遗爱湖美术馆、黄冈大别山世界地质公园博物馆、苏东坡纪念馆、黄冈黄梅戏大剧院、市体育中心建成投入使用，市图书馆新馆、对面墩汉墓遗址博物馆主体工程完工，市群众艺术馆全面提档升级。

在县（市），红安、武穴、黄梅等县（市）文化中心，麻城市图书馆、浠水县杂技馆，罗田县图书馆、文化馆建成投入使用，蕲春县文化中心、浠水县数字图书馆、罗田县博物馆主体工程完工，英山县才知文化广场、黄州区图书馆新馆动工，市、县图书馆实现通借通还和数字资源共享，文化馆实现分馆全覆盖。

在乡村，新建、改扩建乡镇综合文化站 110 个，村级综合文化服务中心 3105 个，村级文体广场 3161 个，百姓舞台 2070 个。

"经过多年的努力，我们老区黄冈，一个以市区为龙头、县市为支撑，乡镇、村（社区）、信息资源共享服务点为延伸的现代公共文化设施网络基本建成。"黄冈市文化和旅游局局长王建学说，"遍布城乡的文化场所，形成老百姓共享文化权益的'10 分钟文化圈'。"

以文化人，群众文化生活丰富多彩

创建国家公共文化服务体系示范区，重在完善现代公共文化服务体系，难在提升公共文化服务效能，落脚点在于文化惠民。黄冈坚持以人民为中心的发展思想，突出重点、攻克难点，让人民群众有更多的文化获得感。

"今年五十九呀，明年五十八，越跳越年轻啊，越活越开心！"这是"黄州俏大妈"们文化生活的生动写照。

黄州区率先在全市开展群众广场舞展演，至今已连续举办了七届，参与群众达 10 万人次，使得这一源自民间的广场文化活动，从单纯的娱乐健身向表演艺术转型升级，成为一道靓丽的文化风景。原创广场舞《黄州俏大妈》惊艳中国艺术节，并在全国健身交谊舞锦标赛中拔得头筹。

这 5 年，黄冈围绕提高公共文化服务效能，着力打好五张牌。

做实惠民文章。各级公共文化机构全部实行免费开放，累计接待读者、观众 1 亿人次，通过流动服务完成送戏下乡 8000 场、戏曲进校园 5000 场、公益电影放映 30 万场。

擦亮特色品牌。各类节会、赛事此起彼伏，举办东坡文化节、板栗文化节、黄梅戏艺术节、民间文化艺术节、农民丰收节、农民读书节、李时珍医药文化旅游节、杜鹃文化旅游节、茶文化旅游节、大别山（黄冈）世界旅游博览会、国际半程马拉松赛、全市舞蹈大赛、民歌大赛、绝技绝活展演、广场舞展演等系列群众文化活动 3000 余场。

筑牢龙头阵地。推动高雅艺术走进百姓生活，黄梅戏大剧院组织高端演出 500 场，观众突破 30 万人次。

推进军民融合。协同推进文化建设军民融合发展，弘扬老区优秀文化、推动军民融合发展试点经验在全国交流推广。

扩大文化消费。城乡居民文化娱乐服务支出占家庭消费支出比重达到 4.2%，人均公共文化财政支出达到 152.6 元，提前实现文化小康。

2020 年上半年，面对突如其来的新冠肺炎疫情，黄冈建立与疫情防控相适应的现代公共文化服务新模式，网上不闭馆，服务不打烊，公共文化服务依然无处不在、无时不有。

随着疫情防控形势的逐步好转，黄冈线上线下双轮驱动，保障公共文化产品供给，给人民群众带来心灵慰藉、文化滋养和艺术享受，也带动了文旅市场复苏回暖。

"文化凝聚人心，更关乎民生。群众满意，是示范区创建的最终目标。"黄冈市委宣传部副部长柳长青说，"活跃的群众文化生活和丰富的文化产品供给，是黄冈创建第四批国家公共文化服务体系示范区的重要标志。"

出新出彩，文艺精品生产成果丰硕

随着创建第四批国家公共文化服务体系示范区的深入推进，黄冈深入发掘深厚的本土文化资源，积极推进文化产品供给侧结构性改革，协调发展文学艺术，文艺精品生产惊喜不断。

全面振兴地方戏曲。创作、上演黄梅戏《疫·春》《大别山母亲》《槐花谣》《桃花开了》《青铜恋歌》《天上掉下爹》《蕲河汉子》《扶贫新郎》《铁面金光悌·审和珅》、楚剧《深渊》《围猎》、东路花鼓戏《麻乡约》、文曲戏《乞丐县长》等精品剧目 40 多部，改编、复排《天仙配》《女驸马》《梁祝》《拜月记》《江姐》等传统剧目 20 多部。

多门类优秀作品遍地开花。出版文学作品 300 多部，拍摄电影《传灯》《千古东坡》《梦行者》《不愿沉默的知了》《马兰花开》《英雄无悔》，合作编剧的大型史诗传奇电视剧《楼外楼》登陆央视黄金档，原创音乐剧《红安回响》在全国公演，国画《时尚·中国》入选全国美术大展，抗疫歌曲《把爱留在黄冈》入选"学习强国"平台。

对外交流不断扩大。黄梅戏《桃花开了》《青铜恋歌》《铁面金光悌·审和珅》、东路花鼓戏《麻乡约》、文曲戏《嬉蛙》等赴北京、四川、安徽、江西、广东等地演出，黄梅戏《大别山母亲》《槐花谣》赴北京梅兰芳剧院演出，黄梅戏《李时珍》《东坡》赴中国台湾、新加坡交流演出，《东坡》赴全国保利剧院院线巡演，黄冈文化艺术团赴美国孔子学院、芬兰科沃拉市，波兰皮亚塞赤诺市、康斯坦辛市和菲律宾依木斯市进行文化艺术交流，赴新加坡参加狮城国际戏曲学术研讨会暨狮城戏曲荟萃。

今年抗击新冠肺炎疫情期间，黄冈网上文化战"疫"有声有色，充分利用网络信息技术组织抗疫题材文艺创作，宣传先进事迹，记录战"疫"时刻，推出一大批优秀文艺作品，激发人民群众战胜疫情的信心。

黄冈市文联副主席郑能新在谈到近几年黄冈本土的文艺创作时，信心满满："作为全国文化高地，黄冈在新时代展现了新作为，作出了新贡献。"

传承利用，文化遗产保护全面加强

黄冈是一座红绿相间、文武兼备的大美之城，独特的地理位置和悠久的历史积淀，形成了丰富厚重的历史文化和革命文化遗址遗迹。

"在创建第四批国家公共文化服务体系示范区过程中，黄冈坚持在科学保护中合理利用，在融合发展中创新传承，优秀传统文化得到进一步弘扬。"黄冈市文化和旅游局副局长王萍如数家珍。

推进红色文化保护传承。出台《黄冈市革命遗址遗迹保护条例》，10 个县市纳入国家革命文物保护鄂豫皖片区名单，666 处革命遗址遗迹列入《大别山区革命文物保护利用战略规划》；红二十八军纪念馆、大别山革命历史文化陈列馆、大别山精神红色文化展览馆、长征精神体验园建成开放；乘马会馆、陈潭秋故居纪念馆、闻一多纪念馆完成扩建和提档升级改造；红二十五军、刘邓大军挺进大别山指挥部等30多处革命旧址完成修缮保护……一批革命遗址遗迹类文保单位成为全省、全国重要的青少年教育基地和革命传统教育基地。

加强非物质文化遗产开发利用。红安大布、蕲春艾灸、英山缠花列入国家级非物质文化遗产保护名录；红安绣活、黄梅挑花入选首批国家传统工艺振兴名录；刘寿仙、曾美玲、张业金入选国家级非遗代表性项目代表性传承人；新建7个非遗传承基地；出版《黄冈记忆——黄冈市国家级省级非物质文化遗产代表性项目》《黄梅挑花》等非遗专著；参加波兰、德国非物质文化遗产展、国际非物质文化遗产节和中国赴印度文化旅游推介活动，黄冈文化国际影响力不断扩大。

文旅融合，旅游产业发展成效卓著

如何把大别山丰富的文化旅游资源优势转化为产业优势，做大做强旅游业，是黄冈不断探索和追求的目标。

近5年，黄冈依托丰富多彩的红色、名人、戏曲、禅宗、医药、生态文化资源和大别山世界地质公园品牌，以深化文旅融合为主线，结合创建国家全域旅游示范区、国家中医药健康旅游示范区，以打造文旅精品为重点，促进文化旅游产业快速健康发展。

景区建设如火如荼。引进省交投、卓尔集团、四季花海公司等一批战略投资者，建设罗田天堂寨、薄刀峰，麻城龟峰山、浠水三角山、英山四季花海、蕲春李时珍医道文化旅游区、黄梅非遗文化旅游区等重大旅游项目，完成投资500多亿元，新增AAAA级旅游景区6家。

全域旅游深入推进。整合推出黄冈十大精品旅游线路，开发"一县一线""一县一戏"文旅精品，红安、麻城、罗田、英山列入国家全域旅游示范区创建单位，英山进入第二批国家全域旅游示范区创建第一梯队。

红色旅游不断擦亮。作为鄂豫皖大别山红色旅游的主体，黄冈以丰厚的革命遗址遗迹、纪念建筑、名人故居为主体的红色旅游资源，成为全国12大红色旅游基地之一。

乡村旅游快速发展。英山神峰山庄、红安华缘农庄、麻城韩养村、罗田燕儿谷、蕲春大鑫湾、黄梅玫瑰谷等一大批乡村旅游示范点,遍布鄂东大地。

健康旅游方兴未艾。蕲春、英山形成初具规模的中医药健康旅游区……

黄冈市文化和旅游局资源开发科科长曾晓玲介绍,"5年来,黄冈共接待国内外游客1.6亿人次,旅游综合收入1200亿元,旅游产业竞争力、旅游发展环境、游客满意度均高于全省平均水平,居全省第一方阵。"

大江东去,多情大别江山如画;清风徐来,人文黄冈岁月作诗。

"十三五"时期,黄冈在革命老区、贫困地区率先建成覆盖城乡、便捷高效、保基本、促公平的现代公共文化服务体系,有效保障了人民群众基本文化权益,在中部地区起到示范带动作用。

当前,黄冈正处在转型发展、谋划"十四五"的关键时期和企业复产复市、市场持续回暖的重要转折节点。黄冈市委常委、副市长董波表示,"全市上下以习近平总书记关于文化和旅游工作的重要论述为指针,万众一心、众志成城战胜新冠肺炎疫情和洪涝汛情,危中寻机、化危为机,把示范区创建同'与爱同行·惠游湖北·乐游黄冈'活动结合起来,感恩全国人民抗疫期间对黄冈的无私大爱,进一步创新文旅融合高质量发展模式,奋力冲刺国家示范、中部领先的宏伟目标,实现由文旅大市向文旅强市的历史性跨越。"

(原载《中国文化报》2020年9月10日,《中国新视野网》2020年9月10日)

国家示范的"中部样本"

——来自魅力黄冈的时代报告

湖北黄冈,一座充盈文化滋养的魅力之城。

2018年以来,全市上下以习近平新时代中国特色社会主义思想和党的十九大精神为指针,深入贯彻实施《公共文化服务保障法》《公共图书馆法》《湖北省公共文化服务保障条例》,结合扶贫攻坚、乡村振兴,努力克服疫情、汛情等不利因素,奋力创建国家公共文化服务体系示范区,基本建成覆盖城乡、便捷高效、保基本、促公平的现代公共文化服务体系,全面完成各项创建目标任务。

履行主体责任,体制机制高位推进

黄冈是闻名中外的历史文化古城,也是全国著名的集中连片重点扶贫开发地区。在全面建成小康社会进程中,没有文化小康,就没有全面小康。创建国家公共文化服务体系示范区,是黄冈的光荣与梦想。

2017年8月,黄冈启动申报创建第四批国家公共文化服务体系示范区。随后,时任副市长陈家伟一行赴北京参加专家评审答辩。2018年4月12日,文化和旅游部、财政部联合发文,黄冈取得创建资格,全面打响创建国家公共文化服务体系示范区总体战、攻坚战。

2018年6月25日,在全市创建第四批国家公共文化服务体系示范区动员大会上,时任黄冈市委副书记、常务副市长张社教掷地有声:"创建第四批国家公共文化服务体系示范区,是市委、市政府站在全市经济社会发展全局高度,实现全面小康做出的一项重大决策,也是省委、省政府对黄冈的重托和厚望。"

攻坚克难勇者胜，黄冈阔步前行在追梦的路上！

从湖北省人大常委会副主任、黄冈市委书记刘雪荣具体部署申报创建资格，到成立以市委副书记、市长邱丽新为组长的高规格创建工作领导小组；从与各县（市、区）签订责任状，到出台创建规划、领导小组议事规则、过程管理实施办法、领导小组成员单位职责分工等30多份重要文件；从市委五届八次全会、市五届人大四次会议将示范区创建列入工作报告和综合考核目标，到市人大、市政协就示范区创建开展专题调研、视察、协商；从市委常委、市委秘书长、宣传部部长李初敏领衔推进公共文化服务体系建设重大改革项目，到市委常委对各（县、区）创建工作实行包保责任制，一项项"硬核"措施密集推出，黄冈势在必得，信心坚定。

三年来，黄冈根据第四批示范区创建标准（中部）和创建规划，围绕实施1+N标准体系建设、公共文化设施覆盖、公共文化服务供给创新、人才队伍建设提升、数字文化空间覆盖、《公共文化服务保障法》宣传普及"六大工程"，实行清单管理、倒排工期、挂图作战，示范区创建如浩荡东风，吹遍鄂东大地。

2019年9月，黄冈顺利通过示范区创建中期评估，实现时间过半、任务过半。今年6月，黄冈召开全市创建国家公共文化服务体系示范区工作电视电话会，针对乡村公共文化服务短板，划出补齐的"硬杠杠"。不久前，国家公共文化服务专家率湖北省中期督查组到黄冈复查，认为黄冈创建工作组织机构健全，目标责任落实到位，过程管理严谨，破解难题目标明确，公共文化服务机制应对突发事件的能力明显增强，创新实践效果显著，初步形成创新示范样板。

落实目标任务，创建工作成效明显

思想是行动的先导，思路是思想的基础。

"思路决定出路。"黄冈市文化和旅游局党组书记、局长王建学说，"这几年，黄冈按照公共文化设施网络全面达标、公共文化人才队伍全面加强、公共文化服务效能全面提升、公共文化保障机制全面完善的创建思路，补短板、强弱项，示范区创建取得突破性进展。"

——公共文化设施网络全面达标。全国最大的东坡文化主题公园遗爱湖公园 12 个景区全部建成对外开放，市科技馆、市遗爱湖美术馆、黄冈大别山世界地质公园博物馆、苏东坡纪念馆、市体育中心建成投入使用，市群众艺术馆全面提档升级，对面墩汉墓遗址博物馆主体工程完工，包括市图书馆、规划馆、科技馆、青少年宫等 8 馆在内的市综合馆正抓紧建设。红安、武穴、黄梅 3 县（市）文化中心，麻城市图书馆、浠水县杂技馆、罗田县图书馆、文化馆建成投入使用，蕲春县文化中心、浠水县数字图书馆、英山县才知文化广场主体工程完工，黄州区图书馆动工建设。新建、改扩建乡镇综合文化站 87 个，村级综合文化服务中心 3105 个，村级文体广场 3161 个，百姓舞台 2070 个。遍布城乡的文化场所，形成老百姓共享文化权益的"10 分钟文化圈"。

——公共文化人才队伍全面加强。通过公开招聘、绿色通道、高等院校，国家、省级人才培养项目和名师工作室，引进一批文化艺术急需专业人才，培养一批文艺骨干。通过县聘乡用、文化志愿服务、公益性岗位等形式，落实每个乡镇综合文化站配备 3 名工作人员要求，以村干部、大学生村官、网格员兼任等形式，落实财政补贴的村级文化管理员 4074 名，壮大公共文化服务人才队伍。建立健全文化志愿者注册招募、服务记录、管理评价和激励保障机制，全市业余文化骨干、文化志愿者达 2 万余人，1 万多支社会文艺团队常年开展丰富多彩的文化活动，活跃了基层，扮靓了乡村。

——公共文化服务效能全面提升。实施《黄冈市基本公共文化服务实施标准》，公共图书馆人均藏书、平均每册书年流通率、农村公益电影放映、送戏下乡、广播电视综合人口覆盖率等指标均达到或超过创建要求。实施图书馆总分馆"1+10+N"建设模式，市图书馆与 10 个县（市、区）图书馆实现通借通还，建设"图书馆+高校、企业、机关事业单位、村（社区）"等模式的分馆（点）近 200 个。实施文化馆总分馆"中心+县+乡镇（街道）+村（社区）"建设模式，文化馆分馆实现乡镇全覆盖。实施文化惠民工程，公共图书馆、文化馆（站）、博物馆（纪念馆）、美术馆等公共文化场馆全部实行免费开放，每年接待读者、观众、游客近 2000 万人次。实施文艺精品工程，围绕庆祝改革开放 40 周年、新中国成立 70 周年，推出黄梅戏《疫·春》《我的乡村我的亲》《槐花谣》《大别山母亲》《桃花开了》《青铜恋歌》《扶贫新郎》、楚剧《围猎》、东路花鼓戏《麻乡约》《江姐》、大型原创音乐剧《红安回响》、电影《马兰花开》《传灯》《东坡》、长篇小说《最后的乡绅》等精品力作。将现代科学技术及传播手段应用于公共文化服务体系建设，建成黄冈文旅云平台，开通"一部手机游黄冈"，实现公共文化数字化，智慧生活触手可及。引进北京保利剧院管理有限公司运营黄梅戏大剧院，打造"高贵不贵"的黄冈模式。各类公共文化场馆均设置残疾人公共文化服务平台，开辟"绿色通道"，保障残疾人基本公共文化权益。一项项文化惠民工程，释放出无穷活力，百姓在享受文化、参与文化、创造文化中向着幸福生活迈进。

——公共文化保障机制全面完善。完善投入保障、服务管理、协调联动机制，形成政府主导、部门联动、社会参与、全民共建的生动局面。通过预算安排、盘活存量等方式，从有限的财力中挤出资金，加大公共文化服务经费投入，落实公共文化场馆免费开放配套经费、政府购买公共文化服务经费、新增图书购置经费和示范区创建工作经费。建立健全公共文化机构管理运行机制，完成法人治理结构改革和总分馆制改革。建立健全群众文化需求反馈机制，制定公共文化服务提供目录，开展"菜单式""订单式"服务。建立健全群众评价机制，引进第三方机构对公共文化服务的建设、管理、运行、效能进行独立评估。文化就像一粒饱满的种子，在阳光雨露的照耀、滋润下，在黄冈这片古老而又肥沃的土地上生根、发芽、开花。

强化制度引领，经验特色亮点频现

加快构建现代公共文化服务体系，重点在基层，难点在农村。

黄冈紧盯城乡公共文化建设中存在的问题，以农村为重点，把公共文化服务网络建设作为文化小康建设和贫困村脱贫出列的重要内容，从制度设计引领入手，以强化组织载体、活动载体和空间载体为核心，打造黄冈特色的城乡文化组织机制、文化活动机制、文化扶贫机制、公共文化空间管理机制，整体联动，整县推进。"在国内同类城市和中部地区具有示范带动效应。"黄冈市委宣传部副部长柳长青说。

——形成四级文化活动品牌体系，夯实城乡群众文化活动载体。依托红色、绿色、人文等特色文化资源，开展富有地方特色的文化活动，构建以大别山文化旅游节、湖北省黄梅戏艺术节、东坡文化节、鄂东民歌大奖赛、群众广场舞展演、地标优品博览会等为龙头，以县乡村各类文化旅游节、文化节、艺术节、村歌大赛为支撑的市县乡村四级活动品牌体系，催生60多种群众文化活动品牌，为文旅强市建设和经济社会高质量发展注入强大动力。

——形成文旅融合助推脱贫攻坚机制，切实发挥文化富民育民作用。依托特色文化活动，推进美丽乡村建设与特色文旅相融互促，发展乡村旅游和特色文化产业，构建以文化吸引人群、以旅游带动人流、以康养提升人气、以商业促进消费发展体系，催生文旅融合新业态。采取景区带村、能人带户、"企业+合作社+农户"等多种模式，健全完善乡村旅游扶贫开发机制，有效推进旅游扶贫。推进"文化成景区"，利用文物遗迹、文化遗产及博物馆、非遗展示馆、游客接待中心、景区等场所开展文化、文物旅游，打造"游客接待中心+乡镇综合文化站""农耕文化展示馆+乡镇综合文化站""景区+乡村工匠学校"融合建设新模式。

——形成文化建设军民融合发展机制，传承发扬红色文化基因。高标准建设 50 个军地文化活动场馆、100 个爱国主义教育实践基地，成为黄冈国防教育的新地标。实施红色文化"云"工程，建成黄冈红色文化数字馆。编印"三个 100"教育资料，探索"四条红色之旅"，开展"三学""六红"文化活动，点亮"红"字招牌。军地双方定期开展联动，打造了一批叫得响的文艺节目和文艺骨干。文化建设军民融合资源共建共享经验在全国交流推广。

——形成传统文化空间创造性转换机制，拓展乡村公共文化阵地。围绕强化乡村公共文化空间载体建设，形成传统祠堂向农村群众文化活动场所转化机制。以推进核心价值观进祠堂、传统文化进祠堂、文化活动进祠堂、组织管理进祠堂的"四进"为抓手，861 处农村宗族祠堂转化为老年文化活动中心、红白喜事理事会、道德教育基地、村情村史陈列室等农村群众文化活动场所。以祠堂卫生有人管、文化活动有人抓、红白喜事有人办、矛盾纠纷有人调、先进典型有人推的"五有"为主要内容，开展红白喜事、戏曲、文艺活动、村民议事、集会及放映电影、展览展示等群众文化活动，促进乡风文明。

——形成非常态下基层公共文化服务应急新模式，助力抗击新冠肺炎疫情。面对突如其来的新冠肺炎疫情，建立与疫情防控相适应的公共文化服务应急模式，网上不闭馆，服务不打烊，组织开展公共文化服务线上"云"活动 300 余场，创作推出音乐、美术、书法、诗歌、散文、快板、摄影、曲艺作品 1000 余部。疫情防控常态化后，线上线下双轮驱动，保障公共文化产品供给，及时推出"惠游湖北　乐游黄冈"活动，63 家 A 级旅游景区对全国疫情低风险地区游客实行免费开放，推动文旅市场复苏回暖。

风从大别起，文自黄冈兴。三年来，黄冈在公共文化服务体系建设上经历了一次大考，可以交上一份合格的答卷。黄冈市委常委、副市长董波表示，"十四五"时期，黄冈将按照文旅部、财政部的要求，认真抓好示范区创建后续工作，进一步落实政府主体责任，进一步完善公共文化服务体系，进一步提升公共文化服务效能，进一步深化公共文化服务体制机制创新，不断探索新经验，切实发挥示范引领作用，打造国家示范的"中部样本"。

（原载《中国文化报》2020年10月19日，《凤凰新闻》2020年10月）

大江歌处是风流

——黄冈打造公共文化服务"中部样本"纪实

总有一些年份，会在历史的年轮上留下深深的印记。

939 年前，因乌台诗案被贬黄州的北宋大文豪苏轼伫立在长江北岸的赤壁矶头，一首《念奴娇·赤壁怀古》横空出世："大江东去，浪淘尽、千古风流人物……"黄州因此名扬天下。

如今，这块钟灵毓秀、人杰地灵，成就苏东坡"平生功业"，诞生了一名元帅、两位国家主席代主席、三位"一大"代表、四支红军主力，发生了五起影响中国革命进程重大事件的红土地——黄冈，克服疫情、汛情不利影响，打赢疫后重振、防汛救灾、脱贫攻坚三场硬仗，顺利通过第四批国家公共文化服务体系示范区（中部）检查验收，文化小康五项指标全线飘红，昂首走向文化强市，健步跨进全面小康。

名人之乡：公共文化设施、队伍强弱项补短板

黄冈是一座充盈文化滋养的活力之城。历史文化是黄冈的血脉，红色文化是黄冈的灵魂，名人文化是黄冈的底蕴，医药文化是黄冈的代表，禅宗文化是黄冈的品牌，戏曲文化是黄冈的名片，生态文化是黄冈的颜值。

黄冈也是全国著名的集中连片重点扶贫开发地区，文化建设长期欠账较多，设施落后。

"十三五"以来，黄冈突出"强工兴城、强农兴文"发展重点，加快构建现代公共文化服务体系，文化建设呈现整体推进、重点突破、全面提升的良好发展态势，文化强市地位日益凸现。

党的十九大发出决胜全面建成小康社会动员令。没有文化小康，就没有

全面小康。创建国家公共文化服务体系示范区，是黄冈人民的光荣和梦想。

自 2018 年 4 月 12 日，经省政府推荐，黄冈取得第四批国家公共文化服务体系示范区（中部）创建资格以来，全市上下以习近平新时代中国特色社会主义思想为指引，深入贯彻《公共文化服务保障法》《公共图书馆法》《湖北省公共文化服务保障条例》，阔步前行在追梦的路上。

2020 年 11 月 27 日，国家公共文化服务体系示范区创建工作领导小组办公室采用远程视频会议方式，对第四批国家公共文化服务体系示范区创建城市进行验收集中评审。中共黄冈市委副书记、市长邱丽新在武汉分会场汇报黄冈创建工作情况，并就评审专家提问进行答辩。这一天，距黄冈取得创建资格，整整 960 天。

2020 年是创建第四批国家公共文化服务体系示范区的验收之年，黄冈全面完成创建任务，先后通过了制度设计课题研究评审、创建过程管理考核、公共文化服务群众满意度测评、实地检查验收和会议集中评审五个环节，在大考中交出一份优异的答卷。

2020 年 12 月 29 日，黄冈城区历史文化遗址景观展示项目——对面墩汉墓遗址博物馆建成对外开放，全方位展示我国江南保存最好的汉代砖石结构建筑成熟期的代表作品——对面墩汉墓一号墓遗址和出土文物，阐释汉代黄冈历史重镇邾城的历史沿革，揭开黄冈城市之根的神秘面纱，为黄冈创建国家公共文化服务体系示范区写下浓墨重彩的收官之作。

与城区相比，农村文化设施滞后、人手不足，曾经是黄冈实现公共文化服务标准化、均等化的最大弱项和短板。

创建以来，黄冈把乡镇文化站建设主体责任落实到乡镇人民政府，鼓励因地制宜，采取新建、联建、改扩建、调剂使用等多种途径，完成 110 个乡镇综合文化站建设任务；探索建立乡镇文化站"县聘乡用"和村（社区）政府购买公共服务机制，通过文化馆总分馆制度，派驻 126 人到乡镇分馆（文化站）工作，落实 4074 名村级文化管理员的财政补贴，从根本上解决了人员缺口。

三年来，黄冈投入资金近 300 亿元，新增市级公共文化设施面积 16.4 万平方米，县级图书馆、文化馆、博物馆面积 9.9 万平方米，乡镇综合文化站面积 5.8 万平方米，村级文体广场面积 99.6 万平方米。"遍布城乡的文化场所，形成老百姓共享文化权益的'10 分钟文化圈'。"黄冈市文旅局局长王建学说。

红色热土：公共文化产品、服务创精品惠民生

黄冈是中国戏曲的重要发源地，孕育了京剧、汉剧、楚剧、黄梅戏、文曲戏、东路花鼓戏六个地方剧种，走出了京剧鼻祖余三胜、黄梅戏宗师邢绣娘等中国戏剧奠基人。"一去二三里，村村皆有戏"，京剧、汉剧、楚剧、黄梅戏"四戏同源"，形成黄冈独特的文化景观。

作为中国文化高地，长期以来，黄冈文化资源富集而开发利用相对不够，同质化供给与多样化需求造成公共文化服务呈现出资源相对过剩与供给相对不足的矛盾。

三年来，黄冈不断发掘本土深厚的文化资源，大力推进文化产品供给侧结构性改革，全面振兴地方戏曲，创作上演了黄梅戏《大别山母亲》《槐花谣》《桃花开了》《青铜恋歌》《我的乡村我的亲》《蕲河汉子》《扶贫新郎》《铁面金光悌·审和珅》、楚剧《深渊》《围猎》、东路花鼓戏《麻乡约》《江姐》、文曲戏《乞丐县长》、大型原创音乐剧《红安回响》等优秀剧目40多部，演出8000多场。

仅隔三个月，黄冈抗疫故事被搬上戏剧舞台。

2020年7月25日，经过一个多月紧锣密鼓的排练，由黄冈艺术学校与中国戏曲学院联合打造的全国第一部抗疫题材大型原创黄梅戏《疫·春》完成首次彩排，并于8月19日举行首场公演。《疫·春》以黄冈抗击新冠肺炎疫情为背景，以一线医务工作者为原型，通过剪发、抢救、庆祝生日、休整、送别五个生动场景，艺术地再现了山东、湖南两省援黄医疗队的战斗生活，展示了黄冈艺术实践教学和戏曲人才培养成果。

2020年11月28日，第33届中国电影金鸡奖颁奖典礼在福建厦门举行。在湖北省黄梅戏剧院原创黄梅戏《东坡》基础上改编的黄梅戏电影《东坡》获最佳戏曲片提名，成为全国首次获得金鸡奖提名的黄梅戏影片。该片以东坡赤壁、遗爱湖为主背景，结合棚景拍摄手法，描写苏东坡被贬黄州期间的政治、文化、生活故事，用精彩变换的情节、震撼感人的画面、悠扬婉转的演唱突出了黄梅戏韵律，为湖北黄梅戏的传承与发展注入一股强劲的动力。

公共文化设施既要"建起来"，更要"用得好"。三年来，黄冈各级公共

文化场所全部实行免费开放，累计接待读者、观众、游客达 1 亿人次。

黄州区利用便利的文化设施，推动广场舞持续健康发展，使得这一源自民间的广场文化活动，从单纯的娱乐健身向表演艺术转型升级，原创广场舞《黄州俏大妈》惊艳中国艺术节，并在全国健身交谊舞锦标赛中拔得头筹。

2020 年 9 月 28 日，湖北省第五届广场舞集中展演在恩施州宣恩县举行。由黄冈市文旅局、黄州区文旅局选送的广场舞《舞起来》《幸福大妈扭起来》均获一等奖，其中《舞起来》荣登榜首。

一项项文化惠民工程，释放出无穷活力，百姓在享受文化、参与文化、创造文化中向着幸福生活迈进。

幸福家园：公共文化机制、制度塑优势添亮点

构建现代公共文化服务体系，重点在基层，难点在农村。黄冈紧盯城乡公共文化建设中存在的突出问题，从制度设计入手，以强化组织载体、活动载体和空间载体为核心，形成市、县、乡、村四级群众文化活动组织机制、文旅融合助推脱贫攻坚机制、文化建设军民融合发展机制、传统文化空间创造性转换机制和非常态下基层公共文化服务应急机制。

国家公共文化服务领域资深专家来其发认为，"黄冈强化制度引领，经验特色亮点频现，对中部地区'十四五'时期公共文化服务体系建设具有借鉴意义。"

抗击新冠肺炎疫情期间，黄冈利用网络技术组织抗疫题材文艺创作，宣传先进事迹，记录战"疫"时刻，推出一大批优秀文艺作品，网上战"疫"有声有色。在疫情防控常态化形势下，黄冈各专业艺术院团、公共文化场馆通过融媒体、抖音、黄冈文旅云等平台推出直播活动 1000 余场次，给人民群众带来心灵慰藉、文化滋养和艺术享受。

2020 年 7 月 18 日晚 8 时，全国人大代表、著名黄梅戏表演艺术家、湖北省黄梅戏剧院院长张辉和他的关门弟子来到湖北辉歌黄梅戏演出有限公司抖音直播间，演唱《东坡》《李四光》等剧目中的经典唱段，戏友粉丝观众多达 10 万人。晚 9 时，央视著名主持人赵保乐与张辉连线互动，把直播推向高潮。

线上群众文化活动蓬勃开展，带动黄冈公共文化场馆复苏回暖，上图书

馆品读好书，进文化馆享受公益培训，在博物馆感受历史文化魅力，到大剧院欣赏高雅艺术，人们熟悉的文化生活全面回归。

2021年1月17日晚，黄冈遗爱湖畔的高雅艺术殿堂——黄梅戏大剧院丝竹齐鸣、妙音袅袅，中国最具时代气息的民族乐团——女子十二乐坊带给黄冈观众一台精美的《炫音世代专场音乐会》，闻名海内外的《奇迹》、神秘而缓慢的《敦煌》、清新悦耳的《茉莉花》、观众耳熟能详的《新赛马》等国乐经典和《拉德斯基进行曲》等世界名曲先后奏响，令现场观众如痴如醉。

演出结束后，家住附近小区的湖北省应急管理职业技术学院邹培琳老师仍掩饰不住满脸的兴奋："我们一家花300元钱买了3张惠民演出票，很划算！民乐与西方音乐完美结合，是一次难得的艺术享受！"

黄梅戏大剧院是黄冈的文化地标。坚持"高贵不贵，文化亲民"的经营模式，通过开展地方戏曲惠民展演和公益演出，打造文化惠民新高地，是黄冈创建国家公共文化服务体系示范区、提升公共文化服务质量和效能的一个缩影。

（原载《湖北日报》2021年1月24日，《文旅中国》2021年1月24日）

追梦

——黄冈市创建第四批国家公共文化服务体系示范区纪实

黄冈，一座充盈文化滋养的活力之城。

在这片深情的红土地上，全市人民不忘初心、牢记使命，奋力奏响新时代创建国家公共文化服务体系示范区宏伟乐章！

党的十八大以来，黄冈经济社会发展步伐坚实，文化强市地位日益凸显。

2018年4月12日，黄冈市取得第四批国家公共文化服务体系示范区创建资格，吹响创建集结号。

高位推进的体制机制

创建第四批国家公共文化服务体系示范区，是黄冈市委、市政府站在全市经济社会发展全局高度，实现全面小康做出的一项重大决策。

湖北省人大常委会副主任、黄冈市委书记刘雪荣亲自部署申报创建资格，专程赴文化和旅游部汇报创建工作，多次深入基层文化单位开展专题调研；省文旅厅领导多次来黄冈指导创建工作，要求全面动员、全民参与、全力创建第四批国家公共文化服务体系示范区。

黄冈市委、市政府成立以市委副书记、市长邱丽新为组长，市委常委、宣传部部长和分管副市长任副组长，市直25个部门和11个县（市、区）人民政府主要负责人为成员的创建工作领导小组，创建工作如浩荡东风，吹遍鄂东大地。

黄冈市政府与各县（市、区）签订了创建目标任务责任书；市委五届八次全会、市五届人大四次会议将示范区创建列入工作报告和综合目标考核内容；市人大、市政协就示范区创建开展专题调研视察；市委、市政府通过加强督查、跟踪问效，形成政府主导、社会参与、共建共享的生动局面。

2019年9月，经过紧张激烈的角逐，黄冈顺利通过示范区创建中期评估。2020年6月，召开全市创建国家公共文化服务体系示范区视频会，针对乡村公共文化服务短板，划出补齐的"硬杠杠"；2020年8月，湖北省中期督查组到黄冈督查，认为黄冈创建工作组织机构健全，创建目标责任落实到位，创建过程管理严谨，破解难题目标明确，公共文化服务机制应对突发事件的能力明显增强，创新实践效果明显，初步形成创新示范样板。

日益完善的设施网络

"十三五"以来，黄冈公共文化服务体系建设呈现整体推进、重点突破、全面提升的良好发展态势，覆盖城乡的公共文化设施网络初步建立，公益性文化单位的活力明显增强。近三年，坚持完善公共文化设施"基础版"和打造公共文化设施"升级版"同步推进，公共文化设施网络建设取得重大突破。

黄冈市区文化设施建设日新月异，总投入达50亿元。全国最大的东坡文化主题公园遗爱湖公园12个景区全部建成对外开放；市科技馆、市遗爱湖美术馆、黄冈大别山世界地质公园博物馆、苏东坡纪念馆、市体育中心建成投入使用；市群众艺术馆全面提档升级；对面墩汉墓遗址博物馆主体工程完工；包括市图书馆、规划馆、科技馆、青少年宫等8馆在内的市综合馆正在抓紧建设。

县（市、区）文化设施建设快马加鞭。红安、武穴、黄梅3县（市）文化中心，麻城市图书馆、浠水县杂技馆、罗田县图书馆、文化馆建成投入使用；蕲春县文化中心、浠水县数字图书馆、英山县才知文化广场主体工程完工；黄州区图书馆动工建设。

乡、村文化设施建设全面提速。全市新建、改扩建乡镇综合文化站87个，村级综合文化服务中心3105个，村级文体广场3161个，百姓舞台2070个，26个特色文化小镇初具雏形。遍布城乡的文化场所，形成老百姓共享文化权益的"10分钟文化圈"。

不断壮大的人才队伍

全市认真落实《关于加快构建现代公共文化服务体系的实施意见》，统筹文化人才资源，完善选人用人机制，着力培养具有现代意识、创新意识的公共文化管理者、公共文化专业人才和公共文化服务人才队伍。

加强管理人才队伍建设。组织举办文化馆长、图书馆长和公共文化服务骨干轮训班，在市委党校和县（市、区）委党校开办文化系统研修班，实现市、县（市、区）、乡（镇、办）、村（社区）公益性文化单位、岗位在职员工专业培训全覆盖。

加强专业人才队伍建设。发挥行业领军人物标杆作用，实施"戏曲名家收徒传艺"计划，依托国家级、省级艺术扶持项目，加强高端文艺人才培养。中国戏剧梅花奖得主、著名黄梅戏表演艺术家、湖北省黄梅戏剧院院长张辉被评为湖北文化名家，以谢思琴为代表的一批高水平黄梅戏艺术表演人才脱颖而出。

加强服务人才队伍建设。通过"县聘乡用"方式，落实每个乡镇综合文化站配备3名以上工作人员要求。深入推进基层公共文化服务队伍培训，建立培训上岗制度，全面提高从业人员素质。

加强社会文艺团队和文艺志愿者队伍建设。建立健全文化志愿者注册招募、服务记录、管理评价和激励保障机制，加强对文化志愿队伍的培训，全市业余文化骨干、文化志愿者达2万余人，12000多支社会文艺团队常年活跃在田间地头、街头巷尾。

显著提升的服务效能

黄冈全市上下坚持以人民为中心的发展思想，突出重点、攻克难点，让人民群众有更多的文化获得感。

深入实施文化惠民工程。制定公共文化服务提供目录，建立群众文化需求反馈机制，开展"菜单式""订单式"服务；加强公共文化与科技、军民融合发展，推进数字文化建设，促进公共文化机构互联互通；建立文化建设军民融合资源共建共享机制，在全国文化建设军地共建共享试点成果现场推广会上交流经验；推动无障碍设施向基层延伸，保障特殊群体基本文化权益；引进北京保利剧院管理有限公司运营黄梅戏大剧院，打造"高贵不贵"的黄冈模式；开展专业艺术院团上山下乡暨新春金秋巡回演出季、"红色文艺轻骑兵"服务基层服务人民文化惠民活动，深入推进公共文化场馆免费开放。

大力加强文化产品供给。成立黄冈市文化艺术基金会，出台《黄冈市文艺精品创作项目扶持办法》。围绕庆祝改革开放40周年、新中国成立70周年、建党100周年，深入推进"黄冈党旗红"系列文艺作品创作生产，推出黄梅戏《疫·春》《槐花谣》《大别山母亲》《铁面金光悌·审和珅》《桃花开了》《扶贫新郎》、楚剧《围猎》、东路花鼓戏《麻乡约》、大型原创音乐剧《红安回响》、电影《马兰花开》《传灯》《东坡》、长篇小说《最后的乡绅》等精品力作。

不断丰富群众文化生活。以"激情新黄冈·欢乐大舞台"东坡广场大型文化活动国家示范项目为龙头，加强公共文化服务品牌建设。"文化情浓·艺术暖心""多彩非遗·美好生活""重温红色经典，感受峥嵘岁月""书香红土地""书香门第·耕读人家""好学尚能·书香黄州""黄州社区大家乐""罗田农民读书节""武穴农民艺术节"等特色文化活动高潮迭起，精彩不断；多措并举推动广场舞持续健康发展成为全国群众文化亮点，《人民日报》《光明日报》、新华社、中央广播电视总台等中央媒体集中进行报道；举办市直机关庆祝新中国成立70周年合唱音乐会，开展"我和我的祖国"全市广场舞大赛、"家乡美"全市首届村歌大赛、"文化力量·民间精彩"全市社会文艺团队展演等系列文艺活动3000余场，奏响新时代昂扬奋进主旋律；面对突如其来的新冠肺炎疫情，建立与疫情防控相适应的现代公共文化服务新模式，线上线下双轮驱动，保障公共文化产品供给，带动文旅市场复苏回暖，助推疫后重振和高质量发展。

创建国家公共文化服务体系示范区，归根到底是丰富人民群众的精神文化生活，满足人民日益增长的美好生活需要。新时代文化强国的豪迈乐章，正激励着750万黄冈人民，奋力追梦，阔步前行！

（本文为2020年10月22日黄冈市接受第四批国家公共文化服务体系示范区实地检查验收工作会上播放的电视专题片解说词）

诗和远方

一步脚印一支歌

——记青年作曲家胡耀武

金风送爽，秋韵依依。带着《小窗小屋》的温馨、《中国在登高》的豪放，我拜访了这两首歌的曲作者，湖北黄冈青年作曲家胡耀武。

胡耀武系湖北省音乐家协会会员，黄冈地区音乐家协会理事。1995 年 9 月，耀武创作的《小窗小屋》在湖北人民广播电台《每周一歌》节目中隆重推出。刚刚送走的重阳佳节，耀武创作的《中国在登高》一举成为湖北电视台重阳晚会的主题歌。这两首歌通过广播电视的传播，很快在荆楚大地广为传唱。

耀武自幼酷爱音乐，生于斯、长于斯的文化古城——黄州，孕育了他的音乐天赋。早在读中学时，他就是学校的文艺骨干。中学毕业后当过知青，任过音乐教师。后来应征入伍，在原北京军区某部宣传队任独唱演员。1979 年退役，现供职于黄冈地区文联。

在繁忙的工作之余，耀武以饱满的热情和顽强的毅力在音乐理论和音乐创作的园地里勤奋耕耘，取得了可喜的成果。近 10 年来，他先后在《人民音乐》《歌曲》《音乐生活》《音乐爱好者》《工人音乐报》《群众文艺指导》《楚天艺术》等报刊发表音乐论文和音乐作品上百件，成为湖北省一位崭露头角的青年作曲家。

耀武的音乐创作，善于把比较优美的民歌表现手法与现代一些新的表现手法结合起来，在传统的民歌手法中融进一些现代通俗歌曲的写法，风格婉丽，内涵深蕴。因为创作上的实力，词界的一些大腕人物如二炮文工团艺术指导、一级编剧晨枫，原南京军区政治部创作室上校创作员葛逊，黑龙江省音乐家协会专业词作家张虹等，纷纷与他联手。

耀武与晨枫合作的《小窗小屋》在《歌曲》1994 年第 4 期发表，1995 年被推荐到文化部参加全国文艺群星奖评选。他们合作的《京城之恋》在《歌曲》1995 年第 10 期发表，并由国家一级演员、武汉歌舞剧院著名歌唱家赵莉演唱，在中央人民广播电台和北京音乐台播放。与葛逊联手的《中国在登高》，以其奔放豪迈的旋律从数十首应征歌曲中脱颖而出。与张虹搭档的《北国雪》在"北国杯"征歌中获奖，另一首《燃起火炬》被确定为 1996 年 2 月在哈尔滨举行的第三届冬季亚运会会歌候选歌曲。

耀武为人真诚，他的作品同样体现出真诚的品格。每创作一首新歌，他总是全身心投入，因而他的每一串音符都是真情的自然流淌。

一首《故园情》，在中国台湾 3 家电视台播出后，强烈的怀乡、思乡之情，令宝岛同胞唏嘘不已。一曲《家》，在成千上万人的心中激起共鸣。

1994 年 6 月，他写《家》的时候，家庭正遭不幸，他流着泪完成了这首作品。

耀武是清贫的，清贫得至今没有自己的小窗小屋。但为了事业、为了艺术，他无怨无悔。早年他开过舞厅，凭他的专长和名气，赚钱并不难，但他把钱看得很淡，不愿为赚钱而放弃艺术上的追求。

耀武又是富有的，他的名字开始从湖北走向全国。

中国在登高，耀武的艺术之途在登高。下一步，他打算拿出一两部像《纤夫的爱》那样在全国打得响的作品，拍成音乐电视，同时要大力推出黄冈的词作者，扶持黄冈音乐创作的后起之秀。

耀武的创作日臻成熟，他留下的每一步脚印，恰如一支铿锵的歌，在越来越多的熟悉他的观众和听众心中回响。

（原载《黄冈日报》1995 年 11 月 12 日）

开启黄冈历史文明研究的新途径

——黄冈市人大常委会副主任王楚平访谈录

2013 年 4 月，一部揭开中国名人之都、山水形胜之地——湖北黄冈历史文明面纱、构筑"黄冈学"研究基石、寄托建设"四个大别山"夙愿的纪实性历史文化散文集公开面世，在全市上下和市内外产生积极反响。黄冈人民广播电台于 9 月 1 日起推出同名栏目《寻梦黄冈》，以配乐连播的形式，计划历时一年时间，全文播发这部开启黄冈历史文明研究新途径的精品力作，引起广大听众共鸣。

10 月 15 日，在《寻梦黄冈》开播一个半月后，《寻梦黄冈》的作者、黄冈市人大常委会副主任王楚平先生应邀接受了笔者的专访。现将访谈录音整理如下，以飨读者。

记者（以下简称"记"）：王主任，您好！《寻梦黄冈》出版后，在读者中产生了很大反响，我们的节目播出后，也受到了广大听众的欢迎，今天非常有幸，邀请到您接受我们的采访。

王楚平（以下简称"王"）：很高兴接受你们的采访。《寻梦黄冈》这本书发行之前，有人建议开一个新闻发布会，也有人建议搞一个首发式或签名售书仪式，我都拒绝了。后来，没有想到这本书发行之后，受到中央、省、市媒体的关注，更没有想到不少读者给予鼓励和褒扬。

记：您为什么要写这本书，创作的初衷是什么？

王：写这本书，最大的一个"引爆点"是受时任刘雪荣市长《千年黄州》的激发。750 万人的一市之长多么忙碌，而他利用非常有限的业余时间研究黄冈，吃透市情，从历史的精华之中汲取建设黄冈的精神能源，这是非常难能可贵的，也是很有境界的。在《千年黄州》的引爆下，我开始以黄冈历史文明研究来回报父老乡亲。

记：《寻梦黄冈》书名意义深刻。为什么想到要用"寻梦"两字？

王：将这本书定名为《寻梦黄冈》，是因为黄冈的历史文明源远流长、波澜壮阔、博大精深。千古黄冈，是一个非常艰辛的梦、壮丽辉煌的梦、历久弥新的梦；是因为古人拥有的，永远超出我们今天了解和想象的，而更多的时候，历史留给我们的一个背影，需要我们去追寻、去发掘、去有效地利用。

记：您什么时候开始写作《寻梦黄冈》的？写了多长时间？

王：刘雪荣同志是 2011 年 11 月作的《千年黄州》专题报告，我是 2011 年 12 月开始搜集史料、读书、实地考察，2012 年 6 月开始动笔，2013 年 4 月出版发行。

记：书的写法很独特。第一章用一系列符号概括黄冈在中国的历史地位，如中国的地理符号——天下形胜之地、中国的历史符号——文明起源之地、中国的军事符号——兵家必争之地、中国的文化符号——大师造化之地、中国的宗教符号——禅宗发源之地、中国的政治符号——红色文化之地等等，您怎么想到用这一系列定义作为黄冈的名片？而且每一章用一个词概括县市区的特点，比如"名邦黄州""先驱团风""丰碑红安""胜地麻城""大别罗田""义都浠水"等等，怎样想到用这种写法？

王：可以说，写这本书我是倾注了真情和心血的。第一，在治史的态度上，我坚持以唯物史观为宗旨，从似是而非的史料考证中求得真实性；第二，在治史的方法上，我坚持以国史的视角观察地方史，从普遍性中寻找特殊性；第三，在行文的体式上，取地方史志、大众读本、纪实散文之长，避其所短，用纪实性历史文化散文的体式来写；第四，在创作的手法上，我把"突出特色、删繁就简、通俗易懂、喜闻乐见"作为准则，在中国历史的大背景中找准黄冈的定位、县市区的定位。这样做，才能立得住"基"，显得出"神"。当然，我是这样想的，但在写作上并非尽善尽美。

记：书的素材内容翔实，叙述具体，很权威。您是怎样搜集素材的？写这本书遇到过哪些困难？

王：谢谢鼓励。当初写这本书最大的困难是史料不足、史料不全、史料甄别的问题。怎么办呢？我用了这么几个办法：第一，从权威的史料中去挖掘；第二，到国内各大图书馆去搜集；第三，在各大网站中去寻找；第四，到名人故居和墓地去考证；第五，求教于史志方家去佐证；第六，贯通思考各家之言去感悟。

记：您怎么安排写作时间，当写作与工作、生活发生矛盾，怎么处理？

王：做这件事，肯定有一些矛盾。爱因斯坦和鲁迅都讲过一句名言，"人的差异在于业余时间"。我从县（市）委书记岗位回到人大岗位工作 7 年，但我还是以党政干部的精神状态干事，7 年时间写了 6 本书。除认真做好自己的分管工作之外，我的业余时间全部投入读书、写作，自加压力找苦吃，抓紧时间做点红头文件免不掉的事。我们不能辜负这个好时代。

记：您什么时候开始与文学有接触的？又是什么经历让您对文学产生兴趣？

王：还记得很小的时候，父母亲就有意无意地教我背诵《三字经》《千字文》《增广贤文》中的一些警句。乡村中鼓书艺人讲的故事，萌发了我对文学的兴趣。"文革"时，在焚书的火堆边拣回没有烧掉的书籍来读。改革开放后，出版业开始兴盛，我省吃俭用买书，更加嗜好读书。参加工作后，由于工作经历，逼着自己读了大量的文学、历史、哲学、经济、科学、艺术之类的书，读得很杂，尤其是读了不少的文学和史学的书。

记：您个人喜欢哪些作家的作品？

王：我喜欢很多作家的作品。如屈原的《楚辞·九歌》、陶渊明的《桃花源记》、李白和杜甫的诗歌、司马迁的《史记》、苏东坡的词赋、曹雪芹的《红楼梦》、鲁迅的杂文、朱东润的人物传记、梁思成的建筑艺术、毛泽东的诗文、钱穆的史学、徐迟的报告文学《哥德巴赫猜想》、余秋雨的文化散文，还有丹麦的《安徒生童话》、法国大仲马和小仲马的小说、苏联的《钢铁是怎样炼成的》等等。

记：《寻梦黄冈》书中提到"黄冈学"的概念，您是不是第一个提出这个概念的人？黄冈学的研究应当包括哪些范畴？

王：理论来源于实践。"黄冈学"的概念是在古今黄冈人实践基础上提出来的，没有这个基础，我是难以提出这个概念的。黄冈是一座丰富的人文金矿，完全有资格以地名立学。黄冈学的研究是地方历史文明研究从散兵游勇到集团军突破的跨越。它包括"对黄冈人及其创造的物质文化、制度文化和精神文化等黄冈人文现象进行全方位的系统性研究"。这是一项极其庞杂、繁重和严肃的学科构建工程，非一人之力所能为。我提出这个概念的目的，是要呼唤各方有识之士集合在"黄冈学"这面旗帜下，开启黄冈历史文明研究的新征程，开创黄冈人文社会科学工作新局面。

（原载《黄冈日报》2013 年 10 月 19 日，《荆楚网》2013 年 10 月 21 日）

用红色文化凝聚奋进力量

黄冈是一片红色的土地。

从党的创建到新中国成立，党的组织从未中止；从土地革命到全国解放，武装斗争从未停歇；从第一个农民政权诞生到人民当家作主，革命活动从未间息。遍布全市各地的 792 处革命遗址、遗迹、红色名人故居及纪念建筑等革命文物，无不闪耀着黄冈老区精神的光辉。

革命文物是红色文化的物质载体，凝聚着黄冈老区人民自强不息的精神火炬。从文化价值和社会功能来看，红色文化具有不可替代的教化、激励和凝聚作用。

"不忘本来才能开辟未来，善于继承才能更好创新。"在加快振兴崛起、决胜全面小康的关键阶段，挖掘黄冈红色历史文化资源，传承和弘扬黄冈红色文化，是动员激励全市广大党员干部和人民群众攻坚克难、不懈奋进的强大精神动力。

用红色文化补足精神之"钙"。在 27 年波澜壮阔、艰苦卓绝的革命斗争中，黄冈大地无数英雄儿女前赴后继、英勇奋战，用鲜血和生命催生了"要革命，不要钱，不要家，不要命"的浩然正气和"紧跟党走，不屈不挠，艰苦奋斗，无私奉献"的黄冈老区精神，彰显了老区人民的崇高理想、坚定信念和高尚情怀。理想指引人生方向，信念决定事业成败。革命理想高于天。大力传承和弘扬黄冈红色文化，充分发挥红色文化资政育人的社会功用，坚持不懈用老区光荣传统和优良作风教育党员干部，才能补足党员干部精神上的"钙"，根治党员干部精神上的"软骨病"，使广大党员在任何复杂的情况下不迷航、不变节，始终坚守对马克思主义的信仰，对中国特色社会主义的信念；在任何困难和逆境面前不动摇、不消沉，始终经受住各种风险和困难考验，永葆共产党人政治本色。

用红色文化滋养文化自信。文化是民族的血脉，是人民的精神家园。文

228

化自信闪耀着独特精神标识，"是更基础、更广泛、更深沉的自信"，具有更基本、更深沉、更持久的力量。黄冈红色文化凝聚着丰富的爱国主义、集体主义、革命英雄主义精神和厚重的历史文化内涵，是我们坚定文化自信的深厚基础和重要支撑。必须以高度的文化自觉、文化自信、文化自强来坚守、建设和弘扬红色文化，发挥红色文化凝聚时代人心、激发大众情感、彰显时代精神的价值与功能，用红色文化铸就精神家园，成为社会主义核心价值观的丰富滋养。

用红色文化凝聚奋进力量。光耀千秋的黄冈精神，与井冈山精神、长征精神、延安精神、西柏坡精神一样，是彪炳时代的精神丰碑。"日子总会亮堂，麦子终又再黄。"精神总会具有超越时空的力量。黄冈红色文化激荡的凛然正气和昂扬激情，成为黄冈人民宝贵的精神财富。新中国成立以后，特别是改革开放以来，黄冈儿女在党的领导下，继承、发扬革命老区精神，自强不息、奋发有为，用勤劳的双手创造美好生活，把一个贫穷落后的旧黄冈建设成为一个富裕、和谐、文明、幸福的新黄冈。

唤醒历史记忆，是为了汲取前行力量。忘记过去就意味着背叛。在实现"两个一百年"奋斗目标新的长征路上，大力传承和弘扬黄冈精神，必将极大地凝聚和提升黄冈广大党员干部和人民群众的精气神，鼓舞和激励全市人民满怀信心、砥砺前行，不断从胜利走向新的胜利。

（原载《黄冈日报》2017 年 6 月 13 日，《荆楚网》2017 年 6 月 14 日）

竞演之路

——湖北黄冈竞演《魅力中国城》幕后的故事

2017年9月8日，将是一个令无数黄冈人激动、振奋和自豪的日子。

夜幕降临，鄂东大地，从市区到县市，从城镇到农村，人们会早早守候在电视机前。

"一次城市品牌的巅峰对决，一场旅游产业的顶级盛会。市长代言登台对决，32城强强比拼。3亿核心受众，打造中国旅游发展强势平台……"

在观众期待的目光中，大型城市文化品牌竞演节目《魅力中国城》黄冈VS鹰潭将如约而至，央视二套进入黄冈时间。

一

《魅力中国城》由中央电视台主办、财经频道承办，盈科旅游独家冠名，分初赛、复赛、半决赛和总决赛，是中国城市的跨屏融媒体创新互动。

2017年7月25日，湖北黄冈与江西鹰潭在河北大厂影视小镇相遇。经过激烈角逐，黄冈战胜实力强劲的对手，拿下初赛竞演的胜利。

电视上我们将看到，"城市初见"环节，刘美频市长通过演讲结合宣传片、表演等多种创意方式介绍黄冈城市特点与文旅资源，东坡遗爱、名人高地、红色圣土、教育之乡和大别山水先声夺人，震撼全场。

"城市味道"环节，黄冈展示的是大别山吊锅、东坡肉、板栗烧鸡、雪花糕、鱼面等最具特色的城市美食。著名相声表演艺术家陆鸣，黄梅戏表演艺术家谢思琴、王刚，美食节目主持人赵怡敏等表演的情景剧《大别美食传美名》，将大别山精美绝伦的美食文化演绎得生动传神、淋漓尽致。当一首荡气回肠的《妈妈的味道》在舞台上响起时，许多观众已是泪流满面。

八月桂花遍地开，铜锣一响《黄安谣》！"城市名片"环节，黄冈用"秀"展现红色文化和戏曲文化等核心文化旅游资源。

"小小黄安，人人好汉，铜锣一响，四十八万。"红安县实验小学"小小铜锣艺术团"的歌舞《黄安谣》最先亮相。"我们都是红安人，两百个将军同一个故乡，我们都是将军的后代！"现场掌声雷动，一片沸腾。

湖北省歌剧舞剧院表演的情景片段《铁血红安》，再现黄麻惊雷和鄂豫皖苏区血与火的光辉岁月，不断将气氛推向高潮。

"烈士的鲜血没有白流！看，我们今天的生活多么幸福，多么美好，多么快乐！"在清脆的童声和欢快的乐曲声中，麻城东路花鼓戏剧院表演的《花挑迎亲》，黄冈市玲玲艺术培训学校、市老干部艺术团表演的黄梅戏歌舞《天上人间黄梅腔》，黄梅戏经典唱段和黄梅戏说唱惊艳全场。中国黄梅戏第一小生张辉一曲黄梅戏选段《黄州境内美山川》，将气氛推向顶点。

"城市名片"从战争到和平，从苦难到辉煌，大气磅礴，穿越时空，生动再现黄冈的历史记忆和现实生活，展现黄冈深沉厚重的文化名片。

二

《魅力中国城》是央视 2017 年推出的重点栏目，旨在通过具有国际影响力的现象级节目，推动中国旅游产业的发展，助推中国经济升级转型，其入选城市是亟待被全球深度认识的中国城市代表。

——黄冈正是这样一座城市。

在回答黄冈为什么要参加这次竞演活动时，黄冈市委常委、宣传部部长陈继平说，经常听到外地人把"黄冈"说成"黄岗"，这说明黄冈在全国还是一个小众城市，知名度不高。

2017 年 6 月 9 日，黄冈市委、市政府决定报名参演《魅力中国城》，利用国家平台展示和宣传黄冈，扩大黄冈影响。

6 月 12 日，副市长陈家伟到北京参加竞演分组抽签，黄冈市与江西省鹰潭市相约同台比拼。

6 月 15 日，黄冈市政府下发竞演工作方案，"城市名片"环节 10 分钟文艺表演由市文广局承担。

6 月 21 日，黄冈市政府召开动员大会，市委副书记、市长刘美频对竞演进行全面部署，文艺表演创排工作迅速展开。

……

文化是城市的灵魂。黄冈文化博大精深，红色文化、名人文化、东坡文化、禅宗文化、戏曲文化、医药文化、生态文化交相辉映。

如何在短短的 10 分钟内，把黄冈的文化魅力呈现给全国亿万电视观众？

黄冈市文化新闻出版广电局从黄梅县请来了从艺四十八载，执导过上百部大戏、数十台晚会的著名导演张文桥担任"城市名片"总导演，组建了由导演、编剧、作词、作曲、音乐制作、服装、道具、化妆等组成的专家团队和工作专班，在湖北广播电视台首席导演、《魅力中国城》黄冈竞演总导演郭光俊指导下，一个以黄梅戏音乐为主元素，融合红安民歌、麻城东路花鼓戏、中国传统戏曲打击乐和交响乐，集歌舞、说唱、黄梅戏表演于一体的节目方案很快出炉。

东路花鼓戏是国家级非物质文化遗产代表性项目，唱腔丰富，旋律优美。麻城花挑是省级非物质文化遗产代表性项目，舞蹈轻快、活泼，富有深厚的生活情趣和气息。麻城东路花鼓戏剧院则是全国知名的"扁担剧团"，每年送戏下乡 150 场次以上，曾为毛泽东主席汇报演出，2015 年被中宣部、文化部等 12 部委授予全国文化科技卫生"三下乡"先进集体。

接受《花挑迎亲》创排任务后，剧院派出 35 人的强大阵容，不分昼夜，连续作战，在艺术表现上精益求精，力求尽善尽美，终于以东路花鼓戏音乐的独特魅力和麻城花挑的炫丽舞姿，完美呈现了麻城的人文历史和大别山民俗风情。

黄梅戏歌舞《天上人间黄梅腔》演员阵容也颇为强大，共有 48 人参演。他们当中，有黄冈市玲玲艺术培训学校的 12 名青年教师和 24 名六七岁从未离开过父母的孩子，也有市老干部艺术团 12 名曾舞动第十一届中国艺术节和央视《舞蹈世界》的"黄州俏大妈"。黄冈市舞蹈家协会副主席、节目导演易玲说，这个节目要表达的是，传统文化黄梅戏在社会的普及和传承。

红安县实验小学小小铜锣艺术团是最后一个接到竞演任务的演出单位。7月 16 日晚，陈家伟副市长拍板，紧急调《黄安谣》来黄州排练。此时，各路演出团队已经在黄州封闭排练了 5 天，进京前集中排练时间只剩最后 1 天。

《黄安谣》是红安县实验小学小小铜锣艺术团经典保留节目，由著名作曲家王原平谱曲、国家一级编导唐静平编舞，音乐气势恢宏，编导别具一格，服装、道具设计精美绝伦。

2017 年 7 月 17 日一大早，32 名五、六年级《黄安谣》小演员在艺术总监黄永红的带领下，风尘仆仆地赶到黄州排练场地。

竞演结束后，黄永红第一时间向李先念之女、中国人民对外友好协会会长李小林汇报红安孩子们的出色表现，李小林高兴地说，"我也万分骄傲，我是红安人！"

三

2017 年 7 月 19 日，《魅力中国城》黄冈战队首战出征。

清晨 5 时 15 分，晨曦中的遗爱湖畔彩旗飘舞，鼓乐齐鸣。

黄冈市政府副市长、黄冈战队竞演现场总指挥陈家伟和 260 名战队队员从各地汇集到黄梅戏大剧院广场，黄冈市委书记、市人大常委会主任刘雪荣率市四大家领导为战队壮行。

"我们不胜，谁胜！"刘雪荣寄语战队"将士"，"拿出舍我其谁的英雄气概，树立必胜的信念和勇气，朴诚勇毅，不胜不休，黄冈必胜！"

"人文黄冈，红色圣土；朴诚勇毅，不胜不休"。黄冈市委副书记、市长、黄冈战队队长刘美频发出"出发"指令。

催征锣鼓抖精神，朝霞铺路向北京。

队员们在陈家伟副市长带领下，分乘 5 辆大巴车，一路北进。

乘坐大巴进京，既节约竞演成本，也便于抵京后从驻地到演播厅之间的往返，是许多竞演城市的首选交通方式，得到大家的理解和支持。

从副市长陈家伟到市旅游委、市商务局、市文广局领导，从不满六岁的小演员到年过六旬的老大妈，历经 19 个小时车程，大家一路上欢歌笑语，既充满豪情壮志，又饱含艰辛。

玲玲艺术培训学校的周明老师，是一个晕车到连药都能吐出来的人，上车前吃了随行队医的晕车药，肚脐上贴上生姜，除了中途吃饭被人叫醒，几乎是一路昏睡挺到驻地通州。

7 岁的小欣颜在车上突发高烧，体温升到 39.3 度，队医和生活老师及时给她喂药喂水，每隔半个小时量一次体温。孩子到达北京后，三天才退烧，依然坚持排练，表现格外坚强、勇敢。

2017 年 7 月 20 日清晨 5 时，队员们早早起来，赶往离通州 30 千米外的河北大厂影视小镇，参加首次实地彩排。

7月21日，省黄梅戏剧院院长、著名黄梅戏表演艺术家张辉在结束黄冈创建大别山世界地质公园演出任务后，率领演员和乐队，火速赶往现场。

7月22日，市长刘美频和市委常委、常务副市长张社教来到现场，看望慰问参演队员，参加节目彩排，并就节目录制和演出细节，与央视导演组进行沟通和交流。

7月23日，黄冈艺术学校42名助演队员抵达北京。

7月24日，市委常委、宣传部部长陈继平，市人大常委会副主任何东英，市政协副主席吴佑元到现场助阵。

一连几天，队员们每天训练十多个小时。渴了，连喝水都顾不上，实在困了，就躺在地上打个盹。

高强度的训练，央视、省、市导演团队精心打磨，"城市名片"精彩纷呈，为全国观众奉献了一台视觉盛宴。

四

2017年7月26日，黄冈战队胜利班师。

在通州驻地，刘美频市长挥手为大家送行。

一样的大巴，一样的行程，队员们感到分外轻松。

晚上11时许，车队顺利抵达出发地。

黄梅戏大剧院广场上，灯火辉煌，人山人海。刘美频市长率市四大家领导、市直单位主要负责人以及各界群众，列队欢迎战队凯旋。

黄冈，一夜无眠！

（原载《黄冈日报》2017年9月1日，《湖北日报网》2017年9月2日）

春天的故事

看大戏、观展览、赏民俗、品书香、放电影……2018 年春节期间，湖北省黄冈市文化系统开展丰富多彩的系列文艺活动，为广大群众送上一道道精美的文化大餐。

从黄梅戏大剧院到大别山深处，从军营、工厂到社区、乡村，文艺之花绚烂绽放。

黄梅戏大剧院：七台大戏飨观众

2018 年 2 月 23 日，黄梅戏大剧院观众满满、掌声雷动，英山县黄梅戏剧团《春江月》精彩上演。

柳明月义救忠良、情洒天涯，来也悄悄，去也悄悄。凄美动人的情节，细腻深情的表演，中华民族传统美德，深深感动着每一位观众。

24 日，罗田县黄梅戏剧团《费姐》，演绎一个"巧治泼妇为贤妻"的故事，明快诙谐、寓教于乐，大伙儿在欢笑中得到教益。

为活跃市民节日文化生活，黄冈市文广局在黄梅戏大剧院组织开展"黄冈地方戏曲优秀剧目惠民展演周"。2 月 23 日至 3 月 1 日，团风县黄梅戏剧团《慈母泪》，浠水县楚剧团《绣花女》《寻儿记》，武穴市文曲戏研究院《嬉蛙》《草鞋老太爷》等 7 台大戏在黄梅戏大剧院轮番上演。这些剧目，都是各县市专业院团为丰富群众文化生活倾力打造的舞台精品。

经典的剧目，惠民的票价。黄梅戏大剧院充分发挥文化惠民龙头作用，每台戏只设置 10 元、20 元、30 元的票价，同时邀请部队官兵、环卫工人、社区群众、残疾人免费观看。

3 月 3 日，黄梅戏大剧院为市民引进《今夜星光灿烂——星夜相声会馆》，李菁、徐德亮、王磊等二十多位中国最具实力的曲艺名家，说学逗唱齐上阵，笑料包袱抖不停，让市民再次度过一个欢乐的夜晚。

省黄梅戏剧院：三十场演出闹新春

人勤春来早，奋进正当时。当人们还沉浸在节日的欢乐之中，湖北省黄梅戏剧院开启了"张辉黄梅新春演出季"。

2月21日，在武汉琴台剧院，省黄梅戏剧院上演经典黄梅戏《女驸马》，1200余名江城观众欣赏到原汁原味的湖北黄梅戏，体验了鄂派黄梅纯正的艺术魅力。

23日，位于鄂、赣、皖结合部的黄梅县分路镇分路村文化中心，人头攒动、锣鼓喧天。刚刚结束武汉的演出，第十三届全国人大代表、湖北省黄梅戏剧院党委书记、院长张辉亲率演职人员，风尘仆仆赶到分路村，为数千名观众献艺。

一连五天，演员们住在山村，演出《女驸马》《天仙配》《罗帕记》《红丝错》《东坡》《双下山》等10台经典大戏，村民们心里乐开了花。

"过年在家门口就能看到名家名角表演，真是太好了！"一位现场观看《五女拜寿》的老大爷说，"我家每天都把亲戚朋友接过来看戏！"

3月2日至6日，省黄梅戏剧院"文艺轻骑兵"送戏到黄州区余家湾社区。初春的黄州，时而艳阳高照，时而天降大雨，气温骤升骤降。董小满、石蔚华等不少名角儿都感冒了，她们不叫一声苦、不说一声累，吃几片感冒药，清几声嗓子，一直坚持到最后。

为让老百姓欣赏到高质量的演出，省黄梅戏剧院党委一班人深入演出一线，搞好后勤保障、服务协调，走村入户访问群众，倾听他们对演出的意见。专业人员在每一个演出现场，一丝不苟地调试布景、音响、灯光，确保演出效果。

东坡文化广场：文化情浓暖人心

2月28日至3月2日，黄冈市东坡文化广场上人山人海，笑语不断。由黄冈市群艺馆、市博物馆、市图书馆和各县市区文广局承办的"文化情浓艺术暖心"正月十五闹元宵非遗展演、戏曲展演、综合文艺展演粉墨登场。

浠水民歌、罗田畈腔、麻城花挑、黄州牌子锣……湖北大鼓，每天吸引数千名群众，在多姿多彩的非遗和民俗展演中，感受浓浓年味。

武警黄冈支队、城区社会艺术团体共 12 支队伍同台献技，合唱、独唱、吉他弹唱、京剧、萨克斯演奏、二胡合奏，高潮迭起，精彩不断。《做习主席的好战士》《想家的时候》等嘹亮的军歌，唱出新时代的豪情壮志，彰显军民融合文化建设新成效。

黄冈市、黄州区图书馆举办的湖北省第三届长江读书节暨东坡读书节启动仪式、元宵节有奖猜谜、汽车图书馆借阅服务和《公共图书馆法》宣传图片展、黄冈地方戏曲图片展，更让节日的东坡广场热闹非凡。借图书、看展览、猜灯谜，浓浓的书香氛围，让广大市民尽情享受，流连忘返。

一场场精彩的节目、一张张灿烂的笑脸。春节期间，全市文化场馆全部免费开放，组织各类文化活动 300 多场，各专业文艺院团开展惠民演出 200 多场，市新农村电影数字院线组织放映公益电影 1400 多场，惠及城乡数十万群众。

2018 年的初春，沐浴改革开放 40 年的春风，文化黄冈倾情讲好新时代春天的故事。

（原载《中国文化观察网》2018 年 3 月 9 日，《黄冈日报》2018 年 3 月 17 日）

走实走心的理论"武装"

——"新时代湖北讲习所(黄冈·文广篇)"学习纪实

2018 年 6 月 19 日,端午小长假后第一个工作日。夜幕时分,正在紧张筹备全市创建国家公共文化服务体系示范区动员大会的湖北省黄冈市文化新闻出版广电局机关全体党员干部和局系统干部夜校暨青年读书班学员,走进坐落在遗爱湖公园的黄冈市图书馆报告厅,开始第 12 期"新时代湖北讲习所(黄冈·文广篇)"集中学习。

"'新时代湖北讲习所(黄冈·文广篇)'开班以来,高潮迭起,精彩不断。通过半年的努力,讲习所办成了黄冈市文广系统学习宣传贯彻党的十九大精神的大学校,办成了事业的推进器、人才的大熔炉、奋斗的加油站。"主持人黄冈市文广局党组成员、副局长、局机关党委书记彭学文一段简短的开场白,全场响起热烈的掌声。

夏日的黄冈市图书馆,洋溢着浓浓的学习氛围。

大学习需要大学校

武昌红巷 13 号,有一座晚清学堂式建筑——中央农民运动讲习所旧址。1927 年 6 月,毛泽东在这里为中国革命播撒下了火种,为推进马克思主义基本原理与中国革命具体实际相结合、开辟中国革命的成功道路奠定了基础——800 多名学员带着满满的收获,奔赴全国各地,开始"到农村去,实行农村大革命"的战斗誓言。

新时代呼唤新思想,新思想引领新征程。

"贯彻落实党的十九大精神,在新时代坚持和发展中国特色社会主义,要求全党来一个大学习。"党的十九大闭幕后第三天,在十九届中央政治局第一次集体学习时，习近平总书记向全党发出号召。

大学习需要大学校。为深入学习宣传贯彻习近平新时代中国特色社会主义思想，推动全市文化新闻出版广电系统广大干部职工自觉运用习近平新时代中国特色社会主义思想武装头脑，黄冈市文广局年初开设"新时代湖北讲习所（黄冈·文广篇）"，集中学习时间为每月第一、第三周的周一晚上，节假日顺延，学员为局机关全体党员干部和局系统干部夜校暨青年读书班学员，共90余人，地点在市图书馆，按照有方案、有签到、有讲稿、有课件、有资料、有笔记、有研讨、有督查、有档案、有成果的"十有"要求，每期由1名局领导班子成员主讲，3名学员代表交流发言，形成以上率下的学习传导机制和完善的促学、评学、督学机制。

"思想建党是马克思主义政党建设的鲜明特色。"在"新时代湖北讲习所（黄冈·文广篇）"开班仪式上，黄冈市文化新闻出版广电局党组书记、局长王建学说，"武昌农讲所激荡的历史回响启迪我们，坚定自觉地用党的理论创新成果指导实践，是我们党的优良传统和独特优势。希望通过办好'新时代湖北讲习所（黄冈·文广篇）'，确立思想理论的定盘星，建立理想信念的主心骨，引导全市文广系统党员干部增强'四个意识'，坚定'四个自信'，更加自觉地捍卫习近平总书记在党中央和全党的核心地位，更加自觉地服从党中央集中统一领导，更加有力地服务市委、市政府的中心工作，不折不扣地完成好市委、市政府确定的目标任务。"

以"三讲"落实理论武装

"做好今年文化新闻出版广电工作，重中之重是落实用习近平新时代中国特色社会主义思想武装头脑的战略任务。"黄冈市文广局主抓这项工作的局党办主任呈雪晴介绍说，"新时代湖北讲习所（黄冈·文广篇）"按照学懂、弄通、做实的要求，精心安排授课内容，深入推动理论武装走实走心。

讲清发展方位，知其所来。"党的十八大以来，以习近平同志为核心的党中央，紧密结合新的时代条件和实践要求，以全新的视野深化对共产党执政规律、社会主义建设规律、人类社会发展规律的认识，创立了习近平新时代中国特色社会主义思想，开辟了马克思主义中国化新境界、中国特色社会主义新境界、治国理政新境界和管党治党新境界。"市文广局党组成员、副局长吴怀明在授课时说，"习近平新时代中国特色社会主义思想，来源于党的十八大以来以习近平同志为核心的党中央统揽'四个伟大'的非凡实践，来源于马克思主义基本原理与新时代中国改革开放具体实践相结合的理论创新，来源于科学社会主义在当代中国的真理探索。要把握新思想鲜明的继承性、创新性、时代性、指导性，才能激荡强大的前行力量。"

讲透思想精髓，识其所在。"习近平新时代中国特色社会主义思想，以'八个明确、十四个坚持'为思想内核和基本方略，深刻回答了新时代坚持和发展中国特色社会主义的一系列重大问题，构成了系统完整的科学理论体系，是 21 世纪和当代中国最鲜活最管用的马克思主义。"市文广局党组成员、副局长王宝超着重就这一思想的时代背景、历史地位、科学体系、精神实质、实践要求进行了讲解。学员们纷纷反映，这样的讲课入耳、入脑、入心。

"讲"明前进方向，明其所往。"习近平新时代中国特色社会主义思想，着眼于决胜全面建成小康社会、夺取新时代中国特色社会主义伟大胜利、实现中华民族伟大复兴的中国梦，系统回答了新时代坚持和发展什么样的中国特色社会主义、怎样坚持和发展中国特色社会主义这个重大时代课题。"市文广局党组书记、局长王建学在讲课中指出，"学懂弄通习近平新时代中国特色社会主义思想，必须坚持理论联系实际，学而信、学而思、学而行，把学习成果转化为忠诚于党的事业、忠诚于人民的高度自觉，转化为加快振兴崛起、决胜全面小康、建设文化强市的使命担当，转化为立足岗位做好工作、为建设国家级公共文化服务体系示范区添砖加瓦的具体行动。"

"讲"与"听"心心相印

"新时代湖北讲习所（黄冈·文广篇）"的落脚点是用习近平新时代中国特色社会主义思想武装头脑、指导实践、推动工作，加快黄冈文化事业和文化产业发展。讲习所坚持严谨与生动相结合，在"要讲"和"想听"中找准切入点和着力点，既注重学习宣讲的科学性、准确性、权威性，又注重运用丰富多彩的形式、鲜活生动的语言，把深刻的道理形象化、深刻的内涵生动化，增强吸引力、感染力和影响力。

在上半年举行的 12 期讲习中，黄冈市文广局领导班子成员带头，分别围绕《深入学习贯彻习近平新时代中国特色社会主义思想》《开启中华民族伟大复兴新征程》《贯彻新发展理念建设现代化经济体系》《十九大报告关于民主法治建设的论述》《坚定文化自信提升文化软实力》《以习近平新时代中国特色主义思想为指引大力推进黄冈公共文化服务体系建设》《学习贯彻十九大精神加强和改进黄冈文化综合执法工作》《推进生态文明建设美丽中国》等专题登台宣讲，让"讲"与"学"同频共振，"知"与"行"相辅相成，"传"与"习"产生共鸣。

创建第四批国家公共文化服务体系示范区，是黄冈市委、市政府站在全市经济社会发展全局的高度，为实现全面小康做出的一项重大决策。为了提高创建水平，黄冈市文广局联合市委党校，组织各县（市、区）文广局分管局长、图书馆长、文化馆长、重点乡镇文化站长及市文广局全体干部、二级单位负责人120余人，举办全市文化研修班，邀请全国人大教科文卫委员会文化室主任、《公共文化服务保障法》起草工作小组组长朱兵等7位国家级专家授课，深入讲解《公共文化服务保障法》、示范区创建标准、基层单位创建任务等重点内容。黄冈市文广局党组书记、局长王建学结合"新时代湖北讲习所（黄冈·文广篇）"，以《坚定文化自信建设文化强市》为题，再次登台宣讲，让全体学员感到收获满满、信心满满。

（原载《黄冈日报》2018年6月2日，《中国新视野网》2018年6月3日）

理论"武装"点燃行业书香

2018 年 8 月 13 日晚，湖北省黄冈市食品药品监督管理局 3 楼会议室灯火通明，座无虚席。60 多名局系统干部职工集中学习《习近平谈治国理政》第二卷。

大家聚精会神、专心致志，时而潜心阅读，时而奋笔疾书，先后读完《加大力度推进深度贫困地区脱贫攻坚》《真刀真枪推进改革》《勇于自我革命，当改革的促进派实干家》《注重全面深化改革的系统性整体性协同性》《加快建设社会主义法治国家》《领导干部要做尊法学法守法用法的模范》等 11 篇著作，并写下读书笔记，一个个如饥似渴、如沐春风。

这是黄冈市食药监局干部夜校的一个缩影。

—

食品药品监管工作是最重要的基本民生，关系人民群众身体健康和生命安全。实施食品安全战略，让人民吃得放心；治理餐桌污染，提升餐饮业质量安全水平；实施"四个最严"，守好食品药品安全的每一道防线，都要求有科学的理论做指导。

2012 年 9 月 6 日，黄冈市食药监局创办干部夜校，局党组成员、副局长王善雄主讲第一课：《弘扬时珍文化，发展医药产业》。

此后，黄冈市食药监局干部夜校一期不落，从未间断，至今已举办 140 期。《中国医药报》《湖北领导专供》《黄冈日报》等报刊先后做过专题报道。

黄冈市食药监局党组书记、局长徐维平介绍，创办干部夜校的初衷是：干什么、学什么；缺什么、补什么；会什么、讲什么；人人当教员、个个当学员。

为了让学习成为习惯、读书成为自觉，黄冈市食药监局制定了夜校学习制度，将每月 2 期的夜校学习、每次 2 小时的学习时间形成制度规范，建立党组推动、领导带动、全员联动的学习模式，建设局有书香、书有墨香、手有余香、身有芳香、院有花香、人有德香的"六香机关"，通过书香科室、书香家庭、书香青年号评比，广泛开展全民阅读，努力建设学习型社会。

二

2014 年 10 月 10 日晚，市食药监局举行第 47 次干部夜校学习，不良反应检测中心副主任查敏就"药品（医疗器械）不良反应（事件）检测"相关知识进行讲解。

2016 年 12 月 17 日，黄冈市委书记刘雪荣得知市食药监局干部夜校即将举办 100 期，当即发来短信点赞："五年坚持，百次学习，干部提升，功莫大焉。"黄冈市食药监系统干部职工备受鼓舞。

2016 年 12 月 20 日晚，黄冈市食药监局举办第 100 期干部夜校，局党组成员、副局长林慧秀、吴克和做中心发言，科室负责人及青年学员代表交流学习体会。

学习结束后，举行迎春文艺晚会。《明天会更好》《阳光总在风雨后》《中国人》《真心英雄》等一首首熟悉的歌曲在会场响起。

局党组书记、局长徐维平诗兴大发，当场赋诗一首："干部夜校历五年，每月两期不间断。日干夜学长见识，热情高涨战犹酣。人人学习人人讲，个个受益个个专。政治业务与时进，修德提能永争先。"

三

"学而时习之，不亦说乎？有朋自远方来，不亦乐乎？人不知而不愠，不亦君子乎？"一段耳熟能详的《论语》名言，拉开黄冈市食药监局第 103 期干部夜校的帷幕。

2017 年 2 月 13 日晚，黄冈市食药监局开发区监管科科长万林为夜校学员开办了一场重温《论语》经典名句、学习中国传统文化的知识讲座。

"道可道，非常道。名可名，非常名。"在创建全国文明城市的浓厚氛围中，黄冈市食药监局第122期干部夜校安排的学习内容是国学经典《道德经》。

2017年11月14日晚，对国学颇有研究的市食药监局开发区监管科科长万林边讲解边引用历史典故，清晰的历史脉络、详细的解释和导读，使大家通过学习国学经典，传承优秀传统文化。

四

党的十九大后，黄冈市食药监局党组审时度势，将干部夜校与政治夜校合并，赋予夜校更深的时代内涵和更高的使命追求。

——开展"三二一"阅读行动。即开展读习近平总书记的书、读习近平总书记推崇的书、读习近平总书记的故事书"三读"活动；倡导纸质阅读和数字阅读相结合、以纸质阅读为主两种阅读形式；保证每人每天平均1个小时的读书时间。读书学习在黄冈市食药监局蔚然成风，并带动了全市食药监系统书香机关建设。

——以政治学习为主。坚持把学习习近平新时代中国特色社会主义思想放在首位，深入学习十九大报告、新党章、习近平总书记围绕改革发展稳定、内政外交国防、治党治国治军等方面发表的系列重要讲话、新宪法以及食品药品安全监管方面的法律法规。

——坚持理论联系实际，学以致用。以习近平新时代中国特色社会主义思想武装头脑、指导实践、推动工作，建设学习型机关，以学促思、以学促干、以学促进，让干部职工变成"一手执法、一手执笔"的行家里手。

五

学习宣传贯彻党的十九大精神，如何做到真学、真懂、真信、真用，市食药监局概括提炼出这样一个公式：学习—实践—总结—提高，再学习—再实践—再总结—再提高，在新思想指引下，开创新气象，展现新作为。

龙感湖分局吴华丽深有感触地说："读书既能帮助别人，也能快乐自己。"

她用读书学习到的药理知识，解救食物中毒的一家 5 人的事迹在当地广为传颂。

2013 年以来，黄冈市食药监系统查处各类食品药品违法违规案件立案数量逐年提升，移送公安机关假劣食品药品案件及线索共计 100 余起，全市无一例重大食品药品安全事故发生，市食药监局先后被评为省级文明单位、全省法治文化建设先进集体和全国食品药品案件查办工作成绩突出集体。

（原载《中国新视野网》2018 年 8 月 23 日，《鄂东晚报》2018 年 8 月 28 日）

青山深处白莲开

湖北省黄冈市白莲河国家级水利风景区位于大别山南麓、长江中游北岸，地处浠水、罗田、英山三县交界处。2018年11月，黄冈市文联携手湖北星马文化传媒有限公司，组织20多位文艺家，以"保护湿地·珍爱家园——走进白莲河"为主题，开展实地采风，笔者有幸忝列同行，度过一段难忘的旅程。

走近白莲

时序初冬，天气却温暖如春，与文艺界前辈、老师迎着暖阳出发，一路心驰神往。

白莲河，只知道在浠水县，顾名思义，河水澄清如白莲，有圣洁高雅之意，而"白莲"的来历，也许还有一些传说和故事呢。

浠水境内多河流，自古便是水乡泽国。稍加考证，"浠水"不仅是县名，也是一条河流名称。"浠水"古称"希水"，南北朝时始改"希水"为"浠水"，是境内注入长江三大水系中最长的河流。

白莲河位于浠水河的上游，源头为安徽岳西黄梅尖和湖北英山的云峰，包括浠水白莲镇、罗田白莲乡所属的广大区域，河流中段建有白莲河水库，总面积6653.75公顷，其中湿地面积达4585.32公顷，是山水交融的国家湿地公园。

正午时分，我们乘坐的大巴车进入白莲河库区，阵阵清风吹散了车内的燥热。穿过小镇街巷，车头转向，眼前豁然开朗，宽阔的水面，蓝莹莹的湖水，曲折的岸线，山水环抱的独特景观，映入我们的眼帘。大家欢呼雀跃地下了车，纷纷举起了手中的手机、相机。

在黄冈市白莲河工程管理局，局党委书记罗玉春、副局长潘金雄热情地接待了我们。

"白莲河水库是黄冈市第一、湖北省第三大水库，是一座大（一）型水利枢纽工程，不仅能防洪、浇灌，还兼有发电、供水、养殖、航运、旅游、生态维护等综合功能。"罗玉春书记介绍说，"库区建有白莲河国家湿地公园和白莲河国家级水利风景区，经过6年生态治理、修复和保护，形成了大水库、大湿地、大电站、大供水、大灌区的水利水电建设综合体，集水文景观、工程景观、文化景观和自然景观于一体，是旅游休闲胜地。"

听了领导热情洋溢的介绍，展读手中的资料简介，饱览景区秀色之意变得愈益强烈起来。

初识白莲

午饭后，采风团一行兴致勃勃地乘车去码头。

车行至电站隧道口，百余米高的水库大坝巍然屹立。坡堤上，"白莲河水库"几个大字浸透风雨沧桑，却依然清晰俊逸。山坡上，电站红色的楼顶连成一片，在青山碧水间格外醒目，仿佛在告诉人们，人与自然从抗争到和谐共处的历史变迁。

白莲河水利枢纽工程于1958年8月动工兴建，1960年10月主坝拦洪蓄水。水库的建成，改变了浠水"水来成灾，水去就旱"水旱灾害频繁的局面，"洪水横溢，民多溺毙""赤地如焚，饿殍载道"的惨状，也永远成为历史。

"上善若水，水善利万物而不争，此乃谦下之德也。"白莲河水库承雨面积及库容大，调节性能好，保护着下游50万亩农田、京九铁路、大广高速等交通大动脉和50万人民生命财产安全，为浠水县80万人供水，年平均发电7000多万度，2017年综合产值近10亿元，税利近3亿元。

船行白莲河上，凉风习习，神清气爽，"飘飘乎如遗世独立，羽化而登仙。"北魏《水经注》有载："湍道异常，浪涌之形'莲花状'，亦名'白莲河'之由来。"小艇轻快如飞，犁起雪白的浪花，晶莹剔透，果真如白莲绽放。两岸青山倒退，浪花一路追随，放眼望去，湛蓝的河水恍若海水，水天相接，又仿佛泛舟天边。

道无所不在，水无所不利。白莲河之水养育万千生灵，造福百万人民。她之所以能使绿色生态与经济发展并行，得益于健全严格的科学管理。

"白莲河湿地公园有保育区、恢复重建区、宣教展示区、合理利用区、管理服务区五个功能区，其中保育区占总面积的60%之多，两岸滩涂林地是珍禽异兽的觅食栖息繁衍之地，严格控制不进行任何与管理无关的活动。"潘金雄副局长告诉我们，"这里是植物王国、动物乐园和鸟的天堂，维管束植物达400多种，陆生脊椎动物近150种，鸟类上百种，而鱼类更是主产，多达30多种。"

说话间，在河面上遇见一条条捕鱼船，作业工人收起渔网，水欢鱼跃，好一派丰收景象。山头斜阳把河面渲染得波光粼粼，渔船在斜阳笼罩下，颇有"渔舟唱晚"之意境。

我们在大岭沟茶园处舍船登鄂东名山斗方山。斗方山是湿地公园和水利风景区的重要景点，以山形斗方而得名。

山上有古寨遗址，系蕲黄"四十八寨"之一，怪石嵯峨，洞穴遍布。山寨内的斗方禅林，建有斗方寺及大佛像，自唐以来，历代高僧云集。北宋文学家苏东坡、清朝状元陈沆、刘子壮等文人墨客曾登山游览，留下珍贵墨宝，使此山更是名声大噪。

初冬的斗方山依然林木葱茏，花草斗艳，路旁野果遍地，林间百鸟和鸣，满目秀丽，令人流连忘返。

天色渐晚，我们未能游览更多古迹名胜，似乎有些遗憾。归途中，有幸一睹立于绝壁之上、建于北宋时期的舍利塔，小巧如笋却保存完好，大家的游兴顿时又高涨起来。

传奇白莲

乘船返回，"景翳翳以将入"。

大家不知是累了还是不忍惊扰浪花欢唱，很快都安静了下来，任斜阳将每个人的脸庞染上金色轮廓。

车返大坝，一轮硕大的夕阳正面相迎，倒映在河港中，恰如"长河落日圆"般壮观，又似给这天的行程划上一个完美的句号。

景区归来，夜宿小镇，内心深处难抑兴奋。翻开泛黄的《白莲河水库志》，那些令人震撼的文字，再次拨动心弦。

正如笔者所料，白莲河果有传说，而且有三个版本。

其一，观音菩萨教化九土匪，身化白莲飘走；

其二，纯情女子为爱殉情，人们以纯洁白莲誉之；

其三，八仙在白莲河斗法，受观音菩萨点化，蓝采和拾得一粒莲花宝座莲米，不慎落入河中，引得白莲争艳，故称。

昔日的神话，永远地留在文字和人们的记忆里。而今天，白莲河正演绎着一个看得见、摸得着的新传奇！

新中国成立初期，白莲河河水泛滥成灾，而鄂东钢铁冶炼及地方工业发展迫切需要电力。专家勘察，白莲河有优良的发电、灌溉、防洪开发条件。1958年4月，国家计划委员会将白莲河水利枢纽工程列入国家第二个五年计划。经过6年建设，1964年7月，白莲河水电站第一台机组正式发电。

白莲河水利枢纽工程开始发电灌溉，缓解了鄂东工业发展的用电荒，振兴了地方经济，改善了生态环境，经济和社会效益逐年显现。

历史不会忘记白莲河水利枢纽工程的建设者，不会忘记那段战天斗地、气壮山河的建设史！

1959年12月，白莲河上下游围堰合龙，主坝清基抽槽。指挥民工参加上游围堰施工的罗田县匡河公社党委副书记王伯恩，四天四夜未上床睡觉。副指挥长蔡光耀、干鹄、李友元，工程师毛维超破冰跳进刺骨的河水，和民工一起打桩、砌堰脚、掏沙。总工程师胡慎思按湖北省省长张体学指示，亲自戴着白手套在岩基上擦拭，不见泥沙才准予回填筑坝。浇铸发电隧道时，民工们在洞里不能伸腰，只有趴着施工，许多人的膝盖都磨破了……

然而，进入20世纪80年代以后，污水入库，水质恶化，10万亩水域长满野生水葫芦，湖面竟撑不开一条船，库区人民望水兴叹。党的十八大以来，经过全方位系统治理，白莲河水库水质由四类提高到二类，库区重现"一库绿水、两岸青山"的原始风貌。

白莲河注定是一条水利的河，河水流淌着水利人的心血和汗水。一代又一代白莲河水利人，让白莲河水流进千家万户，也把艰苦奋斗、不怕牺牲的创业精神和追求卓越、精益求精的职业精神送进了人们的心田。

今天的白莲河碧波万顷，澄澈如蓝宝石。不仅如此，这里美誉不绝：既是"中原植物基因库"，还是"板栗之乡""兰花之乡""甜柿之乡""茯苓之乡""茶叶之乡"，这不正是新时代的"白莲传奇"吗？

惜别白莲

捧着手中这本厚厚的《白莲河水库志》，掩卷之际，早已泪湿双眸。

一遍遍读着 99 名工地因公牺牲民工名录，一个个鲜活的生命，化作一尊尊巨大的雕像，高高耸立在我的眼前。

他们有的是父亲，有的是儿子，有的是母亲，有的是女儿——为了新中国的建设事业，他们将自己永远地融入了白莲河。那大坝，那铁塔，那青山，那绿水，是他们无字的丰碑！

青山深处白莲开，白莲为爱吐芳来。

真的该和白莲河道别了，我仿佛听到世上这首最动人的歌："泥巴裹满裤腿，汗水湿透衣背。我不知道你是谁，我却知道你为了谁。为了秋的收获，为了春回大雁归……"

（原载《荆楚网》2019 年 1 月 16 日，《黄冈日报》2019 年 1 月 19 日）

魅力黄冈春意浓

——湖北黄冈春节群众文化活动侧记

2019 年 2 月 11 日，农历新年第一个工作日。

坐落在"十佳魅力中国城市"湖北黄冈美丽的遗爱湖畔的文化地标——黄梅戏大剧院，迎来今年首个市民开放日。近千名市民朋友兴高采烈地走进剧院观众厅，免费观看贺岁大片《西虹市首富》《西游记之女儿国》。

大别山腹地的罗田县人民广场，天寒地冻。罗田县黄梅戏剧团在零摄氏度的环境下演出经典剧目《红丝错》，为广大戏迷送上温暖的精神文化大餐。

新春佳节，大别山南麓、长江中游北岸的老区黄冈，雨中红梅竞相开放。全市各级公共文化服务机构结合创建第四批国家公共文化服务体系示范区，以"我们的中国梦·文化进万家"为主题，精心策划推出系列春节联欢晚会、"红色文艺轻骑兵"小分队文艺演出、春节文化周、地方戏惠民展演、正月十五闹元宵、文博展览展示及公益电影放映等 100 余项、1000 多场群众文化活动，把党的关怀和新春祝福，送到群众心坎。

文化服务：面向基层　共建共享

伴随 2019 年春天的脚步，文化力量激荡魅力黄冈。

1 月 27 日，黄州万达广场前，黄冈市文化新闻出版广电局、黄冈广播电视台联合主办黄冈市首届网络春晚，为市民带来一台韵味十足的年夜饭。

不设观众席，让群众 360°轻松围观；本地书法家挥毫泼墨，给市民送春联；女声独唱《多情的家园》、情景剧《妈妈的味道》、萨克斯旗袍秀《千年黄州》、鄂东民歌、本地笑星带来的小品，黄冈特色浓郁。

整台晚会在网络平台进行直播，并在云上黄冈、央视新闻网多个平台分发。网友们纷纷点赞，现场浏览量达到 40 多万人。

1 月 29 日，黄州区龙王山社区热闹非凡。由黄冈市文化新闻出版广电局主办，黄冈市群众艺术馆、黄冈市博物馆、黄州区文化体育局承办的文化惠民演出暨廉政文化进基层活动精彩纷呈：黄州点子牌子锣《靠山乐》、独舞《九儿》、旗袍表演《中国茶》、小组唱《我们共同的家》、舞蹈《连厢舞出幸福来》，文化志愿者的吉他弹唱、萨克斯独奏，好节目一个接一个，赢得现场观众的阵阵叫好和热烈掌声。

春节前夕，由武警黄冈支队、黄冈市文化新闻出版广电局、湖北省黄梅戏剧院、中国银行黄冈分行主办，黄冈市群众艺术馆承办，黄冈艺术学校、黄冈市博物馆、黄冈市图书馆协办的 2019 迎新春军民融合文艺会演暨武警黄冈支队第七届"十大先进典型"颁奖典礼在黄梅戏大剧院举行。

歌伴舞《共筑中国梦》、管乐合奏《骏马奔驰保边疆》、现代京剧《沙家浜》选段《军民鱼水情》、黄梅戏《大别山母亲》选段《老槐树》，文化工作者为驻地官兵献上精心打造的视听盛宴。武警官兵激情表演的小品《战斗进行时》、技能展示《特战尖兵》，形象再现战士们听党指挥、忠于祖国的书剑情怀。

用文化励志导行、陶冶情操。黄冈文化服务面向基层、共建共享，宛如春花绽放。

农民联欢：政府主导 社会参与

同住长江边，共饮长江水。

2019 年 1 月 28 日，由湖北省委宣传部、湖北省广播电视局、湖北省文联、湖北省农业厅、黄冈市人民政府、湖北长江垄上传媒集团主办，湖北广播电视台垄上频道、湖北电视艺术家协会、黄冈市委宣传部、黄冈市文化新闻出版广电局、黄冈广播电视台承办，湖北黄冈农商银行赞助的第九届中国农民春节联欢会在黄冈师范学院体育馆隆重上演，长江沿岸 11 个省市的农民代表，在大别山麓、遗爱湖畔尽情欢歌。

联欢会以"大江奔涌魅力中国"为主题，融入喜年节、新农村、美黄冈等元素，20 个精彩节目先后亮相，向长江母亲、向广大农民，送上最真挚的祝福。

高亢激昂的罗田东腔，把观众思绪带到千里巍巍大别山；字正腔圆的《黄州美景花烂漫》，展示黄梅戏的清丽婉转；《妈妈的味道》这首在黄冈竞演央视《魅力中国城》中大放异彩的原创歌曲，深深打动现场观众；歌舞《黄安谣》，再现"朴诚勇毅、不胜不休"的黄冈精神；红安花生、罗田板栗、英山茶叶，为现场观众平添一份浓浓的黄冈情意。

"共抓大保护，不搞大开发。祝浩瀚长江更加美丽，祝伟大祖国繁荣富强！"黄冈城区百花争艳，乡村风景同样美不胜收。

1月30日，麻城市福田河镇党委政府、麻城市各文化场馆、各乡镇文化站和部分企业、学校、文艺协会、社会文艺团队，共同在湖北省民间文化艺术之乡福田河镇举办麻城市首届乡村春晚。镇党委、镇政府现场为该镇"十佳孝敬少年"颁奖，农民满怀丰收喜悦，成为春晚的主角。

器乐独奏《喜洋洋》、湖北大鼓《福田福地举水源》、情景剧《孝德满人间》、连厢歌舞《精准扶贫唱福田》、小品《丈母娘考察》、女声合唱《福田白菊开》、麻城花挑《了了喂》，一个个节目妙趣横生，散发出泥土芬芳。

"举办乡村春晚，让老百姓欣赏到自创自编自导自演、雅俗共赏的文艺演出，实现农村人登上舞台展示自我的愿望，不但扭转节日里抹牌赌博的不良风气，展示新时代老百姓的精神风貌，而且激励全镇干部群众砥砺奋进，为乡村振兴再立新功！"福田河镇党委书记程伟豪情满怀。

2月5日，罗田县骆驼坳镇时阳小学操场被四面八方赶来的老百姓挤了个爆棚，由骆驼坳镇综合文化站、高家咀村民委员会主办，三港片业余文艺团队、三港农民艺术团承办的三港片区第三届农民春节大联欢进行得如火如荼。

小品、魔术诙谐搞笑，湖北大鼓、古筝表演、对唱抖音、说唱表演声情并茂，花鼓戏、黄梅戏、京剧表演原汁原味，独舞、群舞、民族舞、集体舞各具风情，让周边及三港片的老百姓心里乐开了花。

免费开放：以文化人　润物无声

随着全民文化素养的提升，到博物馆看展览，成了2019年不少黄冈市民春节文化生活的新选择。

"正月初二弘正气，宣讲历史念前辈。名人故居人攒动，继往开来靠后生！"

2月6日，武穴市财政局退休干部徐善坚参观完饶汉祥旧居纪念馆，欣然赋诗。

饶汉祥是民国时期"广济（武穴市前身）五杰"之一，早年留学日本，加入中国同盟会，曾任湖北民政长、总统府副秘书长、参政院参政等，有文章"圣手"之称。武穴尚存饶汉祥旧居，1945年9月27日，鄂东侵华日军投降仪式在这里举行。

作为武穴市国家AAAA景区、广济时光公园文化旅游品牌的核心旅游区域，饶汉祥旧居纪念馆以其古朴典雅的仿欧式建筑风格、深厚凝重的历史文化底蕴、系统全面的地方革命斗争陈列史吸引八方游客。不少市民和游客带着子女前来参观学习，接受爱国主义教育，让孩子了解历史，感受中华民族曾经的屈辱和奋起的力量。春节假期，旧居纪念馆每天接待观众逾2000人次。

2019年春节期间，黄冈市12家公共图书馆、12家文化馆、22家博物馆（纪念馆）全部免费开放，接待群众30多万人次。黄冈市群众艺术馆举办鄂东名人文化展、民俗生产生活展、民间工艺展、黄冈市书法美术摄影名家作品展；黄冈市图书馆举办"传统文化知识大闯关""我们的中国梦"——公共数字文化进万家等线上主题活动；黄冈市遗爱湖美术馆举办"印象·遗爱湖"第一季美术作品邀请展；各县市区文化场馆也都纷纷举办地方特色展览展陈活动，与广大群众共庆新春佳节。

与此同时，惠民演出与送戏下乡也正在黄冈大地竞相开演：湖北省黄梅戏剧院从正月初八至正月廿八开展送戏下乡和惠民演出，在黄梅县蔡山镇演出13场，在黄梅戏大剧院演出10场；英山县黄梅戏剧团从正月初四至正月十三，连续演出10场大戏；黄梅县黄梅戏剧院从正月初三至二月初三，开展"2019黄梅戏惠民演出月活动"，30台精品大戏轮番上演；全市各专业院团组织流动舞台车，开进社区广场、乡镇村组，开展"第27届百团上山下乡暨新春巡回演出"……

文化活动进万家，万民同乐春意浓。老区黄冈，深入推进国家公共文化服务体系示范区创建、丰富群众文化生活步履铿锵。

（原载《中华文化观察网》2019年2月12日，《黄冈日报》2019年2月23日）

华家大湾的春天

——文化旅游带动乡村振兴的"黄冈样本"

油菜花黄灿灿，麦苗儿绿油油。明艳的黄，纯净的绿，田野是一幅幅明媚的油画。

灌木丛中的紫荆花，新种的小树苗，紫的娇艳欲滴，绿的晶莹透亮，山坡上是一帧帧浪漫的小特写。

仿古长廊，楼台亭阁，小桥竹屋，依山飞流而下的瀑布……移步就换景。

2019年3月18日，在湖北省黄冈市团风县回龙山镇华家大湾村，80多位东北游客，兴高采烈地赏自然山水，观民俗风情，吃农家饭菜……秀丽的乡村风光，注入历史、民俗、农耕等地方特色文化内涵，令远方的客人惊叹不已，流连忘返。

回龙山下的美丽乡村

华家大湾地处回龙山北麓，面积2.2平方千米，106国道穿境而过，距黄州火车站仅3千米，交通极为便利。境内有山、有水、有岛、有湾、有城墙、有古寨，区位优势和旅游资源得天独厚。

团风县回龙山镇人文资源丰富，自近代以来纺织工业负有盛名，拥有"名人故里""棉纺之乡"两张名片，是著名的"林氏三兄弟"——林育英（张浩）、林育南、林育容（林彪）和中国地质之父李四光、现当代著名作家秦兆阳的故乡，每年来参观的游客近百万人次。

华家大湾曾经有过昨日辉煌。20世纪80年代初，乘着改革开放的春风，兴纺织，办工厂，村级经济红红火火，集体资产达数百万元，成为远近闻名的明星村，村支书华旭东被评为全国劳动模范，当选全国人大代表。

华家大湾也曾有过衰落。21世纪初，受市场经济大潮冲击，纺织业一度滑到谷底，村级经济一落千丈，债台高筑，人心涣散。

如何振兴华家大湾，接力明星村？团风县委、回龙山镇委首先考虑的是让村民选出自己满意的村两委"当家人"。

2014年11月，返乡创业的企业家陈华明当选华家大湾村党支部书记、村委会主任，确立把文化旅游资源打造成产品推向旅游市场，激发美丽乡村建设活力的发展思路，开启接力明星村的梦想。

陈华明从振兴村"两委"组织入手凝聚发展力量，发挥党员的先锋模范作用，发动全村党员、能人带头，成立鑫民商贸股份有限公司，让村民变股民，带动村民共同致富，增加集体收入。

"以前就有零星的游客来，但当时没有开发的意识。"

陈华明介绍，2015年，华家大湾开始大规模环境整治，建设配套设施，实施绿化、美化、亮化工程，种植景观树，扩宽延伸乡村公路，修建冲水式公厕，兴建百姓舞台，硬化文体广场，建设文化长廊，装置健身器材，安装太阳能路灯，来村里的人越来越多，有学生，有游客，有参观取经的干部，也有经营者，"平均每天在200人左右。"

2016年，华家大湾被纳入湖北省美丽乡村建设示范村。当时，黄冈的乡村旅游市场已经兴起，陈华明抓住机遇，聘请专业公司制定建设规划，利用山水和人文资源，做文旅融合发展文章。

4年来，华家大湾依托鑫民商贸股份有限公司，推进生态旅游观光产业发展，书写家门口的"诗与远方"——先后修建了鑫民农庄、龙井飞瀑、民俗文化长廊、鱼跃龙门文化广场、乡村大舞台、生态农庄门楼、宜居楼等30多个乡村旅游观光标志性建筑和景点，打造了观景长廊、观景亭、景观带护栏、仿古城墙、新安寨等景观，实施村部立面改造、铺设步道砖、护路护坡、绿化美化等配套工程，一个富裕、文明、和谐的美丽乡村呼之欲出。

2018年，华家大湾成为湖北省首批56个美丽乡村建设示范村之一，走上了一条产业兴旺、生态宜居、乡风文明、治理有效和生活富裕的乡村振兴之路。

回乡一人带动一方

栽下梧桐树，引得凤凰来。

优越的地理环境，加上好的招商引资政策，华家大湾先后招来一批回乡创业的能人。

走在建设中的华家大湾工业园区，一派欣欣向荣的繁忙景象。澳宠科技有限公司、乔兴针织厂，正在紧锣密鼓装修中。宏丰布业有限公司、湖北五方源食品有限公司厂房里，工人、机器都在连轴转。

"纺织业是回龙山的一大特色产业。在华家大湾办厂，很容易招到有技术的工人。"宏丰布厂厂长欧阳西林表示。

欧阳西林是黄州区人，曾是一家棉纺厂的厂长。

2016年，为了利用闲置资产，陈华明带领一班人厘清村里原华棉纺织厂资产、债务，挖掘原有棉纺工业的潜力，为村级老纺织工业寻找新出路。

好的投资环境、熟练的纺织工人，吸引欧阳西林前来投资建立团风县宏丰布厂。如今的宏丰布业，实现年产值300多万元，解决村里几十人就业问题。

"华家大湾投资环境好"。这一点也得到了湖北五方源食品有限公司合伙人王方的肯定。她表示，陈华明讲诚信，村里给他们的政策好，"我准备举家迁到华家大湾来谋发展。"

王方是团风县贾庙乡人，2017年年初，在陈华明感召下，她从东莞回乡，与朋友合伙创办了湖北五方源食品有限公司。她们在华家大湾进行芡实种植及半加工，收购团风周边农户莲籽进行深加工。一年来，五方源牌芡实、莲籽销往全国各地，产值达200多万元，线上电商也已起步。五方源公司为华家大湾村民增加30多个工作岗位，帮助多名贫困人员就业。

"招商发展村级产业，我就做好两点：讲诚信，搞服务。"曾在商场上打拼多年，并小有成就的陈华明，深谙产业发展需要好的环境。

2017年5月，中共湖北省委书记蒋超良，在湖北省人大常委会副主任、黄冈市委书记刘雪荣陪同下，来华家大湾村调研扶贫工作，对华家大湾坚持"绿水青山就是金山银山"的发展理念，着力培植旅游观光产业，推进美丽乡村建设，抓产业促脱贫、抓产业强村富民的做法给予充分肯定。

2019 年，黄州区陈策楼镇返乡能人陈连杰，前来华家大湾流转土地 100 多亩，成立九邦养殖有限公司，养殖青蛙和小龙虾。村里为养殖场提供一片紧邻回龙二库的坡地，这里环境幽静，离水源近，有利于青蛙和小龙虾生长。陈华明积极为公司注册、前期建设提供服务，还帮出"点子"，准备让九邦搭上旅游车，开展钓虾亲子游活动。

"陈华明招商为村里引来了人才，实现了人才振兴、产业振兴，也带动了环境振兴和文化振兴。"参与新安寨生态农庄管理的秦少春说。

一个明星村的接力梦想

华家大湾村每天都在变化，新开的柴火饭庄、民宿旅馆、农家乐超市、民俗文化体验区，还有爆棚的游客、日子越过越红火的村民。

旅游带动了系列相关产业，提供了大量就业岗位，一些外出打工的年轻人，不仅自己回来搞经营，还带回合作伙伴。

用文化旅游带动乡村振兴，华家大湾打造了湖北实践的"黄冈样本"。

"再给我 5 年时间，华家大湾一定会重新成为明星村。"陈华明信心满怀。

接力明星村，是陈华明的梦想。4 年来，陈华明边建设边谋划，一直奔跑在追梦的路上。

成立鑫民商贸股份有限公司，他大胆探索"公司+农户"的经营模式，开辟花木、林果、苗圃种植基地，发展特色种植、养殖业，为村级经济发展培植了新动能。公司全村村民入股，利润按股分红。

从成立鑫民商贸股份有限公司到新安寨生态农庄规模化发展，每一步他都走得自信而坚定。

"这条路马上要完成硬化，这里将建游客接待中心，这块是大型停车场……"走进新安寨生态农庄，陈华明有说不完的话。

"2019 年，华家大湾将依托原生态的乡村文化，重点开发新安寨、华龙岛、回龙二库等景观，计划修建新安寨景区东、西、南、北 4 个古寨门，开辟环寨人行步道，修建寨中 5 个休闲亭。同时修建大型农家乐超市，建设桃花岛，实施乡间小路硬化，实现高端民宿日接待游客 200 人的目标。"

说话间，陈华明为我们描绘了一幅绚丽的新安寨生态农庄前景图——

在这里，石碾、手推磨、水车、石臼，可带游客们体验农耕文化生活；

游客们可以听着朱元璋和陈友谅斗智斗勇的故事游新安寨，还可以漫步开满桃花的华龙岛，抑或去景区内的乡村大舞台欣赏戏曲歌舞。离开时，游客可以去农家乐超市，买到黄冈市所有的地理标志产品。

"乡村振兴是党的十九大报告提出的战略，这就是我的中国梦。"陈华明表示，他将努力做一个奔跑着的追梦人。

春天是追梦的季节，华家大湾沐浴在新时代的春风里。

（原载《中华文化观察网》2019年3月25日，《鄂东晚报》2019年3月26日）

乐游黄冈　跟"鄂"一起来打卡

　　2020 年年初，一场突如其来的新冠肺炎疫情席卷荆楚大地，毗邻武汉的黄冈市区成为重灾区。

　　历史注定记住这一非常时刻。

　　除夕夜，当千家万户沉浸在团圆的喜悦和温馨之中时，山东、湖南两省援黄医疗队，带着习总书记的殷殷嘱托，白衣执甲、逆行出征。

　　这是全国各地响应党中央号召，紧急驰援湖北的一个生动缩影。

　　如今，山河已无恙，日日盼君归。

疫去春回，知恩图报

　　新冠肺炎疫情发生后，湖北全省按下"暂停键"，换来更多人的生命健康。

　　在打好湖北保卫战、武汉保卫战的战"疫"实践中，举国上下给了湖北人民巨大的支援和无私的帮助。

　　为感恩回馈全国各地对湖北省战"疫"及疫后重振的倾力支持，湖北省委、省政府采取非常之举，推出"与爱同行惠游湖北"活动，并以此为引爆点，推动全省旅游业恢复振兴，带动相关配套服务业消费回补，提振消费信心，畅通经济循环。

　　作为"与爱同行惠游湖北"活动的重要组成部分，根据全省统一安排，2020 年 8 月 7 日，黄冈主场在英山同步举行"与爱同行惠游湖北乐游黄冈"活动启动仪式，黄冈市委常委、副市长董波做动员部署。

　　仪式上，播放了黄冈市委副书记、市长邱丽新为此次活动录制的代言视频。邱丽新通过视频向广大游客"喊话"：黄冈是一座山清水秀、人文荟萃的英雄城市，黄冈人民众志成城、齐心战"疫"，取得了疫情防控阻击战阶段性成果，竭诚为广大游客提供最优质的服务和健康保障，诚邀四海宾朋做客黄冈，共享健康美好生活！

8月8日，"与爱同行惠游湖北"活动在全省同时展开，省内所有A级旅游景区对全国游客免门票，17位市州领导倾情代言，为爱发声，以感恩之心"惠"报八方来客，共赏荆楚美景。

活动从2020年8月8日至12月31日，历时146天。活动期间，黄冈市63家A级旅游景区对全国疫情低风险地区的游客实行免费开放，游客只需在"湖北文旅之声""湖北日报""长江云""黄冈市文化和旅游局""黄冈智慧旅游"等官方微信公众号的"惠游湖北 乐游黄冈 惠游黄冈"活动主页面进行预约，扫健康码、测体温，即可免景区首道大门门票进入景区观光旅游，所免门票由财政按比例提供补贴。

行业复苏，激活市场

旅游业是黄冈市战略性支柱产业，是稳增长、调结构、惠民生的重要产业。黄冈市内红色、绿色、特色三元素旅游资源富集，延绵数百千米的巍巍大别山，是黄冈市旅游主坐标。

为深入贯彻中央关于统筹推进疫情防控和经济社会发展的工作部署，扎实做好"六稳"工作，全面落实"六保"任务，2020年5月，黄冈市推出包括感恩惠民行动、全域旅游行动、乡村旅游行动在内的文旅产业发展"十大行动"，落实对医疗队员、医护人员，以及山东、湖南户籍居民游览黄冈的优惠政策，开展"黄冈人游黄冈"活动，提倡干部职工将年休假化整分散到周末，扩大旅游消费。

遭受疫情重创的旅游业，2020年5月开始回暖，在7月迎来重大利好——跨省游恢复，这被业内看作重要的行业重启信号。

作为新冠肺炎疫情的重灾区，为切实解决因疫情影响带来的困难，黄冈市及时出台一大波利好政策，从纾困惠企增信心、拓展市场促消费、夯实基础强品牌、提升效能优服务等方面出台16条具体措施，形成政策聚集效应，保护和激发市场主体活力，支持文旅产业复苏发展。

2020年7月4日，跨省游恢复后的首个周末，麻城、英山、罗田等地迎来首批跨省旅游团队，黄冈市文旅行业复苏步伐加快，旅游企业奋战"旺季"大幕随之拉开。

随着旅游市场的不断升温，8月8日，黄冈市A级旅游景区同时实行免费开放，全市文旅产业复苏按下"快进键"。

"与爱同行惠游湖北乐游黄冈"活动得到全市收费景区的积极响应。截至8月24日，全市参与活动的A级景区达62家，其中25家重点景区累计预约332670人次，核销入园277527人次。

为确保游客安全，各个景区认真落实"限量、预约、错峰"开放要求，严格按照每日接待量不超过核定日最大承载量50%进行预约，统筹分配给旅行社和散客的预约数量，视情适时调整，总体运行平稳有序。

"与爱同行惠游湖北乐游黄冈"活动，"既是感恩回馈，又是帮助企业纾困、旅游惠民，同时还重塑黄冈健康、安全、有序形象，助推黄冈疫后重振和高质量发展。"黄冈市文化和旅游局局长王建学如是说。

高频打卡，清凉一夏

黄冈美如画，疫去更精彩。

全市各地顺应疫后旅游消费新需求，围绕推进商、旅、文、体、康融合发展，着力打造"一县一线""一县一品""一县一戏""一县一桌"，推出一批文旅品牌、旅游精品线路和旅游网红打卡地，吸引了大量外地游客。

全市专业文艺院团组成"红色文艺轻骑兵"，顶烈日、冒酷暑，进重点景区，推出"看家戏"，从麻城移民文化公园的东路花鼓戏，到英山神峰山庄的黄梅戏，处处营造喜迎八方来客的热烈氛围。

8月以来，天气炎热，麻城龟峰山景区避暑游火爆，景区迎来避暑纳凉旅游高峰，一度出现"一房难求"的喜人场面。"我是提前10天预订的酒店。"家住武汉光谷的刘德海说，"我每年这个时候都要来龟峰山住上几天。

8月15日晚，罗田天堂寨景区门楼广场灯火通明，流光溢彩，人流如织，"惠游湖北乐游天堂寨——2020天堂寨第三届避暑节"燃情开幕。

避暑节推出一系列丰富多彩的夏游天堂寨文旅盛宴，令游客们纷纷点赞。

活动开展17天以来，东坡赤壁景区游人如织。

东坡赤壁不仅是一方文学圣地，其自然景观也让人流连忘返。

在东坡赤壁，既可以感受到"清风徐来、水波不兴"的惬意，也可以体验到"山高月小、水落石出"的坦然。与东坡赤壁来一场初秋的邂逅，成为全国众多苏学爱好者疫后旅行的首选。

2020年8月22日，四川眉山的王先生带着准大学生儿子，慕名游览东坡赤壁，父子俩饶有兴致地参观景区的每一处景点，仔细倾听讲解员的讲解，表示"收获颇丰，不虚此行"。

在东坡赤壁管理处苏学研究专家冯扬看来，"东坡赤壁人气迅速回暖提升，既体现了人们疫后出行的高涨热情，又体现了大家对东坡文化的喜爱，更印证了多年来我们弘扬传承东坡文化的丰硕成果。"

随着交通和基础条件的改善，黄冈旅游承东启西、纵贯南北、得中独厚、通江达海的区位优势明显。

为了扩大外地客源，黄冈市对旅行社"引客入黄"实行奖励，同时引导、扩大本土消费，"黄冈人游黄冈"的潜在市场得到释放。

像麻城龟峰山、罗田天堂寨景区一样，罗田薄刀峰、大别山主峰，英山桃花冲、四季花海，浠水三角山等6家AAAA景区游客量恢复到去年同期的80%。东坡赤壁、罗田燕儿谷、红安帝王湖等3家景区游客量达到去年同期水平。团风田园童话、蕲春三江生态园等2家景区游客量超过去年同期。

景区客流量的大幅提升带动相关服务业复苏效应明显。麻城、罗田、英山等地避暑度假型酒店持续处于客满状态。已开业的11家漂流景区虽然没纳入惠游湖北活动平台，但在周边景区的人气辐射下，游客量也是每日爆棚。

乐游黄冈，跟"鄂"来打卡。

诗与远方，"近"在黄冈！

（原载《黄冈发布》2020年8月25日，《荆楚网》2020年8月26日）

灵秀黄冈　因"旅"更精彩

1200多年前，诗仙李白游历四方，登上一座横亘中原、绵延千里的西北东南走向的山脉后感叹："山之南山花烂漫，山之北白雪皑皑，此山大别于他山也！"这座山由此得名"大别山"。

大别山是大自然馈赠给湖北黄冈的宝贵遗产，是黄冈文化旅游的主坐标。

一座地质公园，扮靓黄冈旅游"金名片"

造化钟神秀，"大别"举世奇。这种"大别"，不仅体现在黄冈四季各异、美不胜收的风景上，更体现在其独特的地质、气候、物产、人文奇观上。

这里是华北板块与扬子板块的结合带，是著名的大陆造山带之一，有4个世界级、5个国家级、21个省级地质遗迹景观，记录了大别山28亿年的地老天荒，具有极高的文化旅游和科普科研价值。

这里是长江和黄河、淮河的分水岭，是中国的脊梁和南北分界线，有2000多个物种，森林覆盖率高达90%，被誉为"中部生态之肺"，国家地理标志保护产品多达83个，总数居全国地市州之首。

这里文脉传承，历史文化、红色文化、名人文化、医药文化、禅宗文化、戏曲文化资源富集，成为中国千年文化高地。

黄冈大别山丰富的自然人文资源，外界曾一度知之不多。为破解困局，2006年9月，黄冈市代市长刘雪荣提出，按照"省级—国家级—世界级""三步走"战略，申报黄冈大别山地质公园。

十二年磨一剑。2018年4月17日，联合国教科文组织执行局第204次会议通过决议，批准面积为2625.54平方千米，涵盖罗田、英山、麻城3个县市的黄冈大别山地质公园为教科文组织世界地质公园。这是湖北继神农架之后第 2 个、我国第 37 个世界地质公园，也是鄂东第一张世界级名片，为黄冈发展文化旅游拿到一张"金名片"。

2019 年 5 月 9 日至 11 日，黄冈隆重举行首届中国大别山（黄冈）世界旅游博览会，联合国教科文组织、亚太地质公园网络联盟、世界地质公园网络办公室等国际组织，国内外部分世界地质公园及所在地城市的代表，应邀参加地质公园与区域旅游发展国际座谈会，出席黄冈大别山世界地质公园揭碑开园仪式，实地考察英山龙潭河谷、罗田天堂寨、麻城杜鹃花海等地质公园核心景区，黄冈大别山世界地质公园加入国际朋友圈，引领黄冈迈向世界大舞台。

一个城中荒湖，变身游客高频"打卡地"

遗爱湖，位于黄冈市黄州区，占地面积 5.03 平方千米，其中水面 2.94 平方千米，环湖岸线 29 千米，湖面纵深开阔、波光粼粼，湖岸蜿蜒曲折、浑然天成。

940 年前，一代文豪苏轼谪居黄州，实现由苏轼到苏东坡的华丽转身。在四年多时间里，这位"千年英雄"写下 700 多篇诗词文赋和大量书法作品，为纪念离任太守徐君猷在黄州留下仁爱的《遗爱亭记》是其中的不朽名篇。

20 世纪 90 年代，黄冈地区在黄州城东设立经济开发区，将城中污水横流、垃圾遍地、杂草丛生的东湖、西湖和菱角湖纳入保护治理范围，并采纳苏学专家建议，将三个湖泊合称为"遗爱湖"，始有遗爱湖之名。

从 2006 年 6 月成立遗爱湖保护治理工程建设指挥部，到同年 11 月决定将遗爱湖保护治理工程项目扩展为集生态保护、文化传承、休闲娱乐于一体的市民生态文化主题公园，并命名为"遗爱湖公园"；从 2008 年 1 月开篇之作"遗爱清风"景区动工兴建，到 2018 年 12 月收官之作"霜叶松风"景区建成对外开放，在长达 11 年的建设周期里，黄冈本着"建成一处，开放一处"的原则，寒来暑往、久久为功，累计投资 25 亿元，昔日的"墨水湖"嬗变为国家 AAAA 级旅游景区，遗爱胜景犹如仙女散花般惊艳呈现在世人面前。

整个公园以半岛、孤岛、自然地貌为单元，分为遗爱清风、临皋春晓、东坡问稼、一蓑烟雨、琴岛望月、红梅傲雪、幽兰芳径、江柳摇村、水韵荷香、大洲竹影、霜叶松风、平湖归雁 12 个景区，不仅包含了中国传统文化中春夏秋冬、松竹梅兰、风花雪月等元素，而且在景观建设上，将东坡文化有机融合到景点，彰显文化底蕴和自然魅力。

在这里，既可感受"清风徐来，水波不兴"的自然风光，又可体味"唯江上之清风，与山间之明月，耳得之而为声，目遇之而成色"的人生雅趣；既可领略"解鞍欹枕绿杨桥，杜宇一声春晓"的清新意境，又可品读"雨洗东坡月色清""一蓑烟雨任平生"的人文品格；既可找寻承天寺的婆娑竹影，又可品味出"故作小红桃杏色，尚余孤瘦雪霜姿"的红梅神韵。

遗爱湖向世人展示着黄冈丰厚的文化底蕴和独特的城市魅力，成为黄冈市民的"城市客厅"和游客的高频"打卡地"。

一条旅游公路，撬动大别山旅游多板块

黄冈丰富的文化旅游资源，也曾长期被落后的交通条件尘封。

2008年3月，参加十一届全国人大二次会议的人大代表、黄冈市市长刘雪荣发出呼声：受制于交通，秀丽的黄冈山水如同一颗颗散落的珍珠，正在失去光华。

2009年6月，湖北省政府在黄冈召开大别山旅游开发现场办公会，将黄冈大别山旅游开发摆在了与长江三峡、武当山、神农架同等重要的位置，全力支持黄冈修通大别山旅游公路，并以红色旅游示范区的概念，勾画了黄冈文化旅游大发展的宏伟蓝图。

2009年8月，黄冈谋划几十年、山区人民盼望已久的大别山红色旅游公路正式启动，项目总投资13.89亿元，全长458.6千米，是继鄂黄长江大桥、江北一级公路后，黄冈交通建设史上又一丰碑式项目。

大别山红色旅游公路被誉为"天路"，工期短、任务重、施工条件恶劣，建设者们用精神的海拔与物理的海拔进行着特殊较量，生动诠释了"坚守信念、胸怀全局、团结一心、勇当前锋"的大别山精神。

大别山"红旅路"贯穿大别山核心生态区，逢河架桥，有景绕道，顺应自然，淡化人工痕迹，营造出"路随景出、景由路生、景路相依、生态环保"的和谐景致。

2011年12月19日，从红安土库出发，经麻城、罗田、英山、浠水、蕲春，抵鄂东门户黄梅，一路穿溪越涧、飞渡关山的大别山红色旅游公路建成通车，横贯黄冈红色遗迹、绿色生态、禅宗文化三大旅游片区，把沿途 7 个县市、23 个乡镇，包括天台山、七里坪长胜街、乘马会馆、薄刀峰、天堂寨、吴家山、三角山、刘邓大军高山铺战斗指挥部、四祖寺、五祖寺在内的 38 个主要景区串珠成链，大别山文化旅游资源从分散走向整体。

大别山"红旅路"的建成通车，不仅激活了鄂东文旅市场一池春水，更对优化鄂东路网布局、促进大别山革命老区振兴发展，具有极其重要的意义。

"红旅路"打通了黄冈文化旅游的"肠梗阻"，黄冈老区走进经济社会跨越发展新时代。湖北省人大常委会副主任、黄冈市委书记刘雪荣介绍，对比 13 年前，黄冈年接待旅游人次从 500 万增加到 4300 万，旅游综合收入从 22 亿元增加到 310 亿元，黄冈正以 1 个全域旅游示范区、4 家湖北旅游强县、68 家 A 级旅游景区的崭新姿态从旅游大市迈向旅游强市。

2020 年年初，一场突如其来的新冠肺炎疫情，使全国文旅行业受到严重冲击。湖北省委、省政府出台非常之举，采取全省景区门票免费的措施，推动全省旅游业恢复振兴。

活动开展以来，黄冈文化旅游市场不断升温，东坡赤壁、遗爱湖公园和大别山"红旅路"沿途各个景区游人如织，重现往日生机。截至 2020 年 12 月 31 日，黄冈 A 级景区接待游客 1218.3 万人次，实现景区收入 11.69 亿元，与上年同期相比，恢复 87%。

文化点亮城市，旅游重启未来。

灵秀黄冈，因"旅"更精彩！

（原载《文旅中国》2020 年 11 月 23 日，《香港商报》2020 年 11 月 30 日）

中环路上的历史文化景区

——湖北黄冈对面墩汉墓遗址博物馆揭秘

"邾城山下梅花树，腊月江风好在无？"

北宋大文豪苏东坡寻梅探索历史的脚步，在"女王城"留下名篇佳句，也在历史的长河中留下供后人追寻景仰的历史胜迹。

邾城、女王城、汝王城、吕阳城、永安城、禹王城……从汉至今，千百年来，变换的是名称，不变的是黄冈历史文脉的延续传承。

2020 年 12 月 29 日，时序即将进入"十四五"开局之年，黄冈市对面墩汉墓遗址博物馆建成开馆，黄冈市中心城区中环路上新添一处历史文化景区。

一座展馆，揭开邾城神秘面纱

对面墩汉墓遗址博物馆与黄冈城市之根——邾城有何渊源？建设这样一座博物馆有什么重要意义？博物馆有哪些看点？

11 月 25 日，带着这些好奇，在黄冈市博物馆对面墩汉墓遗址博物馆管理办公室主任梅报春的带领下，我们探访了这座新建成的博物馆。

该馆是一座地方历史文化类专题博物馆，馆舍为具有汉代文化符号及元素的仿古风格建筑，共分三层。一层为对面墩汉墓遗址和出土文物展示，从墓葬发掘、结构形制、出土文物、保护历程四个方面详细介绍这座传说众多的神秘墓葬，展现气魄深沉、雄阔的大汉风貌；二层为汉代黄冈历史重镇邾城历史沿革介绍和出土文物展示，讲述邾城波澜壮阔的历史、灿烂辉煌的文明，揭开名动江淮的邾城遗址神秘面纱；三层为常设可承办多主题多形式的专题展厅。

梅报春介绍，对面墩汉墓遗址博物馆主题为"古城歌大风"。"古城"指的是拥有几千年历史文明的古黄州城，不仅代表了对面墩汉墓遗址博物馆发掘所属范围的黄冈城市之根邾城遗址，更代表了现今的"十佳魅力中国城"、湖北省历史文化名城——黄冈市，是荆楚文化和长江文明的重要组成部分。

在这座遗址专题博物馆内，除注重还原历史，让文物"活"起来，还辅以现代科技，让文物故事更时尚、更生动，更吸引人。

走进以一号墓甬道 1：1.5 建成的"时空隧道"，声光电幻化的"羽化飞仙"场景，将参观者带入有趣的汉代邾城之旅。置身其中，但见甬道四周均为汉文化墓室色彩的青砖，还规律分布刻有几何纹、五铢钱纹、菱形纹等极富神秘色彩的画像砖，是对面墩汉墓室内场景的复原再现。

在汉文化体验区，参观者可通过多媒体参与汉服体验、互动答题、玩汉代纹饰拼图等益智类小游戏，学习汉代文化知识，加深对汉代文化的印象。

在二楼展示大厅，一块 20 多平方米的 P3 高清 LED 显示屏，滚动播放电视纪录片《对面墩汉墓发掘纪实》，向参观者讲述从墓的发掘至博物馆建成的全过程。

"对面墩汉墓和邾城遗址，是古城黄冈的文化之源、文脉所系。"黄冈市文化和旅游局党组书记、局长、黄冈市文物局局长王建学说，对面墩汉墓遗址博物馆项目是黄冈市委、市政府确定的城区历史文化遗址景观展示项目，是推进"双强双兴"发展重点——"兴文"的重要载体，"对于加强黄冈历史文化遗产的保护和拓展利用，提升黄冈城市形象和品位，打造城区精品文化旅游线路，推动黄冈文旅融合高质量发展，具有积极推动作用。"

三座汉墓，廓清黄州古城文脉

对面墩汉墓遗址博物馆承载黄冈文化，记录黄冈故事，体现黄冈智慧，展示了一部"楚风汉韵"的史诗！

汉朝人口殷盛，国祚长久，遗留下来的墓葬遗存非常丰富。到目前为止，黄冈境内发掘了 150 余座汉墓，为什么对面墩汉墓独得建博物馆之尊崇？这还得从一个传说说起。

在黄州区禹王社区一带一直流传着"四十八王坟"的传说。相传邾城一共经历了 48 个王，他们死后都葬在城外的土墩中。而禹王周围分布有许多高大的圆形土墩，就是 48 个王坟墩。

1980年，对面墩汉墓在文物普查时被发现，为"四十八王坟"传说找到文物佐证。随后，黄冈市将对面墩汉墓所在地龙王山古墓群列为第一批重点文物保护单位。

2002年，为配合建设中环路，湖北省、黄冈市、黄州区三级文博单位联合组成考古发掘队，对对面墩汉墓进行抢救性发掘。

考古人员共清理了3座东汉时期的砖室墓，出土了161件文物。这3座墓葬都没有出土任何有关纪年的文字图案符号，也没有能表明墓主人身份的文字材料。其中一号墓（M1）是禹王城遗址及周围已发现发掘的汉代墓葬中保存最好、规模最大、时代最早的一座。考古人员根据墓葬形制结构特征、出土遗物的器形器类判断，墓年代为东汉晚期至东汉末年，主人属于俸禄六百石至二千石的中下等官吏（如郡丞、县令等）。

结合文物工作者从20世纪七八十年代起的文物调查和考古发掘、史书资料，专家认为禹王城城外为数众多的"王坟墩"确为大型古墓，其时代为东汉末至三国时期，墓主人是当时邾城的门阀贵族、豪强地主、高官显宦。

岁月流逝，沧桑变迁，邾城辉煌褪尽，韶华不再，但流风遗韵传承至今，从出土文物中可见一斑。

"对面墩汉墓是我国江南保存最好的汉代砖室结构建筑成熟期的代表作品。"黄冈市博物馆馆长刘焰介绍，它的发现发掘，对于研究黄冈汉代历史文化具有重要学术意义，同时对于研究邾城文化、廓清古城黄州文脉，也具有重要的学术价值与现实意义。

"禹王城与唐宋黄州城、明清黄州城、现代黄州城一起，构成了传承有序、脉络清晰的黄冈城市发展轨迹。"黄冈市文化和旅游局党组成员、副局长王萍表示，对面墩汉墓遗址博物馆的落成，将为打造以青云塔、东坡赤壁、李四光纪念馆等以中环路为主线的文化景区和创建国家历史文化名城作出重要贡献。

穿越千年，保护城市文明之根

博物馆是历史文化的缩影，是城市的教科书。对面墩汉墓遗址博物馆的规划建设，不仅是对墓葬本体进行保护，也是通过布设相关陈列展览并向社会公众开放，传承城市文脉。

2001年，包括对面墩在内的龙王山古墓群被列为黄冈市第一批重点文物保护单位，并划定 8 万平方米的保护范围。

2003 年 1 月，时任中共中央政治局委员、湖北省委书记俞正声批示，要将对面墩汉墓原址保护。黄冈市政府调整中环路的建设规划，在原规划的基础上南移，建设避开对面墩汉墓，并规划在对面墩汉墓原址上建造保护性用房。

2004 年，湖北省博物馆文物中心完成对面墩一号汉墓原地化学加固保护方案。

2008 年，对面墩汉墓成为湖北省第五批重点文物保护单位。

2016 年，黄冈市文化新闻出版广电局向市政府提交"对面墩汉墓遗址博物馆立项请求"。

2017 年，对面墩汉墓遗址博物馆项目奠基开工在遗址博物馆工地现场启动。

2019 年，对面墩汉墓遗址博物馆一期项目主体工程完工。

从圈出 8 万平方米的保护圈到布展开馆，黄冈市打了一场文物保护、文化传承持久战。

2020 年，省文化和旅游厅关于对面墩汉墓遗址博物馆陈列大纲的意见批复。由于疫情原因，对面墩汉墓遗址博物馆二期装修布展项目一度延缓。

"化危为机，化压力为动力。"市文旅局党组成员、副局长王萍介绍，对面墩汉墓遗址博物馆二期项目建设的顺利进行，得益于市委、市政府的高度重视和市委督查室、市委编办、市发改委、市财政局、市城管执法委、市园林局、市自然资源和规划局、市城投公司等相关部门的大力支持。"市文旅局党组以强烈的责任感、使命感投入到工程建设当中，通过倒排工期、倒逼责任，挂图作战，决战决胜项目建设，推动市博物馆全力以赴苦干巧干 120 余天，全面完成建设任务，实现如期开馆目标。"

"对面墩汉墓遗址博物馆与黄冈市博物馆两块牌子、一套班子，建好、管好、用好对面墩汉墓遗址博物馆，是市博物馆义不容辞的责任。"黄冈市博物馆馆长刘焰表示，在新的一年里，市博物馆将充分发挥"两馆"搜集、保存、修复、研究、展览、教育、娱乐等综合功能，努力把对面墩汉墓遗址博物馆打造成城市文明的精神家园，为加快建设文化强市，促进满足人民文化需求和增强人民精神力量相统一，作出应有的贡献。

（原载《文旅中国》2020 年 12 月 29 日，《国是智库传媒网》2020 年 12 月 29 日）

大美黄冈　别样山水

"山之南山花烂漫，山之北白雪皑皑，此山大别于他山也！"这是 1200 多年前，诗仙李白游历四方，登上大别山这座横亘中原、绵延千里的山脉后发出的由衷感叹。

"大江东去，浪淘尽、千古风流人物……"这是 940 年前，大文豪苏东坡伫立在黄州赤壁古战场深情吟诵的千古绝唱。

"璀璨文化夺目，名士将相辈出，活字、本草，成就历史坐标，赤壁、黄梅，咏叹江山如画，数风流人物，还看黄冈！"这是进入新时代，央视授予黄冈"十佳中国魅力城市"的颁奖词。

多情大别山，风流看黄冈。黄冈这座英雄的城市，正朝着打造全国具有重要影响力的区域文化旅游中心的目标迈进。

文化沃土，大江歌处尽风流

黄冈是一座人文荟萃、山川秀丽的魅力之城。

在漫长的历史发展进程中，地处吴头楚尾的黄冈，海洋文化与内陆文化相互交融，中原文化和南方文化深度融合，形成亮丽多姿的地方文化。

红色文化是黄冈的灵魂。黄冈诞生了中国共产党第一个农村早期组织"共存社"，走出了两位国家主席代主席、三名中共一大代表，"两百个将军，同一个故乡"。

名人文化是黄冈的精髓。黄冈孕育了宋代活字印刷术发明人毕昇、明代医圣李时珍、现代地质科学巨人李四光、爱国诗人学者闻一多等 1600 多位古今才俊。

医药文化是黄冈的硬核。黄冈是人类中医药宝库，李时珍药物学巨著

《本草纲目》入选世界记忆名录，庞安时、万密斋、李时珍、杨际泰等鄂东"四大名医"闻名遐迩。

戏曲文化是黄冈的名片。黄冈是中国戏曲的重要发源地，诞生了黄梅戏创始人邢绣娘、京剧鼻祖余三胜等梨园宗师，形成楚剧、汉剧、京剧、黄梅戏"四戏同源"的独特文化景观。

生态文化是黄冈的颜值。黄冈红绿相间、文武兼备，人文与生态相融，文化旅游资源十分丰富。72 家 A 级景区，20 家 AAAA 级景区，10 家全国红色旅游经典景区，4 家湖北旅游强县，1 家国家全域旅游示范区，构成黄冈文化旅游的满天繁星。

诗画家园，以文塑旅显担当

"大别山水好风光，24 分钟到黄冈。"

随着武冈城际铁路的开通，黄冈与武汉进入同城化时代。

因苏东坡在黄州写下《遗爱亭记》而得名的遗爱湖，凭借一湖春水、十里风光，成为黄冈市民的"城市客厅"和游客的高频"打卡地"。

沿着苏东坡的足迹，聆听着苏东坡的诗词歌赋，感受遗爱湖的湖光水色和大洲竹影的清幽静雅，如同徜徉在如诗如画的世外桃源。

历史人文赋予黄冈诗情画意，大别山水造就老区秀丽风光。

集旅游观光、休闲度假、猎奇探险、科学研究、环境保护为一体的黄冈大别山世界地质公园，扮靓黄冈文化旅游"金名片"。

这里有 4 个世界级、5 个国家级、21 个省级地质遗迹景观，具有极高的文化旅游和科研科普价值。

这里还是长江、淮河的分水岭，有 2000 多个物种，森林覆盖率高达89%，被誉为华中"绿色明珠"。

黄冈四季色彩缤纷，美不胜收。

春天，麻城龟峰山景区分布着北纬 30°最激荡人心的红色花海——世界上最大、最集中的古杜鹃群落，"人间四月天，麻城看杜鹃"成为独步全球的旅游品牌。

夏日，大别山第一主峰——天堂寨怪石嶙峋、蛟龙盘卧，瀑布飞溅、溪流潺潺，玩激情漂流，足可乐爽一夏；曲径通幽、古木参天的龙潭河谷，带给游客的不仅是美景，更有"中国好空气，英山森呼吸"。

秋来，大别山漫山红叶、层林尽染，罗田九资河、英山桃花冲当是赏红叶的最佳去处，人间仙境白莲河、浮桥河也是不错的选择。

冬至，高山滑雪场给游客带来冰雪运动的乐趣，丰富的地热资源让游客尽享浪漫和温馨之旅。

横贯黄冈红色遗迹、绿色生态、禅宗文化三大旅游区的大别山红色旅游公路，把沿途7个县市、23个乡镇、38个主要景区串珠成链，是黄冈文化旅游的主轴线和主坐标。

红色圣地，"诗与远方"再出发

挺进大别山，奋进新时代。

"十三五"期间，黄冈旅游接待人次和旅游总收入连续保持20%以上"双增长"，年接待游客超4000万人次，实现旅游综合收入超300亿元，进入全省第一方阵。

"十四五"时期，黄冈锚定2035年基本实现社会主义现代化、建成文化和旅游强市目标，着力打造红色、乡村、康养、研学文旅产品，整合区域、产业、行业资源，大力培育支柱行业，做大做强产业规模，加快文化旅游高质量发展。

黄冈市文化和旅游局党组书记、局长王建学表示，力争到2025年，成功创建1~2家AAAAA级景区，全域旅游、中医药健康旅游、文化产业园区（基地）、旅游度假区等国家级、省级文旅产业示范创建位居全省前列，努力把黄冈建成在全国具有重要影响力的区域文化旅游中心，让文化旅游业成为黄冈重要战略性支柱产业。

"大别山是我的脊梁，黄梅戏是我的情怀。遗爱湖是我的底蕴，名扬古今外……"这是歌手万莉《我在黄冈等你来》歌词里的黄冈。

大美黄冈，别样山水。

黄冈等您来！

（原载《湖北日报》2021年11月26日，《国际在线》2021年12月3日）

从"播火摇篮"到旅游名村

——陈潭秋故里陈策楼村破茧成蝶的精神密码

陈策楼村位于鄂东大别山余脉烽火山下,距黄冈市区黄州约 25 千米,是我党创始人之一、党的一大代表、伟大的无产阶级革命家陈潭秋烈士的故乡。

当年,陈潭秋、董必武等人在这里秘密从事革命活动,传播革命火种。这里还诞生了中国农村地区第一个党小组、黄冈临时县委和第一个农民协会,是鄂东革命的重要策源地。

2021 年深冬时节,走进村容整洁、白墙黛瓦的陈策楼村,茂林修竹,绿树掩映,一树树红梅在严寒中傲然开放,陈潭秋故居景区依然热度不减,游人络绎不绝,一派欢乐祥和的景象。

然而,在十年前,陈策楼村因人多地少,经济底子薄,群众收入增长缓慢,全村有上百户、近三百名贫困人口。近十年来,陈策楼村到底经历了怎样的蜕变?

红色引领、绿色发展,小村湾变身旅游高频"打卡地"

这座掩映于苍松翠柏间、一进两重、面阔五间、青砖灰瓦的陈潭秋故居纪念馆,向我们诉说着一段波澜壮阔的红色历史。

1896 年 1 月 4 日,陈潭秋就诞生在这里。1912 年,15 岁的陈潭秋离开家乡,踏上求学、革命之路。1921 年 7 月,陈潭秋参加中共一大,参与创建中国共产党。1943 年 9 月 27 日,陈潭秋被新疆军阀盛世才秘密杀害,长眠于天山脚下,时年 47 岁。

穿过南湖红船的烟雨,翻过悲壮沧桑的史页,革命先辈的光辉事迹依然铭刻在这个小山村,红色精神影响着一代又一代人。

革命战争年代陈策楼村共有 20 名烈士。这处被命名为"星火园"的景点 4 个花坛里面的 4 盏明灯寓意着陈潭秋 4 兄弟，16 根立柱代表在陈潭秋 4 兄弟带领下一起参加革命的陈策楼村其他 16 名英烈，每根柱子上都镶嵌着五角星，整体采用鄂东明清风格的青砖砌体，与故居整体风格和当地民国风情民居格调一致，成为陈策楼村的精神家园。

党的十八大以来，陈策楼村以弘扬"追求真理、敢为人先，忠于理想、百折不挠，勇于担当、敢于牺牲"的"潭秋精神"为主题，将红色文化融入绿色生态，用绿色生态承载红色文化，不断拓宽"红色引领、绿色发展"之路，昔日的小村湾变身远近闻名的红色旅游高频"打卡地"，曾经穷苦的村民过上了幸福的生活。

陪同采访的陈策楼村党支部书记陈文胜告诉我们，根据全村的旅游资源、居民点、农田和道路交通的现状，陈策楼村空间发展布局为"一轴三区"："一轴"就是潭秋大道，"三区"就是红色文化区、生态农业区和民俗文化区。

潭秋大道是陈策楼东南西北方向主干道，以这里为核心区辐射，就是红色文化区，修建了环形公路、百姓舞台、体育健身广场、陈潭秋故居景区接待中心等文化旅游基础设施，建成澄潭公园、铜像广场、宣誓广场、独尊亭、玉兰园、红色银杏园等旅游景点。

岁月流转，风霜经年。陈潭秋这个名字，写在中国革命的征途中，写在中国共产党的党史里，更写在故乡人的心坎上。这条总长 1500 多米宽敞的大道，寄托着乡亲们深切的怀念。

陈潭秋故居景区是陈策楼村红色旅游的核心吸引区，也是湖北十佳红色旅游经典景区和大别山红色旅游目的地的重要支撑景区，每年吸引 20 多万人次前来瞻仰祭奠，接受红色教育。2021 年 7 月，景区顺利通过申报创建国家 AAAA 级旅游景区景观质量评价，正在申报全国重点文物保护单位。

基层自治、融合发展，因地制宜打造乡村振兴新高地

"聚是一团火，散是满天星。"

"聚星之家"是陈策楼村湾组党小组活动阵地的名称，取自 100 年前陈潭秋创办"聚星学校"中的"聚星"二字。陈策楼村充分发挥新时代党的建设

的引领作用，围绕"党旗红"建强基层组织，围绕"精神扬"传承红色基因，围绕"产业兴"促进融合发展，围绕"治理善"加强基层自治，围绕"村庄美"建设美丽乡村，将"聚星之家"打造成凝聚基层"满天星"的红色高地。

"过去老一辈革命家从这里走出去前仆后继闹革命，就是为了子孙后代过上幸福美好的生活。"陈文胜说，在这片经历了枪林弹雨洗礼的红色热土上，陈策楼人大力发展红色旅游、绿色水果、白色棉纺、紫色葡萄、蓝色水产等"五色产业"，乡村面貌发生了翻天覆地的变化，经济收入持续增长。"2020年，农民人均纯收入 16830 元，村集体经济收入 50 万元，全村 75 户贫困户、275 人实现整体脱贫。"

在调整农业产业结构的基础上，陈策楼大力整理和改造土地，引进名特优质品种，开发建设 80 亩葡萄园、80 亩黄桃园、90 亩奈李园、60 亩柑橘园、600 亩精养鱼池、660 亩优质水稻基地，推进红色旅游、观光农业旅游、水面休闲渔业旅游相融互促。

一条由红色水泥、灰色步道砖、鹅卵石和青石板拼接而成的 3000 米长的红色飘带路，把我们带到了葡萄园、桃园、柑橘园等特色水果采摘体验区。陈策楼村四季生态采摘农业初具规模。

陈策楼村属于丘陵地带，非常适合葡萄等特色农作物种植。2016 年，经过充分的市场调研，打造了这个集葡萄种植、观赏、采摘体验和销售于一体的"圣火紫晶"葡萄采摘园，小小的葡萄成为带动经济发展的大产业。

陈策楼村有着发展纺织业的传统。21 世纪头十年，受市场经济大潮冲击，纺织业一度滑到谷底。进入新时代，村"两委"改制改造原有村办企业，盘活集体资产，鼓励支持能人创业，创办雅比毛巾织造车间、虹鑫毛巾厂、浩宇棉纺厂 3 个规模以上工业企业，总产值过亿元。

红色文化、绿色生态，深度融合加速美丽乡村结硕果

红色文化与绿色生态深度融合，让村民的腰包鼓起来，集体经济强起来。

村集体有钱了，陈策楼村不断改善人居环境，建设宜居宜游的美丽乡村。沿村庄、道路栽植各类景观林木，铺设绿化草坪，安装太阳能路灯，硬化通村通组道路，优化党群服务中心，建起服务大厅、文化大院、图书馆、卫生

室、电商平台、百姓舞台，修建全民健身广场、文化广场、各湾组休闲小广场……陈策楼村先后荣获"黄冈市美丽乡村建设示范村""湖北省绿色乡村示范村""湖北省旅游名村"，入选"建设全国红色美丽示范村庄试点村"。

沿着陈策楼村一条村级公路走下去，眼前是5个村民小组的秀美湾景。这条宽阔的柏油路，将陈策楼村5个红色湾组紧紧相连，直通村民家门口。

在美丽乡村建设中，陈策楼村结合村庄布局和自然资源，以陈潭秋故居纪念馆为中心，将红色文化融入绿色村庄建设，先后建设了"紫气东来""山丹丹红""金秀大地""绿竹坚强""八月桂花"等"五彩村落"，扮靓5个自然湾。

出生在书香世家的陈潭秋名澄，为了弘扬廉政文化和革命传统文化，让广大村民铭记陈潭秋等革命先烈"澄清浊世"的革命传统和奋斗精神，陈策楼村用心打造了一座"澄心园"，精心设置了廉政文化长廊和影视剪辑宣传栏，引导人们澄清私心、关心集体。在陈潭秋等先烈和身边典型的感召下，陈策楼人爱村庄、护村庄、建村庄、美村庄，在建设自己小家的同时更好地建设红色美丽村庄这个大家庭。

沿红色旅游公路、故居二路、红梅大道，陈策楼村正在打造绿色观光带，建设水上亲子乐园和垂钓休闲基地，全村形成亲水近绿、红色文化与休闲农业为一体的田园综合体。

"当年您夙夜期盼的国富民强，如今山河犹在，国泰民安，人民安居乐业，一片欣欣向荣。这盛世繁华，正如你所愿。山河不会忘记你，大地不会忘记你，因为你曾在这里洒下一片深情。"这是中共一大代表陈潭秋和烈士徐全直之子陈鹄，在建党100周年的特殊时刻，给父亲写下的一封跨越时空的回信，向他报告当年未竟的事业，今日的伟大祖国。

前行不忘来时路，初心不改梦归处。70多年前，为了家乡人民过上幸福生活，陈潭秋烈士献出了自己的生命。70多年后，潭秋精神激励着后人接续奋斗在乡村振兴之路上。陈策楼村正迎着朝阳出发，在加快产业兴旺、生态宜居、乡风文明、治理有效、生活富裕的愿景上阔步前行。

（原载《荆楚网》2022年1月24日，《文旅中国》2022年1月26日）

让文化遗产与城市文明共生共荣

——写在湖北黄冈博物馆新馆建成开放 10 周年

黄冈市博物馆始成立于 1957 年，承担着黄冈市历史遗址遗迹和出土文物的保护、管理、收藏、研究、展示、利用与宣传教育等重要工作，是展示黄冈市地方历史文化的国家二级博物馆，也是黄冈市内唯一一座综合性国家二级博物馆。

2012 年 9 月，黄冈市博物馆新馆正式对公众开放，今年将迎来建成开放 10 周年。

10 年来，黄冈市博物馆认真贯彻落实习近平总书记关于文物工作重要指示精神和黄冈市委、市政府决策部署，通过举办专题展览、深化免费开放、开展社会教育、加强文物保护、组织学术研究、打造专业队伍等有力举措，让文化遗产与城市文明共生共荣，为推动黄冈申报国家历史文化名城、创建全国文明城市、实现经济社会高质量发展，作出了突出贡献。

以党建引领构建红色宣传阵地

黄冈是全国著名的革命老区。黄冈市博物馆始终坚持党建引领，充分发挥党组织政治核心作用，不断在"红"字上下功夫、创品牌。

2018 年以来，黄冈市博物馆选取中共黄冈历史上的重要事件和人物，以图文并茂的形式讲述中国共产党可歌可泣的历史过往，先后举办了"革命遗珍历史见证——黄冈红色文化藏品展""不忘初心牢记使命档案文献展""大别山红旗不倒——黄冈现代革命史陈列展""中共党史知识图片展""党史中的纪律——中国共产党反腐倡廉历程展""红色印记篆刻作品展"等精品专题展览，构筑传承大别山精神的重要宣传阵地，分别获得湖北省博物馆、纪念馆六大陈列展览推介活动优胜奖、精品奖。2021年，黄冈市博物馆远赴新疆生产建设兵团第五师双河市83团沙山军垦陈列馆开展展览提升工作，用红色文化助推"文化润疆"。10年间，黄冈市博物馆共打造专题展120多场、交流展16场，其中红色精品展38场，成为鄂东大地一道亮丽风景。

在红色符号成为黄冈人民追思革命先辈、感受红色记忆重要载体的同时，红色基因也融进了黄冈市博物馆人的精神血脉。面对精准扶贫、乡村振兴的艰巨任务，突如其来的新冠肺炎疫情和严重的洪涝灾害，黄冈市博物馆党员干部始终坚守奋战在第一线，馆党支部多次被黄冈市委、市直机关工委评为先进基层党组织、红旗党支部，博物馆原馆长肖德梅被评为全国文化系统先进工作者，2名党员干部荣获湖北省博物馆协会抗击新冠肺炎疫情优秀奖。

以免费开放提升公共服务效能

黄冈市博物馆位于黄冈市东方广场西侧，地理位置优越、环境优美，是黄冈市的文化地标和国家AAA级旅游景区。

这座高起点规划、高标准建设的博物馆，建筑面积12000平方米，拥有馆藏文物41254件（套），其中一级文物19件（套），二级文物27件（套），三级文物1136件（套），汇集了文化、旅游、教育等各类社会资源，分为黄冈古代历史文化展、黄冈近代历史文化展、黄冈现代革命史陈列展、黄冈古城展等四个板块，为公众提供多元化的文化服务和文化体验。

为充分发挥博物馆的社会功能和在新时代社会主义文化建设中的阵地作用，不断提升文化为民、文化惠民服务水平，黄冈市博物馆深入贯彻中央四部委《关于进一步做好博物馆纪念馆免费开放工作的意见》，除新冠肺炎疫情期间严格按照疫情防控要求实行闭馆和预约限流外，其余年份全年免费开放天数均达300天以上，年均接待观众30多万人次，累计服务社会300多万人次，义务讲解近1万批次。

通过公共文化服务，黄冈市博物馆不但彰显了多元文化价值，提升了城市居民整体文化素养，改善了城市人文环境，而且激发了文化休闲旅游需求，丰富了文化旅游内涵，促进了城市旅游公共服务完善，带动了旅游产业发展，提升了黄冈城市的知名度和影响力。

2020年12月，以湖北省重点文物保护单位黄冈对面墩汉墓遗址为依托的黄冈市对面墩汉墓遗址博物馆建成开馆。2021年5月，以黄冈市博物馆老馆为依托修建的黄冈市收藏家协会古玩艺术品交流中心挂牌。至此，黄冈博物馆形成"三点一线"新格局，成为研究展示黄冈历史文化和鄂东红色文化的区域性文化中心，被评为湖北省社会科学普及教育示范基地。

如今，黄冈市博物馆不仅是黄冈市深化爱国主义教育和青少年革命传统教育的重要场所，更是黄冈市民喜爱的文化客厅和黄冈市最有底蕴的文化名片。

以社会教育传播优秀历史文化

黄冈市博物馆立足黄冈历史文化和博物馆文物资源，着力讲好黄冈故事，让过去那些默默无闻的文物变身为与城市文脉相融相生、活泼生动的文化标本，为寻梦黄冈、触摸千年黄州发展脉络提供了追根溯源的平台。

10年来，作为湖北省博物馆进校园活动"十佳单位"、湖北省公共文化设施学雷锋志愿服务示范单位、湖北省文博系统"十佳社教团队"，黄冈市博物馆针对未成年人、老年人、特殊群体等共策划开展线上线下社教活动850多场，惠及人民群众达1亿人次，并以青少年为主要对象，形成了"快乐考古行""七彩陶艺""我们的节日""寻宝博物馆""红星闪耀童心向党"5个品牌社教活动，"让孩子爱上文物"之寻找城市文明之根、红色研学、科技研学3条研学线路，打造了"千年黄州"微学堂社教品牌，以寓教于乐的方式，让青少年学生在轻松愉悦的氛围中深切体会黄冈深厚的历史文化积淀，使博物馆真正成为青少年教育的第二课堂。其中，"快乐考古行""七彩陶艺"入选湖北省青少年教育示范案例，"让孩子爱上文物"获得湖北省文博系统最佳研学线路、优秀研学课程两项殊荣，"千年黄州"微学堂被评为湖北省文博系统抗疫期间"优秀线上教育案例"。

黄冈市博物馆还积极"走出去"，在世界博物馆日和节假日，走进陈潭秋故居、李四光纪念馆、黄冈市委党校、武警黄冈支队、市区公交车站、遗爱湖公园和一些社区，宣讲红色故事，组织招募近千名文化志愿者向市民宣传文物知识，"展志愿风采 感历史文化"大学生志愿服务项目获得国家文旅部表彰。

以勘探保护守望老区精神家园

文物安全是博物馆的红线、底线和生命线。保护文物功在当代，利在千秋。

黄冈市博物馆始终坚持"安全第一、预防为主、综合治理"的安全工作方针，以文物安全和游客安全为重点，通过教育培训、安全检查、预案演练，不断提高安保人员素质，及时消除安全隐患，提高处理事故能力。

黄冈下辖 11 个县市区，全市不可移动文物 5768 处，其中国家级 16 处、省级 117 处、市级 126 处、县级 1550 处，不可移动文物总数居全省第一，文物保护工作难度大、任务重。10 年来，黄冈市博物馆秉承"保护为主，抢救第一，合理利用，加强管理"的文物工作方针，组建考古队，深入黄州、红安、麻城、武穴、团风、英山等县市区，扎实开展考古发掘、勘探、抢救性清理工作，田野调查总面积达 183.0519 平方千米，田野勘探总面积达 430480 平方米，清理战国、宋、明时期古墓葬共 240 余座，清理出土文物 1000 余件（套），通过对文物的抢救性保护和预防性保护，守望老区精神家园。

2019 年，黄冈市博物馆开展为期两年的辛亥革命黄冈遗址遗迹调研工作，征集革命文物 100 余件、辛亥革命文物 70 余件，为研究辛亥革命史提供了重要实物资料。同年，黄冈太岳可移动文物修复中心落户黄冈市博物馆，为进一步推进文物资源保护、传承和利用，增强可移动文物修复展示利用能力探索了新路径。

随着文物保护和治安安全工作的有序开展，黄冈市博物馆未发生文物损毁、被盗、火灾等其他安全责任事故，实现新馆建馆以来的第 10 个文物安全年。

以专业队伍擦亮黄冈文化名片

讲解员是博物馆与观众之间的桥梁，直接体现博物馆公共服务水平。

为打造一支过硬的专业讲解员队伍，黄冈市博物馆每年选送讲解员轮流参加国家、省、市讲解员培训班，定期邀请专家到馆举办专题讲座，并通过以赛代训、以赛促学形式，提高讲解员队伍素质，屡屡获得殊荣。

——2019 年 8 月，讲解员陈柯如选调进京，参加由国家发改委会同中央宣传部、中央军委政治工作部、北京市委联合举办的"伟大历程　辉煌成就——庆祝中华人民共和国成立 70 周年大型成就展"讲解工作，圆满完成讲解任务。

——2020 年 10 月，讲解员陈柯如、万珊出征武汉，参加中央宣传部指导，中共湖北省委、省人民政府主办的"人民至上　生命至上——抗击新冠肺炎疫情专题展"讲解，表现出色。

——2020 年 12 月，讲解员程庆霞入选文旅部首批全国红色旅游五好讲解员培养项目。

——2021 年 10 月，讲解员张安安、曾婷、万珊斩获鄂豫皖三省大别山革命文物讲解交流推介金牌。

——2022 年 2 月，讲解员王一轩入选北京中国共产党历史展览馆讲解团队……

党的十八大以来，黄冈市博物馆群工部 11 名讲解员共出色完成 30 余项国家、省、市重大讲解任务，获国家级奖项 5 项，省、市级奖项 110 余项，两度获得黄冈市"巾帼文明岗"和"工人先锋号"荣誉称号。

学术研究是博物馆工作的重要组成部分。近几年，黄冈市博物馆先后完成馆藏珍贵文物保护修复、馆藏木漆器文物保护修复、禹王城遗址资料整理、对面墩墓展示利用等 10 多项科研项目，在《文化月刊》《中国文物报》等省级以上核心期刊发表 120 多篇学术论文，出版《鄂东考古发现与研究》《罗州城与汉墓》《中国东周木接合技术研究》《红色印记——黄冈近现代史迹辑录与研究》《黄州邾城史话》《推翻帝制开未来》等 10 部学术专著，以出土文物为研究对象的学术论文还在《江汉考古》等重要学术刊物上发表。

（原载《文旅中国》2022 年 4 月 15 日，《中国文化传媒网》2022 年 4 月 15 日）

一路逐梦　一路花开

——记青年黄梅戏表演艺术家谢思琴

2021 年 12 月 8 日至 16 日，由"上海小剧场戏曲节"升级为"国字号"的"2021 年中国小剧场戏曲展演"在上海举行，9 个剧种、11 部小剧场戏曲作品集中亮相上海"演艺大世界"长江剧场和宛平剧院，助力上海成为好戏源头和戏曲传播码头。

12 月 9 日晚，从全国 20 多个省市、40 多个剧种、96 部作品中脱颖而出的黄梅戏《美人》，作为这次展演的重头戏，在宛平剧院上演，以当代人的视觉重新讲述貂蝉与吕布的故事，其鲜明的创新性与先锋性，带给观众强烈震撼。

中国小剧场戏曲展演是我国唯一一个戏曲小剧场的国家平台。中国戏剧家协会秘书长崔伟表示："展演在见证青年戏曲人的创造性转化、创新性发展历程的同时，也满足了青年观众的审美需求，展现出演员积蓄力量、观众赓续新人的喜人景象。"

黄梅戏《美人》由湖北省黄梅戏剧院、浙江允中也文化传媒有限公司出品，湖北省黄梅戏剧院四位优秀的黄梅戏演员出演，担任"貂蝉"这一女主角的是中国戏剧家协会会员、中央电视台《盛世黄梅》金奖获得者、多次参加央视《元宵戏曲晚会》的国家一级演员、青年黄梅戏表演艺术家谢思琴。

再芬黄梅艺术剧院的黄梅新星

1981 年 7 月 24 日，生性聪明、嗓音甜美、极具模仿天赋的谢思琴出生在民风淳朴、盛行黄梅戏的安徽省枞阳县一个家境贫寒的农村家庭。枞阳古属桐城县，原属"文化之邦""戏剧之乡"安庆市，2016 年划归铜陵市管辖。

由于从小耳濡目染，谢思琴对黄梅戏这种氤氲着鄂东和皖西南浓郁风土人情的戏曲小调表现出浓厚的兴趣。从上一年级时起，她因经常在舞台上演唱黄梅戏经典唱段，成为学校的文艺"小红人"。

1994年，谢思琴报考安徽黄梅戏学校，经过层层选拔，顺利成为枞阳县黄梅戏剧团与该校戏曲表演专业的签约学生，开启了梨园逐梦的艺术征程。

"艺术来源于生活，来源于实践。"对于当年那场把热爱升腾为梦想的重要考试，谢思琴至今难忘："考试时抽签做即兴表演，我抽到的题目是'刷牙'，可能有的考生只做刷牙、倒水两个步骤就完事了，而我加上了伸懒腰、拧牙膏盖这些动作，使得层次感更丰富一些。这得益于我爸的指导。考前他曾带着我模拟表演做卫生，我弯腰假装拿着扫把扫地，我爸告诉我，应该边扫边搬起地上的凳子，捡起地上的鞋子……我爸虽然是农民，他却用劳动实践启蒙、提点了我。"

1998年6月，谢思琴以优异的成绩从安徽黄梅戏学校毕业，分配到枞阳县黄梅戏剧团工作。为了尽快"出道"挑大梁，她省吃俭用，把微薄的工资收入大都用在外出学习和参加各类比赛活动上。

1998年9月，安徽省举办首届黄梅戏严凤英杯大奖赛，谢思琴夺得新苗"十佳"演出奖。"这是对我舞台起步的肯定。作为一名基层专业剧团的小演员，我在圈子里没有熟人，所以抓住一些比赛的机会，认识更多的老师，指导、提升自己。"谢思琴介绍，1998年10月，她拿到安庆市黄梅戏"全力杯"大赛少年组一等奖；2001年1月，又拿到安徽省文化厅、安徽电视台《相约花戏楼》栏目黄梅星星榜"十佳"，被安徽电视台聘为《相约花戏楼》栏目特邀演员；2003年10月，参加第二届黄梅戏严凤英奖大赛，夺得严凤英奖表演奖。

这期间，谢思琴面向基层、面向群众，主演了黄梅戏"三十六大本、七十二小出"中的许多传统剧目，如《天仙配》中的七仙女，《女驸马》中的公主，《五女拜寿》中的杨三春，《红丝错》中的章榴月，《打豆腐》中的小六妻，《打猪草》中的陶金花，《哭战袍》中的大乔，《戏牡丹》中的白牡丹等，受到广大观众的喜爱和著名黄梅戏表演艺术家韩再芬的赏识。2006年5月，谢思琴受聘于安徽省安庆市再芬黄梅艺术剧院，走向更加广阔的艺术舞台。

2007年11月，谢思琴携《大乔小乔哭战袍》和《血冤》选段，参加中国首届黄梅戏青年演员大奖赛。台上一分钟，台下十年功。为找到参赛作品声线、技巧、表达各方面最合适的位置，谢思琴默默苦练了 10 年。在这场比赛中，她高挑的身材，俊俏的扮相，圆润、清亮的嗓音，脱俗、大气的表演，不仅征服了评委，获得全国"黄梅之星"称号，并给中国黄梅戏王子、湖北省黄梅戏剧院院长、评委之一的张辉留下了深刻印象。2008 年 4 月，湖北黄冈把谢思琴作为优秀人才"挖"到湖北省黄梅戏剧院，成为张辉的黄金搭档。

湖北省黄梅戏剧院的当家花旦

黄梅戏清新、秀美、自然、芬芳、温婉、灵动，有"中国的乡村音乐"之称，源于湖北省黄冈市黄梅县的采茶歌。黄梅戏开山鼻祖、一代宗师邢绣娘，就出生在黄梅县孔垄镇邢大墩村。

黄梅戏的根在黄冈，"娘家"在湖北，但很长一段时间发展繁荣于安徽。1983 年，时任湖北省委书记关广富说："湖北是黄梅戏的'娘家'，一定要把黄梅戏请回来！"这一意见后来写入《省委常委会会议纪要》，成为湖北省"把黄梅戏请回娘家"的标志。

湖北黄梅戏与安徽黄梅戏同根同源，两省的黄梅戏艺术工作者心系一处，共同发力，薪火相传，使湖北黄梅戏与安徽黄梅戏形成并蒂双莲。

1989 年，湖北省黄梅戏剧院在黄冈成立，杨俊、张辉从安徽调来黄冈，创作排演了《未了情》《双下山》《和氏璧》等一批经典黄梅戏剧目和优秀黄梅戏影视剧，双获中国戏剧奖·梅花表演奖。

为了湖北黄梅戏艺术的不断发展，2008 年 12 月，杨俊调往位于武汉的湖北省地方戏曲艺术剧院黄梅戏剧团，2011 年 2 月出品了湖北黄梅戏的里程碑作品《妹娃要过河》。

谢思琴调入湖北省黄梅戏剧院，接过杨俊的"接力棒"，以她甜美的音色，黄梅戏韵味浓郁的声腔，细腻传神的人物刻画，充满激情的表演，很快成为业务骨干，先后主演了黄梅戏《李四光》《东坡》《李时珍》《活字毕昇》《天仙配》《双下山》《大别山母亲》《槐花谣》《美人》《铸魂天山》等 10 多部原创和改编大戏，并和这些代表湖北的文化符号及艺术精髓的黄梅戏，多次走进人民大会堂、中共中央党校、国家大剧院、保利剧院院线，亮相中国艺术节、祖国宝岛台湾及美国、波兰等地。

黄冈人杰地灵，名人辈出。黄梅戏《李四光》《东坡》《李时珍》《活字毕昇》《铸魂天山》是黄冈市精心打造的黄冈文化名人系列大型原创舞台剧，也是湖北省黄梅戏剧院的镇院之作。在这五部戏中，谢思琴分别扮演李四光的妻子许淑彬、苏轼的妻子王朝云、李时珍的妻子吴氏、毕昇的妻子李妙音、陈潭秋的妻子王韵雪。五个不同的人物，同一个身份。在塑造五个"妻子"的形象时，谢思琴依据不同背景和典型环境定位人物性格，深入人物内心把握表达情感，从形体动作细节、情感的细微变化和嗓音与声腔的控制中刻画人物个性，最终将深情率性的许淑彬、温柔贤惠的王朝云、坚韧大义的吴氏、心灵手巧的李妙音、坚强不屈的王韵雪五个不同个性特征的妻子成功展示在观众面前。

从县级剧团到市级、省级剧院，谢思琴的黄梅戏艺术逐梦之路，可以说是"赛"出来的，一份份奖证记录了她洒下的汗水和成功的喜悦：2008 年 10 月，湖北省首届地方戏曲节表演奖一等奖；2009 年 9 月，湖北省第七届黄梅戏艺术节暨黄冈戏曲新作展演表演一等奖；2012 年 9 月，第三届"黄梅之星"全国黄梅戏青年演员电视大奖赛"黄梅之星"奖；2012 年 10 月，第一届湖北艺术节暨第十届楚天文华奖表演奖；2012 年 12 月，第六届中国（安庆）黄梅戏艺术节优秀剧目展演表演奖；2013 年 9 月，第八届湖北省黄梅戏艺术节优秀剧目奖和表演奖；2015 年 10 月，第十一届湖北戏剧牡丹花大奖；2017 年 5 月，中央电视台戏曲和音乐频道 2017 黄梅戏优秀青年演员选拔活动《盛世黄梅》金奖；2020 年 11 月，第 33 届中国电影金鸡奖最佳戏曲片（黄梅戏电影《东坡》）提名……

不经一番寒彻骨，怎得梅花扑鼻香。经过 20 多年的踔厉笃行，谢思琴成为继杨俊之后湖北省黄梅戏剧院的当家花旦，同时晋升为国家一级演员，入选湖北省文联中青年优秀文艺人才库、国家级非物质文化遗产黄梅戏项目湖北省代表性传承人，并当选为湖北省政协委员、湖北省现代服务业领军人才、黄冈市劳动模范，成为中国黄梅戏的"第四代金花"。

中国黄梅戏舞台上的青年台柱

在黄冈文化名人系列的原创黄梅戏中，谢思琴是一号女主角，在《双下山》《槐花谣》《美人》这三部不同风格的黄梅戏中，谢思琴则是全剧主角。《双下山》是湖北省黄梅戏剧院根据传统折子戏《思凡》《下山》改编创作的大型古装黄梅戏轻喜剧，讲述一对"出家的"小和尚和小尼姑从邂逅、相识、相慕，直到双双冲破樊笼，下山还俗追求平凡美好生活的故事。谢思琴在新版《双下山》中饰演小尼姑，细致入微地刻画了剧中这一主要人物艰难曲折的人生经历和勇敢走向人性解放的心路历程，展现了青年女性大胆追求爱情、奔向美好生活的勇敢精神。

　　"姐儿门前一棵槐，手攀槐树望郎来。娘问女儿望什么？我望槐花几时开。娘耶，不好说得望郎来。"这首千回百转的《槐花谣》，唱出了一部戏的主人公对爱情的坚贞和信仰的求索。这部戏就是 2017 年度国家艺术基金资助项目、谢思琴主演的大型现代红色黄梅戏《槐花谣》。

　　《槐花谣》是一部地域特色浓郁，人物性格鲜明，矛盾冲突尖锐，情感张力十足的现代戏。质朴的民谣，火红的兜肚，奔放的情感，纯洁的心灵，宽厚的胸怀，笃实的大爱，构成了这部戏诗情画意的整体风格。全剧通过主人公槐花酸甜苦辣的命运纠葛，展现了一个女人在战争期间所承受的深重苦难和革命胜利后的情感折磨。谢思琴用她精湛的演技和炉火纯青的唱功，生动诠释了槐花这位麻城的女儿，大别山的母亲，中华民族女性的代表，在那个时代所应有的全部优秀品质。

　　这部戏于 2017 年 8 月首演，先后参加了中国戏曲教育联盟第三届理事大会暨全国戏曲院校教学成果展演，2017 年狮城国际戏曲学术研讨会暨狮城戏曲荟萃，第三届湖北地方戏曲艺术节展演，首届荆楚文化旅游节展演，黄冈文化惠民演出周等重大演出活动。2018 年 9 月 6 日至 8 日，在北京梅兰芳大剧院连续上演 3 天，给首都观众献上精美的艺术盛宴。

　　谢思琴形象清丽，声音明亮，戏路宽广，可塑性强，这在 2021 年中国小剧场戏曲展演剧目、极具挑战性的黄梅戏《美人》中发挥得淋漓尽致。

　　《美人》以"美"为线索，演绎"倾月貌、孝子心、忠义肠、爱无敌"的貂蝉与吕布、董卓以及其义父王允之间的爱恨情仇，表达"唯有爱和美，才能治愈一切"的观念。这个剧目以小剧场戏剧样式呈现，阵容虽小，可演员的戏份一点都不少，剧中谢思琴扮演的貂蝉几乎没有幕间喘息的时间，近两个小时的演出一气呵成，再加上一人两面的切换，要求在跌宕起伏的剧情中审视演员的艺术修为，在爱恨交织的情绪中拷打演员的角色把控，表演难度极高。谢思琴坦言："对我来说是一次前所未有的挑战。"

　　这部剧结合了流行音乐以及声乐唱法。主人公在演绎情节、推动剧情发展时采用的是传统黄梅戏唱腔，而在个人的内心表达上则是偏向于西方音乐与现代流行音乐。貂蝉在每幕结束时有一段内心的挣扎，心中"巫"的一面出现，演员的演唱与身体舞蹈表现与之前截然不同，无论是声音造型，还是形体的夸张，以及神神叨叨的状态，瞬间要求和貂蝉本身拉得越开越好。为此谢思琴多次赴上海昆剧院向老师请教，长时间请导演抠戏，才有了舞台上的精彩呈现。

谢思琴在总结饰演"貂蝉"的艺术心得中这样写道："通过主演《美人》，我觉得我的戏曲精修更进一层，我的戏曲生涯也因不断的创新与挑战而充满活力，我也为能给观众带来全新的戏曲感受而感到自豪，所有的这些，进一步坚定了我在戏曲之路上不断前行的决心和勇气。"

（原载：《中国文化报》2022.5.30，《新华网》客户端 2022.5.30）

代后记：讲好黄冈故事　擦亮黄冈名片

　　我和《黄冈日报》结缘最早要追溯到 40 多年前。正是在《黄冈日报》的影响下，我从一名乡村教师逐步走上新闻从业道路。2015 年，由于机构改革，我由职业新闻人向机关公务员转身，虽然岗位和身份发生变化，但不变的是我对新闻事业的热爱，对诗画家园的眷恋，对《黄冈日报》的感激。

　　黄冈处在吴头楚尾和北纬 30°线的独特地理位置，在数千年的历史发展进程中，海洋文化和内陆文化相互交汇，中原文化与南方文化深度融合，形成丰富厚重的地方文化。近几年来，我努力讲好四个故事，不断擦亮黄冈名片，为宣传推介黄冈贡献了自己的一份力量。

　　一是讲好剧院和城市的故事。黄梅戏大剧院是黄冈市标准最高、体量最大的公共文化设施，是市区社会事业重点项目标志性工程，也是国内最为先进、现代的国家一类剧院之一。自 2015 年 12 月 28 日开业运营以来，我密切关注、跟踪黄梅戏大剧院的运营情况，先后写了《遗爱湖畔的文化地标》《让高雅艺术走进黄冈百姓生活》《共同擦亮黄梅戏大剧院靓丽名片》《高贵不贵的黄冈模式》《一座剧院与一座城市的"互粉之路"》《"双期叠加"中的保利作为》《点亮城市　重启未来》《为平凡而伟大的奋斗者放歌》《从黄麻起义走出的上甘岭战役前线总指挥》《一座剧院　幸福一座城》等系列文章，经《黄冈日报》和《鄂东晚报》刊发，产生广泛的社会影响，有效提升了剧院的上座率，使剧院成为黄冈城市文化中心和展现文化魅力的重要窗口。

　　二是讲好东坡和梨园的故事。黄冈是东坡文化的发祥地，特别是苏东坡爱国爱民、奋励当世的崇高理想，信道直前、独立不惧的处事原则，坚守节操、潇洒自适的生活态度，对于当下具有多方面的滋养、借鉴和启迪作用。黄冈又是中国戏曲的重要发源地，黄梅戏、楚剧、汉剧、京剧诞生、成长于黄冈，形成"四戏同源"的独特文化景观。为配合 2016 第七届（黄冈）东坡文化节暨第九届湖北省黄梅戏艺术节、2021 第十一届（黄冈）东坡文化节暨第十届湖北省黄梅戏艺术节，我深入挖掘黄冈东坡文化和戏曲文化资源，通过《黄冈日报》《鄂东晚报》《湖北日报》《中国文化报》《城市漫步》等传统媒体和荆楚网、光明网、人民网、新华网、新浪网、文旅中国等新媒体，推出《第七届（黄冈）东坡文化节暨第九届湖北省黄梅戏艺术节看点》《第十届湖北省黄梅戏艺术节新戏连台上演》等新闻报道，《开启黄冈历史文明研究的新途径》《一部大戏 迎接英雄魂归故里》等人物专访，《牵手东坡节 相约新黄冈》《鄂东溢彩 黄梅飘香》《戏曲大市的砥砺作为》等主题通讯，《忆昔往硕果满枝，看今朝风帆正劲》《礼赞百年风华，再续发展篇章》《深潭逢秋清见底，不忘初心慰忠魂》《从八斗湾到桃花岭》《从大别山到天山》等专版文章，《当代视域下的东坡文化》《艺术的盛会 市民的节日》等节会综述，《回眸更为再向前》《洗尽征尘再出发》《努力实现由文旅大市向文旅强市的历史跨越》《用跟上时代的精品力作开拓黄梅戏艺术新境界》等时评言论，《逆境与胸襟》《又见望春花开》《在千年黄州仰望东坡》《黄冈：苏东坡浴火重生之地》等散文随笔，集中展现黄冈市作为中国东坡文化名城和戏曲大市，打响东坡文化品牌，擦亮黄梅戏文化名片，赋能经济社会发展取得的重要成就。

三是讲好光荣和梦想的故事。黄冈是闻名中外的历史文化古城，不仅东坡文化独领风骚、戏曲文化绚丽多彩，而且红色文化光辉璀璨、名人文化耀眼夺目、禅宗文化久负盛名、医药文化源远流长、根亲文化感天动地。创建国家公共文化服务体系示范区，是黄冈的光荣与梦想。2018年，黄冈市委、市政府站在全市经济社会发展全局的高度，做出创建国家公共文化服务体系示范区的重大决策。经过全市上下的共同努力，黄冈如期实现创建目标。在3年的创建周期里，黄冈日报社、湖北日报社、中国文化报社给予了大力支持，先后刊发了我撰写的《补齐"三个短板"提高服务效能》《以"四个保障"贯彻实施〈保障法〉》《创建国家公共文化服务体系示范区重在"五个突出"》《用红色文化凝聚奋进力量》《提升黄冈文化软实力，促进经济社会高质量发展》等十多篇理论文章，《黄梅焕彩花千树》《医圣故里竞风流》《百年港城正扬帆》《秀美罗田满眼春》《手持彩练当空舞》《最是红安诗意浓》《杜鹃花开别样红》《名人之乡谱新篇》《雨后青山分外娇》《勇立潮头歌大江》《中部示范的生动答卷——来自老区黄冈的时代报告》《示范引领的历史跨越——来自人文黄冈的时代报告》《国家示范的"中部样本"——来自魅力黄冈的时代报告》《大江歌处是风流——黄冈打造公共文化服务"中部样本"纪实》等二十多篇主题通讯，全面展示了黄冈各地的历史文化底蕴和示范区创建成果。

四是讲好诗和远方的故事。黄冈背靠大别山、面朝大长江、毗邻大武汉，人文与生态相融，红绿相间、文武兼备，交通区位优势明显，文化旅游资源丰富。我不断适应文旅融合的新形势新要求，通过《黄冈日报》《湖北日报》《香港商报》、掌上黄冈、黄冈发布、文旅湖北、文旅中国等媒体，发表了《竞演之路——黄冈竞演〈魅力中国城〉幕后的故事》《春天的故事》《魅力黄冈春意浓——湖北黄冈春节群众文化活动侧记》《青山深处白莲开》《华家大湾的春天——文化旅游带动乡村振兴的"黄冈样本"》《乐游黄冈　跟"鄂"一起来打卡》《灵秀黄冈　因"旅"更精彩》《中环路上的历史文化景区——湖北黄冈对面墩汉墓遗址博物馆揭秘》《红色旅游加速旅游市场整体回暖复苏》《大美黄冈　别样山水》《从"播火摇篮"到旅游名村——陈潭秋故里陈策楼村破茧成蝶的精神密码》等新闻和文艺通讯，提升了黄冈文化旅游的知名度和影响力，推动黄冈由文旅大市迈向文旅强市。

新闻是紧跟时代、追光前行的事业。我将认真消化吸收这次培训班的学习内容，更加珍惜宝贵的工作时间，为黄冈大力发展文化事业和文旅产业，加快建设现代化区域性文化旅游中心和现代化区域性中心城市作出自己应有的贡献。

（本文为 2022 年 2 月 26 日作者在黄冈市新闻宣传业务培训班上的交流发言，原载《黄冈日报》2022 年 2 月 28 日）

又记：本书在写作过程中，得到许多领导、同事和朋友的支持和帮助，为我提供采访条件、背景资料和发表园地，特别是夏建国、吴回州、张璨、何皎月、程庆霞、卢丽君等参与了部分文章的初稿写作，在此表示衷心的感谢！

2022 年 6 月 1 日于黄州